闪亮的坐标

宗源　李金龙　著

時代文藝出版社

图书在版编目（CIP）数据

闪亮的坐标 / 宗源, 李金龙著. -- 长春 : 时代文艺出版社, 2021.6
ISBN 978-7-5387-6674-5

Ⅰ. ①闪… Ⅱ. ①宗… ②李… Ⅲ. ①报告文学－中国－当代 Ⅳ. ①I25

中国版本图书馆CIP数据核字(2021)第073273号

闪亮的坐标
SHANLIANG DE ZUOBIAO
宗源　李金龙　著

出 品 人：陈　琛
责任编辑：王　峰
装帧设计：陈　阳
排版制作：隋淑凤

出版发行：时代文艺出版社
地　　址：长春市福祉大路5788号　龙腾国际大厦A座15层　（130118）
电　　话：0431-81629751（总编办）　0431-81629755（发行部）
网　　址：weibo.com/tlapress（官方微博）　sdwycbsgf.tmall.com（天猫旗舰店）
开　　本：710mm × 1000mm　1/16
字　　数：360千字
印　　张：25.25
印　　刷：长春第二新华印刷有限责任公司
版　　次：2021年6月第1版
印　　次：2021年6月第1次印刷
定　　价：68.00元

祖国是人民最坚实的依靠，

英雄是民族最闪亮的坐标。

——摘自习近平在中国文联十大、中国作协九大开幕式上的讲话(2016年11月30日)

在喜迎中国共产党成立一百周年之际，谨以此书献给共和国公安英烈及其家属，献给战斗在公安一线的人民警察，献给我们可亲可敬的警嫂！

——题记

为岁月点上一支红烛

张　策

翻阅金龙寄来的书稿，时时掩卷深思，不禁想起最近常听人们说起的一句话：哪有什么岁月静好，是因为有人在为你负重前行。咀嚼这句话的含意，回眸窗外大雪纷飞，是北京近年来最冷的时候，心却火热起来，仿佛被那一支红烛点燃了。

金龙是个富有职业责任感的作家，几十年笔耕不辍，始终把目光关注在他的职业和他的战友身上。这次，他与作家宗源共同创作的长篇报告文学《闪亮的坐标》，用饱含深情的笔墨，全景式地展现了全国数十位公安英烈的英雄事迹，讲述了他们的亲属和战友对他们的思念与继承遗志的感人故事。这样一部厚重的书稿，可以说是用血与泪凝结而成的。

身为一个多年从事公安宣传文化工作的人，公安英烈的事迹我了解的也很多。每一个故事都是壮烈的，每一个故事都是悲怆的，每一个故事都会让我们久久不能释怀。记得北京市公安局年仅十九岁的烈士徐俊格，牺牲在巡逻抓捕的路上。而他在上岗出发前，还在电视机前看由我编剧的公安题材电视剧《危情时刻》。我曾在一篇文章中说："真的希望他能多看一会儿，躲过他生命里的危情时刻；但我知道那是不可能的，他只会义无反顾地走出我的《危情时刻》，而去面对他的危情时刻。这，就是公安英烈共同的情怀。”一位年轻的烈士和我，与此有了一种情感上的联系，而更多的公安英烈，已经将他们的生命凝聚成公安精神里最具血性的传承。

两位作家的这部作品，就是选择了精神与传承这样的角度，再次对公安英烈的崇高精神进行了诠释和讴歌。阅读他们的书稿，很多英烈事迹虽似曾相识，但仍然打动我的心，也将会打动更多读者的心。而作者采访到的更多英烈亲属和战友们的故事，则是第一次集中讲述了许多有关传承的感人事迹。这样的事迹，和英烈们的奋不顾身相比，更多了情感上的延续、血缘上的思念和事业上的继承，这是英烈精神的深化，是英烈事迹的继续，是公安事业得以始终在党的旗帜下前行的一种动力。我们常常讲的公安精神，在以忠诚为核心的前提下，最具凝聚力和感召力的内涵，就是这样一种对英雄的崇尚，就是这样一种对英雄的追随，就是这样一种对英雄事迹和精神的大力弘扬和继承。

还记得这样一个女孩，我认识她时，她还是中国人民公安大学的学生。她在座谈会上讲到她的警察父亲壮烈牺牲的事情，神情是平静的。她的平静让每一个与会者都十分震撼，因为这种平静分明让人感受到一种精神的强大。之后和这个孩子再没有联系，但我知道她现在肯定已经是一名优秀的女警了，也许她在户籍室里热情接待着群众，也许她在解剖台上细心寻觅着蛛丝马迹，也许她在千里追踪逃犯的路上，但不管她做什么，我们都相信她面对大风大浪时仍然会是平静的，因为她的血脉里，有父亲留下来的英雄基因。

在《闪亮的坐标》这部作品里，两位作家的情绪始终是饱满的，想必他们的创作，也是时时沉浸在感动之中的，公安英雄感天动地的事迹鼓舞着他们，使他们奉献给读者这样一部优秀的报告文学作品。这是一曲激昂的颂歌，这是一段深沉的乐章，这是一篇庄重的誓词，它将真的是一支红烛，点燃了岁月，也点燃着每一名读者的心灵。

就此祝贺金龙和宗源两位同志，感谢你们的深情述说，为公安英雄们再一次留下光荣而永不磨灭的影像。

（张策，著名作家，中国文联全委会委员、全国公安文联副主席。）

目录

引　子

2020年10月25日，纪念抗美援朝战争胜利七十周年，一曲《英雄赞歌》，飘过半个世纪的烟云，再次撞击千千万万中国人的心扉。

这是对英雄的礼赞，这是对中华民族刚性的礼赞。

英雄是不老的传说，而非江湖。

每一个英雄，都披着特定时代的光泽。

每一个英雄，都在那个特定时代吐纳声光。

每一个英雄，都让那个特定时代掀起洪波大浪。

“铭记英雄，崇尚英雄，捍卫英雄，学习英雄，关爱英雄”，这不仅是一种民族认知，也标示着一个民族的精神流向，还有，民族的理性、历史的选择和文化的智慧。

英雄并不止于历史记忆。和平时期，同样英雄辈出。

2017年5月19日，习近平总书记在会见全国公安系统英雄模范立功集体表彰大会代表时指出，“和平年代，公安队伍是一支牺牲最多、奉献最大的队伍，大家没有节假日、休息日，几乎是时时在流血、天天有牺牲……”

数据表明：新中国成立以来，一万六千余名公安民警因公牺牲，其中，三千七百余名公安民警被评为革命烈士。

这是金盾之殇。

仲春。

南京雨花台。

“笃、笃、笃”，一位老师傅正神情专注地在公安英烈纪念墙上錾刻着一个个名字。

老师傅名叫孙国富。

十多年前的一个春天，孙师傅用一个多月时间，把中华人民共和国成立后江苏省三百七十五名公安英烈和因公牺牲的民警名字镌刻在纪念墙背面。

从那以后，每年清明节前夕，他都会来到这里，补刻上一年因公牺牲的公安民警的名字。

“每次接过名单，我的心都会抖一下，这些曾是一个个生命啊！”孙师傅说。

江苏公安英烈墙的设计者——中科院院士、国家一级建筑师齐康先生说：“雕塑公安英烈墙，就是雕塑崇高。”

江苏公安英烈纪念墙位于南京市雨花台烈士陵园西侧，由纪念墙主体、一千多平方米的纪念广场，以及广场上的“忠诚卫士”“正义之剑”“钢铁长城”三组浮雕组成。墙长 12 米，高 4.3 米，厚 0.85 米。墙体正中安放着一尊高 1.5 米、宽 1 米的警察半身铜像。墙体背面镌刻着数百名江苏省公安英烈的姓名、生卒年月和生前单位。

雨花台烈士陵园苍松似海，翠竹成林。高耸的烈士纪念碑和公安英烈纪念墙相呼应，讲述着昨天与今天；讲述着黑暗与光明；讲述着战争与和平。

截至 2020 年，全国已有十几个省（自治区、直辖市）修建了公安英烈纪念墙。

前来凭吊的人会注意到，英烈纪念墙上的名字后面，留有一片空白区域，人们都知道这片空白区域意味着什么，更希望它永远空着。

但是少有人知道，纪念墙上的英烈身后，曾经发生和正在发生着什么——

为和儿子过个团圆年，2017年春节，一位七十四岁的老母亲特意从辽宁省丹东市赶到吉林省辉南县。

可是，除夕过了，初一过了，初五也过了，儿子在派出所忙于节日安保，没和母亲吃上一顿团圆饭。

老母亲把希望寄托给正月十五的月亮。儿子也答应，一定争取回家，和妈妈吃顿饭。

谁料，正月十四晚，儿子在抓捕犯罪嫌疑人时不幸牺牲。

老母亲的儿子叫赵天昱，是吉林省辉南县公安局石道河派出所副所长。

母亲悲恸过度，在追悼会现场突发心脏病，经医院抢救无效，与世长辞。

一位烈士的父亲，是位老军人，儿子牺牲后，他没有掉眼泪，老伴哭得死去活来，他只劝了一句：咱儿子是警察。

儿子牺牲十四年后，父亲因病去世。去世前，他只提一个要求——让我穿着儿子的警服走。

一位民警在早市反扒时牺牲，十二年过去了，妻子没去过一次早市，尽管早市离家很近，尽管那里有又新鲜又便宜的蔬菜和水果。

她说，一看到早市，我的心就滴血。

一位公安烈士的妻子，在丈夫的追悼会上许诺，一定孝敬老人，把儿子抚养成人。当时，儿子只有三岁半。二十年后，儿子从中国人民公安大学毕业，回到爸爸曾经战斗过的地方。

她领着儿子，再次来到丈夫墓前，告诉丈夫：追悼会上向你许诺的，我都做到了！

一位烈士的女儿，入警后勤奋工作，成了市里的“十佳警察”。

有一年，她休假，驱车千里，来到父亲牺牲的地方。

当年的红薯窖，已经被填满，上面覆上了水泥。她双膝跪地，抚摸着，亲吻着。

她说：“爸，我来这里，就是想告诉您，我没给您丢脸。”

杨雪峰牺牲后，公安部追授他“全国公安系统一级英雄模范”。他所在的重庆市公安局渝北区分局石船公巡大队被命名为“杨雪峰大队”。

每天早点名，点到杨雪峰的名字，四十多名战友会齐声应答：“到！”

“雪峰是一面旗帜，一面号召我们忠心向党、暖心爱民、公心执法的旗帜。”杨雪峰的战友说。

……

孙国富师傅刻完最后一个名字，把錾子放进工具袋，拍拍身上的石屑，坐下来，点燃一支烟。

天渐渐暗下来，一群接一群的游人陆续从北门下山。

孙师傅不急，今天，又把十七名公安英烈留在了这里，他真的心有不忍：牺牲的民警中，年龄最大的四十八岁，正是上有老下有小的时候，他走了，家呢？最小的，才二十二岁，是个娃呢……

抽完一支烟，天更暗了，孙师傅背起工具袋，向山下走去。

山下，已是万家灯火。

第一章　英雄的足迹

站在你矗立的地方，放眼望去
每一寸土地都镌刻着你的曾经
领受着你用爱铺开的勃勃生机
就像领受一次灵魂的重浴
那深情的土地，那祥和的街巷
都是你用生命滋养出的血脉
都是你的诗，你的歌，你的无限风光

——苏雨景《脊梁》

晨　光　中

1949年10月1日，毛主席在天安门城楼上庄严宣布：中华人民共和国中央人民政府今天成立了！

中国人民从此站起来了！

犹如一轮红日，照亮了东方，照亮了世界。

战斗的硝烟还未完全散去，但是，在这片温暖的土地上，到处都是和平的阳光。

1949 年 9 月 30 日，中国人民政治协商会议第一届全体会议决定，为纪念在人民解放战争和人民革命中牺牲的人民英雄，在首都北京建立人民英雄纪念碑。

1958 年 5 月 1 日，人民英雄纪念碑巍然耸立在天安门广场，碑心上，毛泽东笔走惊雷：人民英雄永垂不朽!

2020 年 9 月 30 日，全国第七个烈士纪念日，习近平、李克强等党和国家领导人来到天安门广场，向人民英雄敬献花篮。

江山不负英雄泪，且把利剑破长空。

曾经，党中央离开西柏坡迁往北平。临行，毛泽东对周恩来说：进京赶考去。

七十多年过去了，在人类的历史进程中，年轻的共和国健步前行。

这是中国共产党人书写的答卷，这是中华民族创造的辉煌。

2016 年 11 月 30 日，习近平总书记在中国文联十大、中国作协九大开幕式上强调："祖国是人民最坚实的依靠，英雄是民族最闪亮的坐标。"

共和国七十余年的峥嵘岁月，公安英雄熠熠生辉，留下一个个闪亮的坐标。

时光回溯到七十年前。

1949 年 11 月 1 日，公安部首次使用中央人民政府颁发的印信。

11 月 5 日，首任公安部部长罗瑞卿主持召开中央人民政府公安部成立大会。会上，罗部长向全体参会干部传达了周恩来总理对公安工作的重要指示："国家安危，公安系于一半。"

中华人民共和国刚刚成立，迫切需要一个稳定的社会秩序。

人民公安，责任重于泰山。

反特、剿匪、安保、打击刑事犯罪、查处治安案件、组织群众治安力量等等，每一项，都关乎着新生的人民民主政权的巩固；每一项，都需要巨大付出，包括流血牺牲。

一寸山河一寸血，一抔热土一忠魂。

1949 年 11 月 16 日，北京市内六公安分局第四派出所警士刘鸿年、徐云生在执行任务中被匪徒开枪击中，不幸牺牲。

他们是中华人民共和国最早的公安英烈。那一年，刘鸿年十七岁，徐云生十八岁。

中华人民共和国建立初期，敌特十分猖獗。特务头子郑介民、毛人凤坐镇港澳，指挥潜伏特务对大陆进行渗透和破坏。仅香港一地，就有“中美合作所东南亚情报局”等十五个特务间谍组织。他们的指向非常明确——广州、北京。

一天深夜，住在沙面的钟阿婆从女儿家回来。走在狭窄的楼梯上，她隐约听到一户人家传来“嘀嘀嗒嗒”的声音，于是，停下脚步，侧耳细听，“嘀嘀嗒嗒”的声音持续了一会儿，就再也听不到了。

回到家中，她想起公安人员进行反特教育时说的一些话，心里一惊。她转身推门，蹑手蹑脚地走出楼道，向派出所一路小跑。

公安人员迅速赶到，起获了那部敌特用的电台，摧毁了一个间谍组织。

1956 年 10 月 10 日，敌特启动“华南行动计划”，准备于当晚八点用不同性能的炸弹在广州戏院、茶楼、百货公司、公园、铁路、油库等四十八处娱乐场所和要害部位“一齐炸响”。

获悉情报后，广州警方提出：“决不让敌特炸响一颗炸弹，决不让一个行动特务和一颗炸弹进入北京。”随即发动四万多名群众，巡逻防范，协助破案，对全市七十万人开展反特教育，培训五千名治安保卫人员，学习排除各种定时炸弹和纵火器的简易方法。

全民反特抓特，使潜入大陆的特务分子无路可逃，无路可走，无计可施，或被举报抓获，或主动投案自首，“华南行动计划”被彻底粉碎。

在1956年9月8日至10月15日这三十八天的反特斗争中，广州公安机关共破获特务案八十四宗，捕获九十人，缴获各种炸弹二十九枚，反动传单五千八百多份，以及其他爆破器材一批。

除了东南，东北也是敌特进行渗透和破坏的重点方向。

1952年11月9日，吉林省公安厅向延边朝鲜族自治州安图、和龙等县发出一份敌情通报：11月8日，美国中央情报局在长白山老岭山区空投二十名特务，落地后，被我击毙一人，捕获四人，其余十五人向长白朝鲜族自治县逃窜，望各县配合长白县，组织军民，堵截围剿逃匿伞特，务求全歼。

11月16日下午，正在老岭山区执行任务的和龙县公安局政保股股长郑洙龙率领的小分队获得情报，有七名伞特藏匿在韩家沟一带。小分队立即拉开队形，在厚厚的积雪中搜索前进。

晚上七点左右，郑洙龙听到一声异响，一回身，从雪地里窜出的两个黑影向他扑来，郑洙龙踢翻一个，却被另一名伞特开枪击中。

这次战斗，小分队活捉两名伞特，郑洙龙光荣牺牲。

春天的记忆

1

吉林市是吉林省第二大城市，以“化工城”著称，松花江呈“S”形穿城而过，是著名的东北老工业基地。地处松花江北岸的龙潭区，一座座现代化工厂拔地而起，E区1号楼，是吉林化学工业公司化肥厂的家属宿舍。

这是一座刚刚竣工的六层建筑，登上最高层，化工城尽收眼底。

1984年2月25日傍晚，这栋大楼的四单元六楼，发生了一起强奸未遂案。化肥厂职工张琦企图对一名本厂女工施暴，由于女工奋力反抗，张琦没能得逞。

女职工报案后，龙潭公安分局遵义派出所马上组织警力进行抓捕，但张琦已经下落不明。民警又继续查找另一名犯罪嫌疑人胡晓东的下落，也没发现任何行踪。

27日下午四点，民警接到胡晓东的家长报告说："胡晓东的房门开着，同单元另一户人家的房门也开着，东西也被翻过了。"

遵义派出所民警火速勘查现场，发现胡晓东的屋里有张琦的一件滑雪装和一条裤子。

邻居的房门被撬开，写字台上，两瓶没吃完的罐头，一盘吃剩下的酱土豆，两瓶白酒已经打开，其中一瓶所剩无几。

令勘查人员感到震惊的是：地上，有两枚手榴弹护盖，四段导火索，还有包装炸药用的蜡纸碎片和少量药粉末。

继续勘查，桌子上有一张稿纸，背面是一份遗书，出自二人之手。

手榴弹，导火索，炸药粉末，遗书……

透过种种迹象，民警很快得出结论：张琦、胡晓东可能铤而走险，制造更大祸端。

手榴弹和炸药一旦炸响，后果不堪设想。派出所所长立即将情况向分局副局长宋有生报告。

接到报告，宋有生率领刑警队侦查员火速赶赴现场，经分析判断，马上采取了两项措施：

一、对两名犯罪嫌疑人有可能进行报复的女工加以保护；

二、立即调集警力进行围捕，防止他们逃出吉林市。

就在公安机关进行案情分析、部署行动之时，张琦、胡晓东又在案发的这栋楼里，杀死一名青年工人，并制造了两起爆炸案。

情况万分紧急，如果不尽快抓获这两名铤而走险的暴徒，人民群众的生命将受到更大威胁。

吉林省公安厅厅长率员赶赴吉林市，亲自指挥缉捕战斗。内蒙古、辽宁、黑龙江等地的公安民警接到协查通报，严阵以待，布下抓捕两名犯罪嫌疑人的天罗地网。

2月28日上午，吉林化学工业公司的一名工人向公安机关报信说："早上八点，我看见了张琦。"

与此同时，另一名青年工人也发现了胡晓东的踪迹。

指挥部决定：缩短战线，收拢包围圈，封锁住吉林市的大门，绝不能让他们逃出江城。

下午四点，昌邑公安分局预审科民警陈鸽和战友杨作田奉命来到松江大桥执行堵截任务。

桥上，车辆和行人穿梭来往，检查工作十分艰巨。陈鸽和杨作田都十分清楚，他们将要对付的，是穷凶极恶的歹徒，是随时可能发生的爆炸。两人用警惕的目光注视着每个过往的可疑人，特别是通缉令中提到的，犯罪嫌疑人戴着口罩和围巾。

晚七点三十五分，一辆从火车站开往江北方向的4路无轨电车在桥头检查站接受检查。

陈鸽、杨作田和一名执勤民兵分别从前、中、后三个车门迅速登车。车内大约有五十位乘客。登车后，陈鸽和杨作田立刻发现，两个神色慌张的年轻人从座位上站了起来。

陈鸽仔细看了一下二人的着装和体貌特征，很像被通缉的犯罪嫌疑人，特别显眼的是，从过道往前走的那个人，正好戴个大口罩。

陈鸽向杨作田递了一下眼神，两人从两个方向，一步步向可疑人逼近。

这两人，正是公安机关通缉追捕的犯罪嫌疑人张琦和胡晓东。

车上的乘客，包括乘务员在内，谁也没有察觉到，一场惊心动魄的较量正在进行。他们有的闭目养神，有的交头接耳闲谈，只有陈鸽、杨作田和两名犯罪嫌疑人心里明白，态势已发展到一触即发的严重时刻。

张琦从座位上站起来，向前走了两步，便像一摊烂泥，瘫在胡晓东刚刚坐过的位置上。

就在这时，他拉响了坐在屁股下面的手榴弹，“轰”的一声闷响，炸掉了自己的半拉屁股，弹片穿透车厢，飞出车外，好在没有伤到乘客。

随着这声闷响，车厢里的乘客仿佛从梦中惊醒一样，突然明白了眼前发生的一切，车内顿时乱作一团。

陈鸽清楚地看到，那个迎面走来的口罩男，手里拿着一枚已经打开保险盖的手榴弹。陈鸽奋力挤过去，胡晓东发现了陈鸽的意图，猛地转身，扯掉手榴弹的引爆弦，一股白烟冒出来。

一看胡晓东铤而走险，陈鸽立即展开双臂，像一只展翅的鹰隼，一纵身，奋力扑向胡晓东，他高大的身躯，几乎把身高只有 1.67 米的胡晓东完全盖住，即将爆炸的手榴弹夹在两个躯体之间。

胡晓东禁不住这巨大的压力，身体不由自主地向后倾斜，几乎同时，爆炸发生了。人民的好儿子陈鸽，用伟岸的身躯，在凶犯与群众之间，筑起了一道钢铁防线。

除了一名妇女受轻伤外，其余乘客安然无恙。

陈鸽牺牲后，公安部追授他“全国公安战线一级英雄模范”，吉林省人民政府批准他为革命烈士，授予他“黄继光式的英雄民警”称号，并通令嘉奖。

2

“不好，地震了！”和贵华几步跨到院子中间，回身向屋里的人大声喊道:“快跑，到我这边来！”

此前的三十秒，云南省丽江纳西族自治县公安局刑警队长和贵华还在一户村民家的屋檐下了解案情。

房屋和大地突然晃悠起来，眼看着房屋在颤动中逐渐变形，围墙也纷纷开始倒塌。

听到喊声，数十名群众从将要倒塌的房子里拼命冲了出来。

这时，屋里传来孩子们的哭声，和贵华扭头一看，有三个小孩还愣在屋内，手足无措，哇哇大哭。

房屋摇摇欲坠，三个孩子随时都有被埋在屋里的危险。和贵华快步冲了进去，左手抱起一个男孩，右手抱起一个女孩，几步狂奔冲了出来。

大地在剧烈颤动，房屋在一点点坍塌。和贵华跑到院子后，放下怀里的两个孩子，再次转身冲进屋里。

“别进去，房子倒了！”数十名群众大声喊道。

梁柱、瓦片不断被掀落下来，和贵华冲到第三个孩子面前，将孩子紧紧搂到怀里，用身躯挡住纷纷滚落的瓦片往外冲。

刚迈出两步，“轰隆”一声巨响，两层楼高的房屋顷刻间坍塌了，和贵华和孩子被埋在废墟里。

村民们呼喊着和贵华的名字，冒着余震危险冲向废墟。

当村民奋力扒出和贵华时，他满身是血，颅骨都塌了，呼吸已经停止。

突然，奇迹出现了！在村民们搬动和贵华躯体时，一个小男孩从他的身下钻了出来。

男孩只是手上擦破了一点皮。

这一天是 1996 年 2 月 3 日。

那年，和贵华只有三十二岁。十四年从警生涯，他始终在刑侦一线出生入死。他带领的刑警队，破案率年年超标。他主办的大案要案，创下当地公安的多个第一。纳西州警队连年被评为先进集体，先后荣立一次集体一等功，一次集体二等功、四次集体三等功。和贵华也多次立功受奖，被誉为“温情战友”“古城神探”。

和贵华是纳西公安的骄傲，更是纳西族人民的骄傲。他牺牲后，被公安部追授为“全国公安系统一级英雄模范”，被云南省人民政府批准为革命烈士，被国家民委授予“全国民族团结进步模范”，被中华全国总工会授予“五一劳动奖章”。

3

1996年4月26日上午，一名群众来到秦皇岛市公安局经济技术开发区分局刑侦科报案：“不好了，我家楼里招贼了……”

当时，刑侦科只有技术员张晓东一人在整理资料。

“您慢慢说，发生了什么事儿？”

“我家在文精里小区七栋，刚才，我听到六楼有动静，好像有几个人在撬门。”

文精里小区距离开发区分局很近，但隶属海港分局管辖。如果让报案人再转去海港分局报案，势必耽误时间。张晓东放下手里的工作，叫上联防队员王子卿、王伟，开上摩托车就往案发现场赶去。

五分钟后，三人赶到文精里七栋楼前。

张晓东走到四楼，迎面从楼上下来一个高个男子。

“我是警察。你是干什么的？”张晓东立即亮明身份，厉声喝问。

“找人的。”男子一边说，一边低着头，继续向下走。

“拦住他。”张晓东大声喊道。

听到喊声，随后上楼的王子卿、王伟立即冲上去，将这名男子控制住。

张晓东继续向楼上走，到了五楼和六楼中间的拐角处，上面又窜出来两名男子。

“站住！我是警察，你们是干什么的？”张晓东大声问道。

两名男子并不答话，继续往下跑。

张晓东断定，这俩人肯定不是好人，立即上前，一把抓住高个男子。

矮个男子见状，掏出一把大号改锥，凶狠地刺入了张晓东的后脑，张晓东当即倒在血泊中。

矮个男子和高个男子下楼又将王子卿、王伟打伤，三人仓皇而逃。

秦皇岛市公安局立即成立专案组，三个月后，犯罪嫌疑人赵某和陈某相继落网，而手持改锥杀害张晓东的唐某却消失了。

2002年，唐某被网上通缉。

2017年10月20日，距离张晓东牺牲已经二十一个年头。在对历年积案进行梳理时，昌黎县公安局刑警大队民警杨朝旭对这起案件进行串并分析，他找到了案发前几年唐某的母亲改嫁到邢台的线索。

进一步侦查，唐某已经洗白身份，改名王千，藏身在邢台市临西县。

抓捕组随即赶到临西。摸排发现，十余年前，当地一个姓周的人家招了个上门女婿，说一口浓重的东北方言，名叫王千。几年前，王千的妻子还去过一次铁力市。

杨朝旭断定，王千就是秦皇岛警方苦寻多年的唐某。

唐某落网时，没有反抗，只是自言自语说了一句话：“这么多年了，你们还是把我找到了。”

张晓东牺牲后，被河北省人民政府批准为革命烈士，河北省委组织部追认他为共产党员，公安部追授他为“全国公安系统一级英雄模范”。

根据联合国有关决议和国际法准则，中国先后多批次向国外派遣维和警察，执行民事任务，履行警察职能。在为所在国恢复和平做出贡献的同时，中国维和警察也把他们的热血洒在异国的土地上。

2010 年 1 月 12 日下午（北京时间 13 日凌晨），海地发生 7.3 级大地震，联海团总部大楼在地震中坍塌，我国赴海地的八名维和警察不幸遇难，他们是：朱晓平、郭宝山、王树林、李晓明、赵化宇、李钦、钟荐勤、和志虹。

1 月 19 日，八名烈士的灵柩由专机接运回国。

他们不负使命重托，用生命铸就了维和利剑。

牺牲在春天里的一级公安英模还有：

北京市公安局丰台分局丰台镇派出所副所长崔大庆；

云南省昆明市公安局官渡分局特警大队民警余泽华；

新疆维吾尔自治区玛纳斯县公安局民警马建军；

吉林省榆树市公安局巡警队队长刘瑛……

英雄把脚步停留在春天，
英雄把生命定格在春天。
草长莺飞，江水如蓝，
闪亮的坐标，矗立在千万人心上，
让灵魂对灵魂，
有了一种眺望。

夏天的记忆

1

1979 年夏，两男一女撬开辽宁省辽阳市东京陵公社新城大队民兵连军械库，盗取了三支 56 式冲锋枪和五千余发子弹。

两个男人分别是大队民兵军械员凌国梁、大队电机厂工人徐忠正。女的叫王玲，新城大队社员。

他们盗窃枪支弹药的目的很明确：报复杀害大队书记赵海江。

7月14日，三人悄悄潜入赵海江家，没想到铁将军把门。一打听，全家人去辽阳走亲戚了。

“走，去辽阳。”凌国梁报复心切，恨不得马上找到赵海江。

“咋去呀？坐大客车到辽阳不得天黑呀？”徐忠正和王玲面露难色。

“大队有辆解放牌大卡车，找司机穆春林，让他拉咱们去。”凌国梁平时跟穆春林交情不错，心想，这件事他一定能帮忙。

找到穆春林，说明意图，穆春林却把头摇得像拨浪鼓，“开车拉你们去杀人？不去，不去，说啥不去。”

一听穆春林说不去，凌国梁和徐忠正一不做二不休，当即开枪，将穆春林打死，将尸体连同一支冲锋枪、六百余发子弹埋在一块苞米地里。随后，凌国梁开车，拉着徐忠正和王玲，一路向辽阳赶去。

几个正在附近农田里干活的民兵听到枪声，急忙赶来探寻究竟，发现穆春林的尸体后，知道事态严重，立即鸣枪示警。

听到枪声，凌国梁等人知道事情败露，不敢再去辽阳，转而往铁岭方向逃去。

辽阳市公安局接到报告后，第一时间将案情上报辽宁省公安厅，并立即采取行动，在沿途设卡堵截。

当日上午九点，群众报告，在铁岭市平顶堡镇柴河沿村发现三名歹徒的踪迹。辽宁省公安厅立即指示铁岭地区公安局：“立即组织警力，堵截抓捕。”

接到省厅通报后，铁岭地区公安局四处（刑侦处）副处长朱德俊火速组织警力，设卡堵截。与此同时，铁岭、开原、昌图等县公安局也迅速控制了车站及交通要道。

中午时分，追捕组沿公路追踪到距铁岭市区五公里处的102国道旁，在铁岭县平顶堡公社柴河沿大队附近的岔路口，有不少人见到警车后探头探脑，还发出欢呼声。

民警下车后，向他们打听歹徒逃跑方向，这些人七嘴八舌，乱说一通，谁都说不明白。

就在民警继续了解情况之时，发现人群中有个女子神情挺不自然，就过去盘问。

“叫啥名？”

“王玲。”

此前，追捕组已经知道三名歹徒中有个女的叫王玲，便立即把她带到车上。

经审查，此人正是跟凌国梁一起作案行凶的王玲。

王玲交代，三人跑到铁岭后，看见公安在各个路口都设了卡子，凌国梁就对她说：“我和徐忠正杀人了，难逃一死，你没杀人，没必要跟我们一起送命，咱们分开吧。”

“他们往哪儿跑了？”

王玲手指柴河沿大队方向，“就那个方向。”

追捕组决定，兵分两路，一路向柴河沿大队方向搜索，一路沿公路继续追捕。

实际上，凌国梁和徐忠正根本没跑远，就藏在公路东侧树丛里，追捕组的一举一动，他们看得一清二楚。

追捕组将王玲塞进警车，沿公路东侧靠路旁树丛搜索前进。刚走到距抓获王玲的位置二百米的地方，树林里突然站起两个身影，随着枪口喷出的火焰，密集的子弹向民警射了过来。

朱德俊走在最前面，一颗子弹击中他的腰部，他举起手枪想要还击，又一颗子弹打来，正中头部。

见朱德俊瞬间倒在地上，铁岭地区公安局政治处主任周金发大喊一声“快卧倒”，一把推倒了身边的民警周晓民，自己却身中数弹，当场牺牲。

与此同时，侦查员王树柏也被击中，倒在公路上。

枪声就是命令。正在四周搜索的警力闻声集结，在对方火力压制下，与两名歹徒隔路对峙，并建立了简易的前沿阵地，在外围布置包围圈。

在只有二三十米远的对峙战中，追捕组相互掩护，向歹徒射击。

按理说，十几名公安民警对两名歹徒，警方完全占上风。

可实际情况是，当年，民警的武器还没有完全实现制式化，枪支是杂七杂八的万国造，甚至有二战时期的老枪，膛线都磨平了，子弹出膛后，竟然会立着飞出去，精度威力可想而知，和歹徒手中的56式冲锋枪的杀伤力完全没法比。

凌国梁和徐忠正都受过正规的军事训练，凌国梁是枪械员，新城大队民兵连的枪库就归他管，徐忠正是复员兵，在部队时是校枪员。两人的枪法极为精准，弹着点基本与公路路面在一个水平线上，民警一抬头，就有被击中头部的危险。再加上凌国梁和徐忠正藏身不易观察的槐树丛中，占据地形优势，手里是全自动步枪，与警方的手枪相比占据火力优势。

敌暗我明，手枪射击难以奏效，指挥部立即从军分区调来两箱手榴弹，一边用手枪射击，一边用手榴弹压制。

信访接待员尚琦，一年前刚从部队复员，为压制对方火力，掩护战友，他冲在最前面。就在他探身投弹的一刹那，被枪法精准的徐忠正一枪命中头部，当场牺牲。

警犬训练员李长华匍匐着向前沿阵地运送弹药，被火力压制在一棵大树后面，因为出发紧急，没带备用弹夹，枪里子弹很快打光了。他掏出手榴弹，刚从树后探出身子，凌国梁连着几个短点射，李长华身中数弹，手榴弹还没出手就牺牲了。

辽宁省公安厅给铁岭警方下达了三条死命令：一、决不允许罪犯逃出铁岭界；二、决不允许再出现民警伤亡；三、必要时，可以当场击毙。

当天，铁岭地区中级人民法院法警单中兴和爱人去沈阳看病，回来的路上，正赶上警察围捕歹徒，枪战越来越激烈。

单中兴是退伍军人，战斗经验丰富，尤其是腰间还佩戴一支日本南部十四式手枪，俗称“王八盒子”，关键时刻，也能助警方一臂之力。

他让爱人先回家，随后从侧面迂回过去，绕到歹徒背后。眼看距离不到十米了，单中兴立即开枪射击，没想到，第一枪就卡壳了。就在他转身验枪的时候，被凌国梁一枪击中，当场牺牲。

连续杀伤六位民警后，凌国梁和徐忠正一边交叉射击，一边向树林外潜逃。他们知道，警察的手枪只有几十米射程，只要拉开百米距离，警察的枪射程不够，就有机会逃跑。

他们哪里知道，追捕组的车上有两支56式半自动步枪，这两支枪，是路上遇到押解犯人的武警临时借来的。

两支枪，只有十发子弹，所以一直放在车上。

民警周晓民判断出歹徒的意图后，立刻从车上取下半自动步枪，连开九枪。凌国梁和徐忠正一听是制式武器的枪声，误以为大部队赶到，立即逃回树林里。

这时，增援的军警陆续赶到，将树林团团围住。

歹徒已经穷途末路，无路可逃，但考虑到他们的火力较强，强攻会造成伤亡，指挥部协调当地守桥部队，“带重武器增援，必要时，可以调动坦克。”

守桥部队官兵接到命令后，立即赶来增援，架起了56式轻机枪，可是，机枪只响了一声就停下来了。原来，机枪也卡壳了。

排除故障后，几挺机枪继续向树林猛烈散射，打了能有几千发子弹，歹徒终于不再还击了。

大家以为凌国梁和徐忠正肯定被打死了，正准备进入树林查看，对方的枪又响了，民警苏玉成的手腕中弹。

为避免再次造成伤亡，指挥部命令：“没有十分把握，先不进入。”于是，机枪继续扫射，又连扔了几百颗手榴弹，轰隆隆的爆炸声响过后，树林里彻底安静下来。

过了几分钟，树林里摇摇晃晃走出一个人，手里还端着枪，军警不敢冒险，举枪齐射，将其当场击毙。

仔细查看，此人正是凌国梁。

民警继续搜索，在树林里找到了徐忠正的尸体，浑身上下已被机枪打成了筛子。

战斗结束后，没有人忍心把噩耗告诉给六个已经破碎的家庭。

曹淑华是铁岭地区公安局负责后勤装备工作的民警，为料理牺牲民警的后事，她受命为每位牺牲民警准备一套新警服，但她在归来的队伍中迟迟看不到她家老朱。她逢人便问：“老朱呢？看见俺家老朱没？”

归来的警察没人回答她的问话，一个个把自己关进办公室，捶着桌子痛哭。

她家的“老朱”，就是在战斗中第一个倒下的铁岭地区公安局四处副处长朱德俊。

1979 年 7 月 24 日，铁岭隆重召开追悼大会，铁岭地委、地区行署、军分区及辽宁省公安厅、省人民检察院、省高级人民法院的领导，铁岭地区公安局全体民警和部分群众参加追悼会。

不久，五位牺牲民警、一名牺牲法警被辽宁省革命委员会批准为革命烈士，铁岭地区行政公署为六名烈士分别追记个人一等功，骨灰安葬在铁岭市龙首山革命烈士陵园。

“柴河沿战役”震惊全国。

在我国公安史上，能够逼得警方准备动用军用坦克的只有这一次；而能将一次抓捕行动冠以“战役”之 名的，也只有这一次。

这场七个小时的激战，暴露了警方装备差、战斗力不强的弱点，也由此引发公安机关加速更新枪械。此后，国家加强了枪支管理。

资料记载，四十多年过去了，“柴河沿战役”六名公安英烈的后代，传承亲人用鲜血凝成的光荣与梦想，先后有十八人通过接班、招考、部队转业等方式加入公安队伍。

2

1995 年 5 月 23 日 18 时许，山东烟台开往辽宁大连的客轮已经开始检票，港口售票大厅内外，人潮涌动。

在即将登船的旅客中，有一名男子引起了烟台港公安局客运站派出所民警王德利的注意，王德利对男子说：“请跟我来一下。”

王德利将这名男子带到派出所值班室，正准备查问时，这名男子突然掏出一把手枪，对准王德利扣动了扳机，王德利当即中弹负伤，血染警服。

面对歹徒罪恶的枪口，王德利没有丝毫畏惧，忍着剧痛扑向歹徒，全力夺枪。歹徒穷凶极恶，再次扣动扳机，王德利倒在了血泊中。

见歹徒仓皇逃走，王德利忍着剧痛，艰难地爬到门口，对闻声赶来的旅客断断续续地说：“快……上二楼……喊人……”

听到枪声，民警牟彦峰立即赶来增援，正好跟歹徒打个照面，凶狠的持枪歹徒又对准他连开三枪，牟彦峰中弹倒下，持枪歹徒趁机逃向客运站广场。

正在广场巡逻的所长顾正泽闻讯赶到，立即向歹徒逃跑的方向大步追去。与此同时，骑摩托车巡逻的民警孙国明路过广场，听到枪声和战友们的呼喊，立即加大油门，向仓皇逃窜的歹徒追去。

路面上，机动车、自行车和来往行人川流不息，给顾正泽、孙国明的追击带来了很大困难。孙国明想方设法赶到歹徒前面，向左后方猛地掉转车头，纵向跳下车，从侧面扑向歹徒。

就在孙国明扑向歹徒的一瞬间，歹徒对准他的胸膛就是一枪，正中心脏。

眼看着朝夕相处的战友倒下，顾正泽怒不可遏，加快脚步，一边追一边怒吼："站住！往哪儿跑！"

歹徒惊慌失措，窜入路边的一家商店，顾正泽紧追而至，立即冲上去堵住店门，并大声喊道："你跑不了的，快放下枪。"随后，将一个货架推到店门口，堵住了歹徒的逃路。

歹徒准备夺门而逃，连续开枪射击，击伤了顾正泽和围在门外的数名群众。当时，正值下班高峰，滞留在现场的群众多达数百名，顾正泽担心伤及更多的无辜群众，奋不顾身冲入店内，关上店门，将正想逃出店外的歹徒堵了回去。

紧闭的店门，挡住了群众的视线，激烈的搏斗声、响亮的怒吼声，不停地撞击着人们的耳鼓。

"砰，砰，砰……"一阵刺耳的枪声传来，现场群众不顾一切冲了上去，打开店门，看到里面悲壮的情景，全都惊呆了：顾正泽怒目圆睁，以不屈的姿态，静静地躺在地上。他身中三枪，满身是血，左手紧紧拽着歹徒的头发；歹徒已咽气，头部和胯部各有一个枪眼。

警方事后查明，这名持枪袭警的歹徒名叫于克清，辽宁鞍山人，曾因盗窃被公安机关打击处理。1991 年以来，他窃取手枪两支，击伤民警一名，杀伤群众十四名，作案二十八起，盗窃现金二十四万元。1993 年 10 月，他在鞍山拒捕开枪，击伤民警后亡命他乡。他曾给鞍山公安机关写过恐吓信，疯狂叫嚣："我要和你们斗一斗，看看是你们抓住我，还是我杀了你们……"

"5・23"案发当日，于克清准备乘船从烟台逃往大连，却没逃过烟台港值班民警王德利的眼睛。

1995年5月26日，山东省政府批准顾正泽、王德利、孙国明、牟彦峰为革命烈士；6月21日，顾正泽被公安部追授为“全国公安系统一级英雄模范”，王德利、孙国明、牟彦峰被追授为“全国公安系统二级英雄模范”。

3

“丁零零……”1995年4月1日13时许，山西省原平市公安局三街派出所值班室响起一阵急促的电话铃声。

“他在家看孩子，你们快过来！”对方小声地说。

电话里提到的“他”，是因持械抢劫和拐卖妇女先后被山西、内蒙古、北京等地公安机关通缉的犯罪嫌疑人李三亥，1993年以来一直负案在逃，公安机关几次追捕都没成功。

3月31日，三街派出所所长张兰所就接到密报，“4月1日，李三亥要回桃园村老家看孩子。”为此，张兰所召集全所民警和联防队员集结待命。

接到电话后，张兰所立即布置抓捕任务：张兰所和指导员兰相田带领民警赵虎生和张召才从前门进入李家院内，联防队员赵伟和栗晓午堵住后窗。

方案确定后，他们立即驾车前往桃园村抓捕。举报人说，李三亥手中有猎枪，张兰所在路上一再叮嘱战友们，“一定注意安全。”

14时，他们秘密到达桃园村，将车停在隐蔽处后，悄悄步行接近目标，迅速完成了对李三亥家的包围。

当民警进入李家院子后，狡猾的李三亥察觉到事情不妙，立即将家门反锁，放下孩子，推开后窗准备逃跑。联防队员赵伟和栗晓午早已等候多时，大声警告李三亥：“你逃不出去了，赶快束手就擒。”

听到喊声后，张兰所带枪跑到后窗支援，兰相田、赵虎生从正门破门而入。

发觉腹背受敌，陷入绝境，李三亥当即露出凶残本性，手舞猎枪，歇斯底里地号叫：“谁敢进来，就送他上西天！”

说时迟，那时快，兰相田以迅雷不及掩耳之势迎着李三亥的枪口猛扑上去，紧随其后的赵虎生和两位联防队员也扑了进去。李三亥没来得及开枪，双手就被兰相田死死卡住，双方开始争夺猎枪，只听“咔嚓”一声，枪托折断了。

这时，李三亥将早已准备好的自制手雷拿了出来，千钧一发之际，兰相田和赵虎生将手雷紧紧压在身下，但李三亥已经拉开了手雷的手环，“轰”的一声巨响，现场一片狼藉。兰相田和联防队员赵伟当场壮烈牺牲，兰相田的手中，还紧紧抓着从李三亥手里夺下的半截枪身。联防队员栗晓午胳膊严重受伤，当场昏迷。赵虎生大腿被炸断，胸腹多处受伤，他忍着剧痛高喊：“快快快，别让他跑了！”

李三亥双手被炸掉，仍挣扎着准备夺路逃跑。张兰所踉踉跄跄爬起来，将李三亥控制住。

周围群众闻讯赶来，赵虎生在被送往医院抢救途中不幸牺牲。

……

英雄把脚步停留在夏天，

英雄把生命定格在夏天。

浓荫绿树，

万泉出山。

闪亮的坐标，矗立在千万人心上，

让灵魂对灵魂，

有了一种景仰。

秋天的记忆

1

1980年8月17日，天津火车站，零点的钟声刚刚敲响。

“砰、砰、砰……”一阵密集的枪声刺破夜空。

三名刚从列车上下来的男子，让深夜里的天津火车站变得不平静了。

八月初，内蒙古自治区巴彦淖尔的梁大东、王新国、白永胜盗窃临河县武装部大批枪支弹药后，乘车去东北，预谋干几起惊天动地的大案。

三人在天津火车站转车。在车站广场逗留时，被天津站派出所执勤民警马幼航带至值班室，由值班民警路秀峰、路明做进一步审查。在派出所值班室内，路秀峰和路明决定先审白永胜。

白永胜很狡猾，百般掩盖事实，说自己是出来玩的，对另外二人的情况并不清楚。此时，在候问室待审的梁大东、王新国异常紧张，手不时伸向别在腰间的手枪。

两名民警审完白永胜后，立即对王新国进行审查。路秀峰正准备对王新国进行检查时，王新国猛地撩开上衣衣襟，伸手去拔别在腰间的两把手枪。

“不好，有枪！”两名民警不约而同地猛扑上去，将两把手枪打落在地。

然而，更大的危险还在后面，路明猛地抬头，发现梁大东正隔着屋门的玻璃举枪瞄准，路明向正在弯腰捡枪的路秀峰大喊：“注意后面！”

话音刚落，梁大东已经踹开房门，朝民警疯狂开枪。“砰、砰……”值班室里枪声大作。

路秀峰死死抓住梁大东小臂，迫使其双手高举，难以射击。梁大东猛地斜下枪口，再次扣动扳机，一颗罪恶的子弹击中路秀峰后脑，鲜红的热血汩汩而出。

路秀峰忍着剧烈的疼痛，迎着枪口再次冲上去。梁大东被英雄的壮举惊住了，稍一迟疑便被路秀峰撞倒。梁大东困兽犹斗，再次开枪，子弹正中路秀峰的心脏，路秀峰重重地倒下。他用血肉之躯为战友们的反击赢得了宝贵时间。

最后，这伙歹徒被一网打尽，梁大东被击毙，王新国和白永胜被民警生擒。被盗枪支子弹被追缴。

2

1992年，云南省砚山县平远镇恶性犯罪事件屡有发生。犯罪分子从境外把毒品运到平远镇，再贩运到外地。

当年八月，经中共中央、国务院批准，云南省委省政府调集八千余名公安干警、武警官兵，在砚山县平远镇开展了一场严厉打击毒品犯罪和非法买卖枪支弹药犯罪的斗争。

8月29日，苏太德接到前往平远地区执行任务的命令。他告诉妻子要去昆明出差几天，便立即赶往砚山县铳卡农场待命。

行动前，防弹衣和钢盔等防护装备数量有限，苏太德说："我当过兵，有经验，留给年轻同志吧。"

他把防弹衣让给了一名年轻民警。

8月31日6时许，苏太德所在的战斗小组抵达砚山县平远镇小石桥中寨。他们的第一个行动是抓捕死刑逃犯马某某，马某某在关押期间越狱，在逃期间又多次持枪贩毒。

被编在搜查取证组的苏太德主动请缨，同抓捕组的庞如宝、黄云高、高文亮等人迅速包围了马某某家。

马某某的住宅，楼高两层，外围是两道高三米的围墙，并设有侧门、后门，窗户全是茶色玻璃，从外边根本看不到里面，而从里向外看一目了然。屋内还专门修了夹墙暗道，随时准备与抓捕人员决一死战。

天刚刚亮，不见任何动静的苏太德和战友迅速强行打开外房一道门，通过第一道围墙，正当苏太德一个箭步冲到第二道围墙拱门旁时，马某某的妻子刚好探出头来，见有民警就拼命喊叫给马某某报信，被苏太德和战友控制后，她谎称马某某两天前就离家到田心村去了。但据战前的多次侦查分析判断，马某某在家无疑。

而此时，听到动静的马某某已在暗处做好了负隅顽抗的准备。就在苏太德和战友押着马某某的妻子带路进房搜查时，一排子弹从屋内射出，黄云高中弹受伤。苏太德看到战友受伤，怒火中烧，立即开枪还击，掩护抢救受伤战友。

战斗中，高文亮隐蔽的地方起火，就在高文亮转身向外撤出的一瞬间，马某某举起冲锋枪，子弹如雨点般向高文亮猛射过来，高文亮倒地牺牲。

为避免伤亡再次出现，苏太德和庞如宝绕到后院，占据有利位置向马某某开枪射击，子弹打光了，又从战友处接过五枚手榴弹投向罪犯，这时，一颗子弹击中苏太德的头部，他也献出了年轻的生命。

随后，马某某被前来支援的民警当场击毙。

3

1984年9月8日21时15分，武汉南湖机场某部弹药库库门被人打开，正当两个鬼影盗取库内枪支弹药时，被驻南湖机场武警某部的周某、孙某发现，“干什么？”大喝一声后，二人扑向盗枪歹徒。

眼看罪行暴露，歹徒海某、吴某举枪射击两名武警，周某中弹受伤，孙某当场牺牲。

两名歹徒拦截一辆刚刚返回机场的吉普车，威逼司机叶某为其逃跑提供方便，叶某却驾车朝机场武警驻守部队大门冲去，高声呼喊：“抓歹徒！”

车辆撞在营房大门上，熄火无法行驶。穷凶极恶的海某吴某朝司机连开五枪，向机场外逃窜。

途中，他们拦截一辆大卡车逃窜。头脑灵活的卡车司机意识到问题的严重性，机智地与两名歹徒周旋，称卡车刚刚大修，汽油也不多了，可以将二人送到舵落口检查站。

海某吴某不知是计，同意了卡车司机的建议。

“舵落口检查站，两名持枪歹徒正向你方向逃窜，请你们马上设卡堵截。”

“收到，立即执行。”

22 时 10 分，舵落口检查站接到紧急通报。

不久，载着两名持枪歹徒的卡车到达检查站。卡车司机停车后，向正在执勤的民警吴用智、饶晓华打招呼，并暗中发出车上有持枪歹徒的信息。卡车司机没有料到的是，狡猾的吴某尾随而来。

对于吴用智来讲，对前面这些复杂案情，他没有一分钟的查询时间，遭遇战强迫他冷静下来。吴用智镇定地和海某对话，趁其分神之际，和战友拔枪做好战斗准备。

海某一言不发，朝吴用智胸部腹部连开四枪。倒地的吴用智忍住疼痛翻身侧卧，用左手托起右手腕，对准已逃出数米外的海某连续射击，当场将海某击毙。随后，他又急转枪口，击伤要下车逃窜的吴某，闻讯赶来的战友及群众将受伤的吴某生擒。

激烈的枪战在短短几分钟内结束。但吴用智伤势过重，抢救无效，光荣牺牲。

检查站民警当场缴获海某吴某携带的 51 式手枪四把，子弹十二发。武汉军区保卫部工作人员在海某吴某的宿舍里，搜出 51 式手枪一把、冲锋枪一支、机枪一挺、手枪子弹二十多发。

大案告破后，公安部追授吴用智“全国公安战线一级英雄模范”称号，湖北省政府授予舵落口公安检查站“英勇歼敌公安检查站”荣誉称号。

4

赛尔江·买米拉，哈萨克族人，1964年8月生，生前系新疆维吾尔自治区富蕴县公安局城镇派出所民警。

1994年9月9日22时30分，时任富蕴县委书记叶维湘与老伴正在家中，突然闯进两个素不相识的青年。手中提着黑皮包的王某对叶维湘夫妇说：“这里面装满了炸药，给钱，给我们二十万！没钱，黄金也可以。”

不速之客使叶维湘夫妇意识到，遇到劫匪了。为缓和紧张气氛，叶维湘的妻子起身给他们倒茶，并以取茶杯为由，快步上楼，拨通了报警电话。

急促的电话铃声响起时，城镇派出所民警赛尔江正在值班。

十万火急，赛尔江率领联防队员驾着摩托车向案发现场驶去，在叶维湘家院外按响了门铃。听到门铃声，两名歹徒一愣，惊慌失措地来到院子里。

门开了，紧握手枪的赛尔江冲进来，看到两名歹徒正威胁叶维湘，便以迅雷不及掩耳之势猛扑上去，将两名歹徒紧紧抱住。手提炸药包的王某一边挣扎一边声嘶力竭地狂喊：“我有炸药包！”

赛尔江听到后，立即推开另一名歹徒用双臂紧紧抱住王某，用自己的身体把王某和周围的人隔开，全力把王某推向墙角，同时向在场的人大声呼喊：“快走！”

就在这一瞬间，王某拉响了重约三千克的炸药包，一声巨响，歹徒王某当场死亡，另一歹徒重伤毙命。而年仅三十岁的赛尔江，用血肉之躯，在生与死之间筑起了一道钢铁之墙。

2014年9月，富蕴县公安局城镇派出所迎来一名刚从新疆警察学院毕业的女民警——叶尔兰·赛尔江，她是公安烈士赛尔江·买米拉的女儿。

父亲牺牲时，叶尔兰只有两岁。不久，妈妈也离开人世。

把英雄遗孤抚养成人，成为当地公安机关、英烈家属、各族乡亲共同的心愿。在大家的呵护下，叶尔兰度过了少年时光。2011 年 9 月，叶尔兰高中毕业，进入父亲生前就读的新疆警察学院，继承父亲的事业。

在叶尔兰前往新疆警察学院报到的那一天，阿勒泰地区公安局在叶尔兰父亲生前所在单位，为叶尔兰举行了隆重的入学仪式。

……

英雄把脚步停留在秋天，
英雄把生命定格在秋天。
秋水长天，
红叶满溪。
闪亮的坐标，矗立在千万人心上，
让灵魂对灵魂，
有了一种激荡。

冬天的记忆

1

陈建军，1962 年 8 月出生于云南省文山壮族苗族自治州麻栗坡县麻栗镇，1982 年通过招警考试进入砚山县公安局缉毒队，先后二十四次打入犯罪集团内部，在队友密切配合下，查获毒品案件八起，抓获犯罪分子十九人。

1987 年 12 月 13 日，陈建军得到情报，有个名叫冯德国的贩毒分子正在寻找买主。他自告奋勇扮成老板，带着现金住进旅社，与毒贩冯德国、陈吉生接上头。但冯德国不把毒品运出村，约陈建军到其家中取货。陈建军果断地说：“如果货到，就来珠街找我。”

回到单位，陈建军将情况向领导做了详细汇报。

12月15日一早，一辆绿色吉普车从砚山县公安局缓缓驶出，车上，坐着陈建军和战友。

到达广南县珠琳镇，陈建军下车与毒贩接头。狡猾的毒贩临时改变交易地点，不在珠街交货，要去广南县曙光乡小波幺村。陈建军抬头望了望四周，不见战友身影，而此时，毒贩又死死跟着他。

去？还是不去？陈建军思索片刻后，当机立断：去！

这位曾经多次成功打入虎穴的孤胆英雄，最终只身一人，跟着毒贩来到小波幺村。

冯德国安排妻弟于天斌去放哨，随后，带着陈建军和毒贩陶顺明上楼，准备交易。一番讨价还价之后，冯德国、陶顺明称好6.65千克鸦片，让陈建军付款。

这时，陈建军掏出手枪，朝房顶鸣枪，高声喊道：“我是公安局的，统统跪下，别动！”

随后，退到窗边，掏出对讲机呼叫战友。

陶顺明连滚带爬来到楼下，拿起事先放在楼梯角的火药枪。陈建军见势不妙，提着万元现金和毒品跑下楼。凶残的毒贩已将枪口对准了他。

双方的枪都响了，毒贩陶顺明中弹身亡，陈建军右腹被火药枪击中，顿时鲜血直流，重重地从楼梯上摔下。

冯建国从楼上冲下来，拿起一根木棒追打陈建军。冯德国的弟弟、母亲、妻子、妻弟等蜂拥而上，猛抢毒品和现金，同时死死拖住陈建军。

陈建军身负重伤，紧紧抱着公家的钱财，面对凶恶的毒贩，用尽最后力气又开了两枪。陈建军的头部又被木棒重重一击，鲜血喷涌而出，他终于支撑不住，倒在地上。

1988 年 4 月，陈建军被云南省政府批准为革命烈士。1988 年 5 月，公安部追授陈建军“全国公安系统一级英雄模范”称号。

2

1992 年 10 月 7 日中午，湖北省武汉市公安局武昌分局中华路派出所民警袁江平到辖区查访。

三天前，一名外地生意人匆匆赶到中华路派出所报案：两辆出租车驶进黄鹤楼下的青龙巷，从车里跳下七八条大汉，强行抢走他的五百一十元现金和一枚十一克重的金戒指，还逼着他答应交一千元“进贡费”。

10 月 7 日 14 时，袁江平查访到武昌民主二路时，一个身穿红色夹克衫的男青年进入视线，他与犯罪团伙头目的基本特征相符。

袁江平将对方逼进一家商店准备盘查时，男青年突然掏出手枪击中袁江平的腰部，然后仓皇逃跑。

武汉市公安局迅速成立专案指挥部，一方面组织六百余名民警设卡堵截，防止犯罪分子逃出武汉，另一方面组织人员在全市范围内开展地毯式搜查。

经过五天四夜的工作，专案组终于查明：制造事端的是一个带有黑社会性质的持枪杀人抢劫、盗窃、贩毒犯罪团伙。以从新疆劳改农场逃回武汉的刘雄才为首，由刑满释放人员和解除劳教人员组成。武汉警方多警种出击，犯罪团伙成员陈宇飞等五人先后落网，不过狡猾的头目刘雄才却没了踪影。

10 月 11 日下午，专案指挥部获得线索，刘雄才在武昌车辆厂附近出现。

武汉市公安局防暴队副队长肖立斌接到指令后，带领六名民警火速赶往集结点，兵分两路，一路由熟悉刘雄才体貌特征的民警带领，在武昌车辆厂附近的单元宿舍楼搜索。一路由肖立斌带领，在犯罪分子可能出现的菜市场附近搜索。

肖立斌与民警谢明、韩枫搜索到武昌车辆厂综合商店附近，发现刘雄才站在商店门口。肖立斌谢明迅速贴近，狡猾的刘雄才已有察觉，转身窜入人员众多的商店内，企图混在人群中逃跑。

战机稍纵即逝，肖立斌、谢明迅速追上去。刘雄才猛然转身朝谢明连开两枪，中弹倒地的谢明忍着剧痛强撑身体，举枪击中刘雄才的下颚部。为保护周围群众的生命安全，肖立斌奋不顾身上前将刘雄才双臂牢牢箍住，凶残的刘雄才转动手腕，又连开两枪，肖立斌的左臂和胸膛被击穿，顿时血流如注。

在身负重伤的情况下，肖立斌拼尽全身力气，把刘雄才按倒在地，死死抱住不放。在商店外警戒的韩枫听到枪声冲进店内，与闻讯赶来的民警一起将刘雄才生擒。

现场群众无一伤亡，肖立斌、谢明因伤势过重，不幸牺牲。

3

拱北关闸国防路。

1992年10月17日5时许，天蒙蒙亮。一名满脸稚气的边防战士正全副武装来回巡查，他就是广东公安边防总队第五支队机动中队战士梅开春。

此时，澳门方向的铁丝网发出了不寻常的声响，梅开春停下脚步，仔细打量周边的情况，隐隐发现三四条黑影已翻过澳门方向的铁丝网，踏进因退潮而不到半米深的鸭涌河，慌慌张张地快步跑来。

此时通知邻近哨位赶来增援已经来不及了，梅开春迅速卸下冲锋枪，弯下身子，敏捷地朝黑影方向奔去。他清楚地看见四名男子背着东西提着鞋悄悄地向河边靠来。

“站住！”梅开春大喝道，接着向天空开了一枪。

突如其来的枪声，吓得其中一人瘫坐在地上。

梅开春叫他们依次从铁丝网外爬过来，全部反过身，举起双手蹲在地上。

面对梅开春的讯问，四名男子先说自己是在澳门打黑工，想要回乡收稻子的。但鬼鬼祟祟的表情和高档的服装揭穿了他们的谎言。

“还不老实交代，身上的东西是什么？”梅开春毫不含糊紧紧追问。四名嫌疑人又说自己是去香港搞私货的，并哀求放过他们。

一名年纪较大的男子悄悄拿出一沓港币扔到梅开春脚下：“这点钱给你，放我们走吧，如果放了，我们再加十万元。”

“休想！再多的钱也买不通我。”梅开春斩钉截铁地怒斥歹徒，并示意四人站起来，一个挨着一个走。这伙歹徒不愿就此落入法网，在前行了大约二十米后，最后面的歹徒突然转身，扑了过来，死死抱住梅开春的双手，向同伙喊道：快，来干掉他！梅开春猝不及防，双手被死死抱住，开枪已经来不及了，只好拼命甩开那名歹徒。

走在前面的歹徒听到同伙的喊叫，也急忙回转身，号叫着扑过来。在殊死搏斗中，梅开春曾多次将扑上的三名歹徒踹倒在地，但歹徒人多势众，梅开春被按在地上。

那名年龄大些的歹徒从身上掏出手枪，气急败坏地叫道：“再不放我们走，我就开枪了！”

“只要有我在，你们就别想走，就算是打死我，你们也别想跑掉！”梅开春毫不示弱。四名歹徒被他视死如归的精神镇住了，一下子不知如何是好。但几秒钟的沉寂后，歹徒还是凶狠地开了枪。

一周后，持枪抢劫犯罪嫌疑人徐伟传被警方抓获，他向警方交代了与徐伟忠、林发诚、郑其杰三名同伙，于10月16日在澳门恒生银行持枪抢劫一百三十余万元港币，携带三支枪四颗手雷闯关入境的犯罪事实。

4

2005年11月27日11时，吉林省白城市洮北区林海镇龙湾村一个废井坑内发现一具男尸。经勘查，确定死者是一名出租车司机，驾驶的红色夏利出租车以及随身携带财物被抢。

从27日中午接到报案到28日晚，白城市公安局刑警支队副支队长芮志江一直处在紧张的案件调查、分析、研判中。23时许，在部署完第二天的侦查任务后，芮志江才拖着疲惫的身子走出办公室。

回家的路上，一辆路边缓慢行驶的轿车引起了他的警觉。夏利，红色，没挂牌照。新旧程度、颜色与“11·27”杀人抢劫案被抢的出租车十分相似。

夏利在行驶中时快时慢，似乎漫无目的。芮志江像猎手发现猎物一样，迅速跟踪上去，并掏出手机，拨通110报警服务台，请求增援。

果然不出芮志江的判断。这辆夏利，正是“11·27”杀人抢劫案被抢的出租车。

车上，四名歹徒正在左顾右盼，发现后面有人跟踪，便将车开到白城市实验高中附近的偏僻胡同处，相继下车，准备逃窜。

芮志江见状，加足马力追了上去，用车别到夏利车旁，挡住歹徒的去路，迅速跳下车，向四名歹徒表明身份，“警察！举起手来！”

丧心病狂的歹徒不再掩饰自己的罪恶，纷纷掏出随身携带的刀具，一齐扑向芮志江。

由于是八小时之外，芮志江没带枪支。此时，一对四，对方的手里是明晃晃的刀具，而他，赤手空拳。

他边战边退，利用警校学到的擒敌战术，打倒了冲在前面的两名歹徒，却被身后的两名歹徒连续刺中。

芮志江倒在血泊里，扬着满是鲜血的脸，指着四名歹徒，拼尽全力说道：“你们一个也跑不了……”

四名歹徒在芮志江的身上连刺二十三刀，又用砖头狠狠地砸向他的头部。顿时，血流如注。

当增援民警赶到时，芮志江的车和涉案车辆已被歹徒点着了火，芮志江已经壮烈牺牲，三十五岁的生命定格在这英勇的一瞬间。

经过白城市公安局连续二十二小时的奋战，凶犯王龙、张建军、杜辉、孙建设很快落网。2005 年 12 月 22 日，四人被判处死刑，立即执行。

协助四人逃跑的其他三名犯罪嫌疑人也相继受到法律制裁。

“当刑警，就要勇字当先！”这是芮志江常挂嘴边的一句话，更是他十年刑警生涯的真实写照。

芮志江牺牲不久，公安部追授他“全国公安系统一级英雄模范”，吉林省人民政府批准他为革命烈士。

5

白木仁，蒙古族，1963 年出生，生前系内蒙古自治区阿拉善左旗公安局豪斯布尔都苏木公安特派员。1994 年 12 月，公安部追授其“全国公安系统一级英雄模范”称号。

1994 年 10 月 21 日 11 时许，阿拉善左旗公安局接到牧民报案，称阿日呼都格嘎查牧民孟克巴图身缠炸药，扬言要炸死牧民朝格图。

情况紧急，旗公安局派白木仁前去处理。

刚处理完一起治安案件的白木仁顾不上吃午饭，马上赶到现场。只见孟克巴图身缠炸药手持引爆器，在山上追逐朝格图。

白木仁立即赶过去对孟克巴图进行劝导，孟克巴图不听劝阻，大声嘶吼：“你们再靠近，我就引爆！”

急红了眼的孟克巴图朝牧民王道尔吉家方向退去。白木仁立即让其他人员协助王道尔吉一家人转移。孟克巴图进入王道尔吉家，发现无人又走出来，朝自己家走去。

白木仁一直跟随其后做劝导工作。快到门口时，孟克巴图吼道：“谁也别进来，谁进来就炸死谁！”

白木仁让其他人留在屋外，对担心他生命安全的人说：“周围全是牧民住所，一旦发生爆炸，后果不堪设想。我是警察，有危险也必须去。”

说完，白木仁毅然走进屋里，想继续苦口婆心劝导孟克巴图，让这名年轻人不要采取过激行动。

整整三个小时过去了，等在外边的人，心一直悬着。

16 时 06 分，屋内，巨大的爆炸声突然响起。

……

英雄把脚步停留在冬天，
英雄把生命定格在冬天。
冰封千里，
万树梨花。
闪亮的坐标，矗立在千万人心上，
让灵魂对灵魂，
有了一种滋养。

第二章　瞬间

你疾如闪电的生命

就这样像羽毛一样飘去

可你倒下的身躯

却重重地撞疼了你母亲一样的大地

——袁瑰秋《唯有忠诚》

瞬间，感天动地

古代梵典记载，一刹那为一念，二十念为一瞬，二十瞬为一弹指。现代人曾把一刹那、一瞬和一弹指，精算到毫秒微秒级。

那是一种演算，一种求证。

瞬间只是表示时间短暂的概念。

历史推出瞬间，瞬间造就英雄的历史。

“泰山崩于前而色不变，麋鹿兴于左而目不瞬。”

那是大气魄，大英雄！

公安英烈，生前都是平平凡凡的人，可是为了保护人民群众，为了捍卫国家安全，他们在尖刀、枪口、炸弹面前，同样色不变，目不瞬，舍生忘死，铁血前行。

今天，当我们翻检公安英烈的往事时，仍能感到江河奔涌，大地轰鸣。

1

杨志坚，云南省开远市公安局羊街派出所所长。1996 年 11 月 29 日，他在依法传唤一名犯罪嫌疑人去派出所时，穷凶极恶的歹徒从腰间掏出一颗手榴弹，随即拉开弦，手榴弹刺刺地冒出白烟。

手榴弹从拉弦到爆炸只需三秒。千钧一发之际，杨志坚对周围群众大喊："他有手榴弹，快闪开！"

话音未落，他猛扑上去，将歹徒死死压在身下。"轰"的一声巨响，手榴弹爆炸了，歹徒当场炸死，杨志坚壮烈牺牲。

1989 年 6 月 9 日晚，湖北省襄阳县清河口派出所民警杨光斌，前去抓捕抢劫犯罪嫌疑人李某。

进入房间后，李某端起一把 85 式轻型冲锋枪，恶狠狠地对准了杨光斌的胸膛。突如其来的险情，让杨光斌猝不及防，但他迅速冷静下来，用轻缓的语言劝说对方。

此时，一些好事的居民闻声，或站在窗口，或打开自家房门，想一探究竟。李某根本不听杨光斌的劝阻，一边挥动枪支，一边声嘶力竭地号叫："放了我，不然我就打死你。"

两人随即展开对峙。

十分钟后，杨光斌的同事赶来增援，杨光斌示意他向后窗迂回。李某发现后，向杨光斌疯狂地扣动了扳机，几乎是同时，杨光斌也举枪射击。

李某胸部腹部中弹，杨光斌胸部腹部各中两弹，头部中一弹。李某倚在墙上换了弹夹，关闭电灯，打算冲出房门，向附近居民扫射，做垂死挣扎。

见到这种情况，生命垂危的杨光斌在地板上艰难举枪，瞄准刚打开房门的李某，打响了最后一枪，李某头部中弹，当场毙命。

2

2004年1月4日晚，浙江省杭州市公安局萧山区分局接到群众报警，有群众被数名犯罪嫌疑人非法拘禁在当地一家酒店。接警后，治安大队副大队长兼特别行动队队长张叶良迅速赶到现场。

在进入房间抓捕时，两名犯罪嫌疑人突然关闭房间电灯，拔刀向站在门口的张叶良刺去。

这一刀，正中心脏。张叶良“啊呀”一声，捂着胸口堵住房门，不让犯罪嫌疑人逃脱。

疯狂的歹徒连续挥刀向张叶良身上捅去，趁势夺门逃走。张叶良奋起追赶，胸前的血喷涌而出，没跑几步，就撞到了墙上，他稳稳神，再次挺身追赶。

在四楼到三楼的转弯处，张叶良抓住了一名歹徒的胳膊，顺势用手铐铐上，他想把手铐的另一端铐到楼梯护栏上，却再也使不出劲了。歹徒拼命挣脱，向楼下逃去。张叶良扶着护栏撑起身，踉跄着向楼下追去，一直追到一楼大厅门口，终因身体不支，一头栽在地上。

从四楼到一楼，六十五级台阶，洒下一路血迹，楼梯的护栏上，断断续续留下了一个个血手印。

张叶良牺牲后，被公安部追授为“全国公安系统一级英雄模范”，被浙江省人民政府批准为革命烈士。

3

2009年2月20日，重庆市涪陵区公安局敦仁派出所民警周鑫，加完班后，换上便装，准备回家。

刚踏上出租车，突然听到有人高喊："逮到，快逮到杀人犯！"

周鑫回头一看，一名男子慌不择路地跑过来，手里提了一把长长的猎刀。

周鑫立即迎上前去，死死抱住歹徒。见无法逃脱，歹徒猛地挣脱右臂，举起猎刀，向周鑫的双腿接连刺了几刀。周鑫忍住伤痛，拼力扭住歹徒，歹徒转过身，将刀深深刺进了周鑫的胸膛，然后夺路而逃，周鑫捂着胸口，踉跄着追出四十四米。

当天，周鑫因伤势过重，英雄牺牲。不久，歹徒被抓捕归案。

4

2011年7月4日，吉林市龙潭区土城子早市，一个扒手瞄准一个正在买菜的中年妇女，将罪恶的黑手伸向了她的腰包。

一路从公交车追踪到土城子早市的反扒民警刘长江见状，一声大喝："别动，我是警察！"随后，一个箭步猛扑上去，一手锁住扒手脖子，一手抓住扒手手腕。扒手拼命挣脱，用肘向后狠狠击打刘长江颈部。

刘长江回手从兜里掏手铐，准备铐住扒手。扒手趁机挣脱控制，起身要逃，刘长江一路追赶，扒手从兜里掏出一把黑色卡簧刀，反扑过来。

刘长江再次与扒手展开搏斗。搏斗中，刘长江被扒手踹断了肋骨，断骨刺破了心壁，但他死死抓住扒手不放，忍着剧痛，掏出手铐一端铐在扒手手腕上，另一端牢牢铐在自己手腕上。

增援的战友朱长海、赵伟仁赶到，上前合力制服了扒手。

这是一个生死链。

扒手抓住了，在反扒一线战斗了二十三年的刘长江却倒下了。

5

哈尼族民警柯占军，是云南省西双版纳傣族自治州公安局缉毒支队情报调研大队副大队长，2012 年 2 月 23 日，柯占军在外地执行任务四十多天后回到了景洪市。

刚到队里，就听说一起已经侦查一个多月的省级目标专案正在收网，支队领导召集警力，准备连夜抓捕。

这是一起特大武装贩毒案件，一听抓捕行动人手不够，柯占军主动请缨，要求加入抓捕组。

当天 18 时，抓捕组在景洪市一个小区六楼与毒贩遭遇。

柯占军冲在最前面，面对穷凶极恶的贩毒分子，他临危不惧，扑了上去，迅速控制住一名毒贩。另一名毒贩隐藏在暗处，突然从身后冲出来开枪射击，柯占军中弹倒地后，拼尽力气，死死抱住毒贩的腿，毒贩气急败坏，用枪托猛击柯占军的头部和背部，柯占军仍死死抓住毒贩。丧心病狂的毒贩对着柯占军头部又开一枪，柯占军倒在了血泊中。牺牲时，年仅三十岁。

次日，贩毒团伙成员全部落网，这起特大武装贩毒案成功告破，缴获毒品四十八千克，军用手枪一支，子弹二十八发。

6

2018 年 8 月，网络被两个公安烈士的名字刷屏：王涛、廖弦。

王涛，四川省眉山市仁寿县公安局富加派出所所长。廖弦，富加派出所辅警。

8 月 6 日上午，王涛正在所里布置抓捕犯罪嫌疑人张某，张某却驾车持枪冲进派出所。他先是用车撞击在外等候办理户籍业务的群众，随后，用仿制手枪向人群射击。

听到枪声和叫喊声，王涛掏出枪往外冲。张某射出的第二颗子弹卡壳，他拔出一把长四十厘米的尖刀，冲进户籍室。

狭小的户籍室里，聚集着二十余名群众，廖弦怕伤及群众，挺身而出，与张某搏斗，不幸倒在血泊中。张某趁机外窜，被赶来的王涛开枪击伤。

为防止误伤院里的群众，王涛靠前和张某搏斗，不幸身负重伤，但他仍牢牢控制住张某的手，直至战友们将张某制服。最终王涛、廖弦两位英雄因伤势过重而不幸牺牲。

监控显示，从张某出现，到被民警制服，整个过程只有八十五秒。

7

2018 年 12 月，贵阳市公安局花溪分局贵筑派出所民警马金涛，在抓捕三名吸毒人员时，遭遇暴力拒捕，马金涛临危不惧，奋勇向前，被吸毒者用弩箭刺中心脏，他仍强忍剧痛，抓住吸毒者不放，终因伤势过重，昏倒在地，经全力抢救无效，壮烈牺牲，年仅三十岁。

马金涛牺牲后，被公安部追授为“全国公安系统一级英雄模范”称号。

8

2003 年 11 月，湖南衡阳大火。二百多名热血男儿赴汤蹈火，浴血奋战，四百一十二名群众安全脱险，数十名公安消防官兵被埋在废墟下，其中二十名花样年华的官兵，在烈火中永生。

……

刺刺冒烟的手榴弹，六十五级台阶，八十五秒，生死链——

这是英雄用生命最后一搏的瞬间！

这是雷霆万钧气贯长虹的瞬间！

这是惊天地泣鬼神的瞬间！

瞬间，阒无声息

有的瞬间，呈现另外一种形态。

1

2020年5月10日下午，钱海军倒在了工作岗位上，年仅五十岁。他是上海市公安局刑侦总队副总队长。

这些年来，上海破获的开全国先例的重大案件，几乎都有钱海军参与。

2012年“11·24”诈骗案，是全国首例跨境邮箱诈骗案件，受害企业众多，数额巨大。在公安部支持下，上海市公安局提请国际刑警组织发布了我国第一份国际刑警紫色（预警）通报，为他国打击跨国网络诈骗提供了经验。

2017年，一起看似证据确凿，有职业律师“把关”的民间借贷纠纷，在三支队专案组努力下，上演大逆转。纠纷中，看似受害一方，最终被以刑事案件定罪。这就是如今被媒体和公众称为“套路贷”的涉黑涉恶案件。

侦破首起“套路贷”案件后，钱海军带着同事总结经验，并主动与检察院、法院沟通研商，制定出相关工作意见，逐渐形成打击“套路贷”犯罪的“上海模式”，并在全国推广，媒体称钱海军为上海扫黑除恶的奠基人。

据统计，从警二十八年来，钱海军指挥、参与、指导侦破各类刑事案件三千余起，抓获犯罪嫌疑人三万余名。

近两年，钱海军一直参与推动《反有组织犯罪法》的立法工作，为打击新形势下的有组织黑恶犯罪提供完备的法律支撑。

牺牲之前，钱海军正在总队会议室参加扫黑除恶专案研究会。

他突然捂着胸口，倒在座位上，另一只手，还紧紧握着案卷。

2

沈鹰，生前是南京市公安局大数据中心主任，是我国首个网上追逃系统、首家警务信息综合应用平台、第一代公安大数据平台的主要研发者。

每一个系统或平台的研发，都是一个规模宏大的工程，沈鹰带领课题小组，十几年如一日，收集国内外大量的计算机网络资料，翻阅一份份技术论文，摘录各类网络技术性指标，设计一个个技术方案。

有时候，他忘了时间，夜深了，就在机房睡几个小时，天一亮，又继续工作。桌上，堆放着各种卷宗、笔记本；茶几上，摆放着饼干、快餐面；椅背上，有刚换下来的脏衣服；烟灰缸里，烟头堆成了一座小山。

每次，他都设计出多个方案，深入网络公司、大学和科研机构，对这些方案进行严密的技术论证，从而选择最有发展前景、实用性最强、性价比最优的网络技术方案。

老领导说他：一辈子干了两辈子的活。

徒弟说他：我都快被老沈逼疯了。

媒体说他：不在办案一线，却抓获了数十万名在逃人员。

他是南京市“五一劳动奖章”获得者，2018“感动南京”年度人物，先后获得十余项国家、公安部、省市的科学技术奖，享受国务院政府特殊津贴。

2019年2月21日，沈鹰积劳成疾，倒在工作岗位上，年仅五十一岁。

公安科技“战鹰”陨落，公安部和三十余个省市公安机关发来唁电，三十万网友为他点亮祭奠烛光。

3

因长期超负荷工作，2019年1月23日，福建省宁德市公安局蕉城分局副局长杨春在单位值班时，突发心肌梗死，倒在了工作岗位上。

杨春是“扫黑英雄”，也是“破案神探”。二十八年来，他参与、组织侦破各类刑事案件三千余起，抓获犯罪嫌疑人一千八百余名，近十年间，命案破案率百分之百。

“别怕，有我在！”这是杨春的口头禅。每次面对凶险，他都一马当先，冲锋在前。

在一次抓捕行动中，杨春率先冲进犯罪嫌疑人的房间，犯罪嫌疑人伸手抓住床头柜上的手枪，杨春迅即用脚踩住拿枪的手，随后跟进的战友马上控制住嫌疑人。

事后，战友们发现，那支枪已经上膛，里面有五发子弹。

对战友，他亲如兄弟。在担任刑警大队大队长时，有个民警突然去世，他赶去为这位民警换上警服。那几天，一下班，他就到殡仪馆守夜。他说：“要记着我们的兄弟，他们上有老下有小！”

杨春的父母都已到了耄耋之年，患有严重疾病。每次出差，他都给父母带回一些特色食品。有一次，父亲错吃了母亲的药，杨春知道后，就给父母备了两个颜色不同的药盒，再写上“爸爸”“妈妈”，贴在药盒上，以便区分。

杨春心有大爱，始终把群众的事放在最高位置。2011 年 8 月，几名四川人带着多名孕妇来到蕉城区。杨春在走访时听群众说起此事，便让民警前去查看。侦查发现，这是一个拐卖妇女儿童的犯罪团伙。

犯罪嫌疑人全部被抓获，可是，被拐妇女有的已经生产，抱着嗷嗷待哺的孩子，有的已在临产期。

面对这一难题，杨春嘱咐同事，要把她们当作自己的姐妹来照顾。

那些日子，杨春白天忙工作，晚上跑医院，尽心竭力为被拐妇女解决生活困难。为此，杨春得了个“超级奶爸”的绰号。

杨春牺牲后，被公安部追授为“全国公安系统一级英雄模范”称号，被中共中央宣传部追授为“时代楷模”。

2017 年 1 月 15 日凌晨，年仅四十三岁的新疆喀什地区塔西南公安局交警支队支队长连龙因突发心脏病去世。

病床上，连龙留下生命中最后一个敬礼。

这张照片，连同他的事迹，被微信微博刷屏，感动了无数警察兄弟和普通百姓。

……

这是一个阒无声息的瞬间，

这是潜滋暗长的疾病裂变的瞬间，

仿佛一切如常，但英雄奔涌的生命却戛然而止。

瞬间，虬枝斜逸

还有一种瞬间叫意外。

江苏公安英烈纪念墙前，有一座雕像，那是庞帮荣烈士。

庞帮荣生前任南京市公安局秦淮分局特巡警大队大队长。

2010 年 11 月 17 日晚，庞帮荣带着两名民警，正在处理一起纠纷时，突然，一辆失控的面包车向人群冲了过来，千钧一发之际，庞邦荣猛地一把推开身边的战友，自己却被车撞飞。

经过十二天的全力抢救，庞帮荣还是不幸离去。

2002 年 7 月 7 日下午，鄂皖两省交界处界子墩收费站。

在失控大货车严重威胁三名民工生命安全的关键时刻，湖北省公安厅交警总队高管支队五大队民警张卫华挺身而出，不幸英勇牺牲，年仅二十六岁。

1995年11月15日，河北省张家口市公安局庞家堡分局林业派出所所长宫清华，驾驶一辆双排座客货车，拉着被盗伐林木样品到现场辨认。

由于山路陡峭，原本停稳的汽车突然向后下滑，十几米外，十几位村民正在埋头修路。

危急时刻，宫清华一个箭步冲上去，用血肉之躯阻挡汽车，他以身体为石，延滞汽车下滑速度，改变了汽车下滑的方向，村民得救了，宫清华英勇牺牲。

2013年10月23日，贵州省平塘县公安局摆茹派出所民警林胜武驾车到甲茶村排查贩毒犯罪嫌疑人。

当行至甲茶村附近路口时，由于大雨大雾，坡陡弯急，车辆失控侧翻，坠入四十五米深的路坎，林胜武当场殉职。

福清市公安局江镜派出所民警陈光淡，在夜晚搜捕在逃人员时，不幸坠楼身亡。

……

这是一个虬枝斜生的瞬间，

这是一个令人嗟叹的瞬间，

出征的路上，散落着英雄的铠甲。

至暗时刻

有人把人民警察因公牺牲的人数变化分为四个时期。

第一个时期，1949年至1980年，低发期。三十年间，共计960人，年均32人。

第二个时期，1981年至1989年，上升期。最高年254人，年均131人，是1949年至1980年年均数的四倍。

第三个时期，1990年至1995年，高发期。最高年395人，年均341人，大大高于20世纪80年代的人数。

第四个时期，1996年至2001年，超高发期。最高年牺牲人数突破500人，年均484人。

再来看看2011年至2020年十年间全国公安机关因公牺牲民警的数字：

2011年，442人；

2012年，430人；

2013年，449人；

2014年，393人；

2015年，438人；

2016年，362人；

2017年，361人；

2018年，442人，其中民警301人，辅警141人；

2019年，427人，其中民警280人，辅警147人；

2020年1至8月，309人，其中民警207人，辅警102人。

数据显示，2010年以来，因公牺牲民警平均每年都在360人以上，这意味着，每天至少有一个公安民警因公牺牲。

每一个数字背后，都是一个不畏牺牲、为国为民的鲜活生命。

在2018年以后的统计数字里，还可以看到另外一个现象：每年，都会有一百多名辅警因公牺牲。

复杂繁重的警务活动中，辅警和民警，虽然身份不同，但工作性质一样，同是战斗在公安工作第一线，同样面临流血牺牲。

导致公安民警和辅警因公伤亡的因素是多方面的，但占比较重的有以下四个方面：

第一，超负荷工作，劳累过度，突发疾病或猝死；

第二，暴力袭警；

第三，执行任务中发生交通事故；

第四，抗击地震、泥石流、火灾、疫情等重大灾害事故。

瞬间，英雄化作满天星斗，照亮苍穹。

每一个瞬间，都不是偶然。它源于英雄对党和国家的忠诚与担当，源于英雄对人民的忠诚与担当，源于英雄对警察这一神圣职业的忠诚与担当！

有了这种忠诚与担当，他们铁血向前，不破楼兰终不还。

有了这种忠诚与担当，他们临危不惧，气吞万里如虎。

有了这种忠诚与担当，他们俯仰为民，淡墨写出无声诗。

"天地有正气，杂然赋流形。下则为河岳，上则为日星。于人曰浩然，沛乎塞苍冥。"文天祥的《正气歌》，也是当代公安英烈的真实写照。

英雄在瞬间走向永恒，英雄的亲人在瞬间陷入巨恸，那是他们一生中的至暗时刻，是此后根植于他们生命中的痛。

2015 年 6 月 8 日，在侦破一起特大持枪杀人案中，河北省肃宁县公安局政委薛永清英勇牺牲，他的妻子刘文娟瞬间崩溃。次日，刘文娟跳楼身亡，演绎了一曲惨烈的爱情绝唱。

2017 年 2 月 14 日，吉林省辉南县召开赵天昱烈士追悼大会，万人挥泪送英雄。赵天昱七十四岁的母亲悲伤过度，在追悼会现场心脏病发作，当场昏厥，经医院抢救无效，与世长辞。

老母亲曾是辽宁省劳动模范，那年春节，老人辗转数百里，特意赶来和儿子过个团圆节，结果竟是母子同步九泉。

回忆起当年听到噩耗时的情景，烈士的亲人们至今心中瑟瑟——

张春杰：当时，我正在单位，接个电话，说我丈夫受伤了，等一会儿，局里来车接我。我坐上警车，警笛一路叫着，弄得我心发毛。到宾馆后，看到公公、婆婆、小叔子、小姑子都到了，我想一定出大事了。公安局的领导说出实情，我一下瘫坐在地上。

郭玉华：听到我哥出事儿，我妈当时就昏了过去，我们边哭边忙着给她掐人中，掐手指尖儿。从那之后，我妈病了一个多月，只是喝点粥，喝点水。开头那几天，粥也不喝，水也不喝。我爸除了坐就是转，沉着个脸，和谁也不说话，在屋里转来转去。

韩丽娜：我妈那时把我吓坏了，那年我九岁，记事了。听到我爸去世的消息，我妈没哭，愣愣地傻傻地站在那儿，咬着嘴唇儿，一言不发。公安局领导劝，爸爸的战友劝，亲戚们劝，我妈就站在那儿，脸色苍白，咬着嘴唇，连头都不点一下。人们把她送到家，她坐在床上，眼睛直直地看着一个方向。亲戚们怕出好歹，白天晚上轮番陪她。她不睡觉，就那么坐着，晚上不让开灯，我看她的眼睛都闪着光。

左玉红：我姐夫也是公安局的，有一天，他让我到他家去一趟，我去了。进屋后，看见我姐眼圈红红的，头扭在一边，我以为他俩吵架了，就问吵架的原因，两人谁也不吭声。我急了，噼里啪啦说了我姐夫几句。无奈，我姐夫告诉我：文胜昨晚牺牲了。我根本不相信，拿起电话就打给我爱人单位，所长证实了这一点。我向所长大声喊：你还我人，还我人！

王艳华：那个时候，我几次想自杀，他不在了，天都塌了，我活着还有什么劲儿？

"天塌了！"采访中，多次听到烈士的妻子这样说。

对一个家庭来说，丈夫是擎天柱，"天柱折，地维绝。"烈士妻子的命运被逼到了墙角。

还有一位烈士的妻子，听到噩耗后没有哭，忍着，憋着。别人劝她，哭吧，哭吧，哭出来会好受些，她一声号啕，撕心裂肺……

刘丽：他走后的那些天，我天天哭，特别是看到孩子，更是哭得不行，孩子才一岁呀，她大一些会找爸爸，我该咋说呀？

姜淑清是个例外，她到了丈夫牺牲的现场，丈夫的身上盖着一块白布，他是被歹徒袭击致死。

姜淑清：当时，我一滴眼泪也没掉，我就问局长，凶手在哪？抓到没有？

五天后，凶手归案，姜淑清放声大哭。

姜淑清说，头一天，她去了娘家，一个多月没去了，想去看看爸妈，临走时，丈夫塞给她五十元钱，让她给老人买点好吃的。

那天晚上，姜淑清在娘家心慌慌的，总像不落地儿。

采访时，她问：这是不是夫妻间的一种感应？

悠悠不了情

睹物思人，更是锥心刺骨。

交警应建华的妻子最害怕看见家里的小闹钟。家里没车，每晚临睡前，应建华都要用小闹钟定时，第二天早晨，小闹钟一响，他就得马上起床，坐公交车上班。

应建华，生前是湖北省武汉市公安局东湖生态旅游风景区交通大队一级警长。

2019 年 2 月 14 日清晨 6 时 30 分许，应建华床头的闹钟响了，他像往常一样起床、洗漱，出门坐公交车上班。不料，上班途中，他突觉胸闷，难受异常。妻子获悉后，将他迅速送到附近医院抢救，他却再也没有醒来。

石菲保存着一支哗啦棒。那是丈夫买给儿子的第一件也是唯一一件玩具。

她的丈夫名叫赵玉超，黑龙江省甘南县公安局刑警大队中队长。

2019 年 9 月 23 日，赵玉超在天津执行抓捕任务时，不幸牺牲，年仅三十岁。

他牺牲的那个夜晚，襁褓中的儿子一直哭个不停。

过后，人们说，小家伙是不是预感到什么？父子之间血脉相连啊。

石菲说："我要把这个玩具保存好，孩子长大了，我会告诉他，这是爸爸留给他的礼物。"

现在，渠简宁有了自己的孩子，但她还保留着一副象棋，那是父亲给她买的。

小时候，父亲一回家，她就缠着父亲教她下象棋。

"马走日，象走田，炮打隔山照。"在那方天地里，飞扬着父女间的亲情。

有位烈士的妻子，最不敢看丈夫的日记本。丈夫喜欢文学，喜欢三毛，日记本的扉页上，写了三毛的一段话："很多年以后，如果你偶尔想起了消失的我，我也偶然想起了你，我们去看星星，你会发现满天的星星都在向你笑，好像铃铛一样。"

烈士妻子的话很凄苦，“你记什么不好？非得记这个，还在扉页上。”

杨晓波把影集珍藏在一个非常精致的木匣里。

木匣是订制的，影集中，有她和丈夫的结婚照和生活照。

她不敢翻动，她说，每翻动一页，就像揭下一片血痂。

刘伟是业余歌手中的高手，妻子赵爱萍喜欢听刘德华的歌。

一天，刘伟把自己唱的刘德华的歌录成一盘录音带，妻子下班敲门，他按下按钮，妻子进门后，他做出一个请的手势，“请欣赏刘德华专场演唱会。”

刘伟是无锡市公安局交巡警支队民警，2002 年 5 月 24 日晚，他在值勤时被一辆小货车拖出一百多米，当场牺牲。

赵爱萍珍藏着那盘录音带，从此，再也不听刘德华的歌。

有位英烈的母亲，儿子牺牲后，卧病在床，后来，得了阿尔茨海默症。

老伴儿推她出去晒太阳，她的手里总拿着一个帽子，见到街坊邻居就举起来，“儿子的，我儿子的。”

老人没有记错，那，真是她儿子小时候的帽子。

……

新闻媒体宣传过了，追悼会开过了，烈士托体山阿，一切归于平静。

家里，顿时显得空空荡荡，但空气中，仍弥漫着他的气息，从白天到黑夜，从春天到冬天。

烈士的父母、妻儿，继续洗着锅碗瓢盆，调和着油盐酱醋，承受着夏雨秋风。

关上一道门，就得打开一扇窗。

这就是生活。

第三章　遥远的烛光

此时

怀念，在这有雨的早上

已经上路

正铺天盖地地走进哀伤

而你的名字

也正在每一朵花上静静开放

香气袭人地

接受不再属于你的阳光

——艾明波《你的名字，在每一朵花上开放》

两枚迟到的烈士勋章

1

抗日战争最惨烈的1942年，徐承禄十五岁，他的老家山东威海连年战乱，日子过得很艰苦，在出外谋生的路上，遇到一伙招工的商人，连哄带骗，一路北上，来到正在修建的吉林市大丰满水电站给日本人当苦力。

1945年8月，日本人投降了，徐承禄从苦海里挣脱出来，恰逢永吉县公安局长罗林在棋盘街一带招兵买马，扩充队伍。徐承禄报名参军，做了罗林的警卫员。

由于徐承禄聪明好学，入伍不久，就练就了百步穿杨的好枪法，随罗林历经百战，屡立奇功，还火线入了党。

1946年春，国民党反动派为掠夺胜利果实，片面撕毁停战协议，向东北解放区发动猛烈进攻。东北我军根据党中央“让开大路，占领两厢，建立巩固的东北根据地”的指示，实行有计划的战略转移。5月27日，中共永吉县委派县委委员、公安局长罗林带领徐承禄、仲春堂两名警卫员赶赴大丰满，组织当地干部群众转移。

到达大丰满后，三人顾不上吃饭和休息，马上给区长兼公安分局局长孙心一落实任务。

经过一整天的疏散，当地的干部群众都转移到安全地方了。这时，徐承禄感觉屁股隐隐作痛，走路特别困难。原来，由于出发时太匆忙，没配马鞍，一路颠簸，屁股被马背骟了。

第二天上午，当最后一批群众被安全转移后，国民党军队已经逼近，情况十分火急。罗林对孙心一说：“所有留守人员必须马上撤离，你从分局拨出几个人，抄近道追赶县委队伍，扩充到县公安大队，站稳脚跟后，到深山老林里打游击。”

按照罗林的指示，孙心一从丰满公安分局拨出二十四个人，编为两个班，任命阎显富、任铎为班长，由副局长刘世富带队，乘坐两辆大马车抄近道追赶永吉县委队伍。

在罗林来丰满之前，永吉县委已从口前出发，经官马山、白马夫、五里河子一线向桦甸境内撤退。在小分队出发前，罗林一再叮嘱刘世富：“务必在天黑前赶到五里河子，一旦落到县委后面，再联系就困难了。”

徐承禄的屁股骣得很严重，不能与罗林同行，只好坐马车和刘世富一同撤退。

2

两辆马车沿江而上，沿旺起、摩天岭、郭范一线，在肇大鸡山脉的丛山峡谷间急驰。

当时的公安队伍，成分十分复杂，由于人员奇缺，混杂着不少贪生怕死之徒。为尽快撵上县委，避免途中生变，刘世富对队伍要求十分严格，他们马不停蹄，一连气跑了两个多小时，车上的人又渴又饿。

阎显富、任铎平时享受惯了，没受过这样的苦，便要求停下来吃口饭，歇歇脚。可是，前面路途遥远，后有国民党追兵，刘世富说啥也不肯停息。阎显富等人十分愤恨，暗暗鼓动战士们的不满情绪。

撤到旺起时，队伍遇到一位掉队的解放军战士，这位战士听说是撵县委的队伍，便随马车一同前往。

临近中午，队伍进入摩天岭。这里是肇大鸡山余脉，重峦叠嶂，气势巍峨。阎显富、任铎见不少人都东渡松花江向蛟河撤退，而他们却往南撤，随时都有遭遇敌人的危险，便准备开小差。

他们的渡江东撤要求遭到刘世富的严词拒绝，两人怀恨在心，在车上密谋叛乱。当马车行至南水曲柳甸子时，阎显富、任铎互相交换了一下眼神，突然向骑马走在前面的刘世富开枪射击。

刘世富不及提防，中弹后仆倒在地。他意识到有人叛乱，强忍伤痛，奋起还击。见刘世富没死，任铎连补两枪，刘世富壮烈牺牲，时年二十九岁。

突然发生的变故，使摩天岭的深山老林顿时扑满血腥气息。听到枪声，坐在另一辆马车上的徐承禄以为遇到了土匪或国民党伏兵，急忙掏枪，准备战斗。

当他匍匐在马车上向四周查看时，才发现冷枪是坐在另一辆马车上的阎显富、任铎等人打来的。想到他们一路上对刘世富的百般刁难，他意识到一场叛乱即将发生，立即和那名解放军战士一起举枪还击。他瞄准阎显富，“叭”就是一枪。阎显富左肩中弹后，被手下人救起。

就在徐承禄再次举枪射击时，躲在一旁的任铎急忙举枪还击，徐承禄不幸中弹，献出了年仅十八岁的宝贵生命。

见寡不敌众，那名解放军战士急忙跨上刘世富的战马，向五里河子方向飞奔而去。

任铎率领几个亲信，扶起受伤的阎显富，胁迫众人掉转马头，投奔了驻扎在大丰满的国民党自卫队。

那位解放军战士在桦甸的八道河子撵上永吉县委后，将阎显富、任铎等人叛逃，刘世富、徐承禄壮烈牺牲的经过细说一遍。听到战友牺牲的消息，罗林悲痛不已，派人连夜赶赴摩天岭，将两位烈士的遗体运到五里河子郭范村北岭悄悄埋葬。

3

转眼到了 1988 年春，永吉县公安局抽调白国风、孙德文两位老公安编撰公安史。在征集史料、翻阅卷宗过程中，两人发现丰满区“5·28”大撤退的这段历史存在很多疑点。在请示领导同意后，将情况及意见逐级向上级汇报。

就在这时，吉林省公安厅厅长李长久收到了一封群众来信。

这封信是山东省威海市泊于乡徐家村的一位名叫梁国珍的老大娘写来的。信中写道：“我儿徐承禄，新中国成立前给永吉县公安局长罗林当警卫员。新中国成立后，家里四处打听，始终没有儿子的下落。后来，发生了‘文化大革命’，想找儿子就更难了。现在，我已经八十二岁了，没多长活头了，最大的愿望就是能见儿一面，如果我儿还活着，也是六十岁的人了……”

老人的话令人动容。李长久厅长阅后，当即批示：“请信访、史志部门加紧督办，一定给这位母亲满意的答复。”

寻子信很快转到永吉县公安局，白国风、孙德文奉命展开调查。

由于时跨四十二年，不少当事人早已故去，调查核实工作十分困难。两位年逾半百的老同志跋山涉水，足迹遍布吉林、辽宁、河北、山东、福建等十余个省、市，走访了数十位健在的知情人，获得了大量宝贵的第一手资料，逐一甄别、佐证，澄清了这段历史，刘世富、徐承禄两位公安英烈壮烈牺牲的真相终于公之于世。

1989 年 3 月，吉林省民政厅批准刘世富、徐承禄为革命烈士，颁发烈士勋章，家属享受烈属待遇。

按照知情人的指引，白国风、孙德文到五里河子镇的郭范村北岭寻找当年埋葬刘世富、徐承禄的坟墓。

由于新中国成立后多次平整土地，郭范村北岭早已变成大片耕地，尤其是包产到户后，承包这片林地的农户又经过几次深耕，刘世富、徐承禄的尸骨早已荡然无存。

1989 年 5 月 12 日，白国风、孙德文受组织委派前往山东，将吉林省民政厅批准徐承禄同志为革命烈士的批文、烈士证书等相关材料转交给山东省民政厅备案。

一切事务办妥后，两人在威海市民政局有关人员的陪同下，乘车探望徐长禄的母亲。

两人风尘仆仆来到徐家村，在两间小土房的院子里找到了梁国珍老人。此时，老人正坐在一盘石碾上摘花生。这位年愈八旬的革命母亲是个缠足女人，走路一步三颤，脸上的皱纹写满沧桑。

得知日夜思念的儿子早已不在人世，老人禁不住失声痛哭，悲切的哭声在场子里久久不散。

老人不识字，寻子信是村小学的老师帮她写的。

老妈妈虽已年迈，但身体仍很硬朗。她说：“我不在意这些称号，我家是革命老区，哪家没个烈士？其实，这些年没有禄儿的音信，我就知道他早不在人世了。但没个准信儿，为娘的，心里不落底儿啊……”

临别，老人特意包了两包花生，让两位远方的客人路上吃。她说：“儿子为国家尽了力，我也可以瞑目了！”

刘世富的家眷和后人始终没有找到，因为有烈无属，抚恤工作无法进行，烈士证书和勋章一直在永吉县民政局保存。

世纪广场的枪声

1

2000 年 8 月，董洪波从长春市人民警察学校毕业，分配到吉林市公安局丰满分局江南派出所。

江南派出所，因地处松花江南岸而得名，虽管辖范围不大，但地理位置特殊，社会治安环境复杂，博物馆、江南公园、世纪广场，几个地标性建筑和景点都在辖区内。

2002 年 3 月 18 日晚，董洪波和教导员渠慎革、民警沙殿臣三人在派出所值班。

21 时许，搏击馆馆主许波和女友步行到吉林大桥时，迎面走来三个小青年。见空荡荡的大街上，只有许波和他女友，三个小青年顿生歹意，围拢过来，图谋不轨。

仗着一身拳脚功夫，许波用身体护住女友，与三个小青年对峙。

这时，一个小青年掏出一把手枪，在许波面前晃了晃，说了句，“小心崩了你！”

另外两个小青年也掏出卡簧刀，对准了这对情侣。

见人少力单，许波好汉不吃眼前亏，拉起女友，紧跑几步，叫了辆出租车，就近赶到江南派出所报案。

“我们打车走的时候，三个小青年正向世纪广场方向走，你们现在就去追，肯定能追上他们。”许波说。

当晚，所长叶树志带领两名民警到榆树抓人还没回来，所里仅有的两支手枪也被他们带走了。得知歹徒手里有刀、有枪，随时都会酿成血案，渠慎革意识到事态严重，马上打电话向分局汇报案情，随后，叫上董洪波，准备按许波说的方向追赶那三个歹徒。

老沙年纪大了，所里不能没人，渠慎革让他看家，并叮嘱他：“注意安全！”

当年，派出所的装备很差，没有防护服和单警装备，渠慎革和董洪波仗着一身胆气，赤手空拳追赶三个持刀持枪的歹徒。

追到世纪广场南侧二百米处毛主席塑像附近时，渠慎革和董洪波发现，前方不远处，有三个小青年很像许波描述的三名歹徒。

为尽快追上他们，渠慎革拦住一辆出租车，坐在副驾驶位置上，让董洪波坐后排。

出租车绕到三个小青年前面，渠慎革让司机停车，拦住了他们的去路。

三个歹徒反应挺快，渠慎革和董洪波刚打开车门，就把枪口同时对准了他俩。渠慎革见状，大喝一声：“别动，警察！”

尽管亮明了警察身份，但三名歹徒显然没把他们放在眼里，其中一个骂了句“警察多啥”。

话音未落，“咣”的一声，枪响了，所幸没有击中。渠慎革和董洪波见状，立即跳下车，向他们扑过去。

董洪波正和一名歹徒纠缠在一起，就听渠慎革喊了一声："洪波，注意，他们手里有刀！"

听到喊声，董洪波潜意识里做出两种判断，一是渠教已经中刀了，二是提醒他注意安全。怕渠教吃亏，董洪波撇开与他搏斗的歹徒，立即赶来增援。

见董洪波奔了过来，与渠慎革搏斗的歹徒又转身扑向董洪波。董洪波感觉左臂和左手一阵疼痛，预感到可能被这个歹徒刺伤了。他忍住疼痛，奋力去夺歹徒手里的卡簧刀。另两名歹徒见状，挥舞手里的卡簧刀，一同扑了过来。

面对三名穷凶极恶的歹徒，渠慎革、董洪波早已将生死置之度外。渠慎革一个箭步冲上前去，将其中一名歹徒摔倒在地，奋力压在身下。董洪波也与开枪袭警的歹徒交上了手。

见情势不好，没有交手的歹徒在夜幕掩护下，绕过出租车，突然窜到渠慎革身后，对准渠慎革的后背就是两刀。这个歹徒劲儿挺大，转身又向董洪波的左臂猛刺两刀，董洪波反手将歹徒手里的尖刀打落在地，歹徒手里没了凶器，急忙向西逃窜，董洪波在后面正追的时候，搏击馆学员朱立华赶了过来，与董洪波一起，追出二百余米，将这名歹徒制服。当董洪波再去追另外两名歹徒时，他们早已逃得没了踪影。

这时，110 巡警赶到了，一边将被抓住的歹徒押上警车，一边将董洪波和渠慎革送往医院抢救。

搏斗时，董洪波一门心思想把歹徒制服，受伤了也没感觉。战斗结束了，董洪波逐渐神志不清，昏了过去。

在吉林市中心医院抢救室，医生给董洪波打麻药，把他疼醒了，就听有人说："如果实在受不了，就打止疼针吧。"

再过几分钟，董洪波就什么都不知道了。

当他苏醒过来的时候，天已经亮了，手术早已做完，董洪波心里惦记着渠教，就问身边陪护他的警校同学陈光瑞："渠教呢？他怎么样？"

陈光瑞告诉他："渠教跟你不在一个医院，他伤比你重，送到就近的解放军 465 医院了。"

早上七点多的时候，分局的同志来看董洪波，董洪波心里仍在惦记渠教的伤势，分局的同志告诉他："渠教伤势过重，昨晚就牺牲了……"

董洪波听后，悲痛不已，大哭起来。

董洪波的左臂挨了两刀，三根手指断了，在医院住了二十多天才出院，渠教的追悼会也没参加上。

2

"3·18"袭警案，给董洪波在心理上带来了永生不灭的阴影。一段时间内，他一夜一夜睡不着觉，瞪大眼睛，看着天花板。一闭眼睛，眼前就是黑洞洞的枪口顶在自己的脑门上。

枪口，黑洞洞的枪口，抹也抹不掉。

每天夜晚，他都做噩梦，总是有人用枪瞄着他。

晚上出警，他总是感到莫名其妙的心慌，甚至惴惴不安。

"我这辈子，恐怕是完了。"董洪波一次次绝望，又一次次告诫自己，"这样下去可不行，一定要渡过心理难关！"

为解开这个心结，缓解心理压力，董洪波常常在没人的时候，把弹匣卸下，反复把枪口对准自己的头部，反复做着扣动扳机的动作，做心理素质强化训练。

这样坚持了半年多，董洪波终于从这个心理阴影里走了出来。他说："现在，即使再有人把枪口顶在自己的脑门上，我也会做到脸不变色心不跳。"

"3·18"袭警案，也给董洪波留下了严重的后遗症，整个左胳膊，冷热不敏感，没知觉，后来经过评残，鉴定为三等乙级残疾。

来江南派出所任教导员之前，渠慎革是分局治安科教导员，牺牲时，来江南派出所还不到二十天。他的牺牲，不仅对董洪波的个人成长产生了重大影响，对江南派出所，乃至整个丰满分局，都留下了不可磨灭的印记。

“渠教是我们的魂，以后的每一次出警，每一次抓捕，我们都能做到向渠教那样，英勇向前。”董洪波说。

公安队伍是一支崇尚英雄的队伍，董洪波在与歹徒搏斗中光荣负伤，上级公安机关给了他很高荣誉，吉林省公安厅给他荣记个人一等功，但他高兴不起来，他说：“比起光荣牺牲的渠教，我获得再高的荣誉也都不重要。”

2005 年，董洪波被破格提拔，担任丰满分局旺起派出所副所长。

旺起镇位于丰满区南部，原来隶属永吉县管辖，是渠慎革曾经战斗过的地方，他在旺起派出所担任过五年民警、五年所长。

来旺起不久，董洪波就感受到了一种别样的气息，更加懂得了一个英雄的诞生绝不是偶然的，渠教的成长经历，与这片土地的百姓息息相关。

董洪波在旺起派出所工作了一年多，随后担任过石井沟派出所副所长、泰山路派出所教导员。2011 年 2 月，分局党委再次把他派回旺起派出所任所长。

这一次，董洪波在旺起工作了六年零八个月，这里的山山水水，养育了渠慎革，也养育了董洪波。

渠慎革的工作作风传承给了董洪波，他把百姓当亲人，董洪波拿百姓也当亲人。

多年前，佟某杀人后外逃，被公安机关上网通缉，是丰满分局的目标逃犯。2011 年清网行动开始后，董洪波得知，佟某早已洗白了身份，摇身一变，成了大老板。

佟某的姐姐是桦甸常山的，董洪波就一次次做他姐姐的工作，在他姐姐的规劝下，佟某主动投案自首。那天，佟某对董洪波说：“在外提心吊胆这么多年，每天都在惴惴不安中度过，现在，我终于可以睡个安稳觉了。”

2017年，旺起暴发百年不遇特大洪水，董洪波组织全所民警和村社干部，挨家挨户救人，洪水退去后，董洪波再次荣立个人二等功。

一晃十九年过去了，“3·18”袭警案成了一段历史，尤其一些年轻民警，根本不知渠慎革是谁，但渠慎革却深深镌刻在董洪波的生命里。

十九年来，董洪波始终与渠慎革的妻子马娉婷保持联系，每年清明节、中元节、春节，都要事先备好祭品，前往北山烈士陵园祭奠渠慎革。以前每年的3月18日渠慎革忌日，董洪波都要去世纪广场渠慎革牺牲的地方烧几张纸，这一习惯，一直持续到2010年，由于政府提倡文明祭奠，不准在路口烧纸，董洪波就把这一天的祭奠活动挪到了北山烈士陵园。

“当年，是渠教把我救了，用身体挡住了那致命的一刀，不然，牺牲的就是我！”采访时，董洪波不止一次这样说。

3

血的教训，让董洪波慎重对待每一次出警。

他经常在大会小会上对手下的弟兄们说：“派出所抓人和刑警队抓人，虽然性质一样，却有本质的区别。刑警队抓人，目标很明确，都是罪大恶极的犯罪嫌疑人。派出所则不同，抓的人不是什么杀人放火、十恶不赦的犯罪嫌疑人，而是邻里纠纷、打架斗殴、寻衅滋事的案件当事人。出警前，很多情况下，不知对方是干啥的，这种不确定因素，存在不可预测的风险，因此，做一名合格的派出所民警，首先要保护好自己。”

董洪波还说：“常年在基层一线摸爬滚打，谁也不知道明天和死亡哪个先来。因此，无论值班还是出警，必须保证三个民警，一旦有啥突发情况，能立刻形成鼎足之势，互相配合，彼此照应。记住，我们的后背，只能留给自己的哥们儿，兄弟们出警干活，首要的前提是保护好自身安全，尤其出去抓人，宁可人抓不住，也要保证人身安全。人跑了，以后还可以再抓，民警一旦牺牲了，这个世界上就又少了一个战友。”

2013 年夏天的一个傍晚，一伙客人在一个山庄聚餐，买单时，因为价格问题，与山庄管理员发生冲突，随后大打出手，将一名服务员打伤。

接到山庄老板报案后，由于警力少，董洪波亲自驾车前往处置。来到一个路口，一辆豪华吉普车停在路中间，挡住董洪波的去路。

见司机熄了火，没有让开的意思，董洪波上前跟他理论，没想到见董洪波靠近，司机突然发动吉普车，一脚油门，箭一般冲了出去。董洪波的左手正拽着吉普车的方向盘，被司机一下子拖出六七十米远，随后一个急转弯，他被甩进路旁的水沟里。

因为“3·18”，董洪波的左臂受过伤，不吃劲儿，受到这次打击后，旧病复发了，治疗了很长时间仍不见好转。

有“3·18”袭警案的经历，分局党委对这起案件非常重视，局长的态度非常明确，无论是谁，身后什么背景，决不姑息迁就，一定严肃处理，一查到底。

事后，这起案件得到妥善处理。

时至今日，提起“3·18”袭警案，董洪波仍然感慨颇多。案发当年，警务装备落后，一个派出所只有两支枪，平时的防身武器就是胶皮警棍。而今，公安机关从上到下，加大投入和保护力度，民警的单警装备个个齐全，不仅有警棍、手铐、手电筒，还有防护服、防割手套、胡椒喷雾器，人手一个执法记录仪，不仅在生命上保护民警安全，还在维护民警权益上给民警上了“安全锁”。

农资公司的盗影

1

吉林市农业生产资料总公司是（以下简称农资公司）吉林市公安局船营

分局西大派出所管内的一家企业。当年，技术手段落后，防火防盗，靠的就是报警器，跟现在不能同日而语。

农资公司的报警器跟西大派出所连着，也就是说，那边一旦出现警情，派出所马上就能接到报警。

由于设备老化陈旧，一段时间以来，农资公司的报警器说报警就报警，尤其刮风下雨天气，报警没遍数，时间长了，派出所的民警也习以为常，不以为然了。

1999 年 8 月 5 日晚，所长孙伟亲自带班，值班的还有民警侯文胜和杨权。

天快黑的时候，农资公司的报警器又报警了，孙伟给更夫打电话询问情况，回答说："风刮的，不碍事儿。"

接着，报警器又报过几次警，孙伟三人也没太在意，以为又是那个报警器谎报警情。

午夜时分，更夫打电话说："楼上有动静，好像进来人了。"

孙伟是刑警出身，办案不含糊，放下电话，叫上侯文胜和杨权，开出所里的 212 吉普车就往农资公司赶。白天，公司经理对他说，明天给公司职工开工资，十几万工资款锁在四楼的保险柜里。

"别是公司的保险柜被人瞄上了。"孙伟想。

到了农资公司，办公楼的门锁着，孙伟让更夫找来钥匙，打开楼门。侯文胜手持手电筒在前面照亮，第一个走了进去。正要上楼，孙伟果真听见楼上有动静，喊道："楼上有人！"

孙伟一边说，一边往楼上跑，跑到三楼，再听，动静在四楼，"果然是奔保险柜去的。"侯文胜用手电筒向四楼晃了一下，这一晃不打紧，就听"咣"的一声，一个大火球从四楼蹿了下来，孙伟喊了声："小心，他们手里有枪！"

孙伟说完，马上掏枪反击，但枪不好使，卡壳，不能击发，他让更夫马上打电话请求分局增援。再看侯文胜，已经中弹躺在地上了。犯罪分子使的是五连发，侯文胜浑身是血，满脸都是沙粒子。

孙伟和杨权一边等待增援，一边继续搜捕，但犯罪分子早已跳窗逃跑。

见侯文胜还有一口气，杨权急忙把他背在肩上，边往门口跑边喊：“文胜，挺住！”

杨权把侯文胜背上门口的吉普车，加大油门往中心医院开，进抢救室不一会儿，医生出来说：“致命的一枪打鼻子里了，抢救不过来了，实在无能为力。”

一年后，枪杀侯文胜的凶手被抓获，这是一个由四人组成的专门盗窃保险柜的犯罪团伙，流窜东北三省，作案数十起，有一把口径枪，一把五连发，制造四起命案，在哈尔滨杀了一个法官，在长春杀了一个治安员。案发当天，他们通过内线，获知农资公司准备给职工开工资的现金放在财会室保险柜里，就趁夜深人静，前来撬盗保险柜，由于民警及时赶到，才没得逞。

2

侯文胜，1969 年 11 月 22 日出生，1996 年通过社招入警，在吉林市公安干校培训了两个月，分到西大派出所。牺牲时，年仅三十岁，参加公安工作还不满三年。

当时，公安机关的武器装备十分落后，西大派出所全所就所长一把枪，还不好使，总卡壳。出警那天，杨权手里就一根胶皮棍子，侯文胜手里也只有一个手电筒，对付四个持枪歹徒，而且他们在明处，犯罪分子在暗处，一开始就处于劣势。

杨权出生于 1975 年 4 月 10 日，比侯文胜小六岁，1996 年毕业于吉林市人民警察学校，跟侯文胜同一年入警，脚前脚后分到西大派出所，因此，两人关系非常密切，平时，杨权一口一个“侯哥”叫着，甚至值班，都要求所长把他俩编到一个班。

侯哥，相处三年的好兄弟，一个活蹦乱跳的大活人，一夜之间，在他的眼皮底下，说没就没了。杨权强忍悲痛，给侯哥守灵，送葬，随后，认侯哥的妈叫二娘，这一叫就是二十多年。

“侯哥的家很困难，他牺牲后，他爸和他弟弟文辉在朝阳街摆书摊，经常被城管撵。有一次，爷俩的书摊被城管用铲车给推了，文辉来找我，让我找熟人说和说和。”杨权二话没说，费了一番周折，终于把事办成了，“不为别的，就为跟侯哥三年的情分，就为管侯哥的妈叫二娘。”

二娘日夜思念儿子，精神受刺激，得了阿尔茨海默症，最近几年，越来越严重，不认人，仅有的能认识的几个人中就有杨权。杨权每次去看二娘，二娘没别的问，就一句：“杨啊，俺家老大啥时回来呀？”

每当二娘问这话的时候，杨权都心如刀绞，他不知道该怎样安抚二娘，只能含糊其辞地答复她：“总找你家老大干啥呀？有我和你家老二不也挺好吗？”

3

杨权说的“老二”，就是侯文辉。

摆了几年书摊，侯文辉觉得不能这样过一辈子，“大哥没了，我就是家里的主心骨，我要争口气，活出个样来，让父母安度晚年。”

从此，侯文辉发奋读书，通过自学，考取了律师资格证，市政府还聘他为法律顾问。有句话，侯文辉常挂嘴边，挺耐人寻味，“能赢的官司打输了、本来该输的官司打赢了，都不是好律师。好律师的标准是，实事求是。”

侯文辉对侄子侯明松特别好，给侯明松买手机、买电脑，都挑最好的，宁可女儿没有，只要侄子有需求，就满足，就搞定。

杨权说：“这些年来，我跟文辉始终关系密切，我们七个好哥们儿，每年四个重要节点，清明、七月十五，8 月 5 日侯哥的忌日、春节，都要和侯哥的家人一起，去北山烈士陵园祭奠侯哥，给他送寒衣，送纸钱。侯哥牺牲二十一年，始终没断过。二娘的阿尔茨海默症还不太重的时候，每次去，都是二娘提前备好祭品，祭奠时，二娘嘴里念念有词，‘保佑你弟弟、儿子身体健健康康，平平安安’。”

杨权工作很卖力气，“不为别的，就为我是侯哥的兄弟，任何时候，都不能给侯哥丢脸。”

侯文胜牺牲的第二年，杨权调到北山派出所；2005年，调到分局治安大队；2008年，任巡警大队副大队长；2012年至今，先后在市局合成作战支队、食品药品犯罪侦查支队和视频侦查支队任副科级领导，如今是图侦支队规划建设大队副大队长，领导评价高，群众基础好，业务水平精湛。

杨权还有个特长，自幼喜爱书法，是吉林市公安文联会员，经常参加市局、省厅组织开展的公安文化活动，是市局的公安文化骨干，很多书法作品在省市获奖。

跟董洪波一样，谈起一路走来的从警经历，杨权感慨最深的是：现在，出警规范了，更注重保护民警安全了，单警装备，执法记录仪，只要按要求，完全可以避免不必要的牺牲……

肇大鸡山的指环

1

从吉林市出发，沿吉桦公路南行五十公里，进入一段峡谷地带，两侧云雾缭绕，山峦时隐时现，犹如人间仙境。

肇大鸡山，地处吉林省省会长春市至长白山中间地带，是连接两地的枢纽，与松花湖、白山湖、红石湖构成桦甸的“三湖一山”。

山顶，祥云笼罩，状如指环。山脚，星星点点散落几百户人家，地名八道河子，号称桦甸市北大门。

古希腊神话中，火神赫菲斯托斯为惩罚普罗米修斯造人盗火，用黏土捏成人类第一个女人潘多拉。潘多拉打开魔盒的一瞬间，释放出所有邪恶，却按众神之王宙斯的旨意，把希望锁在魔盒里。

新中国成立前，八道河子的地主乡绅与兵痞山贼相互勾结，狼狈为奸，鱼肉百姓，疯狂残害土改干部。1948 年，解放军出动一个团的兵力，彻底剿灭了这股残匪。

到了二十世纪八九十年代，八道河子成了桦甸市治安秩序最乱的乡镇，杀人，抢劫，放火，流氓，盗窃，强奸，各类案件多发，案由五花八门，摁住一个葫芦起来两个瓢，无论市长镇长，还是公安局长，谁提八道河子谁头疼。

1992 年 9 月，李成山走马上任，到八道河子派出所当所长。

说是派出所，警力却少得可怜。所里所外，就俩人，除了李成山，还有一个郭旭东，警校毕业刚满三年。

郭旭东是 1992 年 4 月调到八道河子派出所的，跟李成山脚前脚后，细数起来，比李成山还早半年。小伙子出身农家，干起工作风风火火，对待百姓实实诚诚，这是郭旭东给李成山留下的最初印象。

来八道河子不到半年，郭旭东把这里的治安状况、人员成分摸个滚瓜烂熟，想查个啥人，问个啥情况，只有李成山不知道的，没有郭旭东不知道的。外地来抓人，找到郭旭东，一抓一个准儿。

2

1994 年年初，局里给八道河子派出所增派了两名民警，表面上，警力增强了，实际上，来的两个新警刚进公安门，白纸一张，业务一窍不通，李成山和郭旭东只好“一带一”，一边忙业务，一边带徒弟。

“在各类案件中，顶数杀人案最多，是桦甸市其他乡镇的总和。八道河子的老百姓不怕警察，穿警服也不好使，而派出所的自身防范意识也非常差，每天晚上值班，就一个人。我和夏宏伟初来乍到，情况不熟，下乡回来晚了，就去郭哥家，连吃带住。”提起陈年往事，现任大勃吉森林公安派出所所长臧喜全有些动情。

1994 年 5 月 10 日上午，李成山正在办公室研究个体屠宰户孟凡太的卷宗。孟凡太是惯赌，已被所里治安罚款好几次了，属于屡教不改。这次，李成山准备给他报劳动教养，但预审科把卷退回来了，让他补充材料。

正琢磨怎么补充材料，镇党委的一个副书记气喘吁吁跑来了，上气不接下气地说：“不好了，出大事儿了，孟凡太把郭旭东给挑了……”

一提孟凡太，李成山脑袋“嗡”的一下，知道不是好事儿，忙问：“人在哪儿？”

“我来的时候在市场，估计已经送卫生院了。”

李成山顾不上问别的，急忙往外跑，到了卫生院，郭旭东正在抢救，院长说：“伤势挺重，够呛，得马上转院。”

李成山忙向周围群众询问情况，一个叫高海的农民说：“我到孟凡太的肉摊买肉，他把一块变味儿的猪肉卖给我，我不要，他就用杀猪刀攮我。我一看屁股攮出血了，就去找郭旭东，没想到这小子太狠了，对警察也敢动刀子……”

李成山立即向局长陈宪春汇报简要案情，请求派人增援。随后，去市场抓孟凡太，但这小子知道闯了祸，早没影了。

局里动作挺快，不到一个小时，陈宪春带领十几个侦查员赶到了八道河子。随后，盘查布控，围追堵截，大面积搜山，但孟凡太踪迹皆无。

大面积搜山一无所获，派出所和刑警队开始做孟凡太的劝投工作。李成山去找孟凡太的老丈人田春林，田春林保证说：“李所，你放心，只要他回来，我一定劝他投案，他要不投案，我就举报他。”

几天后，上午九点多钟，田春林给李成山打电话，“李所，这小子回来了，你们麻溜来吧，他要完钱还要蹽。”

李成山一听，事不宜迟，叫上来所里办案的刑警队侦查员张伟东，还有警校刚分来的艾光灼，三人一起直奔田春林家，正好把孟凡太堵在屋里。

门窗都被警察堵死了，跑是跑不出去了。孟凡太手握一把尖刀，张牙舞爪准备跟李成山对抗，李成山用手枪指着孟凡太的脑门儿，大声喝道：“孟凡太，把刀放下！再不放下，我就撂倒你！”

见黑洞洞的枪口正对着自己，连回旋的机会都没有，孟凡太一屁股坐在窗台上要起了无赖，“你们都出去，我跟张伟东单独唠。”

李成山根本不给他机会，“想都别想，没门儿！”

见诡计被识破，孟凡太咬牙切齿地说：“对，我就是想跟他一对一，先把他尅死，一个够本，俩，赚一个。”

孟凡太杀猪出身，是个滚刀肉，见行凶不成，就一刀一刀往自己的肚子上扎，一股黑血，冒着血泡，“咕嘟咕嘟”往出冒。李成山见状，再次喝令说：“孟凡太，你再整事儿，我就对你不客气。”说罢，拿起对讲机喊话，“到哪了？”对讲机里回音：“马上到了！”

孟凡太听得明明白白，知道末日来临，把刀从肚子上“嗖”地拔出来，气势汹汹地向张伟东扑来。张伟东跟孟凡太距离不到五米，就在刀尖即将刺中张伟东的一瞬间，李成山瞄准孟凡太，果断扣动扳机，“咣咣咣”，连开三枪，正中孟凡太命门。孟凡太手里的刀“当啷”一声掉在地上，在离李成山三步远的地方往后一侧歪，倒在了北炕上。

“5 · 10”袭警案尘埃落定，孟凡太被当场击毙，郭旭东的英灵得以告慰。但这起案件对一个基层派出所所长的精神打击，很长一段时间难以平复。

“想起来就难受，特别难受，多好的兄弟啊，说没就没了，也特别内疚，我是他所长，没保护好兄弟，我有推卸不掉的责任。亲手击毙孟凡太，也算是对小郭有个交代。”提起那段不堪回首的往事，李成山早已泪流满面。

半年后，李成山到局里找局长，要求辞职，“刚来八道河子那会儿，所里就我和小郭，一个锅吃，一个炕睡，亲兄弟还咋样？现在，小郭没了，我不敢见他父母，不敢见他爱人，没法面对他身边的所有亲人……”

考虑到李成山的糟糕心境，陈宪春把他的辞职请求提交党委会，大家一致同意，把他安排到永吉派出所。

一年后，李成山的儿子李长友考上警校。毕业后，回到桦甸市公安局，从民警干起，一步步升任到公吉派出所教导员。2015 年 5 月 26 日，李长友在派出所值班时突发心梗，牺牲在工作岗位上。

二十年间，李成山两次面对生离死别，一个是他至亲至爱的战友，一个是他引以为荣的儿子，此伤此痛，情何以堪？

“昨天一早，长友到我办公室，和我研究所里正在侦办的一个系列盗窃案，非常棘手，半个多月了，全所民警都没休息。当晚，长友值班，七点多了，还给我打了两个电话，探讨一起偷牛案。第二天一上班，我召集全所民警开会，干等不来，敲门没动静，打开长友办公室，他早已停止呼吸，办公桌上，还放着一本没看完的案卷……”回忆起令人揪心的那一幕，所长刘吉勇眼含热泪。

3

桦甸市公安局网安大队民警于淑梅是郭旭东的高中补习班同学。1987 年，两人一同考入市警校，又分到一个班，87 级 2 班，四十五名同学，十名是桦甸籍。

“都是桦甸老乡，我们十个很抱团，关系一直不错。尤其郭旭东，热心肠，乐于助人，爱读书，喜爱文学，能背很多古诗词，他的钢笔字非常好，口才也好，能说会写，同学们都很羡慕他。”回忆起往事，于淑梅很伤感。

警校读书时，没有双休日，就休周日一天。有一天，几个桦甸籍同学相约坐大客去了郭旭东的老家常山镇。他家六个孩子，生活很清贫，但父母非常朴实，对儿子领回家的同学非常热情，拿出家里最好的食物让同学们吃。

警校毕业后，两人都回到了家乡公安局，郭旭东分到横道河子派出所，于淑梅分到北台子派出所，两个乡镇离得挺远，通讯又不方便，联系也不多，只是回局里开会的时候偶尔见上一面，相互打个招呼。于淑梅印象最深的一次是，郭旭东在八道河子派出所下乡办案时，骑摩托车受了伤。

后来，于淑梅调到县局户政科，跟郭旭东联系不多，跟他的爱人张春杰却走动得挺频繁。原来，她俩也是高中补习班同学。

1994 年 5 月 11 日早上，于淑梅去吉林市公安局三处报身份证，刚要走，科长于景华跟她说："郭旭东牺牲了。你跟他爱人关系好，局里商量，让你陪陪张春杰。"

听到这个消息，于淑梅大吃一惊，也顾不上问是咋牺牲的，急忙去找张春杰。"当时，春杰没工作，在一个工地打零工，找到她时，没敢跟她说旭东牺牲了，而是告诉她旭东受伤了，在医院，就这样，我把她哄过来了。得知丈夫牺牲了，春杰哭得死去活来。"

2017 年 7 月，87 级 2 班毕业三十年同学会，同学们相约回到母校，原来的四十五名同学，来了四十三人，郭旭东和赵福祥缺席。赵福祥也是桦甸籍的，在横道河子派出所当所长时出车祸，也没了。

提起郭旭东和赵福祥，同学们的心里都很悲伤。在校门前合影时，特意留出两个位置，摆上两个花篮。就餐时，也留出两个位置，把他俩的酒杯斟满，班长提酒了，第一杯倒在地上，先敬他俩。

"87 级 2 班是个整体，他俩始终和我们在一起。"班长动情地说。

"警校刚毕业时，我们意气风发，很有优越感。旭东牺牲后，这份优越感没有了，感觉警察是社会上最危险的职业，以后要学会保护好自己。2010 年吧，单警装备开始在全警铺开，民警的安全得到很大保障，但愿今后不再听到民警牺牲的坏消息。”于淑梅说。

4

郭旭东牺牲后，八道河子当地的地痞、流氓、恶棍更不怕警察，派出所的执法活动无法进行，有人甚至威胁办案民警，“知道郭旭东咋死的？”“敢动我一根指头，啥后果自己掂量！”

为扭转八道河子镇社会治安的混乱局面，桦甸市委市政府决定，由市委政法委社会治安综合治理办公室和市公安局牵头，各委、办、局抽人，组成联合调查组，进驻八道河子，开展为期一年的社会治安专项整治行动。

当年，八道河子镇共有十五个行政村和一个街道，三万四千人口。调查组进驻后，两个干部包一个村，对重点人、重点事展开重点排查，公安局、检察院、法院形成合力，快侦、快捕、快判，一年下来，抓进去一百多人，社会治安秩序得到一定程度扭转，尤其杀人案件明显减少。

很多经验教训，都是用血的代价换来的。郭旭东牺牲二十七年，八道河子派出所的所长和民警换了一茬又一茬，每一茬都非常注重总结经验教训，注重在实战中提高技能，做好自身防范。现任所长孟庆峰说：“我是 1998 年警校毕业的，和李长友同班，毕业后，一起分到公吉派出所。上警校时就知道郭旭东的事迹，没想到多年后，我到他牺牲的地方当所长。”

孟庆峰是 2018 年 2 月到八道河子当所长的，所里的条件比李所长当年好多了，单警装备齐备，警力也增加了一倍，一共八名民警。

“郭旭东是我们八道河子派出所的荣耀。二十七年来，他的精神传递给一代又一代年轻民警，尤其警务技能训练方面，始终走在全局前列。”孟庆峰介绍说。

孟庆峰来了之后，社会治安已经不那么乱了，每年的刑事、治安案件加在一起也不过百起，邻里纠纷和电信诈骗居多，平均三天一起案件。疫情期间，案子更少。“现在的八道河子镇，是原来八道河子、榆木桥子两个乡镇合并的，二十三个村，两个社区，一百个自然屯，三万一千人口，近年来，外出打工的越来越多，常住人口反倒少了。”

常言说，“干啥吆喝啥”。孟庆峰到八道河子后，紧紧抓住警务实战技能不放松，每次出警前，都要认真检查单警装备，提醒民警注意自身安全，尤其对年轻民警，更是反复叮嘱。每次出警回来，都要坐下来认真总结提炼，相互交流经验教训。

2020 年上半年，辖区发生一起电信诈骗案件，一名男子以办工作为名诈骗一个老太太。案情分析会上，孟庆峰认为这起案件很有特点，就采取现场教学的方式，让年轻民警现场观摩。犯罪嫌疑人是一个胖子，体重二百多斤，在第二次取现金时，被当场抓获。

“我们现在要求，出警必须保证三人以上，晚上值夜班，警力少，也要保证至少两人。副所长张春阳，警务实战技能非常棒，枪法百发百中，是桦甸市局警务实战大练兵的总教官，让八道所在练兵方面更具得天独厚的优势。民警姚福长，虽然五十一岁了，但非常刻苦，工作之余不断加强学习，去年通过国家司法考试，在平时执法过程中，为全所民警把好法律关。”

说着说着，孟庆峰语调突然沉重起来，“我们所原来八个民警，现在七个了。黄云龙是我们所的年轻民警，特别优秀，业务骨干，去年六月，突发脑出血去世了，才二十九岁。农村派出所警力少，每天满负荷运转，我想让弟兄们休息一下都不可能。小黄没了，我特别难过。好在八道河子的治安环境越来越好，镇里发展旅游项目，很多外地人来这里投资，家乡越来越美丽，郭旭东和黄云龙看到了也会高兴的。”

告别孟庆峰，我忽然想起多年前看过的一部纪录片，我想，肇大鸡山的守护者，就是郭旭东、黄云龙这样的优秀儿女。一代又一代的公安民警镇守一方，不仅守住了平安，也守住了幸福。

有一种鸟没有脚，它只能一直飞呀飞

1

2007年11月17日，北国江城吉林市先是小雨，而后飘雪，正是这一年的第一场雪。

21时，特警吴士良、白志伟和辅警董魁武驾驶一辆警车在街面上巡逻。四十分钟后，电台发出紧急指令：一名司机酒后驾车，在丰满区厦门街附近撞伤两名路人后，向火炬大厦方向逃逸。吴士良等人迅速追去，在火炬大厦楼下发现了停在路边的可疑车辆，司机不知去向。

吴士良下车查看时，发现一男子神色慌张，躲在一旁偷看。经询问，确定此人就是涉嫌肇事逃逸的司机王海涛。将王海涛带上警车后，吴士良将情况上报给市局指挥中心，等候交警前来接人。

22时许，高新交警大队事故科民警赶到，吴士良、白志伟开始办理交接手续。这时，一辆面包车从远处开来，从车上冲下十多名男子，围住警车。

这伙人自称是修配厂工人，是事故中两名伤者的朋友，见肇事司机已被控制在警车内，几名男子上前与两名特警交涉，想与肇事司机“说道说道”，遭到吴士良、白志伟拒绝。

“司机涉嫌肇事逃逸，应受到怎样的惩罚要由法律来决定。在此之前，我们有义务保障他的人身安全。”吴士良和白志伟一边跟这伙人讲道理，一边保护肇事司机不受伤害。

没想到听了他们的话后，这伙人的情绪变得越来越暴躁，一边威胁辱骂，一边敲砸警车，试图抢人。见他们的情绪越来越激动，吴士良、白志伟一边劝说，一边示意董魁武锁紧车门。

这下，惹恼了对方，三四个人冲上来就要抢人，其中一人从面包车里抽出一个镐把，照着吴士良头部就砸了下来，吴士良当场倒在地上。

见场面难以控制，白志伟鸣枪示警，十几个人这才四下散开。白志伟追出一百多米，将打伤吴士良的男子张可心擒获。随后，巡逻特警赶到，将涉嫌袭警的张宗伟等另外五名嫌疑人陆续抓捕归案。

在出租车司机的帮助下，吴士良被送往吉林中西医结合医院抢救。

“伤者双瞳散大，深度昏迷。初步诊断是颅骨粉碎性骨折，裂纹从左太阳穴上方开始，一直延伸到右侧太阳穴上方，横贯整个头顶，脑干受损，颅内有出血。”在查看了吴士良的伤势后，神经外科主任医师朱景哲得出如上结论。

23 时 30 分，朱景哲紧急组成专家组为吴士良实施开颅手术。手术过程中，吴士良出现过十五分钟的呼吸暂停。

天亮了，雪也停了。经过五个小时的焦急等待，手术室里传来士良还活着的消息，但医生也郑重地表达说：“目前，吴士良随时都有生命危险。他这条命，由天不由人，看造化了。”

2

得知吴士良受伤后，全家人陷入悲伤之中。吴士良的爱人尚颖说：“晚上九点钟的时候，他还和五岁的女儿通了次电话，哄她睡觉，并按惯例互道晚安。可挂断电话不久，就接到了他出事的消息。”

得知两名特警危急时刻舍身保护儿子而受伤，肇事司机王海涛的母亲刘喜珍在大儿子王海滨的陪同下，赶到医院看望吴士良。病房里，王海滨感激得不知说什么才好，“说实在的，这帮人把警察都打成这样，要是当时我弟弟落在他们手里了，后果不敢想。吴警官是为了保护我弟弟才变成这样，这种恩情不知道怎么报答。”

两天后，吴士良的父亲在给儿子翻身时，看见有泪水从儿子的眼中流出，当即兴奋不已，觉得儿子有救了。朱景哲却表示：“眼泪只是患者腺体的自然分泌，与病情是否好转没有太大关联。目前，吴士良正面临开颅手术后的水肿高峰期和继发性出血期的双重考验，随时都可能出现脑干功能衰竭而突然死亡的情况。在未来一周内，他还相继要面对感染和并发症等多重考验，能否挺得过来仍是未知数。”

吴士良的伤势，不仅牵动着家人的心，同时也牵动着战友的心。在抢救吴士良的日子里，特警支队的战友们轮番在病房里守护，期待他早日康复。然而，吴士良的康复却遥遥无期，智力和半侧肌体活动功能严重受限，始终处于深度昏迷状态。医生说：“吴士良伤势如此严重，他能活下来，就已经创造了万分之一的存活奇迹。”

和植物人不同，吴士良是醒着的人。只是因为剧烈创伤，后脑组织严重缺失，他的智力和半侧活动功能已经丧失，处于一种和婴儿相似的存在状态，只是永远也不能生长，不论是身体还是智力。

最初的两年，尚颖一直坚信丈夫会好起来，她精心制作了一册丈夫与女儿的影集，还有一些提示性的图片，试图唤醒丈夫的记忆，也会把女儿的成绩单和奖状读给丈夫听。

但这些努力是徒劳的，在一次次伤心的哭泣后，尚颖终于认识到，她的丈夫，那个刚强正直的男人，真真正正地在那个夜晚永远离开了她，只剩下能呼吸的躯体。

从此，她像爱婴儿一样来爱这个病床上的人。三年后，渐渐大了一些的女儿终于知道，爸爸并不是像她以为的那样去外地工作。母女俩有空就来医院陪陪士良，剪剪指甲，掏掏耳朵，或是静静地坐上半天。

3

胡海，吉林市公安局特警支队直属大队大队长，负责支队政治思想工作。吴士良因公负伤后，抢救治疗、家属安抚、事迹宣传、工伤评定等工作，全都落在了胡海肩上。他每周至少去医院探望一次，每次去，都带着水果、牛奶等营养品，这一坚持就是十多年。

2016 年 10 月 2 日和 12 月 1 日，吴士良两次高烧不退，胸腔出现积液，每次救治期间，胡海都安排大队内勤在医院守护，直至病情稳定。

2017 年春节期间，吴士良再次出现胸腔积液症状，右肺被积液包裹。接到医院的电话通知，胡海和队员即刻赶到医院，按医生要求，购买白蛋白等药物送到医护人员手中。

吴士良的父母从黑龙江省林口县老家赶来，见到此情此景，七十五岁的老人老泪纵横："十多年了，士良多亏了你们啊，你们都是士良的好兄弟、亲兄弟啊！"

为歌颂吴士良的英雄事迹，2014 年，吉林市公安局宣传处精心编排、创作了歌舞情景剧《爱的呼唤》，用现代艺术的形式，展现了英雄民警吴士良的时代奉献精神。节目选送到公安部，参加本年度的公安部文艺会演，获得巨大成功。演出现场，民警的舞蹈表演和轮椅的唯美结合，生动演绎了战友情深、爱人意浓，构成了一幅感人至深的画面，观众纷纷流下了感动的泪水。

演出结束后，《爱的呼唤》获得专家评委一致好评，在全国公安系统文艺会演中脱颖而出，喜获银奖。

吴士良有过四年从军经历，2004 年，三十岁的吴士良转业后分配到吉林市公安局特警支队。

王印德是吴士良的战友，两人一同转业，一同分到特警支队，二人情同手足。吴士良受伤后，王印德始终沉浸在悲伤中。

"当年，我俩怀揣终老警营的憧憬，从简单的巡逻车辆驾驶入手，努力学习警务技能，并试着向一名合格的老警过渡。无聊寂寞的午夜巡逻，险象环生的雪夜追击，刺骨寒冷的江中营救，奋不顾身的擒贼捉凶，那些热血沸腾的往事，如电影默片一样在那些青春岁月里闪过，我和士良享受着职业的荣光也体验着现实的无奈。”王印德回忆说。

此后的一段时间里，王印德为吴士良跑公伤鉴定，跑评残事项，再后来，因工作需要，印德调到市局宣传处，因为太过了解，根本无须采访，吴士良的事迹，通过他的笔端，一次次见诸报端。

4

一个周末的上午，雨过天晴，王印德去医院看望吴士良，只见他坐在一辆轮椅里，太阳帽压得很低，看不清脸，两个护工大姐一左一右陪护着他。他的左手，孩子般紧紧抓着一只弯曲的蓝紫色绒布蛇，刚毅的鼻子，外张的大招风耳，只是嘴角向左微微歪着，眼睛直直地对着王印德，却视而不见。

自我介绍后，护工大姐对王印德说：“他谁也不认识，但他很乖。”

就这样，他们一路谈着士良，最后回到了他的康复病房。十平方米左右的房间内，整洁温馨，阳光洒在床单上，白得耀眼。两位大姐把吴士良扶上床后，开始给他戴上各式的橡皮管，由鼻腔入胃的流食管，由咽到肺的抽痰管，还有许多王印德叫不上名的管管。

在不到一个小时的时间里，王印德亲眼见到了照顾士良的辛苦与烦琐。“没有情感是干不了这份工作的。”他想。

吴士良很快安静地睡去，并发出了鼾声。和两位大姐的交谈中，王印德知道了她们一共有四个人，两人一班，隔天轮换。她们中，照顾士良最短的也有三年了。年复一年的朝夕相处中，她们已经从最初的雇佣关系发展得跟亲人一样。孙淑琴大姐说：“我们都特别同情士良，还有他的妻子女儿，本该幸福的一家，唉……”

说着说着，她的眼里现出了泪花。

士良的床头，叠放着一封女儿晓蔚写给他的信，印德打开信纸，一排清秀的小字映入眼帘：

亲爱的爸爸：

我是您的女儿，我改名了，叫吴怡萱。我希望你快点儿回来，我很想念你。我想见你，我不知道你工作怎么样，你可以给我寄一张你的照片吗？我都不记得你长什么样了。

您的女儿吴怡萱

2008年7月13日

信纸已经泛黄，并且有些褶皱，明显看出被泪水浸透过，而且不止一次。印德想象着尚颖边读边哭时的悲伤与无助，“明明近在咫尺，却是天人两隔。”

平复了一下心情，印德准备离开。临行，他带走了士良和他女儿的一张照片。

印德说：“我更愿意相信，照片中那个笑得合不拢嘴的男人，才是我的兄弟吴士良。如果真的有灵魂，或许他已不在这个尘世。在蔚蓝的天幕下，在风起的地方，他依然怀揣梦想，追寻着自由的方向，我想起当年我们一起看《阿飞正传》时他喜爱的一段话：世上有一种鸟没有脚，它只能一直飞呀飞，累了就在风里睡觉，它的一生只有一次着地，那一次便是死亡。”

印德把这段话写在了照片的背后，珍藏至今。

2020年4月3日，吴士良在“昏睡”了十三年之后，走完了四十六年的人生旅程，溘然长逝。

“生命作为一个过程，每个人都会离开并最终消亡。不是所有的告别都需要一个隆重的仪式，或许，我会用笔去追忆我们青春散场后的往事飞扬。每个人都将成为故事，并在故事中被怀念，被遗忘。愿我们的儿女们，那些值得我们奉献的人，健康成长，幸福平安。”送别了亲爱的战友，王印德在《于无声处》的一篇怀念文章里写下了这段文字。

第四章 憾！憾！憾！

昨夜
一场秋雨
把记忆都淋湿了
雨地上的水泡泡
多像撒落大地的纸钱啊
窗前的菊花开了，多想
采撷橘黄色的那一朵
供奉在你的墓前……

——李雪《我在秋雨中等你》

父子不相见，动如参与商

“人生不相见，动如参与商”，诗出唐代诗人杜甫的《赠卫八处士》。

参与商，是中国古代星宿名，按照现在天文学的星座划分，参星是猎户座，商星是天蝎座。参商二星距离遥远，参在西，商在东，一颗升起，另一颗必然落下，永远不得相见，这是宿命。

1

2019 年 10 月 2 日 1 时 17 分，浙江省台州市路桥区金清镇坦头沈村。一束灯光，切割夜幕，一声枪响，划破夜空。

二十分钟前，路桥分局接到群众报警，金清派出所值班民警王歆带领辅警梁峰、林新志赶到五公里外的沈村。

沈某某家门口有个小油桶，地上有汽油，房门有新烧灼的痕迹，六七个村民围在一旁。

王歆和梁峰立即开展现场处置工作，询问群众，调查取证，现场拍照。林新志担任外围警戒。

漆黑的夜色中，先前的作案人悄悄返了回来，他头戴矿灯，手持猎枪，下车后，就朝十米外的人群开了一枪。

执法记录仪记录下当时的画面，听到枪响，离歹徒最近的林新志冲上前去大喊:“你干吗？放下枪！”

歹徒根本不搭话，抬手又是一枪。林新志用手捂着流血的腹部，一边后退，一边忍着剧痛，呼叫值班副所长王宇支援。

看到林新志负伤，梁峰赶紧上前救助。王歆向现场群众大声呼喊:“散开！快跑！”

随后，王歆和梁峰挺身扑向歹徒，实施抓捕。

枪声再次响起，梁峰被击中头部，轰然倒地，王歆右臂负伤。

此时，出警的三人小组中，能够站立的，只有王歆。

丧心病狂的歹徒喊道:“小君，你在哪儿？”

“啊……”躲在廊柱后的王某君下意识地应了一声，歹徒掉转枪口指向小君，小君吓得转身就跑。王歆见状，追上去掩护小君，歹徒在后面边追边开枪。

1时19分04秒，又一声枪响，王歆挡住了射向小君的子弹，倒在血泊中。

小君摆脱了魔鬼的追杀。

六名群众也安然无恙。王歆为群众撤离赢得了宝贵的几十秒。

“当时，大家都没缓过神，也根本没看清发生了什么，几声枪响后，看见有人倒在地上，有个警察在大喊，叫我们跑，我和父母就赶紧躲进邻居家，锁上了门。”现场群众回忆。

1时29分，王宇带着第一批增援警力和120救护车到达现场。两分钟后，蓬街派出所警力和巡特警也先后到达。

王歆、梁峰、林新志被迅速送往医院。

歹徒在现场畏罪自杀。

公安机关初步查明，犯罪嫌疑人牟锡希，男，四十四岁，2013年与坦头沈村的沈某华结婚，后离异。案发前两小时，牟锡希来沈家纠缠，与沈某华发生争执，便携带汽油和自制猎枪，报复沈某华和她姐夫王某君等人。

2日晨，王歆、梁峰因伤势过重，抢救无效，壮烈牺牲。

林新志的肝、胃、肠等主要脏器均被猎枪的铁砂打中，被送往解放军东部战区总医院进一步接受治疗。

10月，王歆被公安部追授“全国公安系统一级英雄模范”，辅警梁峰被批准为烈士。

《人民公安报》在给人民卫士王歆的致敬词中写道：三十二年，是你生命的长度，你用使命担当为它增添无限厚度；三年，是你的从警生涯，你用忠诚无畏让它熠熠生辉；四十六秒，是生与死的间隔，你在群众危难之时毫不犹豫，用生命拯救生命，这是“一切为了人民”的最高体现。王歆，我们永远怀念你，是你曾经保护我们!

王歆披着霞光走了，十四天后，他的儿子来到人间。

人们这才明白，王歆的妻子为什么一再推迟葬礼的时间——只为王歆入土前和儿子有个短暂的陪伴。

千人唏嘘，万人扼腕。

2

2019 年 5 月的一天，四川省绵竹市公安局禁毒大队即将展开一次抓捕行动，副大队长习惯性地喊了一声："韩军，走！"

无人应声，副大队长醒过神儿，摇摇头，长叹一口气。

他喊的人叫韩顺军，禁毒大队民警，两个月前，韩顺军突发疾病，倒在禁毒一线。

"不悔身上衣"，是韩顺军的微信签名。

当军人，他无悔身上的军装；当警察，他无悔身上的警察蓝。

2003 年 12 月，韩顺军入伍，在成都军区司令部勤务队服役。汶川地震发生时，他的家乡清平镇与震中映秀镇相距不过三十五公里。当部队接到前往都江堰救灾的命令时，韩顺军第一个请战。五天后，噩耗传来，韩顺军的父母、爷爷奶奶等七名亲人在地震中遇难。他擦干眼泪，又投入到抗震救灾工作中，先后救助转移受灾群众三十六人，被成都军区司令部记个人三等功。

2008 年底，韩顺军从部队退伍，回到老家清平派出所当辅警。

2010 年 8 月 13 日，六百余万立方米的特大山洪泥石流突袭清平。在派出所值班的韩顺军和陈涛驾车查看险情，一面拉响警报器，一面沿途高喊，通知村民撤离。

转移完园包村一组村民，泥石流已经涌到警车驾驶室窗边，韩顺军急忙跳出驾驶室，泥石流淹没了他的下半身，并卷走了警车。他在泥石流里拼命爬到路边，才得以脱险。

他凭着对灾害隐患和山形地貌的了解，与陈涛一起，把五千余名群众成功转移到安全地带。

“救命警察”，这是获救群众送给他和陈涛的称号。这一年，韩顺军被组织特批入警。

来到缉毒战线后，他一次次与毒贩鏖战。在一次抓捕中，他第一个冲进去，用身体压倒毒贩张某，并迅速将其控制，而在伸手可及之处，一只仿制式手枪，子弹已经上膛。

在侦查一起制毒案时，韩顺军追着犯罪嫌疑人从二楼跳下，造成脚部骨折，忍痛追出三十余米，终将犯罪嫌疑人制服抓获。

有一次，抓捕武装贩毒犯罪嫌疑人，韩顺军在毒贩的棉被里搜出一枚自制炸弹，当时，炸弹距离嫌疑人仅一步之隔。

三月初，在韩顺军生前办结的最后一起毒品案件中，他与犯罪嫌疑人斗智斗勇，用嫌疑人身上的钥匙，打开了贩毒窝点的房门……

和王歆的情况相似，在他牺牲后的第二十六天，儿子来到这个世界。

春山春水春光如画，儿子却再也看不到爸爸。

韩顺军的女儿七岁，聪慧懂事，她想爸爸，她知道弟弟也想。有一天，她拿出爸爸的照片，把弟弟的小手放在照片上，想让弟弟和爸爸拉拉手，弟弟突然哭个不停，姐姐劝弟弟：“别哭别哭，你要哭，爸爸该说你不乖了。”劝着劝着，自己却哭了起来。

父子不相见，动如参与商。

团　圆　饭

中国人企盼团圆，崇尚团圆。团圆，已经超出了相聚在一起的行为方式和追求圆满的心理表达，成了中国传统文化的一部分，成了中国人的一种固化情结。

人们把这种企盼和崇尚物化为中秋节的月饼，物化为春节的团圆饭，甚至寄情于月亮，“但愿人长久，千里共婵娟。”“潋滟黄金波，团圆白玉盘。青天流景披红蕊，白露含辉汎紫兰。”

和团圆对应的是缺失，和缺失相伴的是遗憾。

1

2017 年春节，因春节安保值班备勤，通化市辉南县石道河派出所副所长赵天昱不能回老家看母亲。

母亲七十四岁了，为了和儿子过个团圆年，老人家特地从辽宁省丹东市赶到吉林省辉南县。

可是，除夕过了，儿子没回来，初一过了，儿子没回来，初五过了，儿子还是没回来。儿子在派出所忙于节日安保，竟没和她吃上一顿团圆饭。老母亲把希望寄托给正月十五的月亮。

“比拟寻常清景别，第一团圆时节。”正月十四，她和儿子通了电话：

“天昱，明天还值班吗？”

“妈，我争取明天回家，陪你吃饺子，吃顿团圆饭。”

老母亲高兴地放下手机，备菜备料，她知道，儿子喜欢吃三鲜馅儿的饺子。

饺子，寓意更岁交子，是一种古老的主食，是中国人过年时餐桌上的主角。妈妈包的饺子，不但用手的温度呵护着传统食物的生命力，也包裹着爱心，留存着欢悦。

谁料到，月圆人未圆。赵天昱再也无法吃上妈妈包的饺子，再也无法和母亲吃顿团圆饭，他走进了苍穹，成为一颗闪亮的星。

2 月 10 日 17 时左右，赵天昱接到报警电话，在庆阳镇发现被立案侦查的非法侵占林地犯罪嫌疑人于凤林。

赵天昱立即带领一名辅警，赶往五十多公里外的庆阳镇，并通知在外执行任务的民警程岩生和杨行前往增援。

当赵天昱驾车行至庆阳大桥附近时，桥上，一辆白色越野车前站着一个人。经过仔细辨认，正是于凤林。

于凤林发现不妙，跑到警车侧面，用力狠踹警车后门，车门凹陷了，怎么打也打不开，车内，辅警下不去车，干着急没办法。从前门下车的赵天昱顾不上许多，立即扑向于凤林。

借着夜色，于凤林掏出尖刀，向赵天昱疯狂刺来。赵天昱与他展开了殊死搏斗，胸部、腹部、手臂多处中刀，赵天昱终因体力不支，倒在雪地上。

此时，增援的警车赶到。民警程岩生、杨行等冲向于凤林，于凤林又刺伤程岩生的手臂，驾车逃跑。

赵天昱被同事们送往医院抢救，他身中二十一刀，失血过多，伤势过重，于当日 18 时 10 分抢救无效牺牲，年仅四十三岁。

案发后，通化市、辉南县两级公安机关立即启动紧急预案，全力缉捕犯罪嫌疑人。当晚，于凤林向公安机关投案自首。

2 月 14 日早上，赵天昱出殡的时候，老母亲拍打着儿子的灵柩，撕心裂肺地喊着:“天昱，你睁开眼，再跟妈说说话啊……”

由于过度悲伤，老母亲在追悼会现场突发心脏病昏厥，经医院抢救无效，与世长辞!

2

自正月初一开始，曲玉权三岁的女儿一直哭泣着找爸爸。虽然没有人告诉她真相，但这个孩子似乎还是感觉发生了什么，她找到妈妈的手机，用微信一遍又一遍叫着爸爸，她打开爸爸的微信页面，凝视着爸爸抱着她的照片。照片上的她正在哭泣，爸爸却是笑着在哄她。

腊月三十下午五点左右，哈尔滨市道里区太平庄镇一家KTV发生聚众斗殴，正在值班的派出所民警曲玉权吃完一个饺子，刚夹起第二个，报警电话响了，曲玉权放下筷子，和同事李振东迅速出警。处置过程中，遭到歹徒疯狂围攻，曲玉权身受重伤，被送到医院救治无效不幸牺牲，年仅三十八岁。

至今，一提到曲玉权，他的战友张来勇还黯然神伤："我们永远忘不了他，平时都避免提到他，心里像有道坎儿，一触动这道坎儿，忍不住就掉眼泪。"

张来勇和曲玉权不仅是战友，还是校友，两人都毕业于哈尔滨体育学院，一起通过公务员考试，同一天到太平庄派出所报到，一起摸爬滚打了十四年，在一起的时间比家人还长。

当天，曲玉权的妻子在医院值班，她给丈夫发了条微信，"你守护着一方平安，我守护着患者安康。"曲玉权给她回了一个赞和一个笑脸。

为了万家团圆，曲玉权牺牲了。人们常说，岁月静好，是因为有人为你负重前行。对人民警察来说，岂止是负重，有时是以鲜血和生命为代价。

2017年4月4日，公安部新闻中心和人民网共同举办的"平安中国·致敬公安英雄"访谈现场，张来勇还讲了这样一件事：2016年初，曲玉权在朋友圈看到一条寻亲信息，他立刻给发布人打电话，详细了解情况。那是个女的，四十多岁，小的时候跟父亲到大庆生活。父亲外出打工，她走丢了，被好心人收养长大，和家里失散三十多年。她大致能记得老家是克山县的，父亲的姓，她能说准，后边的两个字，就有些模糊了。根据这些简单信息，曲玉权帮助她找父亲。在户籍系统网上，他先搜到比较相似的人，再通过户籍地派出所、村委会、居委会一个一个去查找，联系不到本人，就联系亲属。打了几百个电话，结果很长时间没有找到。同事都以为他放弃了，因为这不是分内的活。但曲玉泉没有放弃，他又打电话给那个女的，帮助她回忆一些细节，加大信息量，改变思路，再去联系。凭着这股韧劲儿，曲玉权真的找到了那位父亲。父女团聚，相拥而泣。过后，他们给派出所送了一面锦旗。

为了父女团圆，曲玉权尽心竭力，但对他的妻子来说，已是月有缺，家难圆，年年除夕夜，岁岁伤心日。

3

还是 2017 年春节，又一名警察，再也无法和家人吃上团圆饭。

他叫罗振波，辽宁省铁岭市公安局交警支队民警。

正月初二，罗振波答应媳妇，下午和她回岳父家，拜个年，吃顿团圆饭。

这天，罗振波不值班。从头一天晚上开始，铁岭地区连续下了十多小时的雨夹雪，他凭着多年的工作经验，知道路况肯定很糟。吃过早饭，他就给巡逻防控大队大队长王新文打电话，主动请缨，要上路面。

王新文说："你好不容易过年休一天，别过来啦。"

半小时后，罗振波出现在王新文面前。

路况真的一团糟，很多车陷在雪窝里。罗振波和同事看见一辆推一辆，身上、鞋里，全是雪。

下午两点半，罗振波往回返，走到铁岭县右安湖大桥，路面结冰，车辆侧滑，罗振波当场牺牲。

负重的逆行者

人民警察在平凡的岗位上甘于奉献，在打击犯罪的战场上披坚执锐、敢于逆行。生死关头，他们用撼天动地的壮举，用鲜红滚烫的热血，捍卫着草尖儿初露的春天，守护着波澜壮阔的河山。

他们是英雄！

但他们并不是行高于众，卓尔不凡。

生活中，他们也是普普通通的人，为人父母，为人夫妻，为人儿女。

也有酸甜苦辣，也有艰难顿踣。

他们是负重的逆行者。

1

前面提到的罗振波，家里经济条件不好。上有八十二岁的母亲，下有上学的孩子，妻子还有病。罗振波紧紧巴巴地过日子。家里的电饭锅是三角牌的，是最老一代的电饭锅。电冰箱不大，还掉漆了。罗振波的手机是交费赠送的，内存很小。作为交警，每天要通过手机发布路况信息，让老百姓知道，哪条路堵了，哪条路好走，还要经常报送工作动态。

没办法，一到晚上，罗振波就捧着手机清啊清。妻子住院，家里没钱。罗振波告诉妻子，别担心，不行的话，我把房子卖了，也要把你的病治好。

即便这样，罗振波仍然不失乐观，他说，这辈子最高兴两件事，一是当警察，二是有个好儿子。

2014 年，他的儿子以 626 分的好成绩，考入南京航空航天大学。

2

陈春龙，1978 年 12 月出生，生前系山东省聊城市公安局特警支队民警。

2008 年 3 月 20 日，陈春龙在处置一起暴力劫持人质案件中，为了保护人质安全，不顾个人安危，与穷凶极恶的歹徒搏斗，不幸以身殉职。同年，被追认为烈士，被公安部追授“全国公安系统一级英雄模范”荣誉称号。

陈春龙家在农村，父母上了年纪，他的工资是家庭的主要收入。柴米油盐、种子化肥、人情往来，他要一分一分算计着花。

每次休班，他都要回家干农活。就在牺牲的前两天，他还打电话问家里的地浇了没有。

在整理陈春龙的遗物时，战友们发现，他竟然连一件像样的衣服都没有，两件运动服，还是参加市里运动会和支队比武竞赛得的奖品。

3

应建华家卧室的床头摆着一个闹钟，闹钟长期定时在早晨六点。每天闹钟一响，应建华就会快速起床，洗漱完毕出门上班。

数十年如一日。

应建华家里经济比较拮据，负担很重，买不起私家车，他定闹钟是为了早起坐公交车上班。

应建华是武汉市公安局东湖生态旅游风景区交通大队民警。

2019 年，这里举办东湖梅花节，应建华和战友执行安保任务。他们主班副班轮流值，休班也主动放弃。

2 月 14 日，应建华准备执行一项重要安保任务。早晨，他给妻子打电话："今天胸很闷，感觉不舒服。"

妻子关切地说："你不要硬撑，去医院看一看或休息一下。"

女儿闻讯，赶紧联系 120 救护车将应建华送到医院。心梗发作的应建华脸色苍白，女儿一声声呼唤，医生全力抢救，他却再也没有醒来。

4

于增春结婚时，在郊外租了一间没有暖气没有自来水的房子，这里距离单位十多里远。夏天，室内闷热难耐；冬天，水盆里的水都结了冰碴。

为了将来的小宝贝，一年后，他和妻子狠了狠心，在市区租了一处楼房，每月租金接近两人工资的一半。他们朝思暮想，希望有一套自己的房子，安得广厦有一间，风雨不动安如山，俱欢颜。

后来，局里集资盖家属楼，两人求亲戚找朋友，凑齐了钱。分到房子时，夫妻俩欢天喜地，忙不迭地去看看，两人商量着，比画着，这儿需要怎样装修，那儿需要安放什么。

遗憾的是，于增春还没住上自己的房子，就在执行一次抓捕任务时牺牲了。

他生前欠下三千八百元外债，就连给刚出生的小宝贝做的一床新被和几件小衣服，都是借的钱。

5

下班后，王艳华脱下警服，换上便装，准备去买菜。

三天两头，她会去一次，都是这个时间，傍晚，地摊上的蔬菜便宜，不穿警服，便于和菜贩讨价还价。

近十年时间，这成了她的生活常态。

丈夫牺牲后，她被批准入警。她工资少，还要供两个孩子读书，她不得不精打细算。

艰难的生活，锻打着她的坚强和韧性，一下一下，砸在心上。

十年间，王艳华从没添一件新衣服，孩子们穿的，是同事孩子穿剩下的，连家里的拖鞋，也是王艳华用旧布缝制的。

十年间，她家很少吃到大鱼大肉，只有逢年过节的时候，才能闻到一点儿荤腥味。

十年间，两个孩子没买过零食。学校开运动会，别人家的孩子，水果、饮料、小食品，拎了一大兜，王艳华的孩子，只能带一大瓶凉开水，一个廉价面包。

儿子刚上初中时，有一次到其他学校参加期末会考，那里离家很远，早晨，王艳华交给儿子一元钱，让他考完试坐公交回家。

为给妈省下这一元钱，考完试后，懂事的儿子硬是走回家中。晚上，王艳华下班回来，摸着儿子脚上走出的水泡，不禁泪水涟涟。

一天，王艳华听说离家较远的一个菜市场萝卜很便宜。下班后，她骑车前往，没想到途中出了车祸，被撞得尾骨错位、骨折，落下了后遗症。

无法兑现的诺言

1

2017年12月9日，河北省衡水市冀州区公安局刑侦大队四中队民警常群勇在抓捕犯罪嫌疑人时不幸牺牲，年仅三十岁。

常群勇正直，率真，执着，话不多，爱学习，懂得多，战友眼里的常群勇，简直就是警版的“十万个为什么”。每次有案子，他都自告奋勇，主动上案。

他还是个网络大咖，破案高手，加入的工作群就有二十个，都跟刑侦破案有关，他是全国公安追逃协作群的优秀一员。从穿上警服那天起，他就关注信息化实战应用，将高科技服务于侦查破案。通过信息化手段破案成了他的“撒手锏”。入警五年来，常群勇参与侦破各类案件八十余起，打击处理犯罪嫌疑人一百多人，连年被评为“破案能手”。

常群勇牺牲后，他的妻子张玉琳悲恸欲绝，写下一篇泣血悼文，思念爱人：

又是一宿难眠。想你啊，中午咱俩还聊天斗嘴，下午就阴阳两隔。我接受不了这个现实。心疼，真的疼，疼你这么早离开我，疼我的宝宝还没有记住爸爸的样子，疼我的公婆白发人送黑发人。跟电视剧一样的情节，竟然会发生在我的身上！真的崩溃，无助……

多少人劝我坚强，可谁能顶得住这样的晴天霹雳，说你是烈士是英雄，我不想听到这样的称呼。因为对于我来说，你就是不在了。

你答应我带儿子去动物园去海洋馆，你答应我等儿子断奶咱俩去一趟九寨，你答应我去给儿子买双好的棉鞋，你答应我陪我去买羊毛衫……

你不让我学开车，说去哪里你都会陪我的！你回来啊，你还没有带我去呢！曾经咱俩说过，等老了我先走，你先送我，因为你先走我受不了，你说“行，听你的”，又一次说话不算话，打你！

你就喜欢交朋友，全国各地都有。他们都来了，全国各地的警察朋友同学，都来看你了，我得鞠躬谢谢他们，感谢送你一程。原谅我不能马上去陪你，我还有很多任务没有完成。

儿子我会培养成优秀的人，咱们的父母，我会给他们养老送终，你就放心吧。

你教儿子敬礼，踢正步，他每天都会走上几遍，不会忘的，他记得爸爸叫勇勇！

这篇悼文在网上转发得铺天盖地，这一家人的深明大义和情深义重，深深感动着万千网友。

从来为警不惜身，一生襟抱未曾开。常群勇用三十岁的生命，走完光荣的一生，萃取了重于泰山的人生价值。

2

2019年6月8日，白杉在值班期间突发疾病，猝然离世，倒下时，手里握着一瓶没来得及打开的速效救心丸。

6月11日，是白杉妻子的生日，他曾答应妻子和女儿，那天，无论多忙，都会回家吃饭。

他是一名忠诚的卫士，却将遗憾和痛苦留给了家人和战友。

在担任交城县公安局政委之前，白杉在吕梁市公安局刑侦支队工作。在那里，他以忘我的工作状态，诠释刑警的忠诚和担当。

2014年，吕梁市万山县大武镇新房村被以张某为首的涉黑团伙搅得鸡犬不宁。为掩盖关键性违法犯罪证据，狡猾的张某将铝矿坑道口炸毁。不下矿井，就采集不到证据。没有证据，就无法起诉张某。炸毁的坑道，处处布满危险，极易发生垮塌，白杉身先士卒，带领民警和勘探人员数次下井，成功获取关键证据，将张某涉黑团伙一网打尽。

那半年，专案组的工作地点离他家不过半小时车程，而他，一次家都没回。

6月11日，交城县社会各界千余名群众送别白杉。

6月11日，刀刻一般，永远留在白杉妻子和女儿心上。

3

2020年5月14日，河南省唐河县看守所民警雷明森突发脑溢血，倒在值班室里。

他曾向上初中的女儿许诺，等她考进全年级前十名，全家人一起出去旅游。

一年又一年，聪明勤奋的雷诺，学习成绩总是排在年级的前十名，可是，一年又一年，雷明森总是无法践行诺言，原因只有一个字：忙！甚至直到雷明森去世，竟没留下一张全家福。

没有留下“全家福”的，还有刘才添。

刘才添是福建省公安厅交警总队南平支队四大队二中队民警。

2018年12月31日，刘才添带着一名辅警上路执勤。谁知，年底的这班岗，竟成了刘才添一生中的最后一班岗——为了掩护群众，他被一辆失控的大货车撞到护栏上，当场牺牲。

他的家在外地，一年难得回去几次，妻子含泪回忆："一米七五的个子，只有一百斤多一点儿，每次回家才能吃胖些，我陪他跑步、聊天，约好接他回家过年，补齐全家福……"

对于中国人来说，一张全家福，是完满的见证，是幸福的见证。这种大团圆的人设，框定着中国人的传统心理和思维定式。

古代戏曲中，主人公的命运跌宕起伏，但多是以大团圆收场，这样，观众悬在嗓子眼的心才会落下来，才会兴奋得喋喋不休；要是以悲剧结尾，人们的心里就梗，就郁结，就喝酒，就开口骂娘。

传下来的节日，也承载着团圆，比如元宵节，比如中秋节，比如除夕夜。即便"正月十五雪打灯"，即便"八月十五云遮月"，中国人心中的月亮也是圆的。

婚姻上，结婚是喜结连理，花好月圆；离婚了复婚，离散了重逢，叫破镜重圆。

在这沉甸甸的趋同认知中，缺了一张全家福，就等于金瓯失缺。

4

2019 年 8 月 9 日，是吴承良和儿子非常期待的一天。

吴承良是浙江省义乌市公安局经侦大队大队长。一周前，他的休假申请得到批准，他准备当天下班后，陪刚考上大学的儿子去外地旅游，儿子把机票和酒店都已订好。

谁料到，这天 14 时，吴承良突发疾病，溘然辞世。

二十四年来，警察是吴承良第一份也是唯一一份工作，他从基层派出所民警干起，一步一个脚印，用生命践行着从警初心。

吴承良牺牲前，他带领的专案组刚刚破获一起特大假外币案，吴承良许下诺言，旅游回来，为兄弟们"庆功"。

没想到，他爽约了。

5

2020 年 5 月 7 日，为救援沙漠中受伤的群众，新疆维吾尔自治区沙雅县公安局副局长梁振兵冒着肆虐的沙尘暴出警，却遭遇车辆侧翻，不幸牺牲。

新冠病毒疫情发生后，梁振兵的妻子临时被安排到公安局工作，谁能想到，这短短的十几天，竟是夫妻俩结婚后相聚时间最长的日子。

梁振兵是家里唯一的男孩，父母都已七十多岁。老人想他时，就从一千公里外的呼图壁县赶来看他。

看到年迈的父母长途奔波，梁振兵很是不忍，他向父母承诺，一定找时间多陪陪二老。

听到儿子牺牲的消息，两位老人悲痛万分，他们知道，儿子再也不能陪他们了。

6

阿真能周从警九年，和家人聚少离多，他向家人承诺，有时间一定陪父母、妻子和儿子，携手去看格桑花开。

可是，当 2020 年格桑花开的时候，阿真能周却走了——这年三月，他永远离开了这个世界。

阿真能周是个藏族汉子，他的职业是森林警察，职务是派出所所长，职责是保护森林，保护野生动植物，防止火灾隐患，守护这里的每一寸土地。

他所在的四川省红原县森林公安局刷经寺派出所坐落在海拔三千二百九十米的高原，背靠着雅克夏雪山，那是当年红军长征翻越过的雪山。

派出所管辖着八千四百四十平方千米的区域，从最南端的派出所所在地到辖区的北端，有三百多公里路程，开越野车要走一天，沿途会经过原始森林、草原、牧场、草滩和湖泊。

辖区的很多地方不能通车，阿真能周和战友只能骑马巡逻。马背上，要有森林公安的标志旗帜，每次，阿真能周都是护旗手，马在奔跑时，为了保持旗帜不倒，他就把旗杆插在靴子里，一天巡逻下来，腿部常常被磨破皮。

有一年，群众报警说，林区有人安装了猎套，他立即带领民警赶到案发地，排查发现，五平方千米的区域，被偷猎者安放了一千多个猎套，十个捕兽夹。起获猎具时，阿真能周还从捕兽夹上救回一只国家一级保护动物。不久，犯罪嫌疑人被抓获。

在他的带领下，刷经寺派出所于2016年11月被评为全省森林公安机关示范派出所。

阿真能周的妻子是小学老师，她任教的地方特别穷，班里的很多学生买不起文具。阿真能周就和妻子用节省下来的钱，给三十多个牧民的孩子买笔、笔记本和衣服。他俩还担负着贫困生央金卓玛、孤儿达穷的学费和住宿费，直到这两个孩子走进大学校园，两个孩子自豪地说，他们有一个帅气的哥哥和一个漂亮的姐姐。

阿真能周对父母很孝顺。一有时间，就回到草原牧场上的家，去看望阿爸和阿妈。他最爱吃阿妈做的糌粑，每次看他贪吃的样子，阿妈总会在一旁开心地笑。他和爸爸会聊聊工作，陪爸爸去马厩，看新生的小马驹。

阿真能周学的是藏羌艺术专业，能歌善舞。儿子一天天长大后，一有空闲，阿真能周就和儿子在一起唱歌、跳舞、下棋、骑马，分开时，父子俩也会在视频里聊天唱歌。

刷经寺派出所门前是209省道，通往青海和甘肃。2020年初春，阿真能周和战友们日夜坚守在新冠肺炎疫情防控一线，在卡口盘查车辆、行人，测量体温，检查有没有人携带火源和枪械。

此前不久，他的父亲去世，他忍着丧父之痛，把悲伤的母亲和生病住院的妻子托付给亲人，毅然坚守在高原卡点，四十三天连轴转。

3 月 15 日中午，他感到身体不适，告诉战友，“我先回去躺会儿，有事记得喊我。”

在备勤室，他停止了呼吸，年轻的生命就此定格在三十岁。

这年，格桑花开时，阿真能周的妻子拖着病体，把一捧鲜艳的格桑花放在丈夫墓前。

7

芮志江结婚多年，没给妻子过一次生日，没给妻子买过一次生日礼物，面对为家庭默默付出的妻子，芮志江深感内疚。

2005 年 5 月 1 日，是两人结婚十周年纪念日，芮志江又不巧在忙一个案子，他向妻子承诺：“年末，一定和你照张结婚纪念照。”

这年 11 月 29 日，芮志江不幸牺牲。

8

郭旭东对妻子张春杰的许诺富有浪漫色彩——五年一小游，十年一大游。

游，指的是旅游。小游，指的是长江以北，大游，指的是长江以南，还有出国旅游。

不到五年，郭旭东牺牲。

……

女公安诗人鹿颖曾写过一首诗——《我要的，你永远给不了》：

我要你握住我的手
连风都不曾在我们之间经过

我要你唱着歌儿回家

连天雷戾雨都被你感化

我要你脚步铿锵地来寻我

连身边窥探的野狗都猖狂踉跄

我要你陪我白发相依

连世间最甜蜜的情侣都驻足羡慕

可是，我要的你永远给不了

警察是一个特殊的职业，这个职业决定每个人——特别是一线民警，要付出各种牺牲——且不说危急关头，即或平时，他们都少有休班的概念，“晓战随金鼓，宵眠抱玉鞍”几乎是一种常态。用一位公安英烈妻子的话说，“他不在家是正常的，在家是不正常的。”

在家与国之间，他们无法找到平衡点，国重于家！在忠与孝之间，对党和国家的忠诚，对人民的忠诚，对职业的忠诚，永远是第一位的，永远是不可撼动的。

2020 年，被授予“人民英雄”国家荣誉称号的陈薇曾说过这样一段话：“共产党人的职责是为人民服务，这不是表现在口头的，而是流淌在血液中、刻在骨子里的。”

共产党人如是。

人民警察如是。

公安英烈没有践行自己的诺言，但他们曾那样深爱着自己的家人——

陈鸽背上的儿子酣睡时滴下的涎水，郭旭东给儿子买的拨浪鼓，芮志江深夜回家给妻子轻轻一吻，杨春写着“爸爸”“妈妈”字样的药盒，吴涌准备送给父母的水果和蔬菜……

他们没有时间兑现诺言了，他们把自己留在春天绿茵茵的草地上，留在炎炎夏日的轻风中，留在秋天丰收的田野里，留在冬日盛开的蜡梅间。

英雄走了，留下太多太多的遗憾。他们来不及诉说，来不及疚责，就这样匆匆走了。

英雄违诺了，但他们的诺言像金子般贵重，像珊瑚般绮丽，每一句，都沉淀着爱的芳香，闪烁着人性的光芒。

第五章　思念的路有多长

思念的路很长，思念的丝蔓从人间延伸到天堂。

思念的路很短，一切恍如昨天。

思念的分量很轻，像空气，在身边飘来飘去。

思念的分量很重，拽得心直往下坠。

思念很静——梧桐树，三更雨，一叶叶，一声声，空阶滴到明。

思念很罥躁，翻来覆去，剪不断，理还乱。

思念的味道很苦，苦得味蕾都无法感应。

思念的味道很甜，往事如花如蜜，却只能一笑凄然。

——宗源《思念的路有多长》

葬　花　吟

一落座，我就注意到了姜淑清，她穿着黑白条纹的短衫，黑白条纹的裤子，质地不错，是这两年流行的那种冰纱。人显得有些疲惫，三两发丝，散落额前。松原市局的同志告诉我，她坐了两个多小时的汽车，从长岭赶来。

姜淑清是烈士夏朝军的遗孀，六十三岁，从长岭县公安局退休。

夏朝军原来是长岭县公安局太平川分局民警，1994 年 10 月 2 日，他值班时，一个男子来所里报案，说街里发生一起群殴事件，有人动了刀。当年，太平川分局民警少，辖区面积大，在籍人口三万多，一个人出警是常事儿。

所里没有交通工具，夏朝军骑上自行车，匆匆赶往男子口述的现场。

现场是一个很偏僻的胡同，平时也少有人来。夏朝军赶到后，胡同里空空如也，心里感觉很蹊跷。

报案人是个长得又小又瘦的男子，也就二十刚出头。他说，那伙打架的，或许又约到别的地方了。夏朝军推车前行，报案人走在他身后，走到一个僻静处，报案人突然掏出凶器，照准夏朝军的后脑海猛击过去，夏朝军未及防备，踉跄倒地。偷袭得逞后，凶手抢走了夏朝军随身佩戴的“五四”式手枪。

这起突如其来的袭警抢枪案，惊动了县市公安局，惊动了省公安厅，专案组迅即成立，案件侦破工作迅即展开。

案发当天，姜淑清带着孩子回了娘家。快一个月没看到父母了，她在娘家住了一个晚上，第二天一大早，分局的车就来了，来人说，夏朝军出了车祸，马上接她回去。

一路上，警车飞驰，警笛声声。令姜淑清感到奇怪的是，警车没去医院，而是开进了分局。姜淑清有了一种不祥之兆，高声问局长毛俊峰：“你说实话，人到底还在不在？”

毛俊峰嗫嚅着回答：“人没了。”

姜淑清不信：“人在哪儿？我要看看！”

现场已经拉了警戒线，人们围了里三层外三层。姜淑清看到，夏朝军倒在地上，身上盖着白布。

回忆当年情景，姜淑清说：“当时，我一滴眼泪都没掉，就想知道，谁杀害了我的丈夫？凶手在哪儿？”

专案组在案发现场提取了一枚鞋印，非常特殊，是门球鞋。当年，穿这种鞋的人非常少，公安局请来了足迹专家，分析判断，脚不大，说明穿这双鞋的人个头不是很高，民警买了一双同样的鞋，到各学校去查访，在太平村第一小学查访时，有个孩子说，他表哥穿过这种鞋。

民警沿着这条线索继续追查，来到小孩表哥家，他表哥不在。把锅拔下来，发现灶膛里有烧剩下的鞋跟儿，经鉴定，正是这双门球鞋。

小男孩的表哥名叫张春雷，二十岁，家是四平的，有案底，在四平市盗窃过一万多块钱，案发后外逃，来到长岭，住在太平川表姐家，在一个汽车修配厂当修理工。

张春雷人小心恶，一门心思想做大案，他跟夏朝军并不认识，到派出所报假案是想袭击另外一名民警，没想到是夏朝军值班，就把目标放在夏朝军身上。

张春雷作案后，潜藏在一个师兄家，六天后，被警察抓获。

张春雷报假案，袭击夏朝军，抢枪，都是为下一步抢银行做准备。枪到手后，他在表姐家开过一枪，没伤到人，原计划等事态平息后，去抢长岭县的一家储蓄所。

夏朝军牺牲三个月后，张春雷被判处死刑，执行枪决。

1995年9月，夏朝军被吉林省人民政府追认为烈士。

丈夫走了，姜淑清的心被掏空了。

姜淑清是1958年出生的，父亲是长岭县印刷厂木匠。1975年6月，姜淑清响应上山下乡号召，到长岭县前进公社前进生产队安家落户。她在那里生活了四年，每次招工回城，指标都被别人抢走了，领导送空头人情，当好人，答应她说："下次有名额，一个都是你的。"

到了下次有名额，领导还是这句话。

1979年，知青大返城，姜淑清调回长岭县农机修造二厂当工人，几年后，单位不景气，就办了停薪留职。

她和夏朝军是经人介绍认识的，两人婚后很幸福，生育了两个儿子，朝军出事那年，大儿子十一岁，小儿子八岁。

原打算和朝军一同回娘家过国庆节的，临出发前，朝军却说："我今天单位有事儿，明天还值班，去不了了，你领孩子回去吧。"

姜淑清和孩子回到娘家就开始闹心，两个孩子在客厅里开着音响，一边唱歌，一边嬉闹，她冲着小哥俩喊："快把音响关了吧，别唱了，明天就回家，太闹心了。"

孩子们很听话，见妈妈毫无来由发这么大脾气，就把音响关了。

夏胡军牺牲那年，她三十六岁。

从此，生活的重负全部压在了她身上，再苦再累，只能左肩换右肩。

她家住的是平房，春天，要在房后刨一条水沟，让雪水流走；夏天，要在房前堆起一道土坎，防止雨水向屋里漫灌；秋天，要为过冬做准备。两吨煤运来，她得一筐一筐把煤块端进仓房。端完煤，做晚饭，她的两手直打战，划了几次，才把火柴点燃。第二天一看，两只胳膊，青一块紫一块的。

冬天再冷，她也得在临睡前把炉火浇灭，防止孩子睡得过沉，煤烟中毒。后半夜，室温下降，罗衾不耐五更寒，只得把头缩进被里，屋上方的四角，闪着珐琅质般的光。

平房坐落在道边，夏朝军在世时，即或他常常不在家，她也心安。朝军走了，晚上，外面的一点响动，都会让她心惊肉跳，于是，她点起一盏小灯，整夜长明，为自己壮胆。

朝军牺牲后，二儿子在学校总挨欺负，但他不示弱，经常跟同学打架。对方的家长找上门，吵闹一番，临走扔下一句扎心的话，"有娘养无爹教的！"

姜淑清觉得体内的血一下涌上脑门儿，她扶着门框站稳，缓了缓神，抓住儿子，一顿暴打，然后坐在地上，号啕大哭。

后来，老二在学校再不打架，挨欺负回家也不说。姜淑清知道，老二是怕她伤心。

“那时候，我在外边有说有笑的，一回到家，扣上门，自己倚着门哭，哭够了，竟想不起为什么哭。”说到这儿，姜淑清抹了抹眼角的泪，喃喃地说，“太难了，太难了！”

我想到了《解三程》中的两句唱词，正是个中情景：对人前乔作娇模样，背地里泪千行。

姜淑清在书上网上看到一些减低心理压力的做法，比如：听音乐、深呼吸、按摩穴位、倾诉、泡脚等，她试了几种方法，还好。她最不愿意做的是倾诉——她闪避别人怜悯的目光。

安眠药成了她的长情陪伴，二十多年来，离开一把一把的安眠药，她就无法入睡。各种疾病也不约自来，颈椎、腰椎、膝盖、血压、血脂、血糖，处处向她发难。2017 年 12 月，她做了心脏除颤手术。那时，她的情绪低落到了极点，模仿林黛玉，她写了首《葬花吟》：

> 我今葬你悲且涕，
> 他年葬我知是谁？
> 一朝春尽红颜老，
> 夫死妻亡两不知。

二十多年来，姜淑清与夏朝军的家人始终保持来往。逢年过节，她必带上儿子去看夏朝军的父母。夏朝军离开不久，他的母亲就得了脑梗，后来又得了肝癌。2000 年，老人遭遇一场车祸，昏迷四十天。那段时间，姜淑清只要一下班，就赶到医院，照顾婆婆，为她端屎端尿，擦拭身体，直到 2001 年 2 月老人去世。

夏朝军的父亲，话语不多，心思很重，一直抑郁，后来患了喉癌，喝水都困难。

2013年6月，姜淑清退休。她告诉公公：“我退休了，时间宽裕了，我来伺候你。”她说到做到，精心侍奉床前，直到老人去世。

夏朝军牺牲不久，姜淑清继承夫志，进入警队，在丈夫曾经工作过的太平川公安分局当户籍警。

当时，太平川有三万多人口，只有她一人办理户籍业务，每天的工作量相当大，她起早贪黑，一门心思扑在工作上。实行网上办公后，她刻苦学习五笔打字法。字根难记，她起早贪黑地背，不会英文，她就用汉语拼音标注。后期，电脑一次次升级，她就一次次硬学。日进有功，她成了行家里手，多次被评为年度先进工作者。2003年，她光荣加入了中国共产党。

在松原，有个公安英烈家属群，名字叫“同舟共济姐妹团”，一共九个人，群主是姜淑清。

采访中，姜淑清和我聊过一件事，说在她心里，朝军始终活着，常常临出家门，会捎带一句：朝军，我上班了，你看家。

我的心怦然一动——

一分叮咛，三分调侃，十分凄楚。

写下这段文字的时候，我又想起姜淑清的《葬花吟》，想起她穿的黑白条纹的短衫长裤。

妈妈带你去旅游

“这是大海。你看海水多蓝啊，像天一样蓝。你说，你喜欢山和海，咱老家有山，这儿有海，好大好大，和天连在一起。”

“瞧，那是海鸟，白色的海鸟，一会儿飞向天空，一会儿扎向浪尖儿。”

“妈妈现在在厦门，鼓浪屿。”

“这是日光岩。妈妈给你念念上面的字：天风海涛，鼓浪洞天，鹭江第一。”

“看看，这是贝壳，多漂亮啊！”

“这里是海边沙滩，妈妈手里捧的是沙子，沙子一点儿一点儿的，从妈妈的手里漏下去。”

……

这是六十岁的安喜英在和儿子说话。这是2013年夏天。

她的儿子，在她心里，在她贴身的衣兜里。

衣兜里，有张照片，照片上，穿着半袖警服的，是她儿子葛东华。

葛东华是吉林省前郭尔罗斯蒙古族自治县公安局巡警大队民警。2001年7月31日，在与歹徒搏斗中英勇牺牲。

葛东华牺牲后，公安部追授他为“全国公安战线二级英雄模范”，吉林省人民政府批准他为革命烈士。

当年，葛东华年仅二十六岁，如果不出意外，再有一个月，就是他的婚期。

“我永远忘不了那一天。”安喜英说，“快半夜了，突然来了电话，我老头接的，说东华受伤了，在医院，让过去看看。听到这句话，我的心里就开始发毛，发慌。刚到县医院门口，就看到好多好多出租车，我心里咯噔一下，急急往里走，人们拉着我，不让进，说正抢救呢，我当时就昏了过去。后来知道，那些出租车司机是自发赶来给东华献血的。第二天早晨，让我见了一眼，东华躺在那儿，像睡着一样，警服穿得板板正正的，我扑上去，喊着儿子儿子，儿子却再也不能看我一眼了。”

安喜英是小学教师。儿子上小学时，妈妈是班主任，但妈妈对儿子要求很严，告诉儿子：“在家叫妈，在学校，要叫安老师。”

东华乖，有一次，他的铅笔用没了，跑到教研室，在妈妈面前立正站好：“安老师，我铅笔用没了，再给一支呗？”

1996年，葛东华刚满二十岁，就参加了公安工作。给妈妈的最大印象是，忙！除了忙，还是忙。

家离公安局很近，可他常常几天几夜不回家。妈妈想儿子了，就给东华打电话，“妈今晚给你做好吃的，你回来吗？”

十次有八次，儿子不能回来。儿子牺牲时，已经有两天没回家了，妈妈再见到他，已是天人永隔。

二十年过去了，安喜英还常常做同样的梦：儿子回家了，一开门，笑呵呵的，跟他说话，却怎么也不吱声。

安喜英的心里顿时掠过一丝悲凉，她常跟姐妹们说：“哪怕在梦里说上几句话，我的心里也好受些啊！”

“儿子牺牲后，我整个人都垮了，心肌缺血，心律不齐，高血压，洗澡都洗不动，全靠我女儿，血压最高时一百九十，低压一百零点儿。不能上班了，家务活也干不了，觉得活着没意思，天天就想一件事儿，跟儿子去吧。那些天，女儿天天陪着我，还有县里的几个女民警，亲戚们也整天整宿地跟我熬。我老头也是警察，那时，他人像傻了一样，不言不语，谁跟他说话，他只会啊啊地应答。”

当年，安喜英的丈夫葛德成是前郭县哈拉毛都镇派出所所长，儿子小学五年级的时候，他调到蒙古屯乡派出所当所长，把家也搬到了蒙古屯。一年后，葛德成调回局里刑警队，当侦查员，又过了一年，提拔为副队长。2013年，从前郭县看守所退休。

儿子牺牲后，葛德成精神受刺激，身体一直不好，脑梗越来越严重，2019年，不得不做了球囊扩充术，从此，表达能力差，记忆力差，说话慢，反应迟钝。

“儿子牺牲对他打击太大了，他的抗压能力不如我，我还得每天安慰他，做他工作，既然活着，就要活出个质量，别给女儿添负担，多大的坎儿不得自己迈吗？”说这话时，安喜英尽量向我们展现出很轻松的表情。

2015 年，安喜英学会了使用微信，K 歌、朗诵、说评书，接受新事物，精神上充实，觉得有事儿干了。见岳母乐此不疲，姑爷还给她买了一架电子琴。安喜英是中师毕业，学过简谱，有一定基础，刚开始的时候不会用，练着练着就入门了。

“原来是别人劝我，现在我劝别人，痛苦也一天，高兴也一天，为啥不高高兴兴地活着？要自己找乐。现在，我每天上直播网站，生活中有乐趣，上农村，鸡鸭鹅狗，花花草草，录上一段，发到网上，看到不断上升的点击率，挺有成就感。”安喜英说。

这些年，安喜英搬了几次家，无论搬到哪儿，她都给儿子留一间小卧室。办公桌，单人床，一切都是他活着时候的样子。桌上，摆着儿子的大幅照片。床上，摆着儿子生前穿过的衣服。儿子生前使用的笔记本，她也保留至今。

每逢春节、清明节、中元节、7 月 31 日儿的忌日、儿的生日，她都把自己关在小屋里，一遍遍给儿子朗诵诗歌，给儿子唱歌。

二十年，她只唱一首歌——《人民警察之歌》。

在繁华的城镇，
在寂静的山谷，
人民警察的身影，
披着月光，迎着日出。

神圣的国徽放射出正义光芒，

金色的盾牌守卫着千家万户。

啊，我们维护着祖国的尊严，

全心全意为人民服务。

她含着泪，一遍一遍地唱，时不时还问问儿子：

“妈唱得好吗？妈没跑调吧？”

“哦，妈唱半天了，累了，妈歇会儿再给你唱，好吗？”

丈夫葛德成有时也到小屋，那是老伴不在的时候。他一言不发，默默地站上一会儿，用粗糙的手，擦擦镜框，轻轻摸摸儿子的脸。

每次有演警察的电视剧，葛德成都窝在沙发里，一集接一集地看，一集接一集地抹眼泪。

安喜英不看，一有这样的电视剧，她马上离开客厅。

可怜天下父母心！

在距前郭县2988公里的福建省福清市东瀚镇，也有一间这样的小屋。屋内，摆着陈光淡的照片。

陈光淡，1988年12月出生，生前是福清市公安局江镜派出所民警。2013年9月13日，在追捕在逃人员时不幸牺牲。福建省公安厅追认陈光淡个人一等功。之前，陈光淡的父母以打鱼种地为生，收入微薄，生活状况很差，连一间房子都没有。

陈光淡牺牲后，福清市公安局的广大民警、职工、协警，以及公安边防官兵消防官兵，慷慨解囊，向陈光淡的父母捐款。在有关部门的协调下，陈光淡的父母住进了东瀚镇后营村的新房子。父母在二楼东边的一间居室里放置了一张床，床上摆着被褥，让儿子陈光淡永远住在这里。

白发人送黑发人，人间至痛。一间小屋，维系着阴阳两界，承载着生者对逝者永远的思念。

安喜英这次在厦门待了两天，之后飞到武夷山。

她参加的是吉林省公安英烈家属休养团。跟随这个团，2015 年她去了临江，2019 年她去了湖北恩施，看了那里的大峡谷、清江、土司城等。

每一次出游，她一定要把儿子的照片带上，让儿子跟着他，走走，看看。一路上，她都要和儿子说好多话，她相信，她说的话，风能听到，雨能听到，山能听到，海能听到，儿子也一定能听到。

父　亲

哀哀父母，生我劬劳。

——《诗经·小雅·蓼莪》

年少时，爱读朱自清的《春天》，那是一幅至美的画卷。不爱看《背影》，沉闷，无味儿，还有些拗口。过了不惑之年，再读《背影》，才知道：要解此中味，须待三十秋。

我认识一位父亲，说认识，并不准确，因为我是从他小女儿郭玉华的描述中认识他的。

即使这样，他还是令我注目，令我钦敬。

他是郭旭东烈士的父亲，叫郭金山，一个普普通通的农民。

郭金山的家在吉林省桦甸市常山乡大河村北岗屯。提到常山，人们会想到风光绮丽、波光粼粼的松花湖，而北岗屯，离松花湖远，它藏在大山的皱褶里。

和其他村民一样，他日出而作，日落而息，靠种植玉米、大豆和水稻为生。

和其他村民不一样的是，他很有个性。

他喜欢干净。衣服洗得干干净净，穿在身上利利索索。在乡下，一年到头，脏活累活多得是，再累，他也要把脏衣服换掉，绝不过夜。晚上睡觉前，他一定要把衣服叠得齐齐整整，放在枕边。天天如此，年年如此。

他思虑长远。他给生产队当过采购员，走南闯北，去过一些地方，眼界放得宽。家里穷，开始是两间茅草房，后来盖了三间砖瓦房——噢，不纯粹，房子的前后脸砌的是砖，其余两侧，是用泥辫子垛起来的垒。尽管如此，他也坚持供孩子念书。他有两个儿子四个女儿，他告诉孩儿们：好好念书，你们念到哪儿，爹就供到哪儿。

他喜欢大儿子，偏爱大儿子。一般来说，家里子女多，父母会疼爱最小的，特别是小儿子。郭金山呢，有点儿好吃的好用的好玩的，首先想到大儿子。田里的活，有时需要儿女搭把手，郭金山总不让大儿子累着。

一个星期天，大儿子去放牛，到了山上，他把牛往树上一拴，就自顾看书。傍晚，乐颠颠地把牛牵回家，郭金山一看，牛肚子瘪瘪的，原来，牛只吃到树旁边的那点草。

从小学到初中，大儿子每学期都往家里捧奖状，郭金山一张一张往墙上贴，那面墙，成了家里的荣誉墙。乡里乡亲来了，会在墙前站一站，夸一夸，郭金山心里高兴得不得了，马上告诉老伴儿："去，炒俩菜，我俩捏一盅。"

他的大儿子叫郭旭东。

1987年，郭旭东考上吉林市人民警察学校。

山沟里飞出金凤凰。一时间，这个只有二十几户人家的小山村，人人脸上洋溢着喜气。郭金山在屯里社里乡里"捏一盅""捏一盅"，这回是人家请他。

郭金山的自控力很强，喝酒就一盅，无论人多还是人少，不论平时还是年节，就一盅。

大儿子每个月回家一次。每次回来，郭金山都张罗着杀鸡。郭旭东不忍，跟父亲说，别杀了，留着下蛋吧，郭金山点头应允。等他下次回来，看到杀完的鸡放在灶台上。

1990年，郭旭东毕业，分配到桦甸市横道河子派出所。一年后，又转到八道河子派出所。

当年，八道河子有十五个村一个街道，两万四千多口人，社会治安状况很差，有一年，竟出过七起人命案。派出所只有四名民警，警力严重不足。这四名民警中，一个老所长，两名新从社会招聘的警员，只有郭旭东是警校毕业。

很快，郭旭东挑起了大梁，没日没夜忙工作。直到现在，他的妻子张春杰还对几件事印象深刻：一、丈夫每次回家，把炕上的东西往旁边一推，倒头就睡。二、孩子长到四岁，他有三次抱孩子上街，每次不超一小时，有一次，还是别人给抱回来的，来人捎话说，旭东有案子，半道上蹽了。第三件，结婚头天晚上，旭东才赶回来，头发长长的，没时间理。

到现在，张春杰都觉得挺遗憾，结婚这么大的事儿，他竟连头发都没理一理。

儿子忙得昏天黑地，老伴儿有点心疼，郭金山却很淡然：忙点儿就忙点儿，咱儿子是警察。

如果按照这样的轨迹生活，一切会风轻云淡，怡然成趣。谁知，噩耗突然传来——在一次执行任务时，儿子与歹徒搏斗，壮烈牺牲。

听到消息，老伴儿当即昏过去了，郭金山傻愣愣站在那儿，半晌，嘴巴不曾合上。

乌云笼罩着北岗，闪电撕裂了天空，把惨白投向大地。

一小时，一昼夜，一星期，一个月，痛苦噬咬着郭金山一家人的心。

墙上的奖状被撕了下来，墙面斑斑驳驳，伤痕累累。

南沟北屯，再难看到郭金山的身影，更听不到他朗朗的笑声。他像变了个人，很少出屋，默然少语。

不久，他离开了北岗，离开了那座掺杂着泥辫子的砖瓦房，离开了他熟悉的玉米、大豆、水稻，离开了浸润他大半辈子血汗的土地。再回来，已是纸花飘零。

他和老伴儿去了桦甸市区，租个平房，给一家驾校打更。

第二年，一场洪水淹没了那间平房，冲得连双筷子都没留下。

还好，人在。他又租个房，继续打更。

其他儿女不解。郭金山说："这儿，离你大哥近。"

郭旭东安葬在桦甸市烈士陵园。老人租的房在山下，烈士陵园在山上，每天推开门，就能看见山上的苍松翠柏。

郭旭东牺牲那年除夕，儿女们齐聚到老人的小屋，小心翼翼，说着一些欢乐的话题，备好了一桌丰盛的年夜饭，没等端杯，郭金山一声长叹："要是你大哥在，该多好！"

满屋黯然。

从此，逢年过节，郭家人从不聚餐，要看父母，一家一家分着去。

郭金山的老伴儿高淑芹，善良，能干，在北岗人缘儿忒好。她年轻时怕烟，别人抽烟，她呛得直淌眼泪，咳嗽不止。大儿子离世后，她却开始抽烟，而且抽得很凶。后来，她陆续得了高血压、心脏病、脑血栓……

瘦高个的郭金山，背有些佝偻了，脚步也有些迟钝。

冬天，一落雪，老人就会上山，擦去儿子墓碑上的雪。

夏天，老人也上山，擦去儿子墓碑上的灰尘。他用手轻轻地擦，一下一下地擦，每当泪水涌出，他就连忙转身，他不想让儿子看到自己伤心的样子。

擦完墓碑，老人会待上一阵儿，在儿子的墓碑旁坐下，点着一支烟，抽啊抽，直到烟头的火烫着指头，他才站起身，蹒跚着向山下走去。

2007年，郭金山出现小脑萎缩症状，步态不稳，有时言语不清。

2008年12月，老伴走了，郭金山又一次遭到重创，他隐约感到，自己也将时日不多。

2009年春节，他跟儿女们说出了自己的心事："我跟你妈都回北岗了，不能把你大哥一个人搁在这儿！"

2009年9月，郭金山出现昏迷状态。一天，张春杰领着儿子来到老人面前，对老人说："爹，致君考上公安大学了。"老人半睁开眼，有气无力地看着大孙子："好好学，好好学！"几分钟后，又昏迷过去。

一个月后，老人离开人世。

遵照父亲的遗愿，儿女们请示有关部门，把郭旭东的骨灰迁回了北岗，回到了生他养他的故乡，回到了父母身边。

郭玉华说："大哥迁坟那天，我们在父亲的坟头放上一盅酒，在母亲的坟头放上一包烟，在大哥的坟头放上一本书。"

她还说，她特别喜欢刘和刚的《父亲》，但这些年，她从来不唱，也从来不听。

于是，我抄录几句《父亲》的歌词，纪念那个远行的背影——

想想你的背影

我感受了坚韧

抚摸你的双手

我摸到了艰辛

不知不觉你鬓角露了白发

不声不响你眼角上添了皱纹

我的老父亲

我最疼爱的人

人间的甘甜有十分

你只尝了三分

这辈子做你的儿女

我没有做够

央求你呀

下辈子还做我的父亲

……

清明时节雨纷纷

思念，并不限于心间，还体现在行为上。

每逢忌日，烈士的亲人必去祭悼。三五天之前，甚至十天半个月之前，亲人们就开始惦记这件事，年长些的，把日历上的那页折上，老伴间互相叮嘱着，再打打电话，告诉其他的亲属；年轻人忙，不太记日子，老人一通知，马上张罗一应物品。

这是个刀刻般的日子，即使过去了多少年，那道刻痕还在。

清明时节雨纷纷，路上行人欲断魂。清明，是二十四节气之一，一到清明，气温开始转暖，草木开始萌发，自然界出现一片清秀明朗的景象。

古往今来，人们约定俗成，把清明固化为祭祀的日子，它的这个意义，竟远远大于气候征象。

“南北山头多墓田，清明祭扫各纷然，纸灰飞作白蝴蝶，泪血染成红杜鹃。”即便是一家一户的祭祀，也颇具仪式感。清理杂草，添土，摆上供果，献花祭酒，说上一些伤感思念祈愿的话，这个流程下来，少则一小时，多则小半天。

在烈士陵园，祭祀显得更加肃穆。松柏青青，黄花束束，人们轻轻摆上果品，洒酒相祭。这里，少了些嘈杂，多了些哭咽。

春节之前，公安英烈的亲人们也一定去烈士陵园。

古时，正月初一是元旦，现在叫春节，是一年之始，一岁之初，是一年中最大最隆重的节日。所以，春节之前，一定要给逝去的亲人送去一些吃的喝的用的，让他们也高高兴兴过个年。

一年到头了，有什么思念的话、伤心的话、企盼的话、委屈的事，说说聊聊。

每个人都清楚，这些话，对方听不到。奇怪的是，说了，聊了，心里就会痛快很多，轻松很多，宽敞很多。

祭品大致差不多，糕点、水果、酒、香烟、鲜花。北方的冬天，用仿真花。有的，还会炒上两盘菜，亲人生前爱吃的菜。

有位乡村警察，平时特别爱吃生菜，也喜欢种生菜。开春，泥土化得差不多了，他就在房前屋后找块地儿，把土耙得细细的，再把生菜籽儿敲开，撒到地里，覆上一层薄土。过些天，生菜长出来了，嫩嫩的，小小的，像绿色的小星星。

有一年初春，下了一场雪，妻子从邻居家回来，看到丈夫蹲在园子里在干什么。原来，新播的生菜刚刚长出一寸多高就遭了雪，薄薄的叶片被冻趴在雪地上，透明似的。丈夫正细心地把生菜叶上的雪拨掉。

“算了，都冻死了，别弄了。”妻子劝道。

这天丈夫下班回家，先到园子转转，然后进屋拽着她的手，把她领到园子里，告诉她，见证奇迹的时候到了。

原来，太阳出来后，生菜慢慢缓过来了，叶片变成了浅绿。

丈夫牺牲后，每次去烈士陵园，妻子都会给他带去一小把生菜，一小碟酱——自家做的，农家酱。

女儿觉得寒酸，劝妈妈不要带，妈妈不理，照样带。

有一天，妈妈在电视中看到，中国航天员在太空成功培育出生菜，她特别兴奋，打电话给女儿："你看看，生菜都上太空了，金贵着呢。"

再后来，每次去，她会给丈夫带一大把生菜。

鲍明姝是公安烈士鲍文才的女儿，每年清明节，她会带上小提琴去看爸爸，给爸爸演奏红歌。

爸爸在世的时候喜爱音乐，喜欢唱红歌，虽然五音不全，但豪气冲天。鲍明姝每次演奏，第一首歌都是《洪湖水浪打浪》。她清晰记得，爸爸穿着背心，很动情地唱这支歌的样子。鲍明姝还会给爸爸演奏《花儿为什么这样红》《英雄赞歌》《浏阳河》《长征组歌》《十送红军》等歌曲。

有一次，鲍明姝演奏几曲红歌后，突然想改变一下曲风，拉了一首通俗歌曲，拉着拉着，琴弦"嘣"的一声，断了。

红歌，爸爸心中神圣的歌。

2019 年 8 月下旬，刘婕琳陪着七十岁的母亲从长春市来到榆树市，这是父亲工作过的地方。

刘婕琳的父亲刘瑛，生前是吉林省榆树市公安局巡警队队长。

1996 年 1 月 16 日，刘瑛在抓捕越狱逃犯时壮烈牺牲。

1 月 18 日，刘瑛被吉林省人民政府批准为革命烈士。

1 月 21 日，刘瑛被公安部追授"全国公安系统一级英雄模范"。

在榆树市最热闹的华昌路，有一栋六层商用楼，这是刘瑛当年单位所在地。

刘婕琳记得，爸爸那时忙，一连多少天都不回家。有时，她太想爸爸了，就央求妈妈带她到这里。

有一年，大年初一晚上，她来找爸爸，回家的路上，小手牵着大手，其乐融融。

刘瑛的妻子张淑华说，丈夫从部队转业后，先到吉林油田工作，五年后，调入榆树市公安局，他当时说了一句话："退伍后，我就想当警察。"

刘瑛当警察，还是那股当兵的劲儿，无畏无惧，冲锋在前。

1982 年腊月的一个深夜，刑警队接到报案，谢家乡供销社遭到歹徒抢劫。刘瑛和战友立即驾车前去抓捕。

在途经一段陡峭山路时，积雪太厚，汽车突然抛锚，并开始侧滑，而两三米外就是悬崖。

刘瑛一看，危险迫在眉睫，他拉开车门就冲了下去，冒着可能被车带下去的危险，用肩膀全力抵住车的左前轮，其他战友也迅速下车，拼命顶住了险些掉入悬崖的汽车。

当晚，三名犯罪嫌疑人被抓获归案。

当刑警队长那几年，刘瑛创造了"发一案破一案"的突出业绩。后来，他到华昌派出所当所长，不到两年时间，华昌派出所全省评比第二名，跃居全省甲级派出所。

二十三年过去了，张淑华一直有个心愿，想到丈夫牺牲的地方看看。这次离开榆树市，他们驱车来到黑龙江省五常市杜家镇。

在镇南路西侧一处民居前，一行人停住了脚步。看到临街的那扇窗，刘瑛的战友宋晓光潸然泪下。他告诉母女二人，这就是当年的金鑫旅店，是刘队牺牲的地方。

1996 年 1 月 14 日凌晨，榆树市看守所发生一起暴力越狱案。以杨树成为首的九名犯人，抢走 64 式手枪一支，子弹五发，越狱潜逃。

15 日晚，追捕指挥部接到报告，杨树成等三名犯罪嫌疑人可能向黑龙江省五常市方向逃窜。接到命令后，刘瑛迅速组织五人追捕小组，追踪到五常市杜家镇。

当地派出所的同志介绍，当晚，有三个剃平头的男子住进了镇南路金鑫旅店。

刘瑛和战友立即赶过去。进入旅店走廊，刘瑛示意旅店老板，打开那三人的房间。老板开门后，先按电灯开关，灯却没亮。原来，狡猾的犯罪嫌疑人在睡觉前已将灯管摘下。

此时，刘瑛已经冲了进去，屋内传来一声枪响——歹徒杨树成向刘瑛射出了罪恶的子弹，刘瑛的身躯晃动了一下，仍不顾一切猛扑上去，死死扼住杨树成的脖子。

两人在搏斗中撞向玻璃窗，宋晓光冲过来，对准负隅顽抗的杨树成，果断扣动了微型冲锋枪的扳机，杨树成被当场击毙，其他战友也制服了另外两名歹徒。

刘瑛被送往杜家镇卫生院抢救，终因伤势过重，壮烈牺牲。

那年，刘婕琳十七岁。

"爸爸离去后，我仿佛一下子长大了，这些年，我和妈妈相依为命。我们每年都去看爸爸，妈妈年龄大了，我就自己去。爸爸和共和国同龄，能够到父亲牺牲的现场，也了却了我和妈妈的一桩心愿。爸爸是我的骄傲，我永远忘不了爸爸。"

刘婕琳现在在长春市公安局工作。

还有一位烈士的女儿，驱车近千里，去寻找父亲当年牺牲的地方。

到了那里，当年的红薯窖已被填满，上面覆上了一层水泥。女儿跪在地上，抚摸着，亲吻着，仿佛还能摸到父亲跳动的心脏，还能亲吻到父亲温热的面颊。

思念，能穿越时空，也能穿透一切坚硬的物体。

第六章　流淌的思念

从春天到春天有多远的距离

从思念到思念有多远的时光

我常常在夜晚的阳台

遥望灿烂的星空

寻找你的微笑

念着你熟悉的名字时

也总会热泪盈眶

——杨锦《遥望春天那场落雪》

又见中秋

儿子，今天是你走后的第二个中秋节。你看见了吗？一轮明月圆圆地挂上中天，银色的光辉洒满大地。在这个阖家欢乐、万户团圆的时刻，我和你妈妈凄然地端详着你的照片。妈妈抚摸着你如花的笑脸，泪流满面，泣不成声。我的心猛地一阵刺痛，转身走到窗前，仰望天上的月亮。

儿子，你离开爸爸两年零八个月了，在这九百多个日日夜夜里，你知道爸爸是怎么熬过来的吗？多少次，一看到你昔日战友的身影，我就不由自主地想起了你；多少次，在夜深人静的时候，我竟不自觉地推开你的房门，看你回来没有；曾几何时，我在梦里拉着你的小手，带你去玩儿，你说累了，抱抱。我就抱起你，一边走一边亲你的小脸蛋，胡茬子扎得你龇牙咧嘴……

窗外，传来赏月人的欢声笑语，我默默地走到餐桌旁，上边摆满了你爱吃的菜肴和水果。我在你的杯子里斟了酒，在心里说：儿子，好久没跟爸爸喝酒了，来，陪爸爸一杯。“明月几时有，把酒问青天，不知天上宫阙，今夕是何年！”儿子，你在天国里可好？此刻，你是否也在“举头望明月，低头思故乡”，你想爸爸妈妈吗？

你曾经和爸爸说过，三十年父爱子，三十年子爱父。你说你一定好好工作，让我和你妈晚年幸福，可是你竟这样匆匆地走了，你带走了爸爸的心，带走了爸爸的希望，带走了爸爸的一切啊！在街上，听到有孩子喊爸爸，我总是下意识地回头去看，然而我知道，你永远不能再喊我一声“爸爸”了，你走得很远很远，再也不可能回来了。

圆圆的月亮啊，以往你是我的最盼，那时有儿子，阖家团聚，其乐融融；现在你是我的最怕，儿子不在了，永失吾爱，月圆人缺。

儿子，我坚信，在天国里，你一定也能看到月亮。今夜爸爸和你相约，以后每个月圆的夜晚，我们共同凝望天宇中的月亮。孩子，你记住，每逢海上生明月，你我天涯共此时。

（本文作者：宋吉，公安英烈宋宇襄的父亲。）

安息吧，我的爱人

作为芮志江的妻子，我想向大家讲述一个生活中的芮志江，一个在我心里平凡而又伟大的爱人，以此来告慰他的在天之灵。

虽然时间已经过去了三年多，但是在我的心里，他从没有真的离去，他的一切一切都那么清晰地浮现在我的脑海里。在我们生活过的每一个角落，到处都有他爽朗的笑声。走在茫茫的人海中，我到处搜寻他矫健的身影，行驶在川流不息的车流中，我到处追寻他熟悉的轮印，我始终坚信，我一定会在某一天的某一个地方和他不期而遇，向他倾诉这段只能梦中相见，不堪回首的惨痛经历。

2005 年 11 月 29 日，是我一生最心痛的日子，当领导告诉我志江牺牲的噩耗时，我的大脑一片空白，我怎么能相信，他这样威武健壮的身躯，从此就永远倒下；我怎么能相信，他真的会离开他所钟爱的事业和眷恋的家庭。我多么希望这是一场可以醒来的噩梦，然而，当我捧着他冰冷的骨灰盒时，我的梦被狠狠地击碎了。

“轻轻的我走了，正如我轻轻地来，我挥一挥衣袖，不带走一片云彩。”志江十年前去大连办案，临走时，把徐志摩的一首诗写在我的日记本里。这次他真的轻轻地走了，轻得连最后一个眼神都没有留下，轻得让我无法承受。

11 月 28 日，志江牺牲的那个夜晚，10 时 36 分，他像往常一样，在车上给我打来电话，问我在做什么，孩子呢。我告诉他，我在看书，儿子睡了。他说：“我还有点工作没做完，可能得晚一点回去。”我说：“不用惦记，家里挺好的，我边看书边等你。”没想到这几句话，竟成为我们的诀别，成为他留给我最后的记忆。

结婚十年来，我已经习惯了等待，在希望和担忧中等他回来，然而这一次我等来的却是一个鲜血淋漓残酷无情的消息，我的爱人，再也不能回到我身边。望着照片上的他，依旧威风凛凛，依旧微笑从容，仿佛在向人们讲述一个警察丰富的生命内涵。

在我们刚刚认识的时候，他就告诉我，他从小的理想就是当警察，所以当报考大学时，就填两个志愿——中国人民公安大学和吉林公安高等专科学校。他告诉我，他的人生目标是凭借自己的聪明智慧和不懈努力，为社会做点实事。他说：“我不求别的，我退休的时候，百姓能说我是个好警察，这就足够了。”他还经常说，做一名警察，职业性质决定，危急关头就是一个字：冲！自己的安危和生命是往后边靠的。

在他的心目中，工作永远是第一位的。在家里只要是接到报警电话或局里的电话，他就必定以最快的速度赶到现场，不会耽误一分钟。有时候大冬天，外面天寒地冻的，他甚至连毛裤、袜子都来不及穿，套上一条单裤就冲出家门。

十年来，他获得的表彰和奖励越来越多，但我知道他的每一次进步、每一份荣誉都是用血和汗换来的。我已记不清有多少次，他是带着伤回的家。记得孩子两个月大的时候，一个大雨滂沱的夜晚，他浑身湿透，一瘸一拐地回到家，从他和队友的通话中我才知道他的腿已经骨折了，原来在追捕犯罪嫌疑人的途中，对方的车撞倒了他，在大雨中昏迷了整整一个小时。

孩子五个月时，他打电话给我，说有一个案子要出差一个星期，因为他经常出差，所以我没在意。一个星期后他回来了，整个头部从前到后缝了很多针，原来他是在执行任务的过程中头部受了重伤，这一个星期都是在医院里度过的，为了不让我担心，伤快好了才回来。

记得1998年那场罕见的洪水，我们的儿子刚满两周岁。本来上抗洪抢险一线的名单里没有他，是他找领导说自己水性好，主动请战，这才跟随省公安厅去执行万名犯人大转移的任务。他驾驶着冲锋舟，与洪水搏斗了十几个日夜，圆满完成了任务。可是他的大腿却因洪水长时间浸泡，出现大面积溃烂，每到夏天便隐隐作痛。

每一次见到他受伤，我都是又悲又喜，悲的是他总是要在血雨腥风中穿行，喜的是他又一次平安归来。可以说他是用鲜血和生命实践着自己的理想，实践着自己的人生价值。我们在一起的时候，我经常问他，人一生忙忙碌碌地活着，到底是为什么呢？他总是语重心长地说："人活的是一种责任，我必须肩负起对工作、对家庭的责任。"结婚十年，他虽然因工作忙，没给我过一个生日，没有在一个纪念日给我买过礼物，孩子上学，他几乎没有接送过，但我看得出他内心的愧疚。2005 年 5 月 1 日，我们结婚十周年纪念日，他答应年末和我一起去照结婚纪念照，可如今这一切都已成为遥遥无期的等待了。尽管这样，我从来没有埋怨过他，因为我知道作为警察的妻子，爱他，就要爱他的事业，我知道他那坚定的双眸中闪耀的是信念，他那宽厚的双肩上压着的是使命，他那颗刚毅的心里面刻的是责任。

对于父母，志江是个好儿子，他常说一个人如果连父母都不孝顺，就不是人。我们俩共同的想法是，宁可自己节衣缩食，也要让双方老人幸福。我的母亲今年七十九岁了，父亲去世后，一直住在我家，身体非常不好，有严重的气管炎。听说有什么好药，志江都会托人买回来。志江有吸烟的习惯，只要在家抽烟，他都会轻轻地把老人的房门关上，在阳台上抽。现在老人家常摆弄着志江的烟灰缸，对着烈士陵园的方向念叨着：孩子，抽根烟吧，我不怕呛……对自己的父母，他同样非常孝顺，只要有时间他一定会去看看，给他们买点好吃的，陪他们唠会儿磕。

我们的儿子虽然只有十岁，却是一个小小的男子汉。志江牺牲后，我一直担心孩子受不了这个刺激，直到第二天晚上才把他爸爸牺牲的消息告诉他，他没有当着我的面哭，自己偷偷跑到卫生间里痛哭了一场，之后反而安慰我："妈妈我会坚强的，你也要坚强。"出殡的前一天晚上，儿子一夜没睡，哭了写，写了哭，好像要把所有的感情都写进给爸爸的信里，"爸爸你放心吧，我和妈妈都会坚强的，我长大后，会成为家里的顶梁柱。"

12 月 2 日，志江出殡那天，我看到在刺骨的寒风中，他的战友齐声呼唤，洒泪成冰。灵车经过的路旁，十万家乡父老赶来送行，两千多辆出租车，齐声鸣笛，向他致敬！郊区的荒野里，一位老大娘迎着灵车烧起纸钱；收入微薄的盲人老大爷亲自为他制作花圈；满脸哀思的青年们，把一瓶瓶烈酒洒向志江的灵车，高喊：“芮支队一路走好！”

志江，安息吧，我的爱人，我一定会坚强面对一切，把我们的儿子全力培养成才，孝敬好老人，完成你未尽的心愿。

志江，安息吧，我的爱人，今生夫妻时光短暂，却刻骨铭心，若有来世，我愿再做你的妻子。

志江，安息吧，我的爱人，我为有你这样的丈夫而感到骄傲，并肩奋斗的战友为有你这样的弟兄而感到自豪，党为培养出你这样优秀的战士而感到荣耀。

志江，安息吧，我的爱人。

（本文作者：李丽芳，芮志江烈士的妻子。）

真的好想你

又下雨啦，父亲走时天也下着雨，淅淅沥沥的雨轻轻地拍打着我宿舍的窗棂，这雨，恰似我思念父亲的眼泪，雨有停，而我的泪长流。

七年了，父亲走了整整七年。七年里，我常常在雨夜里与父亲进行心灵的对话，思念已化作我心底所迸发的无穷力量，使我从一个十一岁的小女孩成长为现在一名中国人民公安大学的学生。父亲，你的在天之灵一定会很欣慰的吧？

为了保卫我们的城市，你献出了宝贵的生命，你去得那么慷慨激昂，去得那么正义凛然，去得那么无怨无悔。

母亲说，生命完结了，可灵魂还在。所以，每当我思念你的时候，就会在夜幕降临时，遥望长空，在满天的繁星中寻觅父亲，您在云后吗？天上的明月呀，你能为我拨开云雾，让我寄上这无尽的相思吗？

永生难忘，1998 年 6 月 15 日，长春市宽阔的人民大街上行驶着一支特殊的车队，三名全副武装的警察驾驶摩托车缓缓行进在车队的最前方，在前导车的后面，是载着在抓捕持枪暴徒的战斗中英勇牺牲的父亲的灵车。

两千多名公安民警，社会各界代表和自发赶来的群众向父亲做最后的告别。人们难以抑制心中的悲痛，用止不住的泪水表达他们对英雄的怀念和哀悼。

春华秋实是对土地的忠诚；

日丽月明是对天空的忠诚；

万木葱翠是对高山的忠诚；

恪尽职守不畏牺牲，是警察对党的忠诚。

父亲实践了他的诺言，带着他无悔的年华、无悔的誓言、无悔的行动走向永生。

记得 1995 年，父亲与刑警队的叔叔们，为抓捕犯罪嫌疑人奔波于长春、沈阳、农安等地，并先后三次南下山东淄博、威海，时值盛夏，酷暑难当，高大魁梧的您体重竟掉了十七斤。

您患有严重的心脏病、高血压、痛风病，却从不把自己当成病人，有一次蹲坑，您突然发病被送去医院，病情稍有好转，你就回到了工作岗位。

妈妈常说，你回家是不正常的，不回家才是正常的。其实你真的不是个好丈夫、好儿子。1996 年 6 月，妈妈患病住院，手术前需要家属签字，可您却在侦破一起涉枪案件。1998 年元旦，奶奶患骨癌住进医院，当时正值全省开展“两打一缴”专项斗争，您没有时间前去看望，仅在奶奶病危时，抽点时间到医院去陪一会儿奶奶，奶奶临终前对前来看望的父亲的战友说：“东明哪是来护理我的？他是来这儿睡觉的。”在老人家弥留之际，您还是没有请假。您说：“战役这么忙，真不好开这个口啊！”

永远记得那个微凉的夏夜，被电话铃惊醒的母亲脸色苍白，我不知道发生了什么，母亲也没多说，匆匆赶出门。凌晨我才知道，您在抓捕省市公安机关通缉的黑社会团伙骨干成员邢亚军时，英勇牺牲。

噩耗传来，犹如晴天霹雳击碎了我年幼的梦。告别大厅，庄严肃穆，哀乐低回。望着鲜花丛中身穿警服，仪表安详的您，我似乎听到了您教我唱的唯一的一支歌："他说风雨中这点痛算什么，擦干泪，至少我们还有梦，他说风雨中这点痛算什么？擦干泪，不要问为什么……"

父亲去了，但是党和人民没有忘记他。父亲牺牲后，省市区各级领导相继到家中慰问，并对母亲和我给予了无微不至的关怀。1998 年 9 月，省人民政府批准我父亲为革命烈士，同年十月，公安部授予我父亲"全国公安战线二级英雄模范"光荣称号。

父亲以人民警察的真情和汗水乃至生命，铸就了对人民群众无私的爱，尽管没有鲜花，没有掌声，但他却用拳拳的赤子之心、浓浓的为民深情、踏踏实实的爱民足迹，塑造了新时期人民警察的光辉形象。

我为自己有这样一位英雄父亲感到骄傲和自豪。

如今我也穿上了庄严神圣的警服，成为一名共和国的预备警官，我要以英雄父亲为榜样，努力学习，刻苦钻研，用优异的成绩和高素质的本领，告慰父亲的英灵。

（本文作者：曹译文，曹东明烈士的女儿。）

一寸相思一寸灰

2013 年 7 月 4 日，农历癸巳年五月廿七。

两年，一切恍如昨日，时间过得太快了。

昨天，买了两束花，一束白菊，一束勿忘我。

白菊送给你，虽然你不喜欢花，但也只能送你这个了；勿忘我送给我自己，不仅因为它的花语代表了永恒的记忆，无论何时何地都能让记忆鲜明地留在脑海间，还因为它没有香味，虽然你不在我身边了，但我依然不许花香萦绕在咱的家里。

知道吗，两年来，除了和儿子在一起的时光，一直只做一件事，那就是——忘记你。走在雨中不撑开手里的伞，希望雨水可以浇灭对你的记忆；走在雪中不戴上衣服的帽，希望雪花可以冰冷对你的记忆；打游戏到眼花缭乱看不清屏幕，独饮到醉卧地板叫来 120；枯坐水岸呆看寒鸦落日，独行江边一任风吹雨淋；晨钟暮鼓、朝霞暮霭，倾听、寻觅，何处有你?

其实，我真该恨你、忘记你。两年的梦，没有一次见到你的正脸，你就那么残忍吗，你就那么放心吗，你就那么不忍我见到你吗?

两年，儿子瘦了十斤不止，我也一度成为骨感资深美女，皱纹与白发频添，五脏六腑无一处舒适，当我孤独地坐在核医学检验室的走廊，忍不住泪流不止，不是忧虑自己的生命有多久长，只为儿子鸣不平，命运何以如此乖戾?

罢了，说这些也许会让你担心，始终都是我在呵护你，仿佛我是姐，你是弟，你是父母掌中宝，我只是父母眼中草。

两年，经历了许多事 。终于明白人情冷暖、物是人非!

于工作，分内分外，默默耕耘，非常非常累，只想以工作暂时逃避，幻想把你忘记。

于生活，没了追求，没了向往，只有看着儿子的笑脸，才觉得未来还有些许生机。

儿子说“妈妈你快乐我就快乐”“妈妈我的命”，我好心疼，也好安慰，儿子承载的太多了，我应该止住悲伤，给孩子一个充满阳光的窝，因为，儿子是我活着的全部!

儿子成熟了，开始掂量将来照顾我和出去拼闯哪个更重要。我是不是成了孩子的心理负担？虽然告诉他：现在，妈在哪里家就在哪里，将来，孩子在哪里家才在哪里。

昨夜，再次独饮，就着泪水。流不尽的思念，流不尽的委屈，流不尽的伤痛，流不尽的失意。

今晨，在墓前，呆呆地看着你的名字，无泪。我不想你看到我失魂落魄的憔悴面容，也不想你读出我行尸走肉的麻木心灵。

旭日暖阳，静静地照在了无人际的坟场，这里安葬的都是烈士，都曾经轰轰烈烈，如今有谁把你们记起？

几声鹊叫，打破这里的沉寂，蓦然惊醒，人生，谁不是一抔黄土草没了！

一束白菊，寄托几分哀思，一块墓碑，铭刻几多壮举？

两年，你依然活在我的心底，你的音容笑貌，依然如往昔；不敢去翻昔日的影集，不愿提起曾经的往事，我的心只有你懂，我的痛深深隐去。我很想一个人去那个边陲小镇，寻找你的足迹；更想去天高地阔的西域，圆你的夙愿，不考量你是否泉下有知。

亲爱的你，不再喊你老公了，我要放你离去。

亲爱的你，不再呼唤你的名字，要你把我忘记。

家中的花，不是勿忘我，是勿忘你！

2014 年 6 月 30 日，农历甲午年六月初四，你牺牲三周年忌日。

站在你的墓前，作为公民，我应该深深地鞠躬，敬仰你的壮举；作为妻子，我有冲动踢翻墓碑，让你起来，还给我们你带走的合家欢乐。

木然注视你再无生机刻在碑石上的名字，三年了，谁还记得你，记得你的故事，记得你的曾经；一过了今日，除了我和儿子，还会有谁再来为你扫墓？

有一种伤痛，叫无从选择。

如果你在，夜归时会有一盏灯光为我照亮。可惜你不在，我只能在黑暗中自己摸索；

如果你在，疲惫时会有一个肩膀给我依靠。可惜你不在，我只能在失意中自己蜷缩角落；

如果你在，受伤时会有一双手轻拍我脊背。可惜你不在，我只能在无助中自己舔舐疤痕；

如果你在，委屈时会递上纸巾听我倾诉。可惜你不在，我只能自己吸吸气说没什么的；

如果你在，失意时会牵上手，看暮霭斜阳。可惜你不在，我只能自己摇摇头说无所谓啦；

如果你在，锅碗瓢盆会发出快乐的交响。可惜你不在，早已陌生了厨房的景象；

如果你在，柴米油盐会是常常讨论的话题。可惜你不在，早已嚼不出五谷的馨香；

如果你在，生病时可以小小地娇气一下。可惜你不在，病床前只有清冷的月光；

如果你在，我可以纵情欢笑。可惜你不在，我用尽全力伪装坚强；

如果你在，三年会是多少欢愉的记忆。可惜你不在，有多少时刻是泪在流淌；

如果你在，我的鬓角不会过早染上白霜，我的眼底不会掩饰不住地流露哀伤，我的背影不会落寞地独自彷徨。可惜你不在，夏日的夜也变得漫长，午夜惊魂梦醒不是晨光，生离死别前路迷迷茫茫。

其实你可以在。

三年来，我和儿子每天都幻想你只是去执行特殊任务故意把身藏，因为你没说再见就走得那么匆忙。

其实你一直都在。

三年了，家还是你走时的模样，鱼在漫游花在开放，你一直珍藏在我和儿子心上。

其实你真的还在。

虽然你走整整三年了，昨天的那场警民会演，你还被战友深情地颂扬。

没有遗忘，难以遗忘，不能遗忘。尽管你没能陪我到地老天荒。

如果你在，生活依旧平常。

如今你不在，就当你驻足在那里，等我欣赏余生的风光。

三年了，我想问问你，天堂里的凄风苦雨有没有谁为你遮挡？

三年了，我想告诉你，人世间的风刀霜剑令儿子更加阳光健康积极向上。

走吧，向着来时的方向，不说再见！

2016 年 5 月 3 日，农历丙申年三月廿七，细雨迷蒙。

夜色下的江桥寂寥无人。岸边高层楼顶的天空倒有些微亮，听不见水流，听不见雨声；看不清路面，看不清风景。

一个人，沐雨临风，高跟鞋敲打地面发出单调的响声。虽然已面红耳赤，但心很静很静。

都说，醉了才知道你想谁。我前行的方向，前面有座山，山的背后，“住”着老公，我没有想他，我没有想他。五年了，那天许宏说他去时看到两束鲜花，他今年去晚了。为你高兴，这么久还有人把你记在心中，想必你也泉下有知。

我没醉吧，只是有些朦朦胧胧。买醉？对，买醉！

老公走了，大侄走了，叔父走了，那一点点不经意的奢望也化为泡影。苦吗？烦吗？累吗？心，很痛很痛，一切的一切，都要默默承受，无从说，不能说，无人说。

从你走后，我以为再也不会有什么可以伤害我，可以触痛我，事到临头才知道，我依然那么渺小，那么脆弱，那么无助。

我还有泪，还有伤，还有痛。

本来，这个聚餐是给外甥女接风、给堂兄放松，只想随意地聊聊让人开心的事，怎么就喝了酒呢？一醉解千愁。

对某件事，某个人，一定要明白，是不讨厌，是喜欢，还是很爱——不讨厌，可以随波逐流；只是喜欢，就不要夸张成爱；如果是爱，则请深爱。那些离我而去的，让它顺其自然地走吧。

雨，还在淅沥，敲打着窗，从水泥森林的缝隙，看到远处闪闪烁烁的霓虹，窗外的一树李花还在风中摇曳，一个孤独的灵魂正在呜咽，醉后，我没有想你。

2020 年 7 月 23 日，农历庚子年六月初三。

今天酷暑难耐。

如果时间可以暂停，停在十年前的今天就好。尽管那夜的隆隆车声和燥热车厢令人难以入眠，但我的心充满快乐，飞回到温馨的家，幻映着电影电视小别重逢的场景……

如果生活可以复制，复制十年前的今天就好。虽然那天我们也是各居一方相距几百公里，但我能接到你打来的电话，能收到你发来的消息，我知道家里有你。

如果真有后羿射日，一日不留才好。虽然我也不喜欢黑暗，但真心不愿明天的太阳升起，只要十年前的明天没有来临，我就不用体味那么多人情薄凉。

一场梦，梦一场。

曾经那么讨厌你的再抽一根、再来一瓶，尽管抽烟喝酒于身体无益，但只要你还在，再抽两根再来两瓶又何妨！

曾经抱怨你三天两头儿值班，越到节假日越看不着你影儿，但只要你还在，天天不在我身边又何妨！

曾经气你木讷不浪漫，生日没礼物纪念日没花朵，但只要你还在，那一个心形挂坠顶用N次又何妨！

呜呼，虚枉。

十年，一生能有几个？你撒手人寰十年，我虚度红尘十年；你佛前听经十年，我尘世熬煎十年；你无牵无挂十年，我撕心裂肺十年；你华丽丽转身十年，我悲戚戚叩问十年。

再无只言片语，且听东坡："……纵使相逢应不识，尘满面，鬓如霜。夜来幽梦忽还乡，小轩窗，正梳妆。相顾无言，唯有泪千行。料得年年肠断处，明月夜，短松冈。"

今日，接受了市局宣传处采访。

想说：英雄，是信仰使然，是责任使然，是道德使然，是本性使然，是一贯作风使然。

家有英雄，是光荣，不是荣耀；英雄身后，是家人刻骨铭心的苦与痛。

时间会治愈一切，也会冲淡一切。

愿英雄永记史册。

（本文作者：宋常丽，刘长江烈士的妻子。本文摘自她的QQ空间）

第七章 “PTSD”报告

当冬天来临

所有的山脉都怀念

春天的绿

可是亲爱的

眼下

春天来了

你告诉我

漫山遍野的小草

哪一棵是你

——王丽钧《回声》

走不出的圈儿

曾国藩在给弟弟曾国荃的一封信里附了一首诗：“左列钟铭右读书，人间随处有乘除。低头一拜屠羊说，万事浮云过太虚。”

这是一种追求，一种大境。人生在世，曲折磨难多多，乘除何易？一场大的劫难过后，往往伴有次生灾害，大自然如此，人生亦如此。

“PTSD”，即创伤后应激障碍。是指一个人在经历、目睹或遭遇到一个或多个涉及自身或他人的实际死亡，或受到死亡的威胁，或严重地受伤，或躯体完整性受到威胁后，所导致的个体延迟出现和持续存在的精神障碍。主要表现为：患者的思维、记忆或梦中反复、不自主地涌现与创伤有关的情境和内容，出现严重的触景生情反应；长期或持续地极力回避与创伤经历有关的事件或情境，拒绝参加相关的活动，回避创伤的地点与创伤有关的人或事；自杀或自残行为，也是这类患者心理行为应对方式的表现；抑郁症，是常见的伴随症状。

“PTSD”的发病率报道不一，女性比男性更易发展为“PTSD”，研究发现，女性发病率是男性的六倍。

公安英烈家属几乎都产生过创伤后应激障碍，时间或长或短，症状或轻或重。

2020 年 7 月 9 日，我们采访马秀英，她是这本书的第一个采访对象，写她，却是深秋的事。迟迟没动笔的原因，两个字——压抑。像一棵树摇动另一棵树，像一朵云推动另一朵云，她的抑郁传染给了我。

人传人。

丈夫离世后，她一直在吃药，抗抑郁的药。

她给我的第一印象是瘦，是那种超过审美框范的瘦。身高 1.63 米，体重 40 公斤。

她说的第一句话是：“二十一年了，他走二十一年了。”

“送他那天，可冷可冷了，说不上怎么那样冷，透心的冷！”

她把左手搭在右手背上，指尖相扣——这个动作几乎持续到采访结束。

过后我查资料，鲍文才出殡那天，是 1999 年 11 月 16 日，那天气温是零下三十三度，西北风五级。

东南风是歌，西北风是刀。

那天，公安部部长、省公安厅厅长向鲍文才烈士敬献了花篮，市委、市政府的主要领导和上千名民警参加追悼会，灵车经过的路上，沿街群众在凛凛的寒风中伫立致哀。

举城送英雄，每个人都是透心的冷。

1999 年 11 月 11 日晚十点多钟，外勤民警鲍文才才吃晚饭。饭后，他对教导员说，我得出去一趟，这两天管区居民反映有人撬仓房。教导员不放心，“老鲍，你一个人去行吗？”鲍文才说：“我已经安排了一辆出租车，司机是治安积极分子。”

风雪中，出租车向郊外的西团山方向驶去。

西团山是著名的文化遗址，地处船营区黄旗屯街道，是一处距今三千年的原始社会的文化遗址。早在上 20 世纪 30 年代，我国考古学家和日本考古学者就在这里做过考古调查。1949 年以后，我国的考古工作者对这里进行了进一步考古发掘，清理发掘出石棺十九座，出土的遗物有石斧、石锛、石刀、陶壶、陶三足器等。西团山文化遗存，对研究东北历史上的家庭、私有制的起源、原始人类社会制度的改变、东北少数民族的繁衍生息，都具有十分重要的价值。这里是鲍文才的管区，地处城乡接合部，大约有十平方公里。

鲍文才知道，深更半夜，正是盗窃分子猖狂活动的时候，他带着出租车在自己的辖区，像梳篦子一样巡查着。大约在凌晨两点，出租车经过独立路中段，鲍文才忽然看见两个人鬼鬼祟祟地出现在昏黄的路灯下，一辆自行车车后挂着手推车，车上装满了物品。凭着职业的敏感，鲍文才意识到，这两个人形迹可疑，告诉司机追上去。车刚停稳，鲍文才跳下车，大喝一声：“停下！”

那两人扔下车拔腿就跑，鲍文才盯准一个追上去，渐渐逼近，“站住，我是警察。”那个人回转身，佯装老实，站立不动。鲍文才来到他面前，这个穷凶极恶的歹徒突然掏出匕首，朝鲍文才脖子猛刺一刀，之后拔腿就跑。鲍文才的颈动脉和气管被歹徒刺断，鲜血喷射而出，鲍文才捂着伤口，不顾一切地追上去，鲜血淋淋漓漓洒了一地，追出四十多米后，鲍文才踉跄倒地。出租车司机驾车追赶另一名歹徒，那人钻进了一个狭窄的胡同。司机返回时，看见鲍文才倒在雪地上，赶紧把他送到医院，路上，鲍文才停止了呼吸。

二十个小时后，两个歹徒落网。

听到丈夫牺牲的噩耗，马秀英万万不敢相信，看到丈夫的遗体，她一下子瘫坐在地上。

此后的几天，马秀英不眠不食，就那么坐着，她的老母亲担心她想不开，赶紧过来陪她，“两个孩子还小哇，你可不能再有闪失。”老母亲反复念叨的，就是这句话。

妹妹过来给她和孩子做饭，一做就是一个多月。

妹妹只干活不说话，那段时间，马秀英的心脏病加重，一说话，气都运不上来。

有半年左右的时间，马秀英一直不下楼，她怕见人，怕见街坊邻居，怕见每一个熟人，怕听到别人的安慰，怕见到别人关切的目光。

她喜欢黑暗——黑暗中，她看不见别人，别人也看不见她。

转年初夏，马秀英的老母亲病了，她去看母亲，恍恍惚惚地坐过了站，发觉后匆忙下车，本来只过了两站地，她却怎么也找不到母亲的家，妹妹下楼接她，她才看清，母亲住的楼距离她不到十五米。

马秀英开始让自己蜷缩在生活的角落里。

一年、两年、三年、十年、二十年——

她不打扑克，不玩麻将，不跳广场舞，不唱歌，不去人多的地方，有时散散步，顺便买一些生活必需品。

每天她自己一个人在房间里，从卧室转到客厅，从南屋转到北屋，墙上多个小黑点儿，她都能迅速发现。楼后有个小商业街，她站在窗边，看商铺开门关门，看雨中奔跑的男男女女，看秋风把那棵老杨树的树叶由绿染黄。

在另一个城市的女儿，一遍一遍地劝妈妈过去住，头疼脑热的好有个照应，马秀英执意不肯，过年过节去待个三天五天，就让女儿订返程票，气得女儿直掉眼泪。

寂寞的时光中，能给她些许安慰的，是她不时打捞起的那些泛黄的记忆碎片——

鲍文才身高 1.61 米，比马秀英矮两厘米，马秀英常常拿这个揶揄鲍文才。有一年，刚过完春节，两人上街，走着走着，马秀英觉得有点不对劲儿，以往，丈夫总是抢前一步走，上台阶也先跨一步，这次竟然和自己并肩走。她扭头瞅瞅丈夫，鲍文才昂首挺胸，目不旁视。回到家，她才弄清楚，丈夫穿了双内增高鞋。

“妈妈，爸爸做的菜好吃。”一上桌，两个女儿就七嘴八舌，鲍文才在一边抿着嘴笑，马秀英噘起嘴，假装跟孩子生气，“好好好，你俩听着，你爸值班，我不给你俩做饭吃。”孩子不理，依旧狼吞虎咽。鲍文才做得一手好菜，即使是家常菜，他也做得有滋有味儿，到现在，马秀英还记得丈夫切得比火柴杆还细的土豆丝儿。

如果鲍文才正点下班，一家人就会很高兴，两个女儿围着他，撒娇耍赖耍泥鳅，和他亲热个没完。马秀英呢，钻进厨房，赶紧加两个菜。

只要不值班，鲍文才就抢着在家里干这干那。春天了，他张罗着给家人买换季的衣服；夏天，他会给家人支起蚊帐；冬天，他给家人买来围巾、棉手套。春天风沙大，夏天雨水多，窗玻璃容易脏，鲍文才总是嘱咐妻子：你别擦，等我回来擦。

现在，马秀英都怯于擦玻璃，觉得没有鲍文才擦得干净。

鲍文才总是笑眯眯的，一副菩萨心肠。他平时下责任区工作，从不接受别人的吃请，买一个面包、一瓶汽水，就是一顿饭。马秀英曾经抱怨他："你那么大岁数了，还像年轻人吗？成天骑着破自行车下段，冬天一身汗，夏天一身泥，你图个啥呀？"鲍文才告诉妻子："有空儿你跟我下去，社区的老百姓对我可好了，家长里短的，唠得热乎着呢。"

有一次，他接女儿放学回家。路上，发现一个居民楼起火，他马上和消防队联系，引导消防队员到现场后，他第一个踹开门冲到楼上。女儿看到，爸爸在四楼的一个阳台，用木棍撑着，挪到另一个窗口。回到家，鲍文才浑身水淋淋的，女儿摇着他的手哭着说："爸，太危险了，太危险了，我都要吓死了。"

对待犯罪嫌疑人，鲍文才却不失霹雳手段。有一年，他管区的一些个体户被骗，犯罪嫌疑人杨某携巨款潜逃。鲍文才和战友接到报案后，深入社区，摸排线索，终于将杨某抓获归案，杨某交代了涉嫌此案的二十四名同伙。当时，派出所仅有四名警力和一辆旧摩托车，为了尽快追缴受害群众的钱款，防止犯罪嫌疑人潜逃，鲍文才和战友迅即前去抓捕。四对二十四，怎么抓？他们准备了二十四副手铐，每抓到一人，就用摩托车将其送到附近的树林中，奋战一天，二十四名犯罪嫌疑人一一被抓获。

马秀英记得，当年，鲍文才和她说这件事的时候，豪气满满。

鲍文才擅长打架子鼓，甚至到了痴迷的程度。在家干活，他抓个东西就敲，有时像低音鼓，有时像军鼓，有时像敲鼓边，有时候像敲大镲，两只手都占了，就用嘴哼鼓点，干多长时间的活，他就敲多长时间的"架子鼓"。他在市歌舞团的一个朋友说，当时鲍文才打架子鼓的水平，在全市是一流的。

鲍文才还会写歌词，他身上常带着一支笔一个本儿，一有灵感就记录下来，他曾给女儿写了一首《橄榄谣》：

亲爱的孩子，
自从有你那天，
我就想早回家，
领你上公园，
给你讲童话，
让你骑上我的脖颈，
给你当木马。

两个女儿像爸爸一样，都喜欢音乐。鲍明姝从小跟着爸爸学手风琴和钢琴，鲍明爽学会了架子鼓和长笛。

最值得马秀英骄傲的是，1997年，鲍文才创作的《巡警队员之歌》上了中央电视台，在公安部举办的“万家灯火平安夜”春节联欢晚会上演唱。

那天，鲍文才多喝了两杯酒，兴奋得直到后半夜才睡。

……

这些碎片包裹着她，纠结着她，兴奋着她。她感到自己活在一个无形的圈子里，怎么走也走不出去。“这么多年，我怎么也转不出这个圈子，哪怕到死，也过不了这个劲儿。”

到丈夫去世的第八年，她才确信，丈夫真的回不来了。

从此后，“要见除非梦，梦回总是虚。梦虽虚，犹兀自暂时相聚，近新来和梦无。”

孤独最熬心。

有好心人劝她再找一个，到老有个伴儿，马秀英连连摇头，“我这人，心眼小，心里只装着鲍文才，放不下第二个人。”

女儿是妈妈的小棉袄，看到妈妈一天天年老，鲍明姝给妈妈调了房子，从六楼调到二楼，由六十多平方米调到一百多平方米。

但偌大的房间，依然无法缓释她的抑郁。

平时见到邻里，她话语很少。只是在每年给丈夫上坟的时候，她才絮叨絮叨——

“文才，我今天看你来了。以前我一时半晌给你炒两个菜，让你下班时喝一杯，你高兴得不得了。今天我给你炒了两个菜，你爱吃的蒜薹和花生，再给你倒一杯酒，你静心地喝吧，今晚，单位不会来电话了，你慢点喝，不够，我这还有。”

“你走这么多年了，我老了，也土埋半截儿了，现在胳膊腿还行，多过来看看你，要是胳膊腿不行了，就来不了了，你也别怪我。到时候，我会去找你的，给你带点菜，带瓶酒，就算咱俩相聚了。”

“你当初走得那么急，都没顾上说句话，撇下我们娘仨就走了，你知道这些年我们是咋过的吗？家中没个男人，百事难啊。”

“你放心，两个孩子都挺好，她俩都当了警察，都成了家，我没啥操心的了，你也不用惦记我们。”

“这回我给你带来了一只鸡。以往，你最愿意啃鸡大腿。那时，孩子一人一个鸡大腿，你捞不到，就啃孩子剩下的，还说孩子没啃干净。这回，俩大腿都给你，高兴吧？”

“我昨天买了一件新衣服，喏，就是身上穿的这件儿，你说好看吗？你活着的时候，日子苦，没穿着啥好衣服，一件夹克衫穿了十年，线裤上还有补丁。要是你还活着，我也给你买一件新衣服，不，两件三件都行。”

……

采访快结束时，马秀英让我们看了鲍文才的遗物：奖章、旧警服、一摞奖励证书，还有一本歌曲集《剑魂的旋律》，那里面，有鲍文才创作的九首歌词。

她坚持把我们送到楼下，快到小区门口，我回头看了看，马秀英还在烈日下向我们挥手。

她抑郁，但她的情感并不枯瘦。

绕着走的地儿

早市，是人们常去的地方。一二线城市不论，三四线的城市，包括乡镇，都有早市，它是家家户户的菜篮子，早市上卖的蔬菜、河鲜湖鲜海鲜，不但便宜，更重要的是新鲜，是原生态。还有卖小百的，卖狗皮膏药的，五花八门。早市离居民区近，三五分钟或十分八分的就能到。在北方，早市有热胀冷缩的特点，冬天，农民进城卖菜的少，早市摊位大幅度收缩，春夏秋三季，乡下的农民来了，摊位会拱到楼下，打个喷嚏的空儿，菜就买回来了。早市上，小贩的吆喝声，居民的讨价还价声，小车小辆的轰鸣声，让人实实在在感受到人间烟火气。

家居市区的宋常丽从 2011 年 8 月开始，却再也不去早市。

宋长丽的丈夫是反扒警察，我们在“瞬间”一章曾写到“生死链”，那名警察，就是宋长丽的丈夫刘长江，他在生命的最后一刻，铐住了犯罪嫌疑人。

天下无贼，是刘长江和战友们追求的最高境界。

刘长江在公交派出所工作，反扒，是他的工作重点。每次登车上线，他都察言观色，寻找可能出现的目标人物，逐渐摸索出一套车上扒手的行窃规律。几年来，他共抓捕犯罪嫌疑人二百七十人，为群众挽回数十万元的经济损失。

反扒，要人赃俱获。

2008 年 6 月的一天，刘长江正在公交派出所值班，一名中年男子扭着一个聋哑人前来报案，说在公交车上聋哑人偷了他新买的手机，聋哑人哇哇大叫——他的身上没有手机。

刘长江当场把聋哑人放了，报案人极为不满。稍后，刘长江悄悄跟踪这个聋哑人，在一家饭店，这个聋哑人和另一个聋哑人见了面，两人点菜喝酒。酒未过三巡，另一个聋哑人从包里掏出一个新手机，两人乐得手舞足蹈。

当刘长江出现在他们面前时，两人顿时惊慌失措。经报案人辨认，那正是他新买的手机。

那个报案的中年男子也姓刘，他感谢刘长江，也记住了刘长江。他是一名出租车司机，手机被偷那天是他交接班后乘车回家。半年后，他开车拉一个乘客，那人上车就头也不抬地数钱，下车后，钻进了一家洗浴中心。

刘师傅觉得可疑，就守在洗浴中心门口，给刘长江打电话。刘长江和同事赶到现场，将那人带回派出所。那个年轻人姓郭，开始，郭某摆出一副死猪不怕开水烫的架势，一言不发。刘长江和同事并不急，抓紧进行外围调查，回来后，点了郭某的“死穴”，郭某一看遮掩不住，一口气交代了十几起入室盗窃案。

为了减轻罪过，他检举了干爹，说他干爹有枪。刘长江心里一惊，迅速向所领导汇报。此案，共抓获七名犯罪嫌疑人，缴获口径枪、自制枪八支。

刘长江牺牲后，那位开出租车的刘师傅，给他送来一副挽联，“侠骨柔肠为百姓解难，铁血丹心护一方平安。”

刘长江牺牲的时间是2011年7月，牺牲的地点是早市——那天，他和战友正参加市局组织的“夏季反扒统一行动”。

从此，早市成了宋常丽的梦魇，成了她的雷区。

宋常丽的家离早市近，转过两个楼头就到，尽管那里蔬菜便宜新鲜，但宋常丽坚决不去，她说，一到那儿，她的心就会碎了。

年年岁岁，她都绕开早市那条街路，从另一个方向走。

刘长江刚牺牲那阵儿，宋常丽每天以泪洗面。

她在一个区的税务局工作，市税务局长来看望她，特意批准她休一个月的假，可没过几天，单位让她上班，说她那摊活儿别人替不了。宋常丽是个责任心很强的人，她撑着身体去了。

果然，单位里一堆报表等着她，她一边抹眼泪一边干活。那段时间报表特别多，弄完一堆，又来一堆，宋常丽忙得昏天暗地。转眼，一个月的假期过去了，也没人说给她补。单位电脑系统升级，她需要学习，市里有个大赛，单位让她参加。宋常丽咬牙坚持着，竟和伙伴一起，拿了大赛的团体一等奖。

后来，她才知道，单位领导担心她悲伤过度，有个三长两短，才采用了这种转移注意力的方式。

无独有偶，马娉婷也有相同的经历。

马娉婷在银行工作，行长和她丈夫渠慎革是战友，渠慎革牺牲后，马娉婷在家休了一周多，就被通知上班，领导让她一个人负责两个人的活，她边哭边干。

午饭时，等同事吃完，她才下楼去食堂；

下班时，等同事走完，她才回家。

她不想看到别人同情的目光。

马娉婷回忆说，她非常感谢行长，那段日子，单位没完没了的工作，让她暂时忘却了痛苦和忧伤。

宋常丽挺有才气，也喜欢看书。有个周六，她想静一下心，就找出了唐诗宋词元曲，三合一的，比砖头还厚。

十年生死两茫茫，不思量，自难忘，千里孤坟，无处话凄凉。

三春白雪归青冢，万里黄河绕黑山。

林花谢了春红，太匆匆。

无奈朝来寒雨晚来风。

胭脂泪，相留醉，几时重。

自是人生长恨水长东。

……

看着看着，她的眼泪下来了——这些诗啊，词啊，曲啊，不仅没让她的心静下来，反倒发酵了她的忧伤。

“不看了，干活！切黄瓜钱儿。”

她把“砖头”往茶几上一扔，走向厨房。

此时，一元钱一斤的黄瓜，权重绝对大于唐诗宋词元曲。

她把自己的苦痛，写进了 QQ 空间——

假装身边有你

不知道昨夜雨否

不知道今晨霜否

一袭红衣遮住玄色的心

今夕何夕

不自觉的记忆

苦涩一笑

假装身边有你

10592 个月落日出

2660个日夜思念成堆

7932个星辰手相牵心相依

廿九年攒多少甜蜜

七年失多少欢声笑语

黯然神伤

假装身边有你

未忘今夕

庆祝我们的纪念日

孤单单坐在影院

假装身边有你

忘却红烛长燃日

不再问天为什么

有一种治愈

叫假装身边有你

有谁是超脱的

以为走过了坎坷，不在意磨难了；以为经历了离别，可以从容了；以为看淡了生死，不会害怕了；以为冰冻了情感，不会流泪了；以为适应了孤单，不再顾影自怜。

有谁是超脱的呢？

那不可触碰的伤痛，那莫名的惶恐，那无奈的焦虑。

我一个人徘徊在医院的走廊，已经不是第一次了，只不过这次是在核医学科的走廊，两侧的门上都醒目地标识着骷髅头。

天色渐晚，走廊里空荡荡的。我努力地镇静自己，ECT扫描而已，有什么紧张的，原本就是要确认的。

结论出来了，“进一步检查”。有点慌乱，沉默了很久，还是交款了，该来的总是要来，该面对的不得不面对。

不知是天气真冷，还是心里寒战，手冰凉的。第一针，穿了，鼓了个大包，很痛。刚摁住，医生要扎另一只手，我只好说等一会，“家人没来吗？”一句话，让我终于控制不住泪水。

我不是超脱的。

步履维艰地挺过来，还有未尽的责任。

我不是超脱的。

还是会回忆，还是会伤感，还是会怀疑，还是会觉得他不是真的逝去。

我不是超脱的。

还是不会爱自己，还是相信人间美好。

不知是谁说的，也许这样就会超然物外，潇洒余生吧：人生中的一道道门坎，迈过了就是门，迈不过就是坎。有的事情让我们很无奈，有的事情让我们很无助，有的事情让我们很无语——不管遇到怎样的艰难，能否挺过去，取决于对自己的信心。换个角度看问题，结果可能就会大不一样：毛毛虫所谓的世界末日，恰恰就是一个充满阳光的时刻——破茧成蝶。

但愿！

在第一篇中，宋常丽写到了一个数字——2660，这是丈夫牺牲后，她一天天熬过的日子。

采访中，我们发现，对烈士牺牲的忌日，家人铭记不忘；对烈士逝去多少年多少月多少日，家人也记得清清楚楚——他们默数着英雄渐行渐远的脚印，而那每一个脚印，又都踩在家人的心上。

应当说，宋常丽刻意回避丈夫牺牲的地点，是一种创伤应激反应。她的儿子刘骐源心中也有巨大的暗影。刘长江牺牲那年，骐源刚上大一，是东北师大艺术学院雕塑系学生。爸爸牺牲后，他发誓要给自己的爸爸做一尊雕像，他说爸爸是这个世上最完美、最坚强、对他影响最大的男人。大四那年，宿舍里进了小偷，多次丢东西，学生们对小偷痛恨不已，抓住后准备把小偷送到派出所。

刘骐源听说后，跑上楼，冲到小偷面前，抓起头发就是一顿暴打。一些同学挺吃惊，一向文静的刘骐源为何这般反常？有人知道根底：他爸爸是抓小偷时牺牲的。

“当时真有些歇斯底里，后来辅导员找到我，批评了我。”刘骐源静静地坐在我面前，颇有艺术范儿。

打不开的结儿

马娉婷住在青岛。

2020 年 9 月，青岛有两个区出现疫情，对马娉婷的采访是通过电话、微信、视频、QQ 空间进行的。

下面是采访记录，略做整理。

好沉重啊，时间过去快二十年了，提起来心里酸酸的。

我在银行做人事工作。丈夫渠慎革是丰满区江南派出所教导员。

2002年3月19日，一大早，慎革的朋友夫妻俩开车来接我，他妻子和我是一个单位的。在车上，他俩告诉我，慎革受伤了。当时我也没想别的，到了宾馆，一看那气氛，我就全明白了，之后什么也不知道了。

慎革是头天晚上出警时牺牲的。

那年，慎革三十九岁，女儿简宁十三岁。

慎革一走，我觉得天都塌了，我和女儿咋活呀？这日子咋过呀？我仿佛走进了一条黝黑、阴冷、令人绝望的隧道，脑海里徘徊着各种各样的念头，包括死。可一想，我不能死，还有女儿呢，那是慎革的血脉啊，我要对得起慎革。

那段日子，屋子里空落落的，我和女儿的呼吸声，彼此都能听到。女儿每天放学回家，看到我眼睛红肿肿的，就背对着我哭，是那种很压抑的哭。

半年后的一天，我下班回家，一眼瞥见女儿拿个小本本在卧室里哭。晚上躺在床上，我想，孩子才十三岁，我不能总让她在这种气氛中生活。从那以后，我就特别注意克制自己的情绪，在女儿面前尽量表现得轻松些快乐些。

她上大学后，我收拾女儿房间，看到了那个小本本，里面粘贴着她爸爸牺牲后报刊上的一些报道，大概有十多篇吧。

女儿上初中时，送我一本书，书名叫《放下》。女儿在书中夹张字条：妈妈，我已经没有爸爸了，不能再没有你，你要好好活着。

我认真读了那本书，很受启发，现在我还能记得书中有余秋雨的一句话：有时候，我们感觉走到了尽头，其实只是心走到了尽头，再深的绝望，都是一个过程，总有结束的时候。

女儿对爸爸最深的印象是，爸爸经常不在家。女儿五岁时，慎革有任务，连续二十多天没回家，回家时，人显得瘦，胡子拉碴的，女儿看见他直躲。平时，他会给女儿做好吃的，会陪女儿下象棋，这副象棋现在还留着。

女儿对爸爸的感情很深，她考公务员时，有一道面试题：你最敬重的人是谁？她想到了爸爸，讲完后，她看见面试官在用面巾擦眼泪。

慎革嘴很严，在家从来不说单位的事，案子破了，才会眉飞色舞地跟我说说。

1993 年 7 月，五名持枪歹徒洗劫了一辆由桦甸市开往吉林市的大客车，然后逃进旺起镇的摩天岭。那时，渠慎革是旺起派出所所长，接到任务后，他连夜带民警进山搜人。

快天亮时，他们发现了可疑人员，给围住了，那人正是抢劫团伙主犯李兆才。根据李兆才的交代，公安机关在吉林省延吉市、黑龙江省宾县、黑河等地，抓到了另外四个歹徒。

那次，慎革他们派出所荣立集体三等功。慎革说，在山上抓住的那个人把项链塞进牙膏里，被他搜出来了。

慎革牺牲后，我严重失眠，听音乐、数数、按穴位，全不管用，更不用说做噩梦了，经常吓得大叫，女儿听到后，赶紧过来把我摇醒。去年来青岛前，我和女儿竟在一天晚上做同样一个梦，梦到慎革拿个黑袋子回家，穿着警服，说不管我了，我说你不管我行，你得管女儿呀。

我和慎革一起生活的好多东西都在，如我家的石英钟，搬了几次家都留下了，那是我俩结婚时唯一一起买的用品。

慎革离开，我有两件事很遗憾：

第一件，我没孝敬好他的父亲。慎革的老家在江苏苏北，当地不是很富裕。老人四十岁时失去老伴儿，六十多岁又失去大儿子。慎革出事不久，他就得病了，帕金森，头脑清醒，肢体不能动，很遭罪。

第二件，我和慎革刚刚买了新房子，还没装修，他就走了，一天新房都没住上。买房子时，我们有债务，借朋友的钱，慎革走后，我把原来住的房子卖了，加上公安局给我的那份钱，还了债。能借给你钱，是信得着你，咱不能让朋友担心。

可能你想不到，我和女儿有个默契。在她面前，我极少提她爸爸的事；在我面前，她也极少提“爸爸”两个字。

我俩把渠慎革雪藏了十一年。

平时不提，逢年过节不提，到了春节、清明、忌日，买纸买花，买烟买酒，谁也不提醒谁，该准备什么就准备什么。要是一个人去上坟，哭。两个人去，不哭。

和警察有关的一切，我都不敢看，都回避——新闻、报纸、杂志、短视频、张贴画、电视剧、警车，还有刘欢。

我失去的，不希望别人再失去。

2009 年，简宁考大学时，报考山东警察学院，我不同意，我的心里系着一个结儿呀！可无论我怎样说，简宁就四个字：女承父业。劝多了，女儿的眼泪就下来了，这回，轮到我背着她哭。

那天晚上，收拾完碗筷，我回到卧室，床头柜上，放着一本书——《放下》。肯定是女儿故意翻出来的。

我真的放下了，报就报吧，当警察就当警察吧，女警多是内勤，不会有多大危险。

女儿上大学，我没送，我不敢看学院大门前那几个字。

女儿大一放假回家，我郑重地和女儿谈了一次话，中心是：你当警察可以，找对象不能找警察。

我听说有些学生在大一开始谈朋友，我要先表明观点，防什么什么于未然。

女儿乖，点头应允。

我不放心，每次和女儿聊天，都细心分辨她的话里话外音。

女儿大三回来，话语有些迟疑，说有男生追她，我直接摊牌——你找警察，就别认我这个妈！

还好，女儿在大学期间无波无澜。

2002年，女儿通过山东省公务员考试，到青岛市公安局工作，她实现了自己的诺言：女承父业。

两年后的一天，女儿郑重地找我谈了一次话，她准备和单位的一位同事谈恋爱，征求一下我的意见。一瞬间，我的心悬了起来，怕啥来啥呀！

我没表态——我已经表过态。

看，等等看！年轻人嘛，兴许三分钟热血呢。

女儿不问，我不答。耗着。

我仔细观察着，每天下班，女儿都是笑口盈盈，一点儿没有两人吵架的痕迹。

有一天，女儿给我发来一张漫画，记得是郑辛遥画的。画面上，一个人在举重，旁边有一行字：拿得起放得下，是举重；拿得起放不下，是负重。

我没理，干脆把手机放下。

这件事搅得我坐也不是，站也不是，吃不下饭，睡不好觉。一家双警，那么容易吗？当初慎革一说有任务，我的心就悬起来，他回到家，我的心才落下。就这么一上一下的，好人也折腾出心脏病。我不希望女儿再过这样的日子，不希望她有这样的生活。

我把妹妹找来，商量了一天一宿。最后，我决定让步，尊重女儿的选择，不干涉女儿的终身幸福。

我给女儿发去了两个表情：一个OK的手势，一个祝福的手势。

女儿快速给我回了——吻，吻，吻。

两人2007年结婚。婚后，我叮嘱女儿，做警察的妻子要有担当精神，不要让丈夫带着情绪去工作，以免分心。姑爷人品好，有责任心，在反恐大队工作，我叮嘱姑爷的，就两个字：安全！

真的，他们平平安安，健健康康，是我最大的心愿。

青岛的市花叫耐冬，是山茶花的一种，在瑞雪飞舞的冬季开花，花开时，花瓣鲜红鲜红，花蕊嫩黄嫩黄，芳香袭人，花期长达半年。我和女儿一家都很喜欢耐冬花，女儿还特意转给我一首赞美耐冬的诗，是清代诗人段琦写的：

独放早春枝，与梅战风雪。

岂徒丹霞红，千古英雄血。

傍晚，马秀英刚服下抗抑郁药，女儿就打来电话，说后天气温下降，该穿薄棉裤了。马秀英嗯嗯地答着，其实她看了天气预报，天天都看，手机上的。薄棉裤已经从衣柜里拿出来了，下午她还试了试，女儿新给买的，绒绒的，暖暖的，手摸上去就舒服。

宋常丽忙着装拉杆箱，儿子明天回外地工作，她帮着拾掇拾掇，嘴里不停地嘱咐："抓紧找个女朋友，春节带回来给妈看看。"儿子说："妈，别说这些八卦了，随缘吧。"宋常丽嗔怪地看了看儿子："缘，缘，啥时圆？"

马娉婷除了给女儿看孩子，有时间还学学打乒乓球，球拍是女儿给买的，六百多元。马娉婷心疼，"咋买这么贵的拍儿呢？""不贵，还有一万多元的球拍呢。"马娉婷咂咂舌，妈不学了。

第八章　坚强是这样炼成的

我一次一次被回忆的蚯蚓带领着

饮食往事的泥土

寻找你黑色名字上的一只蝴蝶

或者碑石缝隙下的一朵花

我寻找高尚的原因，不平凡的出处

和一切生机之所在

——穆蕾蕾《回忆之风在翻卷》

活在自己的人生主场

“活在自己的人生主场。”这是我从左玉红的空间日记里看到的一句话。

左玉红说：“这是我转的，说得很有道理，特别是和我一样的人。”

和她一样的人，指的是饱经生活艰辛的烈士家属。

1999 年 8 月 5 日，她的丈夫侯文胜在抓捕犯罪嫌疑人时中弹牺牲，年仅三十岁。

追悼会上，左玉红悲怆万分：

老公，今天，我来送你。

昨天是我们结婚两周年，你却撒手西去，留下我和两岁的儿子，你何忍？

我俩从相识到相恋，整整八年，一路坎坎坷坷，结婚后，本以为苦尽甘来，白头偕老，怎料到，竟是这样的晴天霹雳，你何忍？

抛下抚养你疼爱你三十年的父母，白发人孤灯残泪！你何忍？

你知道吗？就在昨天晚上，儿子在床上玩着玩着，突然问："妈妈，爸爸咋还不回来？"我顿时泪飞如雨，你让我怎么回答呀？因为，我永远找不回他爸爸。

你听到了吗？你就不能回来再看我们娘俩一眼吗？

你走了，走到一个你也不想去的地方。我知道，你也有不舍——你的父母年事渐高，咱俩的孩子尚在懵懂。你放心，我会一如既往孝敬你的父母，直到他们终老；我也一定会把咱俩的孩子抚养成人。

——左玉红掷诺有声！

侯文胜和左玉红是市商业学校的校友，两人学年相差一级，左玉红比侯文胜大一岁，她喜欢文学，写一手清丽的小诗，是学校文学社社长。侯文胜也喜欢文学，经常往文学社投稿，他还擅长当时流行的霹雳舞，一舞跳罢，满座叫好。两人接触渐多，互生情愫，此后，相恋八年，于1997年8月结婚。

后来，侯文胜当了警察，他工作出色，第二年就被评为优秀公务员。左玉红被评为"十佳警嫂"。

出事前几天，左玉红就特别扭——丈夫连连出事，先是出警抓人，不慎从二楼摔下来，腰部撞伤；再就是辖区一个单位失火，侯文胜去救火，眉毛被燎去大半边。

侯文胜牺牲的消息，是左玉红的姐夫告诉她的。

“不可能！”左玉红惊愕地瞪大眼睛，上前一步，拽住姐夫的胳膊，“这怎么可能？昨晚十点他还给我打电话，我牙疼，他说下班后陪我一起去看牙。”

“真的，我刚从现场回来。”姐夫边说边流泪。姐夫也是警察。

左玉红听罢，顿时天旋地转，一下倒在地板上。

全家阴云密布。侯文胜的父亲是正团职转业，听到儿子牺牲的消息，这位老军人双手捂脸蹲在地上，只说了一句：“胜啊，我还指望你养老送终呢。”

柔弱的左玉红，不负诺言，撑起了生活重担。

侯文胜的父亲在部队时，就患有一种罕见的病，很痛苦。2017 年，老人感觉腹部严重不适，到医院一检查，肠镜竟然下不去——老人得了肠癌。

手术后，老人依然疼痛不止，第十一天，二次手术，胃癌。

那些日子，左玉红白天上班，晚上到医院伺候老人。三伏天，怕老人得褥疮，左玉红每半小时就给老人翻一次身。后期，老人骨瘦如柴，骨头硌在床上，咋躺都难受。为缓解老人的痛苦，左玉红买来特制的充气垫子，一个不够，就买两个，摞在一起，让老人躺得舒服些。病危时，老人大小便失禁，左玉红忙前忙后，端屎端尿。

左玉红感念老人。孩子上小学时有课外班，老人全程陪同，特别是到了双休日或假期，两人忙得像赶场子一样，从城东到城西，这边学完奥数，那边去学英语。中午，爷孙俩在公交车上垫补一口，就算午饭。课外班允许家长听课，在听课的家长眼中，这位白发老人听得最认真，笔记做得也最认真。

老人患癌后，叮嘱家人：他要穿上儿子的警服走——父爱如山，沉默的山体下，奔涌着火热的岩浆。

婆婆在市妇产医院上班，因为患有小脑萎缩，提前退休。儿子牺牲后，老人病情加重，经常走丢。有一次，她上午十点多出门，下午三点才被家人找到。

为防止再次走失，左玉红在婆婆的兜里揣上小卡片，上面写着几个亲人的联系电话。后来，婆婆出门遛弯儿，只能走一条固定路线，才能找回家。

左玉红常去看望婆婆，给她带些蔬菜水果，帮她洗澡梳头，陪她到汗蒸房汗蒸，附近浴池的员工都认得这娘俩，以为左玉红是老人的亲闺女。

丈夫去世后，儿子就是左玉红的全部希望。儿子小时候经常感冒发烧，几乎每个月都要去一次医院。第一次给儿子打针，就像扎在她心上，儿子小腿直蹬，她一边按住儿子的腿，一边掉眼泪。

儿子五岁时，陆续得了咽炎、鼻炎、中耳炎，中耳炎严重时，压迫耳咽管，孩子听力下降，不得已做了手术。

侯文胜牺牲时，左玉红和公公婆婆住在一起。一年后，公安局分给左玉红一套房子，母子俩开始独立生活，一大一小，一撇一捺，组成人字，相互支撑，向着阳光逶迤前行。

左玉红的儿子叫侯明松，从小很懂事，学习也刻苦，他初中毕业后，考上市里最出名的一所高中。学校离家很远，是这个城市的对角线，由东北至西南。左玉红狠狠心，在那所学校附近买个房子。学区房非常贵，左玉红只好把老房卖掉，再按揭贷款。她当时工资四千元，每月要拿出一千四百元还房贷，总共要还十六年。

2015 年，侯明松参加高考。左玉红问儿子："你想报考哪所大学？"

"妈，我早想好了，就报公安大学。"儿子声音不大，但语气坚定。

左玉红听了心里挺矛盾，她希望子承父业，但是她心头仍有丈夫留下的暗影。

"我知道没法劝动他，但我也挺高兴，孩子长大了，有自己的理想，像个男子汉，看来，像他的个子一样，我真得仰视才行。"在当天的空间日记里，左玉红这样写道。

当年，全国共有七十二名公安英模子女报考中国人民公安大学，侯明松考试成绩排名第八，顺利进入公安大学。

临近大学毕业，侯明松患上中度微笑型神经抑郁症，他不敢告诉妈妈，但左玉红还是在电话中听出端倪，一再追问下，儿子说出了实情。左玉红心急如火，立即去北京把儿子接回家，经过大半年的调理疏导，侯明松病愈。

2019 年初，侯明松顺利通过入警考试，他要求回到船营公安分局，因为那是父亲曾经工作过的地方。

2019 年清明节前夕，一家媒体记者采访左玉红，她说了一句："老公，追悼会上对你说的，我都做到了。"

二十年，左玉红践行了自己的承诺——用人格，用青春，用美好的年华，还有，手上的茧和心上的茧。

二十年，谁解其中味？最难的时候，她跑到陵园骨灰存放处（当时侯文胜还没有被批准为烈士，骨灰盒尚未最后安置——作者注），抱着丈夫的骨灰盒放声痛哭，边哭边向丈夫诉说心里的委屈。她一连哭了四个小时，存放处的工作人员隔一会儿就来看看，担心她寻短见。

"那会儿，幸好有市公安局帮助，给我安排了工作，如果不是组织的帮扶，我肯定走不到今天。"回忆起来，左玉红唏嘘不已。

现在，左玉红在市公安局勤务保障处工作。

2014 年 8 月 5 日，是侯文胜牺牲十五周年忌日。头一天晚上，左玉红百感交集，夜不能寐，往事历历浮现在眼前。侯文胜牺牲后，她再也没有提笔写诗，这个夜晚，她伏在案上，忽然想给他写点什么——

那年

此刻

你我

天人永隔

十五年

依旧

不思量

自难忘

还记得

校园初识

你为我跳的舞柔情似水

晚会上

你的霹雳又是那般神采飞扬

毕业后，你从电话里送来的吉他声

仿佛还响在耳边

产房内，你如朝圣般双手托起刚刚出生的儿子

笨拙的样子还未淡去

我竟如婚礼般

以一身刺眼的红

见到已永远离我而去的你

八年相识，我走过的路屈指可数

三年婚姻，却戛然而止在盛夏的子夜

你在天堂可好

凌晨一点，她把这首小诗发在QQ空间里，很快就有好友留言。

网友“沙仑玫瑰”：看了你的日志，真叫人感伤。十一年的相识相知是多么的短暂，十五年的离别又是多么的漫长。回忆美好，虽然会让我们甜美幸福，同时也会勾起此时的神伤，感谢上苍赐福的宝贝儿子，他就是你的一切！

网友“悦己”：三年已令我遍体鳞伤，何况你十五年！那些黯然神伤，那些彻夜难眠，谁懂谁知？幸，我们有懂事的孩子，有挚爱的亲人，有相知的姐妹，把往事留在昨日，把祝福留给明天。

网友“撒哈拉月亮泉”：往事被你咀嚼着，痛苦被你咀嚼着，委屈被你咀嚼着，人生尝遍酸甜苦辣，你还如此坚强，为你点赞！

左玉红的手机里有两个特殊的微信群：“开心屋”和“美美团”。

这两个群，左玉红都是群主。

“开心屋”，十二人，都是吉林市公安英烈家属。

“美美团”，六十九人，都是吉林省各市州公安英烈家属。

组建第一个群时，左玉红想到一个词：抱团取暖。群里的姐妹都有共同经历，而有些事，只有经历过的人才能感同身受，才能读懂个中滋味，大家只有抱团取暖，才能增加直面磨难的勇气与底气，克服自卑，战胜孤独。

在这个群里，谁有开心的事委屈的事不清楚的事，说说。开心的事，大家分享，委屈的事，大家分担，不清楚的事儿，大家七嘴八舌出主意。一个人看月亮，是明月孤悬，一群人看月亮，明月悬着，但心不孤单。

2011年6月，吉林省公安厅组织公安英烈家属休养团，左玉红参加，那次去的是山东。左玉红是个热心人，又年轻，整个行程，她跑前跑后，帮助领队赵雪松忙这忙那。为了联络方便，她组建了微信群，取名美美团，就是祝愿姐妹们和和美美的意思。

这次活动，给左玉红留下深刻的印象，她在微信朋友圈中写道：

> 一幅幅照片汇集到我这里，一张张笑脸在我眼前拂过，好开心哪，久违了！
>
> 心，忽地一颤，最脆弱的那个地方，似乎被人轻轻触碰；
>
> 泪，模糊双眼。有的姐妹说，看到别人，就觉着自己的经历不算什么了，有的说，回去也要多买点漂亮衣服，把自己打扮得漂漂亮亮的，高高兴兴地活。
>
> 是的，这就是我们的美丽转身，曾经的苦与累，曾经的酸与涩，都已经成为过去，只有未来在我们手中，风雨人生，自己撑伞，告别过去，用微笑面对生活。

微信发出，后面是一连串的点赞和鲜花。

这两个群有个特点，作为一个特殊群体，大家的心都很敏感，也很脆弱，这就需要及时化解矛盾，弥合裂隙。2017 年，群里有位大姐因儿子就业问题，在群里发泄一顿之后，准备上访告状。左玉红和其他姐妹你一言我一语进行劝解。大姐听了，觉得有道理，在微信上留言：谢谢大家，我也不是真的想告状，就是觉得心理不平衡，大家这么一说，我心里亮堂多了。

有了微信群，也多了一个发布平台。以前，省厅或市局给公安英烈家属发慰问金，工作人员是跑完银行跑各家，累得要死。现在，只要在微信群里发通知，抚恤部门在什么时间用什么方式发放慰问金，全市全省英烈家属马上知道。

群里每年都会自发组织活动。每次活动，大家都小心翼翼，避开伤心的话题，一旦有人不经意间提到，一哭，大家都哭，哭上一阵，好些了，该唱唱，该玩玩。左玉红在微信里写道：我们不能被昨天牵绊，还有明天呢，还有阳光呢，我们要向着阳光站立。

有一次和我通电话，和左玉红谈到了“坚强”这个话题，她说，群里的每一个姐妹都很坚强。

我停顿了一下，左玉红补一句：都是熬过来的。

关于左玉红，我想到了书上的一句话：坚强的人，不是不会遇到黑暗，而是在黑暗中做一束光。

亲亲的嫂子

嫂子名叫张春杰。

郭旭东在家排行老大，小姑子小叔子都称张春杰“嫂子”。郭旭东牺牲很多年了，小姑子小叔子还都称张春杰“嫂子”。

一到过年过节，一家人团聚，张春杰和大姑姐小姑子小叔子们忙前忙后，买菜买肉买鱼，炒菜做饭喝酒，小姑子、小叔子，对她嫂子长嫂子短地叫着，一家人其乐融融。

1994 年 5 月 10 日，郭旭东与歹徒搏斗时不幸牺牲，全家瞬时陷入巨大的悲痛之中。

“看到旭东躺在那儿，我的心都空了，腿软得不行，两个女警搀着我。娘家人婆家人怕我想不开寻短见，几天几夜地看着我。我只感觉她们的嘴在不停地张合，说什么，我一概听不清。有一天，她们把孩子抱来了，说：‘孩子才三岁半，没爸爸了，还小呀，你得挺着啊。’”张春杰说。

“有将近一年的时间，我都忘了旭东是什么时候走的，因为什么走的，他长啥样也不记得了，我整个人完全处于一种混沌状态。”

“一次次梦到他，好像他又回到派出所了，他就是不跟我说话，摸摸他的脸，冰凉冰凉的，渴望他是活着的，可恍惚又知道他是死了的，人醒来，旭东真的不在了。最初几年，我就这样跟着他死去活来。”

张春杰和郭旭东是高中复读班同学。上警校前，郭旭东拿着一把农村的粉条，到张春杰家，说要跟张春杰处对象，张春杰的妈妈说：“等你有了工作再说吧。”言下之意是不同意。

可张春杰同意呀，回忆这段往事，张春杰说：“当时我家在县城，他家在农村，那时候人多实在呀，咋穷都不嫌弃，两人好，拎包就走都行。”

郭旭东毕业后，分配到桦甸市公安局一个乡下派出所，为了方便丈夫工作，张春杰也跟着过去，两人租房住。刚到乡下，张春杰不会烧火，常常被熏得鼻涕一把泪一把的。张春杰更不会劈柴，小姑子小叔子就过去，帮她劈些烧柴和引火柴，没等用完，小姑子或小叔子又来了。

张春杰的儿子叫郭致君，他四五岁时，知道了爸爸的事，心里留下阴影。家中一有异味儿，他就耸耸小鼻子，问妈妈有没有危险；感冒了，他主动要药片去打针；六七岁时，他的膝关节不慎扭伤，并不重，他却嚷着要去医院拍片儿；一看到妈妈有病，小致君就找药找水，送到妈妈床边，不管是什么药，不管是凉水还是热水。

1996 年 6 月，张春杰入警。一年后，调到内保科当内勤，全科共三名民警，负责全市金融单位安全保卫、检查、监督、指导工作。

全市有七家金融单位，四十四个金融网点，为了强化“金汤工程”建设，他们每年都要下去检查 110 报警器联网情况。

不到两年时间，通过 110 报警器联网系统，成功预防三起金融网点入室盗窃案。

有一天，快下班的时候，一个歹徒把事先准备好的炸药包放在公吉乡信用社的柜台上，威逼工作人员交出柜台上所有现金，声称：如果不交，就引爆炸药包。银行工作人员一面敷衍，一面按下报警器，民警迅速赶到，将歹徒抓获，成功预防一起抢劫银行案件。

1999年，吉林省金融系统安全保卫现场会在桦甸市召开，张春杰在会上做了经验介绍。

张春杰患有心脏病，严重时快走六七步都挺难。有很多次，下班后都是同事把她送回家，2017年，她因房性心动过速，做了消融术。即便这样，她仍然勤奋工作。她说："我是烈士的妻子，不能给烈士丢脸。"

郭致君学习很好，但心理阴影仍然持续着。

高考时，他想报考别的大学，他说，他不想当警察，不想像爸爸那样，没白天没黑夜地干，还有生命危险。在张春杰的劝说下，他还是参加了公安部组织的公安英模子女入学考试，考上了中国人民公安大学。

大学期间，他参加了上海世博会安保工作，令人称奇的是，他抓"黄牛"，一抓一个准。上海天气热，郭致君得了严重的脚气病，他咬牙坚持着，安保任务结束，他的脚上烂出了一个坑。

现在，郭致君在南京市公安局玄武分局巡特警大队工作。他说："我从爸爸身上学到的是勇敢，我从妈妈身上学到的是坚强。"

从郭旭东去世到现在，二十七八年的时间，张春杰始终和婆家人和谐相处，在小姑子小叔子心中，她是永远的亲亲的嫂子。

公公婆婆在世时，但凡过生日，张春杰一定到场，送上生日礼物。两个老人过世，一应事情都是张春杰操办。张春杰有两个大姑姐、两个小姑子、一个小叔子，各家有个大事小情，都是张春杰出面张罗。小叔子结婚，家里穷，张春杰就把自己家的锅碗瓢盆分出一半，送给小叔子，再去看看，不够，她掏钱又买。

2010年，两个小姑子家的孩子同年参加高考，这两个孩子的家在农村，考场在县城。张春杰就让两个小姑子带着孩子住在自己家，她回娘家住。除了留下一堆水果蔬菜，她还写下一个食谱，指导小姑子每天早午晚给孩子做什么吃。她担心孩子吃差了，闹肚子。

公公去世前一年，得了小脑萎缩，有时认人，有时不认人，但他什么时候都认得大儿媳妇。

老人留下遗嘱，希望把大儿子的骨灰迁回老家，他怕儿子一个人在外孤单。

入烈士陵园难，出烈士陵园也不易。张春杰多次到有关部门跑手续，最终，实现了老人的遗愿。

一直到现在，张春杰的家，仍是郭家兄妹的中心。每年正月初三，各家都要到张春杰家聚，一起包饺子唱歌跳舞，回不来的，就给大家发红包。平时，在外地当兵的工作的上学的晚辈，要是回来，也一定到桦甸看望张春杰。

开座谈会那天，张春杰的大姑姐因身体原因到不了现场，她特意发微信给妹妹：一定好好说说，嫂子为咱们家操心太多太多。

妹妹在座谈会上说："嫂子是我们的主心骨，她支撑着小家，也支撑着我们这个大家。"

采访中，我们也发现了一些不和谐的现象。儿媳和婆婆一家人，原本处得热热乎乎的，儿子离世，双方立马分出楚河汉界，兵拱不过河，炮打不过界。往往是婆婆一家，先筑起壁垒，"眼珠都没了，还顾什么眼眶。"这几乎是一种普遍的心理状态。

2017年，我接触过一个案例。儿子是警察，牺牲后，父母向儿媳要房子要孙子，儿媳不同意，双方把官司打到法庭，折腾了大半年，双方庭外达成和解，作为原告，公公婆婆向法院提出撤诉——公公婆婆不再要房子，孩子也由妈妈抚养。

有位烈士的妻子，每周都去看公公婆婆，顺便买些蔬菜水果，有一天，婆婆家换了门锁，她进不去屋了，给婆婆打电话。婆婆说："我在外边散步，你把东西放在大门口物业那儿。”

从此，这位妻子再没有婆婆家的钥匙。

还有一位烈士的遗孀，有一次领着儿子去婆婆家，婆婆把一儿一女打电话喊来，全家召开会议，不需讨论，婆婆宣布了一个决定：不准母子俩再进这个家门。

当时，烈士的遗孤已经十七岁，多年后，这位遗孤回忆当时的情景，仍是一脸痛苦：

“那是我奶奶呀！”

看来，并不是简单的眼珠和眼眶的问题。

瞬间与永恒

1

王艳华，退休前是吉林市公安局船营分局刑警大队民警，她永生不会忘记那个令她心碎的清晨。

她家住在永吉县搜登站街里的一栋平房，丈夫叫赵林，是搜登站派出所所长。

1992 年 6 月 17 日，赵林下乡破获了一起盗窃摩托车案，把犯罪嫌疑人押进看守所再回到家，已是午夜时分。

次日凌晨 4 点 50 分，夫妻俩正睡得十分香甜，突然被一种异样的响动惊醒，两人同时睁开眼，危险已经迫在眉睫。

一个男子，手持蒙古刀，正恶狠狠地对着他们夫妻俩。

赵林定睛一看，是德胜村朝鲜族青年金南雄。他当即被眼前突如其来的险情惊呆了。

职业的敏感，使赵林马上意识到眼前发生的一切意味着什么。他机警地对金南雄说:“有事儿慢慢说，你要干什么？”

在金南雄稍一愣神的一瞬间，赵林趁机抓住他那持刀的手腕，奋力下按，王艳华也十分勇敢，与丈夫一齐上来夺刀。

三人从床上扭打到床下，金南雄渐渐被夫妻俩按在床边的沙发上。趁赵林用力过猛，将后背闪出的一瞬间，金南雄向赵林后颈部猛刺一刀。金南雄显然是丧失理智了，随后，又向赵林的胸、腹部连刺数刀。

赵林浑身是血，面对凶恶的歹徒却毫无惧色，继续与金南雄搏斗，并抢先一步跨出房门，将门顶住，想把凶犯困在屋里，等待救援。但金南雄趁赵林伤势过重、流血过多、体力不支之机挤出房门。

赵林见状，勇敢地迎上去，扭住金南雄的两只胳膊不放。急于脱身的金南雄又凶狠地向赵林的腹部猛刺一刀，随后窜出房门。

生命垂危之际，赵林仍然紧追不放，并拼力追出二十余米，终于洒尽最后一滴鲜血。

赵林牺牲时，还保留着追击的姿势，手里攥着的砖头，怎么掰也掰不开。

血案发生后，经过市、县两级公安机关紧张追捕，凶手金南雄很快落入法网。谁曾想到，赵林的遇害，竟是因他忠实履行了人民警察的神圣职务，依法收回了出国劳务人员的身份证。

2

五个月前，德胜村农民金南俊等人经吉林市江城民族商社介绍并组织，准备出国劳务，并签订了两年劳务合同。

金南俊等人来派出所办理出国手续时，赵林向他们说明了出国超过六个月需要注销户口并收回居民身份证的有关规定，如果出国前还须使用身份证，可以交五十元押金，待出国前交回身份证时将抵押金取回。

为方便金南俊等人办理出国劳务的其他手续，赵林依法收取了每人五十元押金，把身份证暂时交给了金南俊等人，并明确告诉他们，出国前务必交回身份证，取回押金。

春节前夕，金南俊等人结束了劳务培训，在家等待出国通知。五月下旬，金南俊腿部受伤，行动不便，便让弟弟金南雄到派出所交身份证，取押金。

一切都办妥之后，金南俊又听人说，出国时必须向民航部门出示身份证，否则不能出国。为了登机顺利，金南俊让金南雄再次到派出所，想要回已经交上去的身份证。

赵林再次向金南雄详细解答了出国超过六个月需要注销户口并收回居民身份证的政策法律规定。没想到金南雄十分执拗，不但不听解释，还和赵林吵了起来，说赵林故意刁难他。

离开搜登站派出所，金南雄又到邻近的大绥河派出所打听有关政策法律规定，得到了和赵林的说法一致的答复。金南雄不死心，三番五次到乡政府告状，以求达到要回身份证的目的。

6 月 2 日下午，一心想要回身份证的金南雄来到永吉县公安局，县局户政科的同志耐心解答了具体的政策法律规定。金南雄认为，这是公安局和派出所串通一气难为他，便接二连三给永吉县委写信，要求主持“公道”。

由于各级领导和有关部门都按政策法律规定对金南雄做出了明确答复，金南雄要回身份证的意愿始终没有达到，便将一腔怨恨撒在派出所所长赵林身上，决定铤而走险。

6 月 17 日下午和晚间，金南雄先后三次到赵林家里寻机报复，均因赵林去吉林市办案不在家，阴谋没能得逞。

6 月 18 日清晨，金南雄一大早就起床，骑自行车再次来到赵林家中，从杖豁子跳进院内，手持蒙古刀，悄悄潜入赵林的居室。一个优秀的派出所所长就这样惨死在歹徒的屠刀下。

1993 年 4 月，吉林省高级人民法院判处吓人凶手金南雄死刑。

3

相濡以沫的丈夫牺牲了，留下体弱多病的王艳华和一双少不更事的儿女，巨大的悲痛，顷刻间席卷了这个不幸的家庭。

赵林 1953 年 9 月 13 日出生，1978 年 12 月参加公安工作，历任搜登站乡公安特派员、派出所民警、副所长、所长，连续五年被永吉县人民政府评为“劳动模范”，三次被吉林市公安局评为“优秀派出所所长”，在他短暂的人生履历上写满了辉煌和荣耀。

根据赵林的生前事迹，吉林省公安厅为他追记个人一等功。

根据公安机关的上报材料，有关部门及时为赵林申报革命烈士。

为妥善安排遗属，经有关部门批准，王艳华被破格吸收为人民警察。1993 年 1 月，37 岁的王艳华穿上一身崭新的警服，成为吉林市公安局船营分局刑警大队资料中队民警。

根据公安机关的上报材料，有关部门及时提出了为赵林申报革命烈士的申请。

然而，事情远没有人们想象的那么简单。就在王艳华和一双儿女为亲人能够早日批烈而望眼欲穿的同时，社会上各种流言蜚语不断传来，诽谤赵林的牺牲不是因为坚持原则，而是借执法为由，向当事人“卡大脖子”，敲诈勒索，激化矛盾所致。

社会上的流言蜚语，给王艳华一家在精神上造成了极大损害。他们一边忍受失去亲人的切肤之痛，一边在心理上承受着巨大压力，一家人像做了什么亏心事儿，人前人后抬不起头来。

借此机会，杀人凶手也雇用律师四处活动，开脱罪责。

这些别有用心的言行，激起了永吉县公安局三百余名民警的强烈愤慨，他们集体上书请愿，强烈要求严惩杀害公安民警的凶手。

在公安机关的强烈呼吁下，1993 年 4 月，吉林省高级人民法院派人复核此案，对赵林的牺牲经过进行深入细致的调查核实。

当年七月，金南雄被判处死刑，执行枪决。

案犯被枪决，是罪有应得，但赵林批烈一事，仍然悬而未决。

作为十余年相濡以沫的妻子，王艳华十分了解自己的丈夫，压根就不相信那些话。那些日子里，她几乎天天做噩梦，一个不散的冤魂总是缠着她。

她心力交瘁，曾在一篇日记里写道："作为妻子，我要为丈夫申辩；作为党员，我要为正义呼喊；作为公民，我要为法制献身。"

王艳华入警后，家也搬到了吉林市，生活上的一些难题接踵而来。

第一个难题就是安排子女上学。

那年，女儿赵大莹十二岁，上小学五年级；儿子赵大心才七岁，上小学一年级。由于搬家，别的孩子都已经开学半个多月了，他们还没找到学校。

不久，组织上了解到王艳华的困难，多方协调，终于将孩子们安排到船营区第七小学读书。

但让王艳华揪心的是，她家住的西南窑，孩子们上学，每天都要路过一条火车道。而她，每天上班都要骑将近一个小时的自行车，根本没时间接送孩子。

半年之后，经过组织多方商榷，终于给孩子联系到一个不用过火车道的学校，即船营区第四小学。

由于不是一个学区，船营区政府和吉林市公安局领导出面，与学校沟通，减免了两个孩子的择校费。

4

正是风华正茂之年的王艳华没有再嫁，多少好心人极力撮合，劝她趁年轻，重新组成家庭，都被她婉言谢绝了。她一边尽心尽力孝敬年迈体弱的公婆，一边呕心沥血养育一双儿女。

为了继承丈夫未竟的事业，王艳华入警后，起早贪黑学习公安业务知识，成千上万的情报资料在她手中排列。两年后，全分局刑侦档案资料实行微机化管理，年近不惑的王艳华又开始废寝忘食地学习微机操作技能。在全地区开展的警种标兵竞赛中，她是年龄最大、文化最低的选手。

经过一轮又一轮的选优淘劣，她取得了全地区资料警种竞赛第一名的好成绩。

最艰难的是生活。原是两人共同承担的家庭重担，如今，全靠王艳华一个人支撑。一个月有限的工资，既要安排柴米油盐酱醋，还要供养两个孩子上学，她实在有些力不从心。但是，一个坚定的信念支撑着她："活，就得活出个人样来，丈夫不能不明不白的走，更不能让这个家垮下去！"

当年，在公安局骑自行车上班的，除有她，就是保洁员，她调侃地说，"那辆自行车，除了铃不响，其他哪都响。"

她做梦也想不到，十多年后，她会骑着自行车，逛奥运村、逛西单、逛颐和园。还参加了清华大学老年书法班，点横折钩，一笔一画，渐入章法，家中过春节，不必再买对联了。哦，现在她的自行车，除了铃响，其他都不响。

过度的劳累和家庭的重负，王艳华一下子病倒了。女儿只好耽误功课，日夜守候在妈妈床前。这个曾被评为全省"十佳"中学生的女孩子，将妈妈多年来的付出深深记在心底，她在一篇演讲稿中写道："日夜守候妈妈的日子里，我终于明白，妈妈是天底下最好的妈妈，也是最坚强的妈妈！"

再坚强的妈妈，也是血肉之躯啊！日久年深的奔波劳累，王艳华终于挺不住了，肉体上吃点儿苦受点儿累，她都能忍受，她的累是心累。面对生活的重压，王艳华曾无数次想到死，想到卧轨自杀。一次，她站在离家不远的铁道旁出神，懂事的女儿发觉妈妈的异样后，急忙劝她回家，女儿流着眼泪说："妈，死的已经留不住了，活的为啥不好好活？"

王艳华伤感地说：“难道太阳总在一个地方照吗？咱家从此就没有阳光了吗？活不起，咱就都死！”

“妈，我还没活够！”女儿的一句话，击到了王艳华的最柔软处。是啊！孩子还小啊，不能领他们往窄路上走啊！

无数个相识的、不相识的好心人，向这个苦难的家庭伸出了援助之手。

1994年起，吉林市公安局一位副局长默默地自费帮扶这个家庭，每年一袋大米，二十斤豆油，逢年过节，提前送来水饺、白面。

1996年，赵大莹考取了重点高中——吉林一中，学费一度成了问题。当时，正在开展希望工程，“一帮一找对子”，班主任帮她联系了吉林市交警支队事故处。在了解了赵大莹的实际困难后，全处民警一次就捐款三千元，帮助她家渡难关。此后，民警们又签订协议，帮赵大莹完成三年的高中学业。

5

清贫的生活，深沉的母爱，严格的家教，滋养着一双儿女茁壮成长。

1999年夏，赵大莹高考取得635分的优异成绩，远远超过重点大学本科录取线，但由于学费昂贵，她不敢选择名校，发现东北师范大学有十七个不收费的专业，便报考了这所大学的历史系。

可是，每年两千元的学费，还是难住了这个家庭。

船营公安分局领导告诉王艳华：“别怕，孩子有出息，大家共同帮你渡过难关。”

全分局一次就捐款八千元，筹够了赵大莹四年的学习费用。

赵大莹乖巧懂事，知道这次学习机会来之不易，学习更加刻苦。由于品学兼优，入学当年，便被选为学生会副主席。

在校期间，赵大莹一边刻苦学习，一边勤工俭学，一个人干四份家教，并以优异成绩获得国家助学奖学金，每月三百元，直到大学毕业。

2000年年初，赵大莹又前往上海领取了三千元的宝钢奖学金。

赵大心也不负众望，2001年夏天，考入吉林市毓文中学，这是当年朝鲜首相金日成留学中国读书的地方。

2002年3月27日，这是一个令王艳华及全家永生难忘的日子。

经过十年的不懈申诉，有关部门认真听取了吉林市公安局的调查汇报，重新审阅了赵林批烈的全部材料，终于澄清事实，去伪存真，同意授予赵林“革命烈士”称号，并发给家属“革命烈士证明书”和一次性抚恤金。

压抑心中已久的郁闷终于可以释放出来，全家人终于可以像常人一样扬眉吐气，抬头做人。

历经十年的奋斗、抗争，为的就是这一天哪！

当期盼已久的日子到来的时候，这个年近半百的坚强女性，激动得一下子哭了起来。

2002年6月18日，赵林牺牲十年忌日，吉林市公安局在北山革命烈士陵园为赵林举行了隆重的骨灰安放仪式。在丈夫的墓碑前，王艳华声泪俱下地说：“赵林，你在九泉之下的英灵终于可以安息了！”

不久，公安部公安英烈家属慰问团来吉，部领导亲切接见了饱尝艰辛的王艳华。在吉林省公安厅召开的公安英烈家属座谈会上，王艳华代表全省公安英烈家属做表态发言。

父亲的英雄事迹，深深影响了一双子女。

赵大莹，2003年东北师范大学大学毕业后，又考取了中国社会科学院研究生，并以优异成绩被国家图书馆选用，现任善本部主任。

赵大心，2008年中国人民公安大学毕业后，放弃北京、天津等大城市的优越条件，回到父亲生前战斗过的这片热土，成为吉林市公安局网安支队的一名网络警察。

从警十三年来，赵大心先后荣立个人三等功五次，被吉林省公安厅评定为拔尖型人才，被吉林市公安局评定为骨干型人才和创新型民警，先后获得吉林省“崔光日式”好民警、“吉林好·最美警官”、吉林市劳动模范、吉林市第二届“十佳警官”等荣誉称号，英雄的血脉在江城大地无限延伸。

心　愿

宋宇寰牺牲时，二十二岁，一个大孩子，一个飞扬飘逸的生命，一次悲壮的青春快闪。

2000 年 1 月 9 日，夜幕刚刚降临，宋宇寰就开着他的桑塔纳轿车，向单家收费站驶去，车上还有三名治安员，他们去收费站执行设卡盘查过往车辆的任务。

临行前，分局领导告诉他们，近期邻省发生了几起特大杀人抢车案。据内部通报透露，犯罪嫌疑人有南窜的可能，一定要严格检查，不能让犯罪嫌疑人从我们的眼皮底下溜走。

到岗后，宋宇寰等人逐一仔细盘查过往车辆。那天气温很低，零下三十多度，几个人的眉毛胡须上很快都凝上了白霜，脚冻得像猫咬一样。

接近零点，有两辆车驶来，车大灯的光柱照亮了公路路面。车渐行渐近，几个值班民警看清是两辆崭新的日本产丰田 4700 型“沙漠风暴”吉普车。

吉普车眨眼间逼近了收费站，收费站的横杆抬起来了。

在收费站明亮的灯光下，宋宇寰看见，4700 吉普车车顶安装着公安警灯，车里的人着武警装，而车牌照却是部队的。宋宇寰立刻警觉起来，这车有问题！他立即做了一个手势，示意停车检查。不料，对面的吉普车突然一个加速，车“嗡”的一声疯狂飞驰而去。第二辆车缓缓停下，司机也把车窗摇下了一条小缝，可当宋宇寰和几位民警上前要盘查时，司机却突然加大油门，车身猛地向前一窜，狂奔而去。

宋宇寰不再迟疑，他和闫向阳跳上桑塔纳，驾车追赶。车开到了 150 迈，十分钟后，看见了 4700 吉普车红色的尾灯。

宋宇寰一边驾车一边拨通了市公安局 110 电话，请求增援；又拨通了长岭、乾安两县公安局 110 电话，请求设卡堵截。

前面的车发现桑塔纳跟了上来，马上加速，与宋宇寰逐渐拉开距离。“决不让他逃掉！”宋宇寰把车开到了 170 迈，这是他从来没有驾驶过的速度。

又见前车尾灯，宋宇寰用高音喇叭喊话：“4700，请停车接受检查！请停车接受检查！”吉普车拒不停车，桑塔纳紧追不舍。

宋宇寰几次要超车，吉普车挡住，一旦宋宇寰的桑塔纳抢抄，吉普车就仗着车速快、车体重，向桑塔纳车猛烈侧击，两车相擦，火花在暗夜里闪烁。

突然，一次猛烈的碰撞，两车同时冲出公路。

两辆车都翻到了路边的深沟里。桑塔纳车撞到了一棵直径二十多厘米粗的杨树上，车身严重受损；4700 吉普车翻了个，四只轮胎爆了三只。

宋宇寰的头倾斜着扎在方向盘的下面，脚被离合器别着。

过了一会儿，同车的闫向阳醒了，他忍着疼痛，撑起上半身，大声喊着：“宇寰！宇寰！”

道边出现几个黑影：“妈的，还活着，干掉他！”接着就是几声枪响，闫向阳中弹倒地。

歹徒乘另一辆吉普车，逃之夭夭。

不知过了多久，闫向阳再次醒来，他身中三弹，却没有被打中要害，他一点点爬上公路，拦截住一辆大卡车。

宋宇寰壮烈牺牲。

案发后，公安部一位副部长亲自来吉林省坐镇指挥，调集辽吉黑三省警力侦破此案。1 月 17 日，此案告破，犯罪嫌疑人刘宝刚、吴万有在抓捕现场被当场击毙。警方乘胜追击，跨越陕西、甘肃、青海、西藏等八省区，将犯罪团伙成员悉数抓获，缴获54式手枪五支，子弹二百余发，缴回被盗抢车辆二十辆，赃款五十五万元。经查，这是一个集盗窃抢劫杀人于一体的武装犯罪集团。其中刘宝刚、刘宝国是公安部通缉的A级逃犯。

宋宇寰的牺牲，对侦破这起特大案件功不可没。2月3日，公安部追授宋宇寰“全国公安系统二级英雄模范”称号。

噩耗传来，宋宇寰的父亲宋吉、母亲于爱新犹如五雷轰顶，“撕心裂肺的疼痛，瞬间将我击溃，还没来得及流出泪来，我已感觉不到世界和我的存在。”于爱新回忆到，“事后的日子，一塌糊涂，在百无聊赖的叹息声中，挨过了长长的冬天。混沌不清中，只记得那年的雪好大，铺天盖地地埋葬了我千疮百孔的心。”

但英雄的父母没有倒下，他们坚强地从痛苦中站了起来。两人决定，要为儿子写一本书，讲述儿子的成长过程，宣传儿子的英雄事迹，弘扬善良正直的品格和忠诚无畏的精神。

为了实现这个心愿，于爱新用了三年的时间，回忆儿子的过往，想起一点就写一点，想起一件事就写一件，常常是，一件事没有写完，泪水已经模糊了她的双眼，写了三分钟，哭了半小时。

三年间，她共写了近五万字。同时，宋吉把收集到的各种资料整理出来，包括多家媒体的报道，宋宇寰从小到大的照片和其他照片、奖励证书、奖章、奖牌等。

资料备完后，于爱新到省公安厅，请负责宣传的同志联系一位作家。

著名作家朱光雪应邀而来。

2004年1月，群众出版社出版了这本书，书名叫作《永远的22岁——记革命烈士宋宇寰》。于爱新告诉我，这本书的书号是公安部给解决的，省公安厅政治部、松原市委宣传部在提供资料、审核书稿等方面做了大量的工作，松原市人民政府资助出版。

于爱新捧着新书，热泪盈眶：“宇寰走了，没有留下儿女，这本书就像我的亲骨肉，会一直陪伴我到老。”

于爱新和丈夫心中还搁着一件事儿，那曾是宇寰的心愿。

宋宇寰在派出所时，有一天到他的责任区巡逻，远远看见楼区的一个垃圾箱边，一个六岁左右的男孩，正在专心致志地捡东西吃。

孩子衣衫褴褛，蓬头垢面。他捡到了一个馒头，放到鼻子底下闻了闻，用袖子擦擦就吃起来。

宋宇寰一阵心酸，走上前去，“小朋友，你的家在哪儿？”

见到穿警服的宋宇寰，孩子吧嗒吧嗒掉起了眼泪，他告诉宋宇寰，爸爸去世了，妈妈跟别人跑了。

孩子说完，转身要走。

宋宇寰上前抓住孩子脏兮兮的小手，“走，跟叔叔走，叔叔保证让你吃饱饭。”

宋宇寰把孩子带到派出所，给孩子洗了澡，又领孩子到超市买了些吃的。当晚，宋宇寰让孩子和自己一起睡在派出所值班室。孩子很聪明，爱说话，也挺懂事，宋宇寰很喜欢。

第二天，他给孩子买了一身新衣服。

新衣服一穿，孩子就成了漂亮的小帅哥。熟悉了，孩子叫宋宇寰“警察爸爸”，这让宋宇寰心里热辣辣的。

他决心要为孩子找到幸福，让他吃穿无虞。可是，警务繁忙，他无法带孩子呀。宋宇寰想到了爸爸妈妈。

当晚，他把孩子带回家，问爸爸妈妈：“小家伙儿帅不帅？精神不精神？你们喜欢不？”

父母不知道他葫芦里卖的什么药，只是觉得小孩很可爱。宋宇寰讲了事情经过。他征求妈妈的意见：“咱家能不能收养这个孩子？”

收养孩子可是个大事，于爱新和丈夫仔细权衡这件事。第二天早上，他们告诉儿子，家人全有工作，没有时间照顾孩子。但不会让孩子再流浪街头，送他到福利院吧。

宋宇寰觉得妈妈说的有道理，同意了。

几天后，于爱新和民政局福利院联系好了。临上车前，孩子哭喊着：“警察爸爸，你什么时候来看我呀？”

宋宇寰的眼泪刷刷地往下掉：“很快，很快！”

不久，宋宇寰牺牲，命运没有给他时间再来看孩子。

于爱新和丈夫决定领养一个孩子，实现当年儿子的心愿。

在一次公益活动中，于爱新在孤儿院见到了乐乐。乐乐当年三岁半，于爱新和丈夫办理了领养手续。

乐乐是个乖巧的小女孩，笑得甜甜的，说话也甜甜的，让于爱新和丈夫很开心。

于爱新像对待自己的儿子一样，在生活上照顾小女孩，在学习上关心小女孩，更注重孩子的品格教育，她希望把孩子培养成一个对社会有用的充满正能量的人。

小乐乐很争气，和宇寰哥哥一样，从小学到大学，都是学生干部。她喜欢体育运动，长跑、短跑、打篮球，样样都不错。在初中时，她是班级的体育委员。

乐乐很孝顺，见到父母沉闷的时候，她就会凑上前说些开心的话，看到父母笑了，她再蹦蹦跳跳去写作业。于爱新的妈妈八十多岁了，隔段时间就会来。乐乐就领姥姥洗澡，给姥姥搓澡。参加工作后，每次回来，她仍然如此。一家人都非常喜欢乐乐。

乐乐现在中航沈飞工作，已经是一个靓丽的大姑娘了。

于爱新说：“乐乐给我和爱人平添了很多欢乐，现在我们幸福感满满的。”

每年冬天，于爱新都和丈夫去海南，转年春暖花开再回来，成了名副其实的候鸟。

2005年于爱新被吉林省妇联评为“吉林省十大杰出母亲”。2006年12月她被评为首届全国“百名优秀母亲”。这次评选活动是由全国妇联、新华社、人民日报社、光明日报社、中央人民广播电台、中央电视台等十七家单位联合主办的。

我和奶奶

陈继鸽，陈鸽烈士的儿子，今年三十七岁，一米八的个头，跟他父亲一样俊朗。

2018年冬，作者和陈继鸽坐在深圳的一家茶楼里小聚，聊过往，聊现在。在我的印象中，让他最开心的是他的双胞胎女儿，让他最熟悉又陌生的是他的父亲，让他最感谢的是各级组织，让他最感动的是交警队的那帮兄弟，让他最思念的是奶奶。

今年，因为要写这本书，我和继鸽通了电话，我说：“写什么你定。”继鸽说：“写奶奶。”

一周后，他微信发来了这篇文章。

距离2003年6月5日奶奶永远离开我的那个日子，已逾十八年。

关于我和奶奶，近二十年的相处，从我十个月大，一直到我二十岁，成为一名光荣的预备警官，太多的事，太多的情，真的不知从何处说起。

就在1984年2月28日的那个冬夜，一些人的命运轨迹从此被改变了，尤其是两个老人和一个婴儿。无论如何，我都无法将这二十年过往一言以蔽之，其中蕴藏着太多不为人知的故事和情感，希望通过这些潦草的文字，在分享平凡故事的同时，也让读到它的人更加懂得生命的珍贵和生活的不易。

在吉林市朱雀山睡佛佳龙园C区的一方不起眼的角落，长眠着两位老人，他们就是我的爷爷陈守文和奶奶李云彩。他们生于20世纪20年代，经历了中国历史上最黑暗的年代，通过自身的不断抗争和进步，与多灾多难的中国人民一起迎来了中华人民共和国的成立，过上了虽不富裕却安贫乐道的幸福生活。

他们以“教书育人”为己任，多年如一日，在三尺讲台上默默耕耘无私付出，直到一声霹雳，让他们的晚年遭逢了生平最大的悲凉。

1984年2月28日晚上七点半，我的父亲，陈鸽，作为一名人民警察，也是爷爷奶奶最疼爱的小儿子，在围堵歹徒的行动中壮烈牺牲。

据奶奶事后跟我讲，就在公安局的主要领导亲自带领民警到家里通知奶奶“你们的儿子在执行任务中英勇负伤”时，奶奶就已经料定儿子是凶多吉少了。然而，在医院太平间，当奶奶的手触及爸爸遗体那表面无恙却早已被炸断的胳膊时，奶奶还是几近昏厥。

英雄，对于每一个普通人而言，自然是无比崇敬和景仰，而对于一个仅十个月大的婴儿和一个几近破碎的家庭而言，则意味着一切曾经普通而正常的生活已不复存在，徒留悲痛欲绝和对未来生活的茫然。

也是从此刻开始，一位年近六旬的老人，默默地面对儿子冰冷的遗体许下誓言，重新披挂上阵，担负起一份母亲和祖母的责任。

奶奶说，父亲是为了保护群众牺牲的，她也要对儿子的儿子负责，让英雄的后代茁壮成长，今后继承父辈遗志，堂堂正正做人。

此后的二十年里，背负着丧子丧夫的悲痛，奶奶以一己之力，毅然决然地撑起了我们这个家——从我咿呀学语，直至2003年6月5日凌晨5时那个至暗时刻。

奶奶病危时，我正在中国人民公安大学读大二。得知奶奶病危，我几近崩溃，在这二十余年里，奶奶是我唯一的亲人，她就是我的天，我的一切，失去她，我真的不知道自己的生活是否还能继续。

我泣不成声地找到学校学管干部，呈上近千字的假条，并详陈个中原委。得知我的情况后，学校顶着疫情压力，特批我返乡探亲。

当我风尘仆仆赶到奶奶所在的特护病房时，奶奶由于脑梗已神志不清。我迫不及待地抱住奶奶，撕心裂肺地哭喊："奶奶，继鸽回来了，您看看孙儿啊！"

奶奶却双眼微闭，反复说着："别告诉继鸽，让他好好读书，我等他回来。"

这一刻，我知道，奶奶心心念念的都是我，而奶奶却不知道，她心爱的孙儿已经回到她身边，正搂着她，泣不成声。

在我与奶奶最后的五天里，我始终伏在奶奶床头，面对奶奶急剧恶化的病情，除了陪伴，我不知道还能做什么。弥留之际，奶奶呼吸困难，张大着嘴，舌头一直吐在外面。尽管我知道，奶奶已近最后时刻，无力回天，但仍期待着她能突然好转，看看我，对我说些什么。

我用棉签蘸着小碗里的温水，不停地擦拭着奶奶几近干裂的舌头，我怕一旦奶奶醒过来，想对我说话，却因为舌头干裂，无法表达。但直至最后时刻，奶奶都没再醒过来，没能再看一眼她最心爱的孙儿。

2003年6月5日凌晨五点，奶奶咽下了最后一口气，而她倔强的心脏却依然跳动着。无法接受奶奶故去的我，依然不停地擦拭着奶奶的舌头，我多么希望她能再苏醒过来，摸摸我的额头，哪怕只说一句“继鸽儿，你回来啦”。

那一刻，一切的过往一股脑涌上我的心头，让我几近疯狂。我怎能接受，一个人世间我至亲至爱的人就这样离我而去。依稀记得小时候，奶奶在每天早上我上学的时候，轻轻亲吻我的额头，告诉我要做一个懂事的好孩子。每天放学时，公交车站那个伛偻而摇曳的身影，在我下公交车时立马挺直腰板，朝我微笑并张开双臂。在我看来，奶奶就是我的世界，我的一切。然而，我的世界，我的一切，就在这一刻灰飞烟灭，仅剩下记忆里的片片温存。

奶奶是一个伟大而坚毅的人，她以六旬之躯，为一个无助的孩子重新撑起了温暖的家，教他做人，育他成才，让他本是孤寂绝望的人生，充满了爱的色彩。而在孩子长大成人，即将回馈奶奶的时候，她却不辞而别，含笑九泉。

我知道，奶奶已经完成了她的任务，履行了她对父亲的承诺。但在这苍茫天地间，孙儿将回馈何人？从此以后，孙儿只能仰望天际，俯首啜泣，缅怀那个曾经为他遮风挡雨的奶奶，只能在臆想中，拥抱着那个他唯一的亲人悄然入梦。

奶奶，我爱你……

从我懂事开始，身边的亲人就只有爷爷和奶奶，直至今日，当我说出“爸爸”“妈妈”这两个词时，都会觉得莫名的不自然，在我咿呀学语时，第一次喊出亲人的名字就是“爷爷”“奶奶”。

爷爷是一个毕生致力于汉语言文学的“老先生”。我年幼时，在爷爷案头看到的第一本书是《说文解字》。每当爷爷手擎毛笔，挥毫泼墨，力透纸背之时，我总会手指着宣纸上的墨迹问爷爷：“这是什么？”是时，爷爷总会微笑着告诉我：“这是梅花篆字。”并跟我喋喋不休地讲述中国文字的起源和沿革。回忆起那时爷爷的表情，是那么的自信而兴奋。但由于身体原因，爷爷没能陪伴我走完童年的时光。

1989年的一个冬日，爷爷病逝，从此，开始了我与奶奶相依为命的生活。

经历了丧子丧夫的悲恸，奶奶的身体健康每况愈下。时值我小学一年级，由于身体不好，奶奶无法接送我上下学。

上小学的第一天，奶奶拄着拐杖，送我到25路公交车站，帮我整理好衣衫，目送我登上公交车，我分明看到，奶奶的老花镜边，有些许晶莹的东西在颤动。那时，我家住桃园路望云山边，到河南街的船营二十五小要坐十几站，但从小学一年级的第一天起，我就独自一人搭乘公交车上下学。我知道，奶奶身体不好，我要努力让自己变得坚强而独立，不能让奶奶担心。

有一次，放学回家时，我在公交车上睡着了，坐过了站，当公交车在越山路总站停下时，司机发现了我，我不知所措，呜呜地哭了起来。好心的司机师傅见状，立刻发动了车子，将我一个人送回我要下车的站点。

当我急切地跳下公交车时，天色渐晚，但我仍然清楚地看到了那个熟悉的身影。奶奶疾步上前搂住我，我听到她在哭泣，她用力拍打着我的肩膀，哽咽着说：“你这孩子，跑哪儿去了，吓死我了。”那时我便知道，奶奶是真的被我吓坏了，我只能委屈地看着她，一声不吭。

之后的日子里，我上了公交车，都会站在司机师傅旁边，即使有座位也不坐，生怕又睡着了，坐过了站。

二年级时，一个周一的早上，班主任老师突然告诉我，让我在升旗仪式上代表全校同学在国旗下发言，我一脸懵懂地登上了主席台，校长将我从上学第一天起便自己乘公交车上下学的事向全校师生娓娓道来。当时，我的头脑一片混乱，只记得自己在台上大声读了些什么，然后就是全校师生经久不息的掌声。

那是第一次，我为自己的作为而感到骄傲，而多年之后想来，那又何尝不是一种寒彻骨髓的凄凉。

小时候，大人们经常会问孩子们：长大后想做什么？很多孩子会用稚气的言语回答说：当科学家，当医生，或者工程师。而我，每次的回答都是：当警察！

当父亲生前的领导和同事问我为什么要当警察时，我却总是不语，只是一直盯着他们身上的警服。于是，他们懂了，懂得了一个孩子的执着。他们轻轻抚摩着我的头，语重心长地对我说："孩子，你一定能成为像你爸爸一样的好警察！"

起初，奶奶是很支持我当警察的，也许是因为我当时还很年幼，奶奶并没在意我稚气的表达。

我高中毕业后，决定报考中国人民公安大学，奶奶顿时有些惶惶不安，眼神总是闪避着我，盛饭时，手竟有些抖。

几天后，奶奶强硬地告诉我：重填报考志愿！

我疑惑了，不明白被世人尊重的英雄母亲为什么如此矫情，难道她竟想这样自私地决断我的未来？

然而，就在那一天晚上，我彻底懂得了奶奶的良苦用心。

那天午夜，我一觉醒来，听到奶奶的房间里传来一阵啜泣声，我悄悄走到门口，听见奶奶正在自言自语："鸽儿啊，你是个好孩子。当年妈告诉你，当了警察，头顶的是国徽，领章上绣的是红旗，你要做个顶天立地的男子汉，人民有难，你一定要冲上去。你听妈的话，真的冲上去了，可留下这孤儿寡母多难哪！是不是我错了？继鸽跟你太像了，他现在也想当警察，如果再有个三长两短，可让我怎么活呀？"

听到这里，我再也忍不住泪水，哭着冲进房间，跪在奶奶面前："奶奶，您没有错，爸爸听了您的话，他是英雄，我尊敬他，理解他的选择。我是他的儿子，我的身上流着爸爸的血，我要去完成他未竟的事业，请您理解孙儿的选择……"

奶奶抱着我的头，哭得更厉害了。

从此，她再没反对我报考公安大学。

每年的清明节，市公安局和父亲生前所在的昌邑公安分局都会在北山烈士陵园父亲墓前组织一场由众多民警参与的悼念仪式。

有一年，吉林的雪特别大，清明节时，由于连降大雪，上山的路湿滑无比，车辆无法上去。正当参加纪念仪式的人们一筹莫展时，奶奶默默地牵着我的小手向山上走去。

奶奶一句话都没说，只是紧紧地拉着我的手蹒跚前行。

见状，很多民警都跟了上来，有几名民警疾步上前，搀住奶奶的胳膊。就这样，我们艰难地来到了烈士陵园，来到了父亲墓前。

记忆里，奶奶每次来到父亲墓前，都会老泪纵横地对着父亲的墓碑说很多很多话，似乎要把这一年的大事小情都念叨个遍；然后，从大衣兜里掏出准备好的抹布，把墓碑仔仔细细擦拭一遍，再拔掉墓边上的杂草，摆上盘碟，放好水果和糕点；再然后，就是转身让我给父亲鞠躬。

那时，也许因为我还太小，真的不知道为什么要向那一方墓碑喋喋不休。我静静地站着，一声不吭，直到悼念仪式结束。而随着年龄的增长，我慢慢懂了，从奶奶的喋喋不休里，我读懂了彻骨的思念和悲伤，读懂了一位母亲对儿子的爱。于是，在之后的清明悼念时，我也面朝着父亲的墓碑喃喃自语，或泣不成声。

现在回想起来，对于我这个对父亲几乎毫无印象的孩子而言，那时我想到更多的是自己成长历程中的遗憾和悲凉，以及奶奶抚育我的辛苦与坚强。

就这样，在经历了十几个春秋之后，我偶尔也会自己跑到北山烈士陵园父亲墓前，带上水果和糕点，再捎上一瓶小烧白酒和一包烟，搂着父亲的墓碑，久久地向这个最熟悉的陌生人倾吐自己经历的林林总总，或哭或笑，却总能让自己感到一种释然。

如今，我早已为人父，每当两个女儿放学后拉着我的手，争相向我讲述这一天的见闻时，我总会微笑着端详她们稚嫩的脸庞，仔细聆听她们吐出的每一个字，细品她们的每一个表情。想起当时父亲墓碑前的奶奶和那时年幼的我，我相信，在另一个世界里的父亲和奶奶，也一定如我一般，微笑着端详着我。

坚强的另一种呈现

左玉红，用一句“熬过来了”，诠释着坚强；

张春杰，二十七年如一日，支撑小家也支撑大家，融汇着坚强；

王艳华，为了那枚迟到的烈士勋章，屡挫不弃，印证着坚强；

于爱新，实现了自己的心愿，也实现了儿子的心愿，绵延着坚强；

陈继鸽的奶奶李文彩，鹤发扶孤，廿载耿耿，镌刻着坚强；

……

艰难困苦，玉汝于成。坚强，不是与生俱来，它要经过岁月磨砺，更要经过艰辛、顿挫、危难、无奈，甚至绝望的锻打。

公安英烈的家属们经历了断崖般的人生，但她们爬起来了，站起来了，经历自我疗伤，触底反弹，由柔弱而坚强，由黯然而阳光，实现了命运的刚性爆发。

在一次座谈会上，我们请在座的公安英烈家属谈一下是怎样从至暗时刻走过来的，她们的看法出奇地一致：

第一，是孩子。孩子支撑她们的全部生命，是她们的最后一片绿叶；

第二，是组织的关怀。比如，发放抚恤金、安排家属入警、孩子抚养费、分房子等等，使她们在绝望中看到光明；

第三，是同事和亲友的关照。这是一种陪伴的温暖。

我们又提了一个问题，什么事情对你伤害最大？她们给出了一些词——冷漠，猜疑，防范，中伤，闪避等等。

她们说，在所有的伤害里，来自亲人的伤害最大。

公安英烈牺牲时，他们的遗孀年龄并不大，多是三十来岁、四十几岁。在后来的岁月里，她们大多数没有再嫁。

孩子，成了她们考虑所有问题的出发点和归宿。

她们的心路历程大致是这样的：孩子年幼——等大些再说吧；孩子上初中或高中——等孩子上了大学少些牵挂再说吧；孩子大学毕业，有了工作——该给孩子张罗婚姻大事了，等他结婚，一切都好了；孩子结婚生子——哦，得给他看孩子呀，等孙子大一些再说吧。

这些做完，她觉得自己老了——都这么大把岁数了，算了吧。

除了孩子，大大小小的难事儿也是一大堆，躲不开，闪不掉，只得想各种办法去处理。

薇薇上小学六年级时，爸爸牺牲了，妈妈哭得死去活来。

半年后，有一天放学回家，薇薇发现门口有双蓝拖鞋，男式，号码挺大。

见她回来，妈妈忙把拖鞋收起来。薇薇心里很疑惑，但没多说。一连几天，她都惦记着这件事，可每次回来，蓝拖鞋都在鞋柜里。

一天下午，老师开会，提前放学。薇薇回到家，门口又出现了那双蓝拖鞋。薇薇故意看了看蓝拖鞋，又看了看妈妈。妈妈脸上没有什么异样。

薇薇注意到，每到周六周日，门口就没有蓝拖鞋。入冬了，家里又有了一双棉拖鞋，男式，号码挺大，还是蓝色。

那晚，薇薇哭了，她的心好憋闷，她想念爸爸，好像有很多话要和爸爸说，却又不敢说不想说。此后，薇薇不愿再和妈妈多说话，妈妈有时和她说话，她或摇头或摆手势，即便说话，也是单词。

到了父亲周年忌日，她和妈妈到烈士陵园，她抱着爸爸的墓碑呜呜大哭，妈妈劝她拉她，都被她甩开。妈妈觉得不对劲儿，回到家，就追问薇薇，薇薇忍不住说出了蓝拖鞋的事儿。

没等说完，妈妈竟搂着她哭了。

原来，家里时不时有送煤气罐的、送大米的、送快递的，妈妈就多留个心眼，买了一双男式拖鞋，摆在门口，暗示别人：家中有男人。

有个公安英烈妻子，家里的暖气片坏了，大冬天的，室内只有 11 度，冻得她晚上得盖双层被。她决定，更换暖气片。

对她来说，这是个大工程。修暖气的人好找，零工市场东一堆西一堆的，讲好价，喊一嗓子就走人。可她不敢。

她有个闺蜜，四十多了，一直没嫁人。去年，闺蜜雇人刷屋子，一百三十多平方米，连续干了两天。闺蜜打电话告诉她：“可亮堂了，过来看看。”

还没等她过去，就传来了噩耗，闺蜜在家里被人杀害了。

很快，案子破了。令人恐怖的是，凶手就是那个给闺蜜刷屋子的零工。

那人在干活时，偷偷撬开了防护栏上的两根铁筋。

这件事，给这位英烈的妻子留下了暗影。思来想去，她决定，借个丈夫修暖气。

她到零工市场找了个修水暖的，之后找来一位中学同学假扮自己的丈夫。那天一共换了三组暖气片，忙活一整天。晚上，她把同学的妻子找来，三人一起吃了饭。

“绣衾温暖和谁共？惨绿愁红。不付能博得个团圆梦，觉来时又扑个空，杜鹃声又过墙东。”个中煎熬之苦，更是只有自己知道。

应当说，再嫁也是人之常情，生活不是单选题，幸福也不是单一的色调。可常常是，两窝并一窝，日子不好过。

焦点在孩子、在钱。凡事遇上这两样，极容易擦枪走火。

有个烈士妻子，再嫁时提出两条：对我孩子必须好；不再要孩子。

对方没儿女，性格好，经济条件也不错，对她提出的条件满口应了。

一年后，她发现自己竟怀上了孩子，她有些惶恐，和丈夫说了这件事，丈夫欢天喜地，比过年还高兴。

她挺理解丈夫，家中三代单传。于是，他们留下了这个孩子。现在，一家人过得很和美。

还有位烈士妻子，再嫁后不到四年，丈夫因车祸死亡。她本来已经苦上加苦，可流言又让她倍加受伤，说她克夫。

她偷偷算了一卦，算卦的说她得喝两口井的水，意思是一嫁再嫁。她心中恨恨不已，嘟囔了一句：瞎掰。

第九章　最美的风景

时光的绿皮火车

载着我们继续前行

不经意的回眸之间

你已站成最美的风景

——逯春生《回眸之间，你已站成最美的风景》

父亲的水桶

1

赵大心出生在一个警察家庭。

他从小就发现家里有很多书。不仅有各种题材的小说、历史故事，还有《人民公安》《刑事技术》等专业杂志，以及各种各样的剪报。这些都是爸爸在难得的休息时间翻看的书刊，偶尔也会给大心和姐姐讲讲，在孩子们的心中播下崇拜英雄、关注公共安全的种子。

父亲也常常给大心讲各种战斗英雄故事，讲自己在炮兵连服役的惊心动魄，那言谈中的奕奕神采，强烈地吸引了大心的目光。大心也在暗暗想着，未来要不要也像父亲一样，勇敢地面对黑暗和凶恶，保护人们的财产和生命安全。

除了这个，有关爸爸的一切，如果做个调查问卷，大心恐怕是不及格的。且不说因为保密需要，爸爸工作的内容不能跟家人透露，甚至爸爸的生日、喜好、身高、鞋码，统统不知道。因为，遥远的记忆里，能跟爸爸相处的时光实在太少，仿佛一捧江水，从指间流过，唯余湿润的手掌，试图握住一点一滴。

爸爸淡出视线的那一年，他刚满六岁。那是一个用刀子刻在心头的日子——

1992年6月18日。凌晨。

当母亲和姐姐撕心裂肺的哭喊声将他从睡梦中惊醒时，爸爸已经倒在院子里，保持着追击的姿势，手里攥着一块砖头。爸爸的血流了一路，流成一条弯曲的小溪……

那个让孩子们仰望和崇拜的爸爸，刚正不阿、秉公执法的派出所所长，被歹徒残忍报复杀害。

耳边的哭声，让大心的心神瞬间空白。多少哭喊和摇动，都唤不醒父亲。高山一般的父亲，在未及不惑的盛年，为了公安事业流尽一腔热血。

父亲牺牲后，母亲性格孤僻，睡眠不好，每天做噩梦，经常半夜惊叫，一惊一乍的。遇到这种情况，大心从不惊动妈妈，而是悄悄来到妈妈房间，打开灯，坐在一旁，慢慢等妈妈从噩梦中走出来。

父亲逝世十年之后，终于被追认为烈士，得到属于警察的尊严。

当大心手捧父亲骨灰，跟随母亲、姐姐一起，将父亲的忠魂妥放到烈士陵园的那一刻，细雨、泪水湿了脸颊，湿了衣襟，却燃起了大心更坚定的心愿：我要继承父志，当警察！

扶起颤抖流泪的母亲，往事一幕幕浮现在眼前。记忆的碎片拼出儿时的光影，仿佛那个因加班多日而略带倦容的父亲，笑着走进院子，再次高高举起自己，放在肩膀上，口气却略带严厉地问：“有没有淘气？”母亲快步过来，接过自己，开心地招呼家人一起用晚餐。若是不忙，父亲会小酌几杯，哼着“我的家乡，在东北松花江上”，兴之所至，还会拉着自己转上两圈。

打击犯罪，从来不会平安无虞。警察牺牲的不仅仅是与家人团聚的时间，奉献的也不仅仅是青春和力量；危急时刻挺身而出，波澜不惊的日子却可能遭遇打击报复；有时能获得舆论的支持和认可，有时却不得不承受各种不解与猜疑。

等待追认烈士的日子，风言风语难以避免地刺痛着母亲。大心虽小，也不得不承受单亲家庭的压力，没有父爱，性格越来越孤独，不爱说话，对谁都避而远之。

上学后，大心是班里年龄最小的同学，常常挨欺负。那时，校园霸凌不像现在这样受关注，大心也没想到会有这样的遭遇。一次，因为不肯给钱，被打了耳光。他低着头、红着半张脸回家，却不敢告诉母亲真相，只说是不小心摔伤的。一连几天，在妈妈的追问下才不得不道出原委。大心说：“那时的我，很怕看到母亲的眼泪，很希望自己强大到可以保护自己，也可以保护妈妈。”

从此，大心开始学会反抗。打不过，就分线出击，一个一个击破。慢慢的，大心爱打架，在学校很出名。

在组织的关怀下，母亲入了警，把家从搜登站搬到吉林市，大心也升入初中，来到新的集体，再不受同学欺负了，爱打架的毛病也慢慢改了，不久，当上了班长。

那一年，大心考上了江畔那所著名的毓文中学，姐姐也考上了东北师范大学。那一年，父亲得以正名，母亲也可以放下心事了。

给父亲的墓碑深深鞠躬，大心和姐姐扶着母亲走出烈士陵园。大心的步子越走越稳，他清楚地知道，自己的下一个目标就在前方。

填报高考志愿时，大心有生以来第一次跟妈妈发生争执。他一门心思想考中国人民公安大学，妈妈却说啥不同意，执意让他报考社会大学。最终，妈妈妥协了。

2

2004年，大心参加由公安部统一组织的公安英模子女入学考试，全国录取八十名，他考第二，以优异成绩被中国人民公安大学治安系录取。接到录取通知书的那一刻，他激动不已，那是儿时的记忆中，父亲常常羡慕地挂在嘴边的警察最高学府。

这年春节，一家三口拍了父亲牺牲后的第一张全家福。照片上，母亲和大心都穿警服，姐姐陪在母亲身边。虽未明言，彼此都知道，这是告慰父亲的笑容。

扫去父亲墓碑上的积雪，寒冷的空气让呼吸变得振奋。在京求学的大心，对家乡奔流的江不仅难以忘怀，而且更加深爱。只待学有所成，再争取为家乡贡献力量！

2008年，大心大学毕业后分配到天津港公安局北港派出所。但不久，他就向组织提出申请，想回吉林市公安局。

他不是不想留在天津发展，而是母亲需要他照顾。

姐姐东北师范大学毕业后，又考取了北京大学历史系博士，毕业后分配到国家图书馆。而母亲，刚退休，身体又不好，生活很艰难，身边需要人照顾。

一边是优越的工作条件，一边是亲情母爱，大心考虑再三，决定回到母亲身边。

在吉林省公安厅、吉林市公安局的协调下，赵大心顺利调回吉林市公安局网安支队，任侦查大队民警。那时，中国人民公安大学的毕业生在吉林市凤毛麟角，许多同学都替大心惋惜。

踏上家乡的热土，驻足柳荫日浓的江畔，翻滚的浪花拍打着岸边的礁石，大心心潮激荡。他挺直了脊梁，感受肩头的重量，他听见心底的声音：要成为一名出色的警察，才不会让亲人失望。

吉林市公安局办公楼矗立在奔腾的松花江畔，大心坐在窗边，闭上眼睛，一座三层小楼的轮廓渐渐清晰。那是父亲工作过的地方。为了让报案更加便捷，出警更加迅速，父亲四方奔走，争取了大路边的一块地方，组织战友，一砖一瓦建起了办公楼。父亲的办公室在一层，跟司机室挨着，方便大家找他，也方便随时出发。三十九年过去，小楼已被崭新的办公楼取代。每次路过，他都激动不已。

睁开眼睛，打开电脑，拖动鼠标，虚拟空间呈现眼前，这将是他与父辈不同的新战场。

大心大学学的是治安，对网安业务一窍不通，一切都要从零开始，他认真补习计算机知识，买教科书，自学网上侦查，上网课，一边查阅资料，一边强记摸索，了解网络犯罪的特点和支队技术建设等基本情况，有空就翻阅之前的卷宗，学习案件办理流程及网侦工作方式方法。

作为大学生，学习操作仪器还是很容易的。网安业务难，难在开发。大心主动联系支持网安技术建设的多家公司技术人员，讨论不同技术的实战适用性，深入研究网络犯罪特点，提出亟待解决的技术问题，商讨可实现的解决方法。

3

网络是个庞大的虚拟社会，形形色色的账号、论坛都是虚拟的，但背后却是真实的人、真实的社会。网络上展现的人和事，真真假假、虚虚实实，令人难以辨别，有静水下的旋涡，也有阳光下的阴影。但又与一个个用户息息相关，从这些繁杂的讯息中寻觅蛛丝马迹，无异于大海捞针。要想快速并有效抓取信息，除了拓展信息渠道，掌握新的技术工具，更需要在大量实战中积累经验，下苦功，用真功，训练一双如炬的慧眼才行。

一年中，大心有半年吃住在单位，剩下半年，至少有两个月在加班、值班。只要有任务，他没二话，总是冲在前面。眼睛二十四小时盯着电脑屏幕，侦查，调查，取证，成了他的家常便饭。

许多抓捕行动中，大心在勤务车里一坐就是一整夜。功夫不负有心人，经过长期积累，大心在网侦工作中总结了特有的方式方法，在疑难案件侦办中发挥重要作用。

一次，支队在互联网上获取一条重要信息，需及时核实发布人的真实身份。这条信息是通过公用网络发布的，ID 未经实名认证。通过大量的实地走访，毫无线索，现场人多手杂，缺少监控设备，一时难于追查。大心了解相关情况后，依据多年的网侦经验，决定从 ID 关系人入手，对全部数据逐一进行细致分析，筛选提炼，终于锁定犯罪嫌疑人。

有人问，为什么怀疑是他，而不是别人？

大心说："网络上发出的任何信息，就像用铅笔在纸上写字，即使用橡皮擦掉了，仍有痕迹留下。我寻找的就是别人看不到的痕迹，从看似无用之处，找到有用线索。"

嫌疑人拒不承认是该网络 ID 的持有人。在一些策略性的谈话后，大心给他一些适当"提示"，嫌疑人顿时低下头，承认是一个朋友借用了这个已经三年不用的网络 ID。

为证实他说的话，大心按其供述的人员信息，与监控录像中出现在现场的人员进行比对，确认借用网络 ID 的嫌疑人开了一台黑色轿车急匆匆来到现场，短暂停留后，随即离开。

第二个嫌疑人成功锁定。大心和战友找到该人居住的小区，伺机抓捕。

当时，已是夜里十点，第二个嫌疑人住处亮着灯。战友心里有了准数，计划如何进屋实施抓捕。但此时，大心却说："进屋抓捕，嫌疑人有可能会销毁证据，还是让他自己走出来，在外面设伏抓捕更为合适。"

怎么能让他自己走出来呢？原来，大心已经发现了该人驾驶的那辆黑色轿车就停在单元门的不远处，而且前风挡玻璃上留了挪车电话。

"我们把车停他车旁边，给他打个电话说剐车了，让他来商量一下怎么解决，咋样？"大心自信地说。

一切都在大心的导演下进行，嫌疑人一出单元门，就被左右伏兵拿下。嫌疑人自以为在网络上偷梁换柱，真实身份根本无法查实，没想到警方给他拿出一条不容置疑的证据链，只得乖乖坦白了自己的所作所为。

2014 年，内蒙古自治区呼和浩特市发生一起特大入室盗窃案，犯罪嫌疑人撬窗入室，潜入居民王某家中，窃得元代和田玉藏品十六件、瓷器藏品一件，总价值一千多万元。

吉林市公安局网安支队接到协查通报后，迅速查明犯罪嫌疑人汪某于近两年在四平市、吉林市有活动轨迹。此人曾因盗窃、贩卖毒品被黑龙江、辽宁和内蒙古公安机关打击处理，只有在吉林省未曾犯案。据此，支队讨论判断，汪某应是在案发前从吉林市经长春市再到内蒙古，作案后很可能潜回吉林市。

支队立即启动东北四省区网安协作应急处置机制，组织精干警力，成立专案组，一方面，针对汪某网上活动情况进行分析研判，另一方面，针对汪某的现实社会关系进行跟踪调查。

在分析汪某的网上活动轨迹后，大心成功获取一个可疑的虚拟身份，头像正是汪某。该账号显示，汪某近期的两个活动地点和多名联系人，都在吉林市。

通过现实社会关系调查，大心确定，汪某与妻子长期居住在昌邑区一小区居民楼的妹妹家里，与其虚拟身份活动地点吻合。

当晚八点，汪某正在厨房炒菜，妹妹、妹夫在室内闲谈，侦查员果断叫开门，冲入室内，将汪某擒获。被盗赃物如数缴回，无一破损。

“胆大心细，善用工具，善于分析，屡立战功。”支队领导说，“这些词用在大心身上都不为过。”大心也因此被战友们誉为“网络福尔摩斯”。

敢不敢攻坚，能不能破案，是检验网侦民警的试金石。按照上级公安机关的部署，赵大心以“情报导侦”的思维方式为主导，发挥网侦技术优势，坚持自主发现案件线索，梳理高质量的情报信息。

“情报导侦”，即以情报信息指导、引导、主导侦查破案工作。以此推动侦查工作向信息化、精确化和资源节约化方向的全面发展。是“大数据时代”创新警务工作的新模式。

4

2016年，赵大心曾经用十个月时间，成功侦查梳理出刘某“酒托”诈骗和丁某电信诈骗两大犯罪团伙。

刘某犯罪团伙的“酒托案”，涉及黑龙江、吉林、辽宁三省，受害人三千余人，该案共抓获犯罪嫌疑人三十七人，涉案资金二百余万元，被公安部列为典型案例。

该案中的犯罪嫌疑人具有一定的网络技术，可以通过“虚拟定位”模拟自己的地址。也就是说，你在哪里，他们就会使用伪装成美女的虚拟身份出现在你身边，并主动申请与你成为好友，与你聊天，倾诉衷肠。熟络后，便会约你到特定的餐厅吃饭。餐厅内，你会遇见一个冒名顶替的美女，也就是“酒托”。一餐过后，结账往往几千元，宰你没商量。

男人都顾及面子，打掉牙往肚里咽，报案者寥寥无几。这起案件的侦破，源于赵大心在互联网上搜集学习“虚拟定位”技术过程中的一个好奇心，而后，循线追踪，扩线侦查，梳理出一个完整的犯罪团伙组织框架，并及时固定相关证据，多方协作，最终成功破案。

丁某犯罪团伙的系列电信诈骗案，作案流程复杂，角色多样，分工明确，有负责做卡的，有负责洗钱的，有购买手机及号卡的，有设计诈骗脚本的。

由于案情重大，该案被公安部挂牌督办。面对如此庞大的犯罪网络，赵大心丝毫没有退缩，而是科学地规划了线索排查方法，确定重点扩线方向，在数日的连续奋战后，成功查实主要犯罪嫌疑人现实身份及活动规律，并制作了结构关系图，让参战侦查员一目了然。

该案共抓获犯罪嫌疑人十四人，与山东江苏警方打击的电信诈骗案串并后，抓捕涉案犯罪嫌疑人高达一百余人，有力打击了电信诈骗团伙的嚣张气焰。

赵大心“情报导侦”工作取得的成绩，得到了支队及市局领导的充分肯定，很多一线办案单位，也都“点名”赵大心协助开展案件侦办工作。

2017 年 4 月，赵大心接到磐石刑警上报的一条涉枪线索，有网民通过微信朋友圈发布买卖枪支信息。

当时，正值全国开展打击网络贩枪犯罪专项行动期间，赵大心认真研判这一看似简单的案件线索，立即着手开展工作，不断扩线，力争战果最大化。此案共抓获违法犯罪嫌疑人三十余人，收缴以压缩气体为动力的枪支三十八支，以火药为动力的枪支两支，气枪铅弹九千七百三十七发，以火药为动力的子弹二十一发，枪支零部件四十余件、铅弹半成品一百余公斤，捣毁制贩枪弹窝点四处，缴获制造气枪铅弹的机械模板六套，梳理出制贩窝点五处，枪支代理商一百二十九人，交易线索一千五百余条，涉案人员涉及全国二十七个省、市、自治区。

该案被公安部列为重点督办案件。涉枪案件的侦破对公共安全来说，意义重大。

一直以来，网安支队强调团队的默契配合，加上网安技术的“外挂”，陆续破获了网络开设赌场案、网络盗窃他人财物案、网络游戏外挂非法经营案、非法侵入计算机信息系统程序工具案等一大批重大疑难案件告破。

作为业务骨干，每起案件，赵大心都参与其中，一如既往，最大化地发挥着自己的力量。

在网安工作的这些年，赵大心翻阅大量专业书籍，查看国内外领先的网络技术资料，并结合互联网数据收集整合，潜心研究克敌制胜的新技术、新手段，诸如网站关键源代码提取、虚拟身份使用频率分析、网站链接钓鱼等新技术运用，不断提升数据分析的准确度和不同类型犯罪特点总结能力。

在多年实战经验基础上，赵大心参与研发了网侦案件业务管理系统，对全市网侦案件信息进行录入审计管理，便于档案信息的查询和检索，成为公安机关打击网上违法犯罪活动的利器。

对于有指导意义的办案方法，赵大心特别注意及时总结，在提供线索的同时，积极与战友分享办案方法。他归纳的独具吉林公安特色的网侦落地式战法，经过实践检验，有效提升了网侦工作效率，在全市网安部门推广。

市局先后举办十多期网侦业务培训，聘请大心为讲师，累计为千余名一线侦查员作业务辅导。不仅如此，还多次应邀在省厅举办的培训班上分享自己的工作经验。

在全省网安系统大比武中，大心从五百余名网侦民警中脱颖而出，取得全省第三名。

每年的网络安全宣传周，大心都积极准备，就常见案件的作案规律、诈骗手段、网络交易风险与规避方法在媒体或与公众现场互动中进行宣传介绍。

尽管成绩斐然，他却谦虚谨慎。他说："作为烈士的儿子，我不会给父亲丢脸。关键时刻，我会义无反顾，毫不犹豫地冲锋陷阵。"

他认准一个道理：突出科技强警，重视警务技术发展，在技术上走在犯罪嫌疑人前面，为一线民警提供有利的抓捕条件，避免或减少公安民警流血牺牲。

5

白驹过隙，十三年匆匆而过，大心已经成为网安支队的骨干力量。他把工作重点瞄准大案要案，平均每年破案百余起，抓获犯罪嫌疑人七十余人。

2019年清明节扫墓时，面对父亲的墓碑，大心好想问问，“儿子做的这些，父亲可还满意？”

极目远眺，青山连绵，父亲的音容如烟缥缈。大心暗暗发誓，前路漫漫，吾将上下而求索，不忘初心，以志父愿。

十余年的发奋拼搏，大心的身后，留下一串闪光的足迹：二等功一次，三等功五次，先后荣获“吉林省劳动模范”“吉林好人·最美警官”“崔光日式好民警”“吉林市劳动模范”“吉林市第二届十佳警官”等荣誉称号，吉林省公安厅“拔尖型人才”，吉林市公安局“骨干型人才”和“创新型民警”。

日落而息，对警察来说只是一个成语。多少个加班的夜晚，安静陪伴战友们的，不过是月圆月缺，疏星低树。对大心来说，大量的时间都与电脑相伴，守在特殊战场。

长时间盯着屏幕，眼睛总是胀痛流泪；频繁点击鼠标，手指和腕关节十分酸痛。大心是左撇子，左手最先告急。实在太累了，再换右手。长年累月下来，两只手都落下毛病——腱鞘关节咔咔响，手指弯下来就不能伸直，掰直了就弯不下去。医生说，这是长期操作键盘疲劳过度所致，必须做手术，才有可能恢复。

经过对手指手腕的两个手术，手指终于灵活了。日夜忙碌再次开始，紊乱的作息导致他白天无暇休息，夜里常常失眠。

在一次连续半个月的备勤之后，大心突然感觉天旋地转，被同事送去医院，血压已达120至180毫米汞柱。之前，大心血压一直正常。

医生说："住院治疗吧。你这是典型的过度疲劳，必须休息。"

他不同意，有好多案件线索，需要追踪核查。

医生瞪着他说："我只对你的病情负责。再说，你这样年轻，磨刀不误砍柴工！"

大心拗不过医生，在医院住了一周。稍有好转，便心急火燎赶回单位上班了。

对个人的苛刻要求，不小心成了习惯。即使面对家人，许多陪伴的承诺都无法兑现。只要一个电话、一个通知，不管日夜，无论冬夏，或协查办案，或现场抓捕，他永远都是随叫随到。即使妻子待产，因工作需要，他还是毅然踏上外出办案的路。

再大的英雄，不可能不想家，不爱家，不恋家。事业和家庭都负有责任，在协调选择时，也会为难。但警察这个特殊的职业，注定了要比其他行业牺牲更多的个人时间。

唯有心存大爱，才能化解矛盾，把对家的爱、对事业的爱融于一体。工作中，爱岗位、爱战友、爱人民。家庭中，爱长辈、爱妻女。每个角色的担当，都尽心尽力，不留遗憾。

大心特别感谢贤惠的妻子，在广播电台工作之余，精心照顾孩子、照顾家，尽全力为他的事业服务。这无怨无悔的奉献，一方面让大心深感歉疚，一方面更促使他把时间效益最大化。

时间效益最大化，就是用勤奋和智慧，努力让网络世界更干净、更安宁。

时间效益最大化，就是珍惜陪伴家人的每一秒，多陪着聊天，让长辈安心；为妻子备些浪漫，给个小小的惊喜；为女儿讲讲故事，陪她锻炼身体。

大心说，女儿有本特别喜欢的故事书《你的水桶有多满》。读过故事后，女儿坐在大心腿上问："爸爸，你的水桶有多满？"

大心回答说："爸爸的水桶很满很满。"

“那你的爸爸呢？爷爷是什么样？他的水桶满不满？”

大心告诉女儿：“爷爷是黑白照片上那个端着枪既自豪又帅气的步兵；爷爷是爱音乐爱运动爱生活的性情中人；爷爷是面旗帜，引领和团结众人；爷爷是一棵大树，庇佑家庭中的每一个人。爷爷积极工作，努力生活，水桶也是满满的！”

等女儿再大些，大心还想告诉她更多有关那位未曾谋面的爷爷的故事。也希望让她明白，如同月有阴晴圆缺，不是所有人都能幸运地拥有完整的家庭，但只要相守之时彼此相爱，就会有足够的温暖，支持人们继续前行。

父亲的水桶，大心的水桶，盛满了阳光，盛满了精彩，满到溢出了深沉的爱。

爱之溪流，汇聚一起，宛如冬日里依然奔腾的松花江，至远，至阔，流向家人，流向战友，流向父老乡亲。

穿上警服，扑向枪口就是一种本能

1

父亲牺牲那年，崔申迪只有五岁，对死亡的理解，仅限于妈妈告诉他的那句话，“爸爸去了很远很远的地方，再也不会回来。”

父亲的壮举震动了北京城。开追悼会那天，社会各界送来的花圈在丰台镇派出所的院子里越聚越多，到遗体告别时，已有六百多个……

一个穿警服的阿姨坐在警车里，怀里抱着崔申迪。窗外，是一眼望不到边的人群。阿姨说：“这么多的人，都是来送你爸的。”

崔申迪的父亲崔大庆，北京市公安局丰台分局丰台镇派出所副所长。

1995年3月10日晚，六里桥派出所辖区发生一起流氓斗殴事件，一人被扎死。

案发后，丰台分局连夜开展工作，查到有个叫赵海的知情人，家住丰台镇。

11日4时许，分局刑警大队侦查员赵军、六里桥派出所民警甘雷等五名民警到丰台镇派出所请求协查。

当晚，崔大庆值班。得知赵军、甘雷等人来意，崔大庆说："那个院我熟，我带你们去。"说完，带上本所民警苏成才，和赵军、甘雷等人一起赶到赵海居住的小区。

在赵海家楼前，崔大庆让三名民警在楼下守候，他带着赵军、甘雷、苏成才上楼，敲开了赵家的门。

房间里，除了赵海，还住着一对男女，崔大庆觉着可疑，就让他俩穿好衣服，一起去派出所接受询问。

崔大庆和甘雷押着赵海先下楼，赵军和苏成才在楼上等着这对男女穿衣服。这时，那个男子突然从裤子里面抽出一把手枪，猛地，把女人向赵军和苏成才这边推了过来，随后，窜出房门，向楼下夺路而逃。

赵军和苏成才见状，立即追赶，边追边喊："抓住他，他手上有枪！"

崔大庆和甘雷把赵海带到楼下，刚刚交给接应民警，就听到楼上的喊声，立即返身往楼上冲，在二层过道处，将这名歹徒堵住。

歹徒穷凶极恶，瞄准二人扣动了扳机，"咣"的一声，好在没有击中。

甘雷猛然抓住歹徒持枪的右手，崔大庆用力扣住歹徒的左臂。歹徒又"咣咣"连开两枪，其中一枪击中甘雷左臂，另一枪击中崔大庆的头部。

在倒下去的那一刻，崔大庆的一只手紧紧揪住歹徒。歹徒拼命挣脱，甘雷狠狠扭住歹徒滚下楼梯，死死掐住了歹徒握枪的手。

增援民警赶到，与甘雷一起将歹徒制服。

经查证，持枪歹徒名叫于根柱，是公安机关正在通缉的重大杀人在逃犯罪嫌疑人。此人长期流窜作案，连续作案五起，杀死六人，手段残忍，气焰嚣张。

2

崔大庆，1959年出生，牺牲时三十六岁。

“穿上警服，扑向枪口就是一种本能！”这是崔大庆生前常说的一句话，他用生命的代价，兑现了这句诺言。

不久，崔大庆被公安部追授“全国公安系统一级英雄模范”，被中华全国总工会追授“全国五一劳动奖章”。

1995年3月26日，《人民日报》头版显要位置刊发《纵死犹闻侠骨香》评论文章，评价崔大庆是“首都公安干警的光辉代表”。

1996年3月11日，崔大庆牺牲一周年，“崔大庆烈士纪念广场”在位于北京市西四环的丰台花园落成揭牌，一座镌刻着“崔大庆烈士永垂不朽”的崔大庆铜像矗立在苍松翠柏间，显得庄严肃穆。铜像背面，是“崔大庆同志英灵永驻人间”碑文。

尽管儿时的崔申迪对父亲的记忆有些模糊，但慈祥的母亲经常向他讲述父亲的生前事迹，父亲生前的战友也都非常疼爱他。这些年来，他见到穿警服的人，就像见到了亲人，亲近、喜爱和敬佩之情油然而生。

在他的记忆里，父亲总是忙碌的，即便从派出所走到家只需十几分钟，父亲在家的时间也很少很少，回来得也很晚。好不容易休息一次，居委会大爷又来敲门，父亲二话不说，就又出去为街坊邻居帮这忙那。

父亲是家里的独子，奶奶爱子心切，曾经给父亲找了个没危险、收入高的工作，却被父亲一口回绝：“这辈子，我是不会离开公安的。”

有一次，父亲在执行任务时受了伤，母亲趁机劝他：“换个别的工作吧。”一向好脾气的父亲却和母亲急眼了：“没有警察，你能这么安心地去上班吗？

打掉颗牙算什么，为百姓拼命，值得！”

公安工作对父亲来说是至高无上的，但父亲又是非常顾家的。只要父亲有时间，肯定会抢着做家务。崔申迪最爱吃父亲做的西红柿炒鸡蛋和扁豆焖面，他的婴儿车也是父亲亲手制作的。

有一天，在家门口的空地上，父亲教儿子踢球，那天，阳光特别足。父亲带球，儿子想抢过来，但怎么也拿不到球，逗得父亲哈哈大笑。

那是父亲唯一一次陪儿子踢球，也成了儿子一生中最珍贵的儿时回忆。

崔申迪说：“从小学到初中，我都住校，早早就自立了。上初中后，我真正明白了父亲牺牲的意义，也懂得了母亲多年来的不易。从那时起，我就暗下决心：长大后，也要像父亲一样，做一名好警察。”

“父亲牺牲后，他的那些老同事总是‘儿子儿子’地喊我，拿我当干儿子。”崔申迪一天天长大，1.8米的个头，眉宇间透着坚毅和乐观，有着超出同龄人的成熟与稳重。谈起这些年的成长经历，他说：“我非常感谢这些大爷叔叔们这么多年来对我的关心和照顾。”

2007年，崔申迪如愿以偿考上公安院校。当他第一次像父亲一样穿上警服站在母亲面前时，母亲一下子惊呆了，仿佛看到了父亲就在眼前，流着泪说：“像，太像了……”

父亲牺牲后，妈妈总是以泪洗面，但柔弱的母亲并没倒下，而是坚强地扛起了生活的重担。如今，儿子也像父亲一样穿上警服，走上公安岗位，怎不令她心潮起伏？

3

临近毕业，崔申迪把实习地点选在了父亲生前战斗过的丰台镇派出所。他已经迫不及待地想赓续父亲留下的一切。

一天，父亲的一位老同事把他叫到宿舍，对他说：“有个东西送给你，看，就是这个。”

这位前辈一边说着，一边从床头柜里取出一摞已经泛黄、起了毛边的剪贴本。

一张张A3纸上，贴满了父亲牺牲后《人民日报》《北京日报》等报纸刊发的送别英雄、表彰英雄、学习英雄的报道。

崔申迪的眼睛湿润了，“这位前辈把这本剪报交给我，什么都没说，但我懂得它沉甸甸的分量。”

他在父亲工作过的岗位上虚心学习公安业务，在不值班的夜晚，一遍遍阅读这些剪贴报。

面对手持砍刀、匕首打架斗殴的流氓，父亲赤手空拳冲在第一个。事后，同去的民警说：“你跑到最前面，多危险！”父亲回答：“我是所长，危险时刻，就该冲在前面。”

父亲对辖区情况了如指掌，把群众的安危冷暖挂在心上。一位大妈得知父亲牺牲后，哭着说：“我整夜睡不着，一闭眼，就是大庆下雨查危房，穿着雨衣笑着站在我家门口……”

父亲为群众办了数不清的好事，却从未求别人办过一件私事。

通过一张张照片、一段段故事，父亲的形象在他心里逐渐丰满起来，他更加了解了父亲。

“穿上警服，扑向枪口就是一种本能。”父亲的战友再次提到这句话。这句话，也再次让儿子热血贲张。

毕业后，崔申迪成为北京市公安局西城分局府右街派出所一名巡警。

夏天，长安街路面的地表温度达到六七十摄氏度，崔申迪爱出汗，在太阳下暴晒一会儿，衣服就被汗水浸透了；相比夏天，冬天还好受些，但所里每年都有冻伤耳朵、手脚的同事。

从警之初，崔申迪有些失落，感觉每天都在处理很琐碎的事。他更希望像父亲一样，当个抓歹徒、做大事的警察。

很快，细心的母亲察觉到儿子的想法，语重心长地讲了父亲的一段经历。

父亲刚从公安学校毕业时，领导安排他做户籍警。干警察这行的都知道，男民警一般都愿意出外勤，女民警才干内勤。但父亲非常知足，还在学习总结里写道：“户籍警是多面手，天天与群众打交道，工作好坏，直接影响政府的形象……我当户籍警不是大材小用，而是小材大用。”

父亲每天热情接待办户口的群众，不管多忙都耐心细致，为方便群众，还常常利用下班时间上门服务，赢得了居民们的交口称赞。

“父亲本本分分做好每件小事的工作态度，让我汗颜。”打那之后，崔申迪对工作有了新的认识，他以父亲为榜样，牢记“群众利益无小事”，每一项任务都认真对待、踏实完成。

如今，他已成长为派出所的青年骨干，不仅被任命为治安中队副中队长，还荣立了个人三等功。

每逢清明、父亲的忌日，他都会到八宝山革命公墓父亲的墓前，跟父亲念叨念叨家里的情况和工作上的变化。

“我热爱警察这份职业，虽然有时执勤会遭遇冷眼，不被人理解，但我从不后悔。每次遇到问题时，我都会想，如果是父亲，他会怎么做。”说这些话的时候，崔申迪的眼神自信而坚定，“父亲是我从警路上的引航灯，我时刻提醒自己：父亲是个英雄，我一定不能给他丢脸！”

侯门虎子

1

侯明松记事挺早，爸爸牺牲时，他只有两岁多一点，但对爸爸的印象已经很深刻了。

当年，吉林市电视台有个“警视10分钟”栏目，经常报道爸爸的事迹。一看见画面里的爸爸，他就嚷嚷着让爸爸从电视里出来抱他。

侯明松的爸爸名叫侯文胜，是吉林省吉林市公安局船营分局西大派出所民警。

1999年8月5日晚，西大派出所管内一家企业发生入室盗窃案，正在所里值班的爸爸接到更夫报警后，和所长、杨叔（杨权）赶赴现场，没想到遭遇歹徒拒捕，在抓捕现场，爸爸不幸中弹，英勇牺牲。

安葬仪式那天，来了很多穿警服的叔叔，他们都给爸爸敬礼、默哀。侯明松感觉气氛不对，好像一下子懂事儿不少。他问爷爷奶奶：“爸爸天天不回家，爸爸去哪儿了？”

爷爷奶奶告诉他：“爸爸去了很远很远的地方……”

爸爸牺牲后，一直没被批准为烈士，当时，社会上有各种各样的传言，有说爸爸牺牲是仇人寻仇的，有说爸爸当警察得罪人太多的。一些别有用心的人把矛头直接指向爸爸，说人家是专门来报复爸爸的。

为给爸爸讨回公道，爷爷一次次给省委、省政府和省公安厅写信，要求解决爸爸的批烈问题。

2000年8月，爸爸牺牲一年后，终于被批准为革命烈士，骨灰移送到北山革命烈士陵园。

爸爸牺牲三周年的时候，家里来了很多记者，还有爸爸当年的同事，在老叔家里，奶奶哭得撕心裂肺。

不知为什么，侯明松也想哭，那一年，他已经五岁了，知道爸爸离他们越来越远了，再也不会回来了。

是爷爷把侯明松从小带到大的，小学四年到六年，他都住爷爷家，爷爷每天骑自行车，带着他满吉林市跑，学奥赛、学书法、上课外班，忙得不亦乐乎。每天放学，校门口站着很多家长，唯一一个老头就是爷爷。

上课的时候，爷爷坐在最后一排，旁听，认真做笔记，回家后，一遍遍讲给他听，直到他学懂弄通，爷爷每天挂在嘴边的一句话，“你爸没了，我要代你爸尽一份父爱，照顾好你。”

爷爷是1941年出生的，当过兵，是野战医院的正团职参谋，参加过珍宝岛战役，复员后到地方，担任吉林市蔬菜公司党委书记。“那时，爷爷住青岛街，我和妈妈住新昌街，每天上学放学，爷爷都骑自行车，接我再送我，十多里路，一天两趟往返，六十多岁了，挺不容易的。”

侯明松上高中那年，爷爷已经七十三岁了，每天上好几个课外班，学费都特别高，每次都是爷爷给他交。奶奶也是学医的，在部队是军医，到地方后，在妇产医院当医生，儿子牺牲后，拿孙子当眼珠，“热不热？渴不渴？”孙子稍微有个头疼脑热，就忙得不亦乐乎。

如今，奶奶患有阿尔茨海默症。

在侯明松的印象里，叔叔侯文辉一直对他很好，学习上关心他，经济上帮助他，从高中到现在，见到他就给钱，不管需不需要，五百、一千，见面就给。“明松，你永远都别忘了，咱是一家人，无论有啥困难，老叔都帮你。”这是侯文辉对侄子说过最多的一句话。

“老叔，你咋还没工作啊？每天蹲书摊儿能挣几个钱啊？”本是感恩加体恤的一句话，却把侯文辉说伤心了。从此，侯文辉发奋读书，通过律考，当上了律师。

侯明松说：“感觉这些年，大家对我都特别好，无论是家人，还是爸爸单位的同志。”

2

2000年，吉林市公安局在公安三区为侯明松和他妈妈解决了一套房子，九十八平方米，因为没钱装修，一年后才搬进去。“别的钱，都是公安局花的，只有装修是自己花的。”

2010 年 7 月 23 日，吉林省公安厅组织开展公安英烈子女夏令营活动，邀请侯明松入营。

当天早上，船营公安分局政治处的叔叔开车去长春送他。到了省厅才知道，吉林市参加夏令营的就他自己。

参加这次夏令营活动的一共十五人，都是公安英烈子女，大的十九岁，侯明松最小，十三岁，初一刚结束，开学上初二。

夏令营的目的地是上海、南京、苏州、杭州、无锡，华东五市。这是侯明松第一次出远门，感到外面的世界格外新鲜。他在团里年纪最小，夏令营的负责人赵雪松阿姨对他格外关照，还让他帮助管理一些东西，由于他活泼可爱，团里的哥哥姐姐也都非常喜欢他。

侯明松先后参加了三次公安英烈子女夏令营和冬令营活动，一次是省厅组织的，两次是公安部组织的，通过这几次活动，不仅长了见识，也让他萌生了长大后当警察的愿望。

2012 年，侯明松以全市第二十三名的优异成绩考入吉林市重点中学吉林一中。学校里有很多同学都要花很高的择校费，而他是优秀生中的优秀生，费用全免，在一定程度上减轻了家里的经济负担。

吉林一中是吉林市理科重点校，而侯明松却偏科，他是学理科的，却偏偏喜欢文科，尤其喜欢历史、政治。

一晃到了 2015 年，三年的高中生活很快过去了。高考时，侯明松选择报考中国人民公安大学。

2015 年 3 月 15 日到 4 月 1 日，来自全国各地的四十一名公安英模子女齐聚河南郑州，参加公安部统一组织的入学考试。按规定，中国人民公安大学录取十五人，其余的进省级警察学院，这次考试，侯明松取得第八名的好成绩。

2015 年 8 月 23 日，侯明松接到中国人民公安大学治安专业录取通知书。

公安大学学习期间，侯明松经常到全国各地参与巡逻执勤安保。

2016 年 6 月至 8 月，在杭州市富阳区参与 G20 峰会安保执勤，大一和大三的学生全去了，他被分到步巡组。

2017 年 5 月，在北京市朝阳区参与“一带一路峰会”安保执勤。

2017 年 9 月，第八十六届国际刑警组织大会在京召开，侯明松负责外宾接待。

2017 年 10 月底，党的十九大在京召开，他在通州参与安保执勤。

在历次安保执勤任务中，侯明松得到了历练，开阔了视野，他的英语水平很好，想报考加拿大多伦多大学，读研究生，继续深造。

但梦想和现实总是存在很大距离，一年三十多万的学习费用，让侯明松望洋兴叹。

爷爷病重，家里没钱，多伦多是去不成了，还有一年多就要毕业，他的当务之急是尽快找到一份工作，挣钱，减轻家里负担。

爷爷被确诊为癌症，发现就是晚期，临终前，还在电话里嘱咐孙子：“不管多难，也一定要考研究生！”

2018 年 1 月 15 日，爷爷去世了。由于压力大，侯明松得了间断性失忆症，两个多月的事，全都忘记了，怎么想也想不起来，只得放弃考研，全力以赴考公务员。

3

2019 年，侯明松通过公务员考试后回到吉林市。选岗时，他跟市局政治部的领导提出一个要求，“我想回船营分局，去爸爸曾经战斗过并为之付出生命的西大派出所。”

经过机构改革，西大派出所早已与德胜派出所合并，组建成北京路派出所。由于警力满编，组织上把他派到离北京路派出所最近的大东派出所当治安警。

入警第一天，侯明松在空间日志里写道：“大东派出所是我从警的第一步，我一定要把这第一步迈好，迈坚实，以后，无论在哪个岗位上，都不能给我爸丢脸。”

师父陈天宇也是公安大学毕业的，比他大四届，是他的大师兄，处理问题很成熟，侯明松特别敬佩他。

大东派出所共有二十四名民警，所长卢勇抓班子带队伍，要求非常严格。每次所里开会，强调最多的就是自身安全问题，“民警出警，必须保证三人以上。”

师父跟他说：“1949年以来，船营公安分局共有六位烈士。”师父的这句话，侯明松听明白了，“所长这样要求大家，这是用血的教训换来的。”

参加工作半年多了，侯明松终于明白大家经常说的“白加黑，5+2”是啥意思。派出所警力少，三天一个班，夜间值班，第二天还要正常上班，不能休息，每逢周六周日，肯定有一天在所里值班，双休日只能休一天。

大东派出所位于松江中路，门前就是天主教堂，紧挨松花江边，经常有人自杀或者不慎掉进江里。

一天，有个男的寻短见，在吉林大桥中间位置跳进松花江。当天，是和侯明松同届的吴浩政值班，听说有人跳江，吴浩政在没有任何防护设备的情况下，纵身跳进水流湍急的松花江里，经过半个多小时的营救，终于把人救了上来。

为这事儿，卢勇特意召开全所民警大会，对吴浩政跳江救人的行为，不仅没有表扬，还提出口头批评：“跳江救人，精神是好的，但太冲动了，如果人救不上来，再把自己的命搭进去咋办？”

会后，卢勇就派人买了救生衣，要求大家：“以后到江里救人，必须穿救生衣。”

入警有一段时间了，侯明松发觉，所里出去抓人，从来不让他去，去外地抓人，根本都不让他知道。对此，他挺不理解，“是不是因为我个头小，大家嫌弃我？”

一天，所里获得线索，有一伙人正在聚众吸毒，所长对全体民警都做了分工，唯独没给侯明松派活，侯明松心里很不服气，就去找师父诉委屈。师父说：“所长不让你去是有道理的，他经常嘱咐大家，明松是烈士的儿子，要重点保护好，不能有一点闪失。”

听到这话，顷刻间，侯明松对所长的所有误解都释然了，他来到所长办公室，主动请缨：“大家不能把我当宠物宠着啊。以后，所里有行动，我和兄弟们一起上！”

雕　塑

刘骐源出生于 1992 年，是公安烈士刘长江的儿子。

2011 年 7 月 4 日清晨，天刚蒙蒙亮，吉林市公安局公交分局民警刘长江就被一阵手机铃声惊醒。他和战友约定，早晨五点，准时到 40 路公交线上去“反扒”。

在 40 路公交线上，刘长江和战友瞄上了一个扒手，并跟踪进入龙潭区土城子早市，就在扒手将黑手伸进一个妇女衣兜的那一刻，刘长江果断抓住了扒手的手，挡住了他的退路。搏斗中，他的肋骨被踹断，断骨刺破了心脏……

当年，刘骐源十九岁，正在东北师范大学雕塑系读大一，听到父亲牺牲了，期末考试都没顾上参加，立即请假赶了回来。

刘骐源一直无法想象，在生命的最后一刻，父亲是用怎样的力量拼死铐住了扒手的手腕，而手铐的另一端，早已和自己“链”在一起。二十年来，父亲倒下前最后的“拼死一链”，早已在他心中塑成一尊永恒的雕像。

“爸爸牺牲后，我们全家的天就塌了。原本幸福的一家，一下子没了主心骨。”刘骐源说，“最大的遗憾，家里没有一张全家福。早晨上学时，爸爸早已工作在公交线上了。晚上睡觉时，爸爸在夜市反扒还没回来。那些年，十天半月不见面，对我们家来说是家常便饭，不是不想照一张全家福，是没有在一起的机会。”

不仅三口之家没有全家福，就是他跟妈妈也没有一张合影，“爸爸牺牲这么多年，妈妈始终拒绝跟我合影。”

刘骐源清晰地记得，从小学到初中，再到高中，爸爸从没接过他，家里始终是他跟妈妈两个人，甚至爸爸牺牲很长时间了，他都没感到有什么缺失，日子还像以前一样过，妈妈每天上学送他，放学了，再把他接回家。

只有一次，去沈阳参加考试，因为要带很多器具，在妈妈的要求下，爸爸才请假送了一次，但把他们母子俩送到沈阳后，爸爸就急匆匆赶回去了，一天都没陪，“即使这样，我也不恨爸爸，他忙，他有他的案子，我有我妈陪就足够了。”

刘长江牺牲后，许多人对刘骐源和他妈妈的态度发生了很大变化，有的是关心，有的是同情，有的甚至在经济上资助他们母子俩。刘骐源心里明白，这是人家关爱他们母子俩，是好心，但刘骐源的心里就是感到特别不舒服，对什么事儿都特敏感，觉得人家是在嘲笑他，很自卑，有一种被施舍的感觉，总好像有人在背后指着他说：“这小孩，没爸。”

刘骐源说：“这也许就是性格扭曲吧！”因此，他常常问自己：“我跟别人不一样吗？”

以后，他从不在外人面前表现出悲伤情绪，不知内情的人一看，都说：“这孩子挺乐观。”

这种扭曲的心态一直延续到大学毕业，他学的雕塑专业，学制比别的专业长，五年。他说：“我是搞艺术的，从小就喜欢雕塑，想在这条路上一直走下去。雕塑追求的是真实。其实，在我的人生中，最好的雕塑就是我爸爸，只是我不想触及，埋心里了。”

刘骐源还透露一个信息，他喜欢雕塑，缘于他的爸爸。他说：“是爸爸在艺术方面的熏陶影响了我的一生。爸爸从小就喜欢绘画，参加公安工作后，一直没有中断，我是看着爸爸的绘画作品长大的。至今，在我家的书柜里，还珍藏着多幅爸爸生前的画作。”

刘骐源清晰地记得，有一年端午节，爸爸带他去北山采摘艾蒿，在松花江边素描采风，并问他：“你长大后准备做什么？”

“学雕塑。”刘骐源未加思索，脱口而出。

“为什么？”

“绘画只能生存在宣纸上，而雕塑，却耸立于天地间。”

这是父子俩唯一一次探讨艺术，探讨人生。不久，刘骐源如愿考入东北师范大学雕塑系。

如今，刘骐源早已从东北师范大学雕塑系毕业，也早已从当年的阴影里走出来，“爸爸牺牲后，我是家里唯一的男人，我不能哭，不能懦弱，要坚强，要给妈妈遮风挡雨，公安英烈的子女，应该比别人更坚强，内心更强大。”

刘骐源不仅为妈妈遮风挡雨，替妈妈分忧解难，对爷爷、奶奶，还有大爷、姑姑，也都非常孝顺。大学期间，家里的经济条件不太好，他一直做兼职，做课外辅导，刚上大学就开始了。寒暑假回到家里，他总是第一时间去看爷爷奶奶，用自己做兼职的微薄收入，给爷爷奶奶买水果，买袜子，尽一份孝心，表达一份当孙子的心意。刘骐源说：“虽然爸爸牺牲了，但我和爷爷奶奶，还有大爷姑姑，始终是一家人。”

在刘骐源的心里，爸爸的形象清晰又模糊，模糊又清晰，他始终有个梦想，为爸爸做一尊雕塑。2019 年，经过不懈努力，刘骐源终于考上了云南艺术学院研究生，爸爸的雕塑，在他的心中越来越清晰了。

雪夜缉凶

1

2010年12月27日，漫天飞雪，吉林市公安局船营分局南京派出所接到群众举报，“派出所两年前上网通缉的两名犯罪嫌疑人回来了，目前正在永吉县口前镇。”

两名犯罪嫌疑人，一男一女。为抓捕方便，所长黄震指示抓捕组：“带上内勤刘芳怡。”

刘芳怡刚刚毕业于中国人民公安大学刑事侦查系，分配到南京派出所刚刚第四天。

这是她第一次执行抓捕任务，兴奋之余，随三名男民警一起，驾驶一辆面包警车，欣欣然出发了。

知情人爆料很准确，抓捕行动没费什么周折，两名犯罪嫌疑人在一个农家小院双双被擒。

在押解犯罪嫌疑人返回吉林市途中，由于雪大路滑，道上有冰，迎面驶来的一辆轿车，在路面转了几圈之后，四轮朝上，侧翻到路边的沟里。为躲避这辆制动失灵的轿车，驾驶面包警车的民警小陈下意识地向右打转向，没想到也随之侧翻在右边的沟里，车上的四名民警，外加两名犯罪嫌疑人，全都扣在警车里。

天还没黑，周边的热心群众发现了失事的轿车和警车。先救人，再抬车，费了九牛二虎之力，终于把他们连车带人从沟里救了出来。“面包车撞坏了，不能开了，但车上的人没受什么大伤，也是不幸中的万幸。”

这“不幸中的万幸”，却让刘芳怡的记忆一下子回到了十一年前。

1999年12月27日，星期一。经历了平安夜、圣诞节、狂欢夜等连日来的安保执勤工作，吉林市公安局船营分局南京派出所民警刘维亚嗓音发哑，身患重感冒，被所长孟祥福强逼着去诊所打针。

去诊所的路上，经过朝阳街市场，一名知情群众告诉刘维亚："市场卖猪肉的左宝忠两口子昨天回来了。"

左宝忠是一年前一起伤害案件的犯罪嫌疑人，案发后始终外逃，进而引发被害人一次次上访告状。

刘维亚只身来到左宝忠家里，传唤他到派出所接受处罚。就在两人即将出门的一瞬间，左宝忠突然掏出杀猪刀，向刘维亚的后背连攮四刀。

刘维亚与左宝忠展开搏斗，左宝忠的脸上、手上都留下了两人搏斗的伤痕。由于刘维亚重病未愈，身体虚脱，加之突遭袭击，体力渐渐不支。穷凶极恶的左宝忠又对着他的前胸猛刺五刀，刘维亚当即倒在血泊中。

刘维亚和刘芳怡，同是南京派出所民警；十一年前的袭警案，也是发生在 12 月 27 日；抓捕凶手左宝忠，也是这样的飞雪之夜；抓捕地点，也是永吉县。

面对这惊人相似的一幕，刘芳怡愕然了。

刘芳怡是刘维亚的女儿，爸爸牺牲时，她年仅十二岁。

一个普通民警的牺牲，在别人的生命里，或许产生不了多少涟漪，但对于刘芳怡和她的妈妈王雅君而言，"简直天塌了……"

疼她爱她的爸爸，突然在她的生命里消失了，所有童年的快乐，也在这一瞬间戛然而止。

2

刘维亚出生于 1961 年，牺牲那年，年仅三十九岁。

爸爸生前给刘芳怡留下最深的印象，也是对她影响最深的是，爸爸爱好历史和文学，喜欢读书，在她的家里，至今珍藏着一套人民文学出版社出版的

《莎士比亚全集》，那是爸爸生前留下的。

刘芳怡说："爸爸爱读书的习惯直接影响到我，我从小就阳光自信，喜爱读书。"

爸爸牺牲后，每年清明节、中元节、春节，再有12月27日爸爸的忌日，刘芳怡都要和妈妈一起去北山烈士陵园祭奠爸爸。二十多年来，一年四次，从未间断。每次去，妈妈都要对爸爸自言自语："你多保重，我身体挺好的，不用惦记我。"

刘芳怡出生在一个光荣世家，爷爷奶奶都是离休老干部，爷爷是抗美援朝老兵，她从小就是爷爷奶奶带大的，他们常对孙女说："你在性格方面忒像你爸。"

妈妈也说："你爸特别坚强，工作起来也特别能吃苦，简直就是个工作狂，快过年了，就一门心思，赶紧把案子结了，给被害人一个交代，不然你爸也不会牺牲。"

"爸爸的牺牲对我影响挺大，触动也挺大，感觉明天和意外不知哪个先来，看身边人生活得都挺幸福，就要先把自己的日子过好。"刘芳怡说，"爸爸牺牲前，由于工作忙，没出过几次门，为了弥补爸爸留下的遗憾，在我很小的时候，爷爷就给我拿钱，让我替爸爸到世界各地多走走，多看看。参加工作后，有了自己的固定收入，每年年假，我都要带着爸爸的照片去旅游，游览祖国的大好河山。"

受爸爸的影响，刘芳怡从小就非常刻苦，学习成绩始终在班级名列前茅，考的也都是全市最好的学校，初中读的是吉林五中，高中读的是吉林一中，都是吉林市重点中学，都是免费入学。

2006年，刘芳怡高中毕业，与全国七十二名公安英烈子女一起报考中国人民公安大学，在江西南昌参加公安部统一组织的入学考试，最终考入中国人民公安大学刑事侦查系。

入学后，刘芳怡学习依旧刻苦，很快加入学生会并担任干部。2010 年毕业前夕，光荣加入中国共产党。

3

2010 年 8 月 15 日，刘芳怡通过公务员考试，分配到吉林市公安局。按照她的意愿，成为船营分局南京派出所材料内勤。“这是我爸生前工作战斗过的地方，我要在这里起步，开启我的从警生涯。”

2012 年，市局在全市公安机关选调优秀民警担任团干部，由于成绩优异，刘芳怡被调入吉林市公安局刑侦支队政治处，先是负责团的工作，现在负责人事、编制、劳资，虽然繁杂琐碎，但她工作认真，任劳任怨。

“修国成主任与我爸是船营公安分局的同事，是看着我长大的，对我非常关爱，要求也非常严格。”看得出，刘芳怡对她现在的工作岗位非常满意。

但她绝没有满足现状。工作之余，刘芳怡勤奋学习，报考了云南警官学院禁毒专业全日制研究生，准备继续深造。

2019 年 12 月，刘芳怡终于如愿以偿，通过了全国研究生考试。2020 年 7 月，她接到了云南警官学院的全日制研究生录取通知书，十月开始上课。

与此同时，她还报考了北华大学的心理咨询师。

参加公安工作十年间，刘芳怡连续三年被评为优秀公务员，荣立个人三等功一次，嘉奖一次，还被评为全市“三八红旗手标兵”。在她身上，仿佛有释放不完的能量。

采访时，刘芳怡自我介绍说，目前，她已登记结婚，爱人曲军是治安支队民警，两人的共同爱好是户外运动，也是在一次参加市局组织的户外爬山活动中，两人结识，由于志趣相投，恋爱六年，准备疫情过后就结婚。

4

故事讲到这里，当然不能不提及刘芳怡的妈妈王雅君。

王雅君跟丈夫同年同月生，是吉林一中高三毕业班班主任。她德高望重，很早就获得了高级职称。

丈夫牺牲后，为照顾女儿，王雅君没有精力再带毕业班，只能忍痛割爱，改教化学。

那些日子，王雅君特别无助，精神上受到严重打击，每天郁郁寡欢。

2017 年，王雅君诊断出乳腺癌，怕耽误课程，她没跟学校任何人说起，切除手术也是选在暑假做的，休养了一个假期，开学后，继续上班。

由于没休息好，王雅君留下后遗症，至今不能剧烈运动，尤其不能从事体力劳动。上班下班，也不能再骑自行车，只能每天步行。

公公生前有个遗愿，儿子为国尽忠，死后葬入烈士陵园，老父虽是白发人送黑发人，但以儿子为荣，期待百年后虽不能跟儿子葬在一起，但也要离儿子近一些，彼此有个照应。

2007 年，公公去世。

2013 年，遵照公公遗愿，王雅君跟市民政局协商，花了一万多块钱，在北山烈士陵园附近选了一块墓地，让公公在那里安息。

2021 年，王雅君年满六十岁，即将面临退休。

婆婆八十三岁，身体挺好，在养老院颐养天年。

家庭和睦，婆媳走动，逢年过节，经常看望。

逆行的警察蓝

新冠肺炎疫情，是第二次世界大战结束以来最严重的全球公共卫生突发事件。面对前所未有、突如其来的新冠肺炎疫情，中国打响了一场疫情防控的人民战争。

2020年1月23日，千万人口大市、九省通衢之地武汉关闭离汉通道，四万余名医务工作者白衣执甲、星夜驰援；数十万名警察挺身各地疫情防控一线；十四亿中国人民万众一心，众志成城。

虽然是一场没有硝烟的战争，但有战争就有牺牲。

2020年1月24日，湖北省南漳县公安局交警大队三级警长郑勇在抗击疫情第一线劳累过度，突发急性肝衰竭，大年初一陷入昏迷，在与死神搏斗十三天后，抢救无效，因公殉职，终年四十岁。

2020年1月23日至3月末，在抗击疫情第一线因劳累过度突发疾病，因公殉职的就有近八十人。

如：内蒙古自治区突泉县公安局育文派出所三级警长何建华、沈阳铁路公安局吉林铁路公安处吉林北站派出所民警刘大庆、山东省临沂市公安局经侦支队副支队长卢立新、河南省三门峡市看守所二级警长李建生。

还有三个月就要退休的安徽省合肥市看守所综合大队一级警长段玉华，在工作提示板上，人们看到他写下的最后两个字：安全！

2月22日，战斗英雄董存瑞的外甥、北京市公安局法制总队民警艾冬，在抗击疫情第一线劳累过度，突发急性脑出血，抢救无效，因公殉职，终年四十五岁。

3月9日，南昌市公安局红谷滩分局沙井派出所所长刘稳，因劳累过度突发肺栓塞导致呼吸衰竭，不幸牺牲。他被人们称为冲在抗击疫情一线的“拼命三郎”。

3月22日下午，武汉社区民警吴涌，为特困居民送去生活保障物资后，回到派出所休息，却再也没有起来。他从警三十一年，不论从事110接处警、治安管理，还是从事社区警务，始终勤勤恳恳，无怨无悔，让地处汉正街的商户多、人流大、社区治安复杂的老旧社区，连续十二年无命案、无大案。在疫情防控工作中，他连续六十一天的坚守换来了辖区安宁，确保群众“零病亡”。

吴涌床边，放着他准备送给母亲的水果和蔬菜。母亲病愈出院后居家隔离。母子俩只是隔着门镜互相看了看，这是他们最后一次见面。

南宁铁路公安局柳州公安处来宾北站派出所教导员杨智，在新冠肺炎疫情袭来时，组织民警成立党员先锋队，喊出“党员先上，跟我来”的口号，并带头写下请战书，冲上第一线，3 月 28 日凌晨，连续工作六十六天的杨智，突感不适，经抢救无效殉职。

尽管儿子在病床上已经停止了呼吸，他八十岁的父亲老泪纵横，仍在不停地呼唤，他希望儿子能够坚持住，站起来，和他一起回家。老人的儿子叫王春天，是齐齐哈尔市公安局铁锋分局新工地派出所民警，在社区执行防控任务时，突发心脏病，牺牲时年仅三十二岁，王春天的儿子刚刚十六个月。

……

2020 年 4 月 4 日，庚子年清明节。中国，以国家的名义，最高的规格，深切悼念新冠肺炎疫情牺牲烈士和逝世同胞。

时至今日，抗击新冠肺炎疫情的战争还在全世界继续。在这场伟大而又悲壮的战争中，中国向世界凸显了制度优势。

逆行的白衣天使，逆行的“警察蓝”，和全国人民一道，为人类而战，为历史而战。

第十章　以英雄之名

站在这片土地上

举杯饮泪，躬身缅怀

卑微的我只能用最朴实的词句

演绎你精忠报国的动魄背影

背影里提炼出一种传承的不朽

不朽的是你的名字叫英雄

——徐卫君《你的名字叫英雄》

杨雪峰大队

1

从来没有什么岁月静好，只不过是有人替你负重前行；

从来没有什么现世安稳，只不过是有人为你斩荆披棘！

2018 年 4 月 5 日 12 时 35 分，中央电视台新闻频道“法治在线”清明节特别节目正在播出。

这期的主题是《铭记：缅怀公安英烈·铭记英雄功勋》。

画面上，一名交警正在繁华的街道上执勤，尾随在他身后的一名男子突然掏出尖刀向他刺去，在与袭警男子搏斗中，这名交警身中数刀。

正在附近执勤的另外两名交巡警闻讯赶来，合力将袭警男子制服。

受伤交警被紧急送往医院抢救，终因伤势过重，失血过多，抢救无效，不幸以身殉职。

现场的监控录像和民警的执法记录仪记录下这名交警与歹徒英勇搏斗的生死瞬间。

整个过程，不过两分钟。

牺牲民警名叫杨雪峰，1976 年 6 月出生，1997 年 7 月进入警队，1999 年 9 月加入中国共产党，二级警督警衔，生前系重庆市公安局渝北区分局交巡警支队石船公巡大队副大队长。

这一天，是 2018 年 2 月 18 日，农历正月初三，团圆是这一天的主题，但因正值春运高峰期，返乡人车流量巨大，杨雪峰带领民警、辅警在渝长东街十字路口疏导交通。

上午 11 时 14 分，看似平静而又和谐的画面被彻底打破。

杨雪峰在帮同事处理完交通违法后，继续在这一路段巡逻，然而，年仅四十一岁的生命，永远定格在这一瞬间。

犯罪嫌疑人张某到案后，交代了行凶的原因。

当天上午 10 时左右，张某驾驶一辆载有两人的摩托车行驶到此处，由于超载，被杨学峰当场拦下，责令改正。

张某心怀不满，回家后，拿起一把尖刀，返回现场，并尾随杨雪峰，趁其不备，掏出尖刀，向杨雪峰的腹部、颈部连刺数刀。

2 月 20 日，杨雪峰的同事、亲人、战友来到渝北区殡仪馆，送英雄最后一程。

2

儿子牺牲后，英雄母亲的唯一心愿是：到儿子单位看一看。她说："幺儿以队为家，一大半的时间是在单位吃住的。"

一天下午，杨雪峰的父母来到儿子生前所在的石船镇公巡大队。

走进简陋的宿舍，看着儿子曾经睡过的小床，六多岁的老母亲泪如雨下，她抱着儿子的枕头，摸了又摸，亲了又亲，低声哭诉着："幺儿，你好好休息哦，你好好休息……"

杨雪峰生前，始终工作在交巡警工作第一线，因业绩突出，先后两次荣立个人三等功，七次嘉奖，五次被评为"优秀公务员"，同时，获评"重庆市优秀共产党员""重庆市人民满意的公务员""2017 年度感动重庆十大人物特别奖""重庆市岗位学雷锋标兵""重庆市十大法治人物"。

杨雪峰牺牲后，重庆市公安局为他追记个人一等功，重庆市总工会追授他"五一劳动奖章"，人社部、公安部追授他"全国公安系统一级英雄模范"，中宣部追授他"时代楷模"称号。

2019 年 9 月 25 日，在庆祝中华人民共和国成立七十周年前夕，中宣部、中组部等九部委联合授予他"最美奋斗者"。

从重庆市渝北区石船场镇十字路口出发，沿石龙路再走几分钟，道路右侧有座小小的院子，它看上去很不起眼，但石船人都知道，这里，就是杨雪峰生前所在的石船公巡大队。

如今，石船公巡大队还有个更加响亮的名字：杨雪峰大队。

除在石船公巡大队加挂"杨雪峰大队"牌子外，重庆市公安局还决定，在这里建立"时代楷模"杨雪峰先进事迹教育基地。目前，"杨雪峰同志先进事迹陈列室"一期已建成，并对外开放。陈列室里，展出了杨雪峰的成长经历、先进事迹，以及曾经用过的部分物品。二期"雪峰烈士园"也即将建成。

“杨雪峰。”每天早上八点，大队长黄长富例行早点名。

“到！”四十余名民警齐声答道。

“一个雪峰走了，成千上万个雪峰站起来。雪峰精神，永远鼓舞我们不断前进。”渝北交巡警支队政委魏实说。

“杨雪峰大队”犹如点亮一盏明灯，以雪峰精神，“照亮”广大公安民警前进的征程。

“雪峰是一面旗帜，一面号召我们忠心向党、暖心爱民、公心执法的旗帜。”黄长富说。

2016 年 10 月，杨雪峰从两路大队调到石船的第一天早上，黄长富本打算开个短会，让杨雪峰跟大家认识一下，没想到他在食堂刚喝了一碗稀粥，听说石船场镇早上容易拥堵，就上街执勤疏堵去了。

时至今日，黄长富对这件事记忆犹新。

3

杨雪峰大队下辖四个镇，辖区面积 324 平方公里，道路总里程 1057 公里，共有十一名交巡警。

2019 年 3 月 16 日，星期六，一大早，黄长富组织几位民警赶往高龙路、红印路等路段，准备开始一天的交通疏导工作，而这也是杨雪峰大队连续加班的第三个周末。对他们来说，这种忙碌的状态还将持续到四月下旬。

黄长富介绍说：“每年三四月的周末，都是我们最忙碌的时候。大盛樱花赏花季、统景印盒李花赏花季、玉峰山樱桃采摘季，都在这段时间集中举行，赏花摘果的市民蜂拥而至，村里的停车场地又不多，车辆乱停乱放，很容易造成大面积堵塞。”

为了应对印盒李花赏花季的交通压力，大队根据景区地势，设计了两上两下单循环，引导车辆有序进出景区、有序停放。同时，每天安排民警赶往现场，以定点和巡线方式，加强值守，确保遇事及时处理。

一个优秀的集体，源于人才的支撑，杨雪峰大队也是如此。

2018年年初，李辉、辜美危、饶显龙、卓晓钟等民警调入杨雪峰大队，他们当中，除了辜美危是老交巡警，其他三位都是从派出所过来的案侦民警，交巡警工作无疑是个全新的领域。

按照惯例，黄长富将几人分到不同的值班组，指定老交巡警一带一，定人、定岗、定师父，帮助新民警尽快熟悉交巡警业务、熟悉辖区情况。

2020年春节，新冠肺炎疫情来袭。大年三十，重庆启动重大突发公共卫生一级应急响应，接到通知后，黄长富打电话挨个通知民警辅警及时到岗。

此刻，巡长廖伸红正在老家陪七十六岁的老父亲过节，这是三年来他第一次回老家。

三年没见，父亲看见儿子十分高兴，正在津津乐道家长里短，一个电话打来，弄得廖伸红一时手足无措。

短暂的沉默后，廖伸红向父亲道出了实情，父亲没多说什么，只是拍了拍儿子的肩膀。

廖伸红拿起手机，抢订了一张晚上十点五十分的回渝车票。没想到，受疫情影响，老家也开始了交通管制，开往火车站的客车全部停运。情急之下，廖伸红叫来堂弟开车送他去车站。第二天一大早，廖伸红就赶回了大队。

内勤杨斌是青海人，妻子是秀山人，夫妻俩原打算等杨斌休假后回秀山看看岳父岳母，没想到紧急集结令一响，杨斌取消休假。2月3日，妻子也要上班，四岁的儿子没人照顾，杨斌连夜开车把儿子送回秀山。凌晨四点，又开车从秀山出发，终于在早上九点赶回大队。

“为了应对新冠疫情，全队民警辅警发扬雪峰爱岗敬业、关键时刻‘让我来’的吃苦精神，连跟组织叫声苦都没有，什么困难都是自己扛。”说起自己的队员们，黄长富感触很深。

4

杨雪峰精神，最亮眼的就是全心全意为群众服务的精神。作为杨雪峰生前所在的大队，队友们也继承了他的这项优良传统。

在疫情防控中，杨雪峰大队承担的最紧要一项任务是在 G351 黄印检测站开展防控检查。

G351 是从长寿、邻水方向进入渝北的一条主要国道，守住了这里，就能很好地防止输入性病例，自从设立 G351 黄印检测站，就要求民警二十四小时值守。

一天下午，一辆红色三轮车晃晃悠悠驶向检测站，等车近了，黄长富发现，驾驶员是个中年妇女，车斗里坐着两位老人，外加一个四五岁的孩子，四人均没戴口罩。

黄长富赶紧把三轮车拦下。经询问，他们就住在附近，早些时候到小卖部买了点东西，现在准备回家。

看着村民们对疫情满不在乎的样子，黄长富苦口婆心地劝。看到他们都没戴口罩，又把自己的备用口罩拿出来，还是不够，好在检测站还有三副备用口罩。

看着四人都戴上了口罩，黄长富再三叮嘱："一定径直回家，尽量不要出门，出门要注意交通安全，注意做好防护。"

看着黄长富是真心实意为他们好，一位年纪最大的村民感动地说："谢谢警官，我们晓得错了，你还送口罩给我们，现在听说，能送口罩的都是真爱哦，你们警察是真的关心我们，谢谢了。"

其实，疫情发生后，杨雪峰大队的防疫物资也非常紧缺。队员们全员上岗执勤，需要大量口罩、酒精和消毒水。

为保障执勤需要，被大家称为"大内总管"的杨斌，一边积极向上级申请，一边发动自己的关系网，加紧采购，确保供应。

在杨斌的努力下，一位在青海老家从事医药工作的同学帮他解决了很多口罩和消毒物资。杨斌还多方协调，又弄到一批抗疫物资，分发给家属，解决抗疫期间的后顾之忧，让大家安心执勤。

“雪峰生前常说‘让我来、看我的、跟我上’，我们不能给英雄丢脸，一定竭尽所能，完成党委政府交办的任务，全力打赢这场阻击战。”黄长富语气平静却坚定地说。

“帮荣号”巡逻车组

在江苏省南京市浦口区石佛寺南京人民警察训练学校内有一座铜像。

这座塑像，是全国公安系统一级英雄模范、革命烈士庞帮荣。

1976 年 2 月，庞帮荣出生在南京东郊的一个农民家庭，1995 年参加公安工作，先后任南京市公安局秦淮分局刑警大队民警、中队长、副大队长、便衣行动队负责人、特巡警大队大队长。

2010 年 11 月 17 日，是庞帮荣升任特巡警大队大队长的第六天。跟往常一样，他带领民警，驾驶警车，开始路面巡逻。

晚上十点多，市局指挥中心指令：“应天大街高架桥往大明路方向的下桥口附近发生一起警情，请附近巡逻车辆前往处置。”

接到指令后，庞帮荣立即带着民警徐仕彦和赵冰赶往事发现场。

这是一起因夫妻纠纷引发的警情。由于夫妻俩吵得不可开交，围观群众挤在快车道边上，十分危险，庞帮荣赶到后，将围观群众迅速劝开，然后开始规劝这对吵架的夫妻。

就在这时，一辆面包车从高架路上下来，由于车速较快，紧急刹车后方向失控，径直向正在处警的庞帮荣等人撞来。

千钧一发之际，庞帮荣用身躯挡在人群前面，大喊一声“闪开”，使尽平生力气，将身边的女民警徐仕彦推开，庞帮荣却被面包车重重地撞击，整个人飞到五六米开外。

事故发生后，庞帮荣被紧急送往南京市第一医院抢救。然而，由于颅脑严重受伤，庞帮荣生命垂危，被送进重症监护室。

庞帮荣的伤情，牵动着所有人的心。

病房内，专家们在紧张地抢救；病房外，鲜花堆满了走廊。庞帮荣被送到医院后，有七八十人守候在医院不肯散去，他们都是秦淮公安分局的民警和保安。这个年仅三十四岁的特巡警大队长，平时与同事关系非常融洽，很多人在事发当晚就赶到医院探视。

此次车祸，造成六人受伤，吵架夫妻也双双住进了医院。庞帮荣不幸因颅脑重伤，在医院抢救了十二天后停止了呼吸，生命定格在三十四岁。

2010 年 11 月 29 日，庞帮荣生前的领导、同事，参与治疗的医生、护士，以及素不相识只是通过媒体获悉庞帮荣事迹的市民，纷纷赶到医院吊唁。

“庞大哥已经发现车要撞上来，他本来可以跳开躲得远一点，但他把逃生机会给了我。要不是他推我一把，我才是被撞最严重的人……”

那天下午，在南京市第一医院警务室的临时灵堂里，徐仕彦坐在轮椅上，被同事推到了庞帮荣遗像前。面对庞帮荣灿烂的笑容，二十三岁的小徐再次泪如雨下，“我一辈子都不会忘了他，我会永远发扬他的精神，他永远是我的榜样……”

徐仕彦被撞后，左脚受伤，但她坚持要同事帮忙搀扶着站起来，向大队长的遗像三鞠躬。

“他太优秀了，无论做什么工作，都是冲在一线；无论在什么时候，都替别人着想。正是这个长期养成的习惯，使他在危险来临时，选择了推开战友。”

“他以‘帮’助别人为‘荣’，他的名字跟他的为人一样，以前在我们大队也是这样，一到任，就十分关心便衣队保安们的福利待遇，却从来不提他自己有什么要求。”

秦淮分局刑警大队的同事们回忆起和庞帮荣一起工作的一幕幕，早已泣不成声。

保安陈凯在协助民警抓捕一个盗车贼时，不慎摔倒昏迷。庞帮荣亲自送他到医院，事后，又到陈凯家里慰问，这让便衣队的保安们觉得很有归属感。

勇于救人，热心帮人，这是庞帮荣多年来的习惯。读书时，他就曾跳进公园冰冷的湖水救过三名落水者。

他学习刻苦，中考以总分603分的好成绩夺得南京市第二名，南师附中专门来学校招人，希望他能到南师附中实验班上学，庞帮荣却表示：“我还有个妹妹，我要尽快改变家里的生活状况，我不能上高中、读大学。”

为此，班主任吴馥香老师和校长专门去庞帮荣家劝说：“这么好的孩子，不上大学太可惜了。”

为了不给家里增加负担，庞帮荣最终还是选择了警校。

1995年，庞帮荣警校毕业后参加公安工作，先后在社区、刑侦等多个岗位工作。从警十五年来，他的足迹踏遍大半个中国，侦破刑事案件两千七百余起，抓获犯罪嫌疑人一千一百人，推出了盗车案件分析研判机制等创新工作方法。由于工作出色，先后两次荣立个人三等功，多次受到嘉奖。

从小的艰苦生活，庞帮荣养成了勤俭节约的好习惯。

每次下班、加班，他总是最后一个离开办公室，再检查一遍有没有电脑忘记关了、插座忘记拔了。

出差在外，他总是能省就省，不浪费办案经费。

到福建抓捕电信诈骗犯罪嫌疑人时，在那个偏僻荒凉、连手机信号都没有的小山村里，他带着一个民警扮成村民，一窝就是一个月。

1999年10月，庞帮荣和同事张健在侦查外号“小黄毛”的流窜抢劫团伙主犯时，“小黄毛”抽出匕首迎面扑来，庞帮荣大叫一声“小心！”随即把张健推到一边。

刀锋从张健耳边划过，庞帮荣紧紧抓住了“小黄毛”持刀的手。

庞帮荣牺牲后，南京市公安局党委授予他“优秀共产党员”；南京市总工会授予他“五一劳动奖章”；江苏省公安厅给他记一等功；江苏省人民政府追认他为革命烈士；国家人力资源和社会保障部、公安部追授他“全国公安系统一级英雄”。庞帮荣被安葬在雨花台功德园，与周光裕、于葆林等平民英雄长眠在一起。

2010 年 11 月 30 日，庞帮荣牺牲的第二天，南京市公安局秦淮分局便将他生前的工作用车——“苏・A2753 警”武装巡逻车命名为“帮荣号”，他生前所在的特巡警大队武装巡逻车组，被命名为“帮荣号”巡逻车组。

“帮荣号”巡逻车的风挡玻璃左下角，贴上了印有“帮荣号巡逻车”六个字的红色卡片。它就像庞帮荣的眼睛一样，时刻注视着大街小巷，哪里有危险，“帮荣号”巡逻车组就到哪里；哪里需要帮助，“帮荣号”巡逻车组就出现在哪里。

“帮荣号”巡逻车组，由十余名青年民警组成，平均年龄不到三十岁。他们以夫子庙和新街口为中心，日夜巡逻，守护辖区安全。

陈晨是南京市公安局秦淮分局特巡警大队的一员，2019 年，加入“帮荣号”巡逻车组。他时常从师兄的口中听到庞帮荣大队长的光荣事迹。他说：“能在庞帮荣生前所在的秦淮分局特巡警大队开启从警之路，感到无比的骄傲。我将继续传承‘以帮为荣’的车组精神，为城市发展，为市民安居贡献自己的力量。”

高宝来爱民服务岗

1

高宝来是北京市公安局海淀分局恩济庄派出所民警。2010 年 1 月，已经五十四岁的高宝来成为北京市公安局首批驻区民警。

海淀区实验小学紧邻西三环，每天上下学高峰时段，接送孩子的车辆和过往车辆交织在一起，把校门口堵得水泄不通，孩子们在车流中穿梭，人车混行，秩序混乱，出行安全得不到保障。

为解决孩子们上下学的安全问题，每天早上六点三十分，高宝来准时出现在校门口疏导交通，但道路堵塞问题始终没有缓解。

解决老难题得用新办法。几经观察，高宝来有了主意，他开始给家长做接应，家长把车停稳后，他上前帮助打开车门，接下孩子，关上车门，再把孩子送到安全地带。既缩短车辆驻停时间，又保证了孩子安全。

时间长了，高宝来每天数千次重复一个动作，变得越来越娴熟。有细心人在一旁掐算了一下，每接送一个孩子，高宝来只需七秒。

刚开始的时候，孩子家长以为这位老民警就是应应景而已，没想到他日复一日年复一年坚持下来了。

每天清晨六点三十分，孩子们在家长的护送下陆陆续续上学了，而每天这个时候，高宝来都在校门口站成了一道风景。雨天，他为孩子撑伞，宁可自己被淋；雪天，他早早来到校门前清扫积雪，生怕孩子滑倒；发现行动不便的孩子，他会背起来，一步一步送进校门……

时间长了，无论是学生、学生家长，还是学校老师，都认识了校门前的这位高警官，同学们都亲切地称他“高爷爷”。一位老师说：“高警官每天上千次穿梭于家长和校门之间，就像学校门前的一个移动安全岗，为孩子们筑起了一道安全屏障，也为学校减轻了不少压力，最容易堵的路段，因为他的存在，反而一点不堵。”

提起“高爷爷”，开学就上五年级的潘梓宣同学说：“下雨的时候，高爷爷从来不穿雨衣，他准备的雨伞都是给我们用的。后来我们才知道，他不穿雨衣，是怕滴下来的雨水把我们的衣服碰湿。”

爱心、细心加耐心，让高宝来得到了全校师生的信任和爱戴，成了学校的“编外老师”。

五年，九百多个上学日，高宝来从未空过一班岗，一连串专业的接送动作，他做了四十多万次。

但校门口站岗护送孩子并不是高宝来的分内工作，他的职责在社区，每天在校门口接送完学生，还要赶到警务站，开始一天的驻区工作。

2

驻区警务工作中，高宝来也把“爱心、细心加耐心”用到了极致。他协调相关部门，为社区新增、更换了五百多个高清探头，协调购置了一批简易报警器，首创社区治安联勤防控机制，组建培训了一支六十余人的专职巡防队伍。社区发案率连续三年大幅下降，2014 年，侵财案件同比降幅达到 85%，所辖社区被分局评定为“免检放心社区”，他的警务室也成为市局“模范警务室”，他本人也成为唯一连续三年保持分局考核最优等级的社区民警，社区群众形容他是维护社区平安的“压舱石”。

2012 年，高宝来入选《新京报》感动社区人物，还被授予“北京市人民满意的公安民警”“爱民模范”等荣誉称号。

给百姓当依靠，自己得有真本事。高宝来负责的三个社区，人员流动性强，治安形势复杂。为做实基础工作，高宝来从零开始学电脑，积累的资料存满了八个 U 盘，社区的大事小情记满了九个笔记本，工作台账多达十三本。

为了加强警民联系，他还专门印制发放一万两千余张警民联系卡，手机二十四小时开机，单警装备从不离身。为方便老人出行，他主动联系施工队，将坑洼不平的道路修好。

俞奶奶是水文社区的一位空巢老人，平时只能靠保姆照顾。2012 年春节，保姆回老家过年，只剩俞奶奶一个人。从来舍不得下馆子的高宝来，特意赶到辖区最好的饭庄订了年夜饭。俞奶奶吃着热腾腾的饺子，拉着高宝来的手，久久不松开。

"有事就找我，您就拿我当儿子。"临走，高宝来撂下这句话。老人也认下了这个穿警服的"儿子"。高宝来也没把自己当外人，陪老人聊家常，帮老人干家务。2012 年下半年，水文社区划给了其他片警管辖，高宝来却一直没告诉老人。直到老人去世，老人都始终认为高宝来是她的片警，是她的儿子。

2014 年秋天，辖区发生一起丢小孩事件，孩子家长第一时间打电话求助高宝来。几经周折，孩子找到了，原来是贪玩忘了告诉家里人，虚惊一场。

有人对忙了一天的高宝来开玩笑说，这随叫随到的劲儿，累坏了自己不说，也"惯坏"了社区的老百姓。高宝来却说："当片警，就得'惯着'老百姓！"

有人对高宝来的所作所为很不理解，"再有几年就退休了，还这么拼，图啥？"高宝来却说："一个警察，就要像一棵树，把根深深扎进社区，为百姓挡风遮雨。"

别人干工作，都是越干越往上，从基层到机关，从民警到领导；高宝来干工作，却是越干越向下，从市局到派出所，再到社区。但不论在哪个岗位，他总像一头拉车不松套的老黄牛，任劳任怨、不知疲倦。

到社区后，高宝来管的事多了，找他办事的人也多了。但他从没在辖区单位吃过一顿饭、抽过一根烟。"做人做事要守规矩，不该干的事咱绝不干。"在高宝来眼里，工作永远排在第一位。

“老百姓的事儿得管，但您一个人三头六臂也管不完啊，别豁出命地干。”高宝来的身体一直不好，徒弟何山多次劝他，他却说：“山子，当片警就是个良心活，就看你怎么干，我这么干已经习惯了。”

高宝来的警务室设在304医院，但直到被送进这里，确诊为肺癌晚期，他没去挂过一次号，没瞧过一次病。

2014年9月，高宝来突感身体不适，但没影响工作，他患有心血管病，根本没把这种不适放在心上，每天仍然干劲十足。

2014年11月，高宝来查出肺部阴影。

2015年正月初四，高宝来再次体检，被确诊为肺癌晚期，不得不住进医院。

躺在三〇四医院的病房里，他的心还牵挂着校门口的孩子们，打电话求战友：“帮我落实未完成的工作。”

就这样，高宝来在校门口“消失”了，没有了“高爷爷”的护送，学生们很不习惯，经常问老师：“高爷爷去哪儿了？”

3

不仅孩子们牵挂校门口的“高爷爷”，学校老师也都非常关注高警官的健康，当得知他们心中的“高爷爷”“高警官”得了绝症，全校三千多名师生自发捐款。

2015年3月30日，校领导和学生代表把带着全校师生心意的三十六万余元捐款送到医院，送到高宝来手里。病房里，学生代表以少先队员的最高礼仪向高爷爷敬举手礼，并祝高爷爷早日康复，早日回到校门口，为他们遮风挡雨。

2015年5月22日，曾在海淀区实验小学门前护送孩子上下学五年一千八百余天的民警高宝来，因病医治无效，不幸去世，享年五十九岁。

2015 年 5 月 26 日，高宝来遗体告别仪式在八宝山殡仪馆举行，海淀区公安分局数百名民警前来送别，而被他守护多年的海淀实验小学的师生们，在校门口列队向“高爷爷”的灵车敬礼送别。

从警三十五年，高宝来在平凡的岗位上书写了不平凡的人生。他的爱人十多年前就因肝硬化从单位退休，一家四口挤在 57 平方米的两居室，屋内到处都是各种各样的药。他平常舍不得花钱，忙于工作，经常饥一顿饱一顿，每天不是穿制服就是作训服，可对待困难群众，却特别热情大方。一位到三〇四医院看病的山东大嫂，身上仅有的五千元看病钱被偷，跪在地上号啕大哭。高宝来立刻凑了三千二百元钱给大嫂看病。

2015 年 10 月 13 日，高宝来荣获“全国敬业奉献模范”称号，并成为“2015 年度 CCTV 中国法治人物”候选人。2016 年 1 月，获得“2015 北京榜样”特别奖。

高宝来走了，“宝来精神”却在首都公安系统薪火相传。海淀区实验小学门前，高宝来生前的战友们在这里设立了“高宝来爱民服务岗”，跟高宝来在世的时候一样，每天孩子上下学高峰期，一个个公安民警在这里站成了一道亮丽的风景，他们依旧被孩子们称为“警察爷爷”，抑或“警察叔叔”。

2019 年，北京市中小学、幼儿园开学之际，北京市公安局新增设四十六个“高宝来爱民服务岗”。目前，全市“高宝来爱民服务岗”已达五百六十三个。

松松护学岗

2017 年 1 月 24 日，离春节还有四天。

这天上午，四川省泸县公安局交警大队驻石桥派出所民警蔡松松向领导请了两个小时假，回家看望岳父岳母。

交警总是这样，越是年节越忙，尤其春节，春运安保任务繁重，也是事故高发期，蔡松松怕一忙起来，就没时间陪家人了。

十二点刚过，岳父岳母端上了热乎乎的饭菜，蔡松松坐上饭桌，还没吃上几口，就听外面有人喊：“不好啦，有娃落水啦。”

离岳父岳母家不远，就是玄滩幸福水库。当时，两名八岁男童正在水库边玩耍，玩着玩着，一名男童不慎脚下一滑，“扑通”掉进了水库里，另一名男童见状，急忙伸手去拉同伴，没想到水下的男童一使劲，把他也拽进了水里。

两名男童落水之处，地势陡峭，水库的水深达五米，库底都是污泥，两名男童眼看着就要沉入库底，从这里经过的村民发现险情，慌忙大声呼救。

听到呼救声，蔡松松放下手里的碗筷，急忙起身冲出家门，向堤坝边奔去。

两个男童离岸边越来越远，水面上，只露出两个小脑袋，时浮时沉。见情况万分危急，蔡松松连衣裤都顾不上脱，“扑通”一声，扎进了冰冷刺骨的水里。

蔡松松很快游到两个落水男童身边，男童求生心切，在水里不断挣扎，蔡松松费了很大劲才把两个男童抓在手里，随后用力托起，拼尽全力向堤坝边游了过来。

赶来救援的群众越来越多，有人找来了木杆伸向水里，两个男童抓着木杆，终于被人拉上了岸。

而此时，蔡松松已经拼尽最后一丝力气，再也坚持不住了，眼看着两个男童得救了，他的身子往后一沉，当即滑入了冰冷刺骨的水中，再也没有浮上来。

两个素不相识的男童得救了，蔡松松却光荣牺牲了，留下了爱妻和一对年仅三岁的双胞胎女儿。

在蔡松松短短三十一年的生命历程中，多次生死关头，他都挺身而出，舍身救人。

1996 年，一个同村伙伴不慎落水，蔡松松义无反顾，英勇救人；

2003 年，一个少年落入长江，蔡松松奋不顾身跳入水中，将其救起；

2006 年，一名犯罪嫌疑人手持匕首，与民警对峙，蔡松松徒手夺刀，终将歹徒制服归案；

2009 年，阿坝州红原县的一片草原突然着火，蔡松松第一时间赶到火场，和战友们奋不顾身冲进火海，及时阻止了大火蔓延，保住了百姓的数百头牦牛、数百顷草场和牧民的住房……

理塘县海拔 4014 米，素有“世界高城”之称。2010 年 5 月，蔡松松被分配到理塘县公安局。他克服强烈的高原反应，凭着一股子“缺氧不缺精神、艰苦不怕吃苦”的精神，默默耕耘在藏区前沿阵地。在“打黑除恶”“缉枪治爆”“雷霆”等系列行动中，蔡松松三十余次完成抓捕任务。

六年，松松坚守高原，仅回家看望亲人一次，把青春和汗水都奉献给了那片高原热土。

松松在生前留下的民情日记中写道：“在理塘走村入寨，一次次温暖握手，一回回嘘寒问暖的真切关怀，让我真正认识到‘一切为了群众，为了群众的一切’的真正含义。亲戚越访越亲、越访越多、越访越难舍。只要用情，只要用心，干部和群众之间的感情就会更加亲密。”

在理塘的日子里，他曾与三家藏族群众“结亲戚”，对此，他感触颇深，“作为一名人民警察，我就是那一滴水，那一寸阳光，那一颗最小的螺丝钉。我将努力践行自己的承诺，做力所能及的事，真正做到察民情、解民忧、增感情、办实事！”

送别松松的日子，正值大年三十。泸州市上万名群众走上街头，挥泪送松松。

曾与松松结对认亲的藏族群众，去寺庙点燃了一千盏酥油灯，流泪为“一辈子的亲人”祈祷。

人们记住了这位英雄民警的名字，千千万万个群众向他致敬：“你用热血忠诚照亮警徽！英雄一路走好！”

松松牺牲后，被国家人力资源和社会保障部、公安部追授为“全国公安系统一级英雄模范”，被四川省委追授“优秀共产党员”，被四川省人民政府批准为革命烈士，追认为“人民满意的公务员”。

2017 年 3 月 7 日 16 时许，细雨蒙蒙的石桥镇，松松的生前战友甘勇和两名辅警一起，在幼儿园门前拉起了一条大红横幅：“松松护学岗”。

村道上，一辆超载的汽车被甘勇及时拦下，在对违章驾驶员做出处理后，甘勇用警车将十一名幼儿园学生一一送回家。

“松松护学岗”渐渐打出了品牌，不仅镇上的中小学有“松松护学岗”，就连偏远的村屯也有了“松松护学岗”。石桥派出所全体民警、辅警接过松松的爱心接力棒，在孩子上学、放学时间，开展护学、巡逻，确保学生平安回家。

松松牺牲后，他的相片仍然贴在派出所的公示栏上，所长叶军说：“松松永远是我们的战友，永远和我们在一起。我们要以松松为榜样，保一方平安。”

在松松的牺牲日，全所民警、辅警都去祭奠他；清明节，叶军也会组织大家为松松扫墓，并组织上岗驻村辅警宣誓，让他们感受警察的职业感和责任感。

松松牺牲一周年之际，石桥派出所的每一名民警、辅警都写了回忆文章，他们在例会上大声朗读，缅怀英雄，激发斗志。

松松生前的寝室和办公室，物品摆放仍然整齐，还和松松在的时候一样。睹物思人，让人不禁想起 2017 年 1 月 24 日那个难以忘怀的日子。

除了“松松护学岗”，当地政府和县公安局还在石桥派出所建立了“松松陈列室”和“松松精神文化长廊”，在石桥镇建立了“英雄广场”。

叶军说：“松松牺牲三个月后，我调到石桥派出所。履职一年多了，感到石桥所是个有精神、有担当、凝聚力强、敢于负责、甘于奉献的团队。各项工作都在县局名列前茅。”

你的生命如夏花般绚烂
长存于我们的记忆里
……

清明时节，内勤民警李登林创作的这首诗，抒发了战友们对松松的深情追忆和怀念。

舅舅名叫董存瑞

2020年2月15日，北京市公安局法制总队民警艾冬在前往单位途中，突发急性脑出血，被送到医院后，抢救无效，于2月22日凌晨不幸牺牲，他的生命永远定格在了四十五岁。

直到艾冬牺牲，很多战友才知道，他是战斗英雄董存瑞的外甥。

从警二十四年，艾冬一直从事服务群众工作：基层派出所六年，人民信访十一年，12345市民服务热线六年。他时刻以舅舅为榜样，在处理一桩桩涉及群众利益的小事难事中秉持初心，在办理一件件来信来访中践行宗旨，在接听转办一个个诉求电话中温暖人心。他用自己的一言一行，搭建起群众与政府的“连心桥”。

信访工作对个人业务能力要求很高，这么多年，艾冬从未有过畏难情绪，每天总是乐乐呵呵的，“我能扛”成了他的口头语。

艾冬干一行爱一行钻一行。在“接诉即办”工作中，艾冬认真研究操作系统，甄别分类，盯办流程，反馈回访，梳理汇总，每天都有很多的派单量，加班加点是常事。六年间，他带领同事，累计完成接单派单任务三十四万件，办结率、回复率均为百分之百。

在新冠肺炎疫情防控期间，来自疫情重点地区的游客李某因疫情受阻无法返家，在北京没有宾馆接受入住，只好拨打12345市长热线求助。

艾冬接到线索后，协调属地公安分局及相关政府部门，对李某父子采取隔离观察措施，并在隔离期满后，帮助他们返回家乡。

离京前，李某专门致电12345，对艾冬表示由衷感谢。

艾冬心灵干净，对人真诚，敢于担当。他的业务能力非常强，工作人员有什么问题向他请教，他总是详细告诉对方怎么办，为什么这么办，悉心传授经验。

他工作细致高效，在办理派单时多次发现案件线索，助力破案。

就在艾冬倒下的那天上午，他接到值班文职人员电话，请示如何处理一份派单。那时，艾冬已经感觉很不舒服了，但仍然坚持指导完成办理。

没想到，那竟是他人生中处理的最后一个派单。

艾冬是个很纯粹的人，他的身上，始终充满正能量。在他的日记本上，写着这样四句话：

工作要上进；

对自己要求要高；

关键时刻要冲得上去；

不能给舅舅丢脸。

这四句话，成了艾东的墓志铭。

信访支队民警曲宏志跟艾冬相识二十四年，他说：“我们都是1996年入警的，又同在德外派出所工作。艾冬说话礼貌、办事利落。除了完成本职工作，他总是帮助其他同志，他包揽了所里的车辆清洗和年检，大伙都亲切地叫他‘司机小艾’。他特别有亲和力，群众有问题、有难事，都喜欢找他。他下社区，群众老远就跟他打招呼，像家里来了亲戚一样。”

1999年，艾冬被任命为警区警长，他所带的警区，各项排名都在所里名列前茅。警区副警长崔笑宇说：“艾冬干活特别拼。我们那会儿主要是办案子，为了破一起案子，他每天凌晨三四点爬起来去蹲守，直到案件侦破。工作中，他从不考虑自己，对同事却特别关心，苦活、累活、危险活，他都主动承担，总说‘我来，有事儿再叫你们’。”

艾冬为人热情，在多年的信访工作中，接待群众讲究方式方法，从没跟群众红过脸。

新冠肺炎疫情发生以来，北京市公安局12345“接诉即办”分中心全天候安排人员值守。作为负责人，艾冬每天都要梳理涉及疫情的电话派单，再将每一个电话单转派给相关部门。

他经手的办理件，不仅记录详细，而且每个办理进度节点都有电话追访。只要有新进展，他就主动给群众打电话反馈。他经常嘱咐同事：“对于群众来讲，每个派单都是大事儿，不能马虎。”

如果遇到个别事情办得慢，他比群众还着急，不断地催促办理。

艾冬还是个热心肠。同事有事请假，他总是把工作揽过来。怕自己电话多影响同事休息，他从不去宿舍午休，经常在会议室沙发上靠一会儿。

“现在，看到他的工位空着，我鼻子都发酸。”同事陈华说。

在艾冬生前的办公桌上有一大束淡雅的菊花，上面的一张卡片写着“艾哥，一路走好”。这是信访支队文职荣珊特意买来寄托哀思的。

“我从2014年10月从事信访工作以来，就一直和艾哥在一个办公区。艾哥是个大嗓门，老是干劲十足的样子。他指导我们工作特别用心，遇到有谁情绪急躁，他总是乐呵呵地委婉提醒。他对我们的关心无微不至。”荣珊回忆说，“疫情发生以来，艾哥自己掏腰包，给我们购置药皂、消毒液等防护用品。他知道我妈做过手术，经常询问老人的身体，而他自己有胃病却总不在意。在我们心里，他就是我们的大哥。”

艾冬的微信名叫“爱生活”。他把单位当家，把同志们当兄弟姐妹。刚刚搬到办公区时，因为是新装修的，艾冬给大家买了好多绿植净化空气，还把通风好的房间给大家当宿舍。年前，他还买了好多漂亮的中国结和福字，装饰办公环境。

疫情发生后，他开玩笑地跟同志们说：“疫情期间不让串门，你看我给大家布置的小环境，是不是在单位也有过年的氛围。”

北京市公安局天安门地区分局民警高松是艾冬在派出所工作时的徒弟。他回忆说：“2001 年我实习的时候，艾冬是六警区警长，他雷厉风行，带着我们蹲守，带着我们抓捕……他亲切地叫我们这帮实习学员‘弟弟’。前几年，他还跟我们一起踢球呢……”

正因为艾冬是董存瑞的外甥，在平时的工作中，他总是朴实低调，严于律已，但骨子里，他把“不给舅舅丢脸”当成了自觉行动。

“艾冬是首都公安民警的楷模，忠诚是他一生的坚守，爱民是他的职业精神写照，担当是他融入血脉的自觉行动。”北京市公安局法制总队副总队长李丰这样评价艾冬。

第十一章　最好的怀念是我成了你

放飞一片心绿
让怀念盛开心间
掬一捧鲜花
让思念铭记胸襟
那流淌的河水哟
就是对你名字的呼唤
那满山遍野的鲜花哟
就是对你最好的纪念
——祁树学《思念》

同一个警号，同一个誓言

1

2020年国庆长假的最后一天15时35分，四川省广元市苍溪县公安局东城派出所值班民警李雨阗接到群众报警，“在嘉陵江的月亮湾处，一名十七岁女孩急需救援。”

接到警情，李雨阆立即召集所里工勤人员李万军，驾驶一辆装有水中救援装备的警车赶赴报警地点，与陵江派出所教导员张光桥、民警欧皓等人会合。可是，报警地周边十分平静，既无人群聚集围观，也无人呼救。

当李雨阆等人沿江搜寻到碎石堤坝边时，远远发现了疑似女孩的身影。

“我把警服脱了，莫要惊动她，你回车上拿救生衣。”李雨阆一边脱掉警服叮嘱李万江，一边翻越广场栏杆滑下堤坝，悄悄靠近女孩。可是，还没等李雨阆近身，女孩突然“扑通”一声，坠入了嘉陵江里。

千钧一发之际，李雨阆没有一秒的迟疑，纵身跳入冰冷的江水里。

游出大约几十丈远，李雨阆终于抓住了女孩的胳膊，从后方紧紧托举着她，一次次奋力将女孩推向岸边。

可是，湍急的江水卷着两人向下游冲去，眼看离岸边越来越远，欧皓随即跳江，拼命向前游行十几米，又被湍急的江水卷回，终因体力不支，游回岸边。

就在两名民警跳江施救的同时，留守在堤坝上的张光桥向县局指挥中心报告了险情。

月亮湾位于嘉陵江中心处，8日当天，正值上游的亭子口水利枢纽泄洪，加之几个月前遭遇多年不遇的洪水，江底地形地貌更加复杂。江水眼看没过头顶，李雨阆的处境十分危险，但他始终没有放开女孩。

当李万军拿着救生圈绳赶到时，李雨阆和坠江女孩已被江水冲向下游了。大家顺着江岸奔跑，可是，水太急了，不管跑多快，都追不上他俩。当人们跑到第二个河梯时，两人的身影彻底看不见了。

欧皓艰难上岸后，被战友紧急送医接受治疗。傍晚时分，坠江女孩被救上岸，已无生命体征，李雨阆则消失在滚滚东流的嘉陵江水中。

10月12日清晨，李雨阆失联四天后，搜救队伍终于在赵公坝附近的冰冷江水中找到了他的遗体。当日，群众徘徊江边含泪相告，战友伫立江畔列队志哀，公安部、四川省公安厅发来唁电，表示沉痛哀悼，向李雨阗家属致以亲切慰问。

李雨阗出生于1989年3月，在部队服役五年后，退伍回到了老家苍溪。2017年6月，通过招警考试进入苍溪县公安局，被分配至龙山派出所。2018年，调到东城派出所，牺牲时，从警刚满三年。2020年6月，他如愿成为一名中共预备党员。

李雨阗牺牲后，广元市公安局党委决定，将他生前使用的警号“035225”作为特殊警号永久封存，以期将英雄的身影永远留在广元警营，将英雄精神发扬光大。

对一名人民警察来说，警号，是身份象征，更是崇高荣耀。

李雨阗的警号，带着特殊意义被永久封存，而张兴贵、宝力格的警号，则佩戴在后继者的胸前，熠熠闪光。

2

2017年11月，在贵州省兴义市公安局举行的新警授衔仪式上，张瑞接过父亲的警号，正式成为一名人民警察。

张瑞的父亲张兴贵，退休前也是兴义市公安局民警，三十八年从警生涯屡建奇功。退休后，他把佩戴的警号珍藏起来。

张瑞说：“在我心里，父亲既是慈父，又是恩师。”成长的道路上，父亲对他的影响，无形也有形，潜移默化中，他想像父亲一样，成为一名光荣的人民警察。

大学毕业面临就业的时候，他有两个选择，一个是母亲希望他选的银行，一个是父亲希望他选的公安局，纠结几日后，他毅然决然站在了父亲一边。

通过层层选拔，2016年，张瑞正式加入公安队伍。

入警的那一刻，张瑞有了一个新的梦想，他想佩戴父亲曾经佩戴的警号，踏上今后的从警之路。

张瑞向单位汇报了自己的想法。在新警授衔仪式上，他再一次美梦成真。

“刚用我爸警号那会儿，还不觉得什么，只是有一次，我出门办公，遇到个老民警，他认出了这个警号，拉我谈了一会儿，说了许多关于父亲的事，让我颇为震撼。”张瑞说。

这位前辈说，2009 年，当时七舍、捧乍等地经常发生偷牛盗马案，但一直没找到线索，后来，市局组建了专案组，张兴贵任组长。摸排，蹲点守候，严密布控，两个多月时间，张兴贵终于啃下了这个硬骨头。

“两个月，一百多起偷牛盗马案，全部告破，我觉得我爸真的挺牛的。”提起爸爸的功绩，张瑞满脸自豪，他慢慢觉得，这警号，已经不是一串简单的阿拉伯数字，而是承载了父亲三十八年经历的风风雨雨。

小时候，父亲没有接送过张瑞上下学，为此还闹出过笑话。一天，父亲突然到学校来接他，可老师不认识父亲，怎么也不同意父亲把他接走，没办法，父亲只好联系母亲。为此事，张瑞怨恨了父亲很久。

如今，走在父亲曾经走过的从警路上，他明白了父亲的辛酸，懂得了父亲的付出，更明白了身穿这身警服的意义。

2018 年 5 月，向阳派出所对一家组织淫秽色情表演的歌舞厅开展整治活动。通过审讯，涉案人员供出了幕后老板。老板归案后，拒不承认犯罪事实。由于这是兴义市公安局办理的第一起组织淫秽色情表演案，没有档案卷宗可供查询，这让张瑞绞尽脑汁，头疼不已。

回家后，他向父亲请教，父亲说：“有时候，审一些案子可从旁证入手，只要证据足够，就算他不认账，也可通过法律手段制裁他。”

张瑞听后，茅塞顿开，再次对涉案人员做了详细笔录，掌握了幕后老板违法犯罪的充足证据。不久，法院依法对幕后老板判了刑。

谈及沿用父亲这个警号对张瑞的影响，他说：“入警以来，我的警号备受关注，很多人一看到这个警号，就想到了我父亲，就拿我和我父亲做比较，有时候，我也很困扰，但更多的情况下，觉得这个警号是一种鞭策，让我不能有丝毫懈怠，它承载着父亲曾经的荣耀与艰辛，更承载着我的未来。”

3

与张瑞相比，索连红佩戴的警号尤为凝重。她的警号，是丈夫宝力格留给她的。

宝力格，蒙古族，生前是内蒙古自治区呼和浩特市公安局玉泉分局刑警大队三中队指导员。2007 年 5 月 16 日，在与持刀歹徒殊死搏斗中，身负重伤，壮烈牺牲。

那一年，宝力格三十八岁，上有老，下有小。他牺牲后，所有的家庭重担，全都担在妻子索连红的肩膀上。

为继承丈夫遗志，2018 年，索连红调入丈夫生前工作过的呼和浩特市公安局玉泉分局，成为小召前街派出所的一名社区民警。

“我要和丈夫用同一个警号，践行同一个誓言，完成他未竟的事业！”这是索连红入警后向组织上提出的唯一请求。

索连红负责的五塔寺北街社区，有三千余户居民。从警十三年来，她兢兢业业做好每项工作，竭尽全力为辖区群众服务，想方设法帮助辖区里的孤寡老人和贫困家庭，逐渐从一名公安新兵蜕变为优秀的社区民警，成为社区群众的贴心人。

当年，索连红一边抚养年仅十二岁的儿子包牧仁，一边资助七名残疾孤儿，在自身经济十分困难的情况下，用母爱温暖着这些特殊的孩子，成为他们的“警察妈妈”。

“在我和儿子最困难的时候，很多人向我们伸出援助之手，我也要尽己所能，帮助更多的人。”朴实的话语，透射出索连红的母仪之心。

十三年来，索连红佩戴着丈夫生前佩戴的警号，穿梭于辖区内的大街小巷，用实际行动，替丈夫完成未了的心愿。

“全国公安机关爱民模范”；

“全国公安系统二级英雄模范”；

“全国学雷锋先进个人”；

“内蒙古自治区第二届公益之星最具爱心个人”；

“内蒙古自治区民族团结进步模范个人”；

……

一枚枚璀璨的奖章，彰显着十三年从警生涯的满满收获。

“我丈夫已经离开我们十三年了，在这漫长的岁月里，每次想起他，我和儿子对他的思念却更加强烈。”索连红动情地说。

“同一个警号，践行同一个誓言”。流年清浅，岁月轮转，宝力格在天有灵，也能感知到妻子的挚爱与坚守。

戴上儿子的警帽去巡逻

1

时席席，1990 年出生，江苏省徐州市公安局铜山分局巡特警大队辅警。

2020 年，临近春节，铜山区万达广场人流量明显增大，随之而来的各类纠纷、警情不断，时席席和战友们一直坚守在警务站。

1 月 24 日，除夕，刚刚调休半天的时席席又接到紧急任务，火速赶回警务站。

大年初一上午，时席席拖着疲惫的身躯回到家，对母亲说：“妈，儿子到家就是年，等我放假了，咱带孩子一起出去玩！”

26日，新冠肺炎疫情防控形势愈发严峻，本来在巡逻组的时席席主动请战，要求加入站在抗疫最前沿的疫情防控突击组。对此，他这样跟妻子解释："公安工作就是这性质，再危险也得上！"

2月1日，政府投放平价口罩，天赋广场一家药房是铜山城区较大的售卖点。时席席主动联系值班民警和队员，制定"五米一哨"的预案，并提前画好排队路线。

清早7点，席席就在现场维持秩序："大家拉开距离，不要拥挤，不要摘掉口罩！"一句话重复了上千次。

在科学引导下，群众有序购买，未发生任何拥挤、推搡现象。席席更加坚定了信念："保护好自己，就是对平安的最大奉献。"

席席是个有心人。2月3日，在辖区巡逻时听人说，"4日，某企业将在万达广场免费发放口罩。"他立即向民警、派出所和相关企业进行核实，确定是一条假信息后，及时向群众辟谣，并依托警务站和微警务平台开展防谣宣传，有效消除了一起潜在的人员聚集事件。

席席更具热心肠。寒夜蹲守，他抢在前头，"我胖，比你们抗冻"；巡逻中，发现心梗病人，他及时送医，转危为安；队友父亲遭遇车祸，他率先捐钱。

工作以来，他抓获违法犯罪人员三十余人，救助群众五十余次。

巡区的商户们都熟悉这个笑起来腼腆、工作负责任的"小胖子"。"你们一定要加油！一定能战胜疫情！你们是这个寒冬最可爱的人！"

同事眼中，时席席是一个踏实肯干主动作为的小伙儿，"啥任务交给席席，我特别放心！"这是巡特警大队大队长李辉曾挂在嘴边的一句话。

艰苦卓绝的十七天，时席席既承担日常巡逻防范、防控宣传、维稳处突、简易警情处置等任务，又参与涉及防疫的各类备勤、盘查工作，还负责圭山菜市场等人员密集场所的疏导。白班，每天巡逻十次，每次五公里；夜班，至少巡逻七次。

2 月 11 日 21 时许，巡逻中队副中队长何山听到一声呼喊，“何队，快来啊，席席倒下了！”何山急忙跑到时席席的宿舍，看到席席脸色煞白，已失去意识。

何山他们立即进实施肺复苏，并拨打急救电话，送至医院后，诊断为突发心梗。21 时 45 分，抢救无效，时席席不幸离世。

何山抱着他哭喊：“席席，我知道你累，可不能就这么歇下啊！”

坚守岗位期间，席席每天都会抽出一点时间和家人视频。11 日 19 时，他还给父亲打电话：“爸，疫情形势很严峻，你们多注意安全！”女儿吵着要零食，席席许诺：“妮儿，等爸爸回家，给你带一大袋奶酪棒！”女儿咯咯地笑。然而，两个小时后，一个大活人，说没就没了……

连日来，群众纷纷通过网络留言，表达对席席的怀念与敬意，还有人给警务站送来了热腾腾的饭菜。

2

时席席的父亲时卫东也是一位辅警，工作岗位在四十公里外的郑集派出所。

大年初二，儿子请战的同时，他也主动报名，参加所里的加班执勤。疫情防控阻击战打响后，郑集派出所接到三个检查点的守控任务，所长闫飞征询谁能来加班，时卫东第一个报了名，当天就上了检查点。

闫飞很感激，“老时母亲长年患病，家里老小都要照顾，大过年的赶过来，我知道他克服了很多困难！”

从那天起，时卫东白天巡逻，晚上守卡，冒着风雪严寒，在三镇交界的林洼卡口连续守了三夜。初二当天，他们就排查了八十余名湖北返徐人员，提醒他们回家后做好自我隔离。

“老时是个多面手，一人顶几个人用，啥事儿交到他手里，我就放心了！”闫飞对时卫东的评价，与李辉对席席的评价如出一辙。

防控启动伊始，防护物资奇缺。兼职内勤的时卫东一天之内跑遍整个徐州北部和郊区，硬是凑出两箱三十余瓶消毒液。他还把春节前给感冒的小孙女买的十几个口罩都拿出来，分发到一线民警、辅警手中：“太少了，你们先凑合，我再想办法……”

时席席奔赴突击组报到的那天，时卫东把儿子送到了大队，亲眼看着他走进去。谁曾想，这竟是儿子留给父亲的最后一个背影。

从2014年春节起，时席席和家人已连续六年没能聚在一起吃年夜饭了。“一开始，我不理解，什么工作啊，过年也不能回家吃顿饭？”时卫东说，“后来，当我也成为一名辅警，才终于理解了孩子。”

春节前夕，席席还兴奋地对老爸说：“爸，今年我能回家过年啦，到时候，我在家多待几天，好好陪陪你们和两个‘毛妮’！”“毛妮”是他对爱人和女儿的昵称，但这个愿望，却再也不能实现了。

听到儿子牺牲的消息，时卫东正在一线卡点执勤，他匆匆赶到铜山中医院，见到儿子遗体的那一刻，当场晕了过去。

“自从参加工作，他就没有家了！”老时的话中，满是对儿子的心疼与不舍，他揉着布满血丝的双眼，沉浸在对儿子的追忆中，“我在农村奔忙的时候，想着儿子也在城区巡逻，我们父子俩也算是并肩战疫，那时候，心里感觉暖暖的！”

3

席席走后，全家人强忍悲痛，没设置灵堂、没举行遗体告别仪式。儿子离世的第四天，时卫东稍作调整，戴上儿子的警帽，又回到了郑集镇的疫情防控一线，和战友们一道轮班值守。逐一检查来往车辆、人员。登记身份证、驾驶证、电话号码、车牌号码。跑辖区，逐门逐户宣传疫情防控、核查人员信息。

“儿子，你没站完的岗，爸爸替你站；你没完成的工作，爸爸替你完成。”从那天起，老时的头上，一直戴着儿子的警帽。

“敬你们满身伤痕还如此认真，敬你们逆流而上还奋不顾身，敬你们泪流成河还如此诚恳。”这是一名网友在“徐州警方”微信公众号上的留言。

而席席爱人宗桃桃的留言则更令人揪心：“你没尽完的孝心，还有我；你没养大的孩子，还有我。老公，一路走好，希望天堂没有疫情。”

浴火重生

1969年，在吉林省永吉县的一个农家小院里举办了一场简朴的婚礼。

新娘付淑芝，十九岁。新郎马玉清，二十一岁。两人是一个村子的，家境都不好，经人介绍，走到了一起。

婚后三天，马玉清返回部队，他是黑龙江省哈尔滨市消防支队道外中队的一名消防兵，部队只给他三天婚假。

马玉清是家中长子，全家老少十几口人，洗洗涮涮，养鸡种菜，付淑芝忙里忙外，毫无怨言。

1970年腊月，大儿子马忠学出生，快满月了，丈夫才从部队赶回来。一年后，小儿子马忠任降生了。不幸的是，小儿子一岁时受到惊吓，患上了癫痫病，长大后，生活不能自理，发起病来，还经常对母亲又打又骂。

1974年冬，付淑芝怀里抱着大儿子，背着小儿子，母子三人一路颠簸，来到丈夫所在部队探亲。组织上原本安排马玉清去外地接兵，见到这种情形，临时换了别人。一家四口暂时团聚，准备欢欢喜喜过个团圆年。

1974年12月20日凌晨，哈尔滨市第五制粉厂发生重大火灾，正在值班的马玉清率全队人员火速奔赴火场。

早上八九点钟的时候，出去救火的消防官兵都回到了院子里，唯独不见马玉清，付淑芝的心里七上八下的，有一种不祥的预感。

过了一会儿，总队领导和支队领导都来了，他们拿回了马玉清平时戴的头盔和随身携带的手电筒，表情凝重地告诉付淑芝："起火现场爆炸了。"

领导没往下说，付淑芝已经知道了下文，犹如五雷轰顶，当即瘫倒在地。她泪流满面，不停地自责："都怪我啊，要是我们娘仨不来探亲，他就接兵去了……"

付淑芝想一头撞死在门框上，和丈夫一起去了。可是，回头看看两个儿子，大的四岁，小的三岁，这是丈夫留下的两条根啊！看着两个少不更事的孩子，付淑芝的心底萌生了活下去的欲望，"我不能死，我得咬牙活下去，我要把他的儿子抚养成人。"

她是烈士家属，得到了组织上的多方照顾，给她在哈尔滨市公安局幼儿园安排了一份工作。

为了安心工作，她把大儿子送回了娘家，白天上班，晚上缝缝补补做点零活，勉强维持生活。

马忠学十七岁那年报名参军。看着儿子一身戎装，付淑芝仿佛又看到了丈夫的影子。

马忠学没有辜负妈妈的期望，在部队勤奋好学，积极上进，还考上了军校，毕业后，分配回哈尔滨消防支队顾乡中队，在支队、总队的比武中多次夺魁，两次荣立三等功。

在为儿子高兴的同时，付淑芝也时刻牵挂着儿子。每当消防车从她家门前呼啸而过，不管是白天还是黑夜，她都要站在窗前，看看哪儿着了火，火扑灭了没有，一直到听到儿子安全返回的消息，她那颗悬着的心才算落了地。

可厄运又一次降临到这位母亲头上。1993 年 3 月 29 日凌晨，年仅二十三岁的马忠学在扑救松花江汽车修配厂大火中英勇牺牲。

在忠学身上，寄托了付淑芝的全部希望。她再一次想到了死，“我丈夫牺牲的时候，我有两个孩子，也能扛过去。现在大儿子也没了，我全指着他呢，今后要我咋活呀？”

十九年前，她失去了丈夫，十九年后，儿子又没了，都是清晨，都是葬身火场，再坚强的女人也挺不住啊！

失去两位亲人的付淑芝整天不吃不喝，欲哭无泪。儿子的战友们守护着她，弟弟也跪在床前苦苦相求：“姐啊，你要是挺不住了，忠任咋办呀！”

母爱再一次激发付淑芝顽强的生命力。两天两夜过去了，当她从昏死中醒过来的时候，第一眼就看见依偎在身边的小儿子忠任。她清醒地意识到，大儿子没了，可还有这个生活不能自理、不懂事儿的小儿子呀！如果自己死了，他怎么活下去呢！

儿子牺牲后，组织上对她特别关心，公安部的领导每年春节都来看望她，总队、支队的领导对她更是给予了无微不至的关照。

南岗消防中队的战士们都是听着马玉清、马忠学父子两代烈士的英雄故事成长的，他们打心眼儿里尊敬这位慈祥的老妈妈。

2015 年底，付淑芝的小儿子马忠任因病去世，消防战士更是把付淑芝当作自己的妈妈看待，陪她唠嗑，帮她做家务。付淑芝年纪大了，民政部门也为老人找了一个陪护，付淑芝说：“我也知足了，我丈夫没了，我儿子没了，可我还有一百多个兵儿子呢。”

彝乡不灭的火种

2017 年 6 月 10 日，四川省布拖县公安局地洛派出所民警在路检路查中查获三名可疑人员。

无证驾驶，超员，超载，携带管制刀具，哪一项拿出来，都要接受治安处罚。

民警决定，将三名可疑人员带回所里，进一步调查取证。

当晚，阿某携带挎包来到派出所，要为三名违法人员提供担保。

经核查，民警发现，阿某竟是涉嫌贩运毒品的网上在逃人员。

在随后的抓捕中，急于逃脱的阿某掏出藏于挎包中的制式手榴弹，先后两次扔向民警，随着"轰"的一声爆炸，一名民警、两名辅警和一名群众都不同程度受伤。

爆炸袭警，案情紧急。凉山彝族自治州公安局派出相关警种，与布拖县公安局一起，成立联合专案组，开展侦查、抓捕工作。

6月11日，布拖县公安局党委委员、政工室主任贾巴伍各到医院看望受伤民警、辅警，当场表示："你们放心，我们一定会抓住阿某。"

6月13日9时许，经凉山警方走访排查，发现了阿某的踪迹。当晚，锁定阿某藏匿在四棵乡的一座高山上。专案组迅即分为三个抓捕小组，身着防弹衣等防护装备，连夜向山上搜索推进。

在距离山顶500米的山坡上，天空下起了蒙蒙细雨，天黑林密，断崖高耸，灌木丛生，给抓捕行动带来了很大难度。为防止阿某再次逃脱，保障抓捕民警人身安全，专案组决定：封控锁死各条下山通道，天亮后展开大范围搜捕。

6月14日7时许，专案组抽调精干警力，充实抓捕力量，将参战警力分为五个抓捕小组，身着防护装备，携带武器，从不同路线向山上密集搜捕。

9时许，贾巴伍各带领一支抓捕组，沿着陡坡，向被灌木丛遮蔽的一个岩洞攀爬搜索。

而此时，阿某恰恰藏身在这个岩洞中。见贾巴伍各带领抓捕组一步步靠近，惊惶之中的阿某居高临下，突然向抓捕队伍开枪射击，走在最前面的民警王强和吉木子呷双双中弹受伤。

听到枪响，贾巴伍各迎着潜伏在暗处的冰冷枪口，携枪快速爬坡，上去支援战友。

又一声沉闷的枪响，子弹从贾巴伍各腋下的防弹衣空隙射入体内，造成肺肝部贯通伤。

赶来支援的民警扶起受伤倒地的贾巴伍各。他耗尽平生力气，把枪塞给战友，留下了生前最后一句话："不要管我，不要管我，快追！"

增援民警迅速开枪还击，与阿某展开激烈的枪战。

阿某占据有利位置，熟悉现场复杂地形，凭借悬崖高地和灌木丛做掩护，仓皇逃窜，迅速脱离民警的视线。

凉山州公安局组织四百余名警力循线追踪，布下天罗地网。

6 月 15 日 7 时，犯罪嫌疑人阿某被抓捕归案。

6 月 16 日 9 时，布拖县殡仪馆悼念厅。贾巴伍各穿着彝族盛装，身披鲜红党旗，静静躺在万花丛中，再也听不到人们的深情呼唤。

《此生无悔披战甲 来世还要做警察》——这是贾巴伍各牺牲前在微信上转发的最后一篇文章，他在留言栏写道："如有来生，我还要当警察，为社会和群众守护平安。"

在禁毒战役不断打响的凉山热土，年仅三十四岁的贾巴伍各献出了宝贵的生命。人们纷纷留言致敬："谢谢你，用生命维护社会安宁，将黑暗挡在我们看不到的地方。"……

贾巴伍各牺牲后，被安葬在四川省西昌市烈士陵园。2017 年 9 月 25 日，国家人社部、公安部追授他"全国公安系统一级英雄模范"。

贾巴伍各牺牲很长时间了，在布拖县公安局的联系板上，他的照片还继续保留着，战友们没有忘记那个废寝忘食拼命工作、待群众善良温暖却没有官架子的"加班王子""全能战士"，总感觉他还在，说不定哪天就回来了。

想起战友，在那场生死之战中身负重伤的吉木子呷常常偷偷流泪。有人建议他：“康复后，改做后勤工作吧。”

吉木子呷却说：“贾巴伍各的血不能白流，我永远不能离开缉毒战场，我要付出百倍努力，去走战友还未走完的缉毒路。”

伤好后，吉木子呷立即返回缉毒一线。

全国优秀人民警察、凉山缉毒英雄刘且说：“贾巴伍各从警九年，把生命的时光和生活的理想全都留给了布拖。他留下的，绝不仅仅是感动。”

擦拭着大儿子的遗像，老父亲贾巴俄洛记忆翻涌。大儿子三岁开始割草，放牧牛羊，做农活，直到十二岁才走出大山，刻苦求学，以优异成绩考上警校，入警，工作，直至血洒缉毒战场。

贾巴伍各的弟弟贾巴吉杰也是警察，在安葬哥哥的当天，他向组织提出申请，要求调入缉毒部门，誓要接过钢枪，继续铲除毒瘤。

对于小儿子的决定，刚刚承受丧子之痛的父亲不仅支持，还鼓励说：“如果我再年轻十岁，也会穿上你哥的警服，同毒品犯罪分子战斗到底。”

贾巴伍各和妻子杨翕娴恋爱九年后结婚，丈夫突然离去，她的天塌了，心空了，但她很快擦干泪水，挺起柔弱的肩，细心照顾父母和两个孩子。

“不管多苦多难，我也要把一双儿女抚养成人、成才。这辈子嫁给他，我无怨无悔。下辈子，还做他妻子……”杨翕娴说。

珍藏到永久

在李伟明家的衣柜里，珍藏着他从警二十六年来穿过的每一套警服。提起这一话题，李伟明深情地说：“每套警服都有一段故事，对我而言，意义非同一般。”

李伟明是广西壮族自治区藤县公安局交警大队民警。他说，在他很小的时候，见过一个公社特派员，穿着一套崭新的警服，上白下蓝，红红的领章，庄严的帽徽，那英俊威武的样子，深深吸引了他，让他羡慕不已，以致在他幼小的心田里烙下了一个梦想：长大后，当警察。

带着这个梦想，李伟明发奋读书，成绩优异，填报高考志愿时选择了警校。然而，警校却与他无缘。他带着遗憾步入了师范大门，毕业后，成了一名人民教师。

1994 年 1 月，随着南（宁）梧（州）二级公路的建成开通，经组织部门严格考核和挑选，李伟明梦想成真，调到了藤县公安局，成了一名交通民警。

梦想中的上白下蓝，早已换成了一身橄榄绿。当第一套制式警服穿在身上的时候，他站在警容镜前，左看右看，激动万分。

在李伟明的“藏品”中，有一件已经破损还带有血迹的警服。回忆起那惊心动魄的一瞬间，李伟明的脸上满是荣耀。

1996 年 7 月的一天，李伟明和战友正在南梧二级公路天平永康路段巡逻执勤，对讲机里传来上级命令：“三名车匪路霸劫持了一辆红色长途大客车，正由广东珠海向广西桂平行驶，沿途交警迅速设卡拦截。”

南梧二级公路是必经之路。为防止歹徒冲卡逃窜，李伟明和战友们拦截了一辆大货车，横卡公路中间。

设好路障，不到十分钟，被劫持的红色大客车呼啸而至。

看到逃路被堵死，全副武装的警察又瞬间包抄上来，三名歹徒挥舞着手中的片刀，破窗而逃。

李伟明和战友们分工合作，将率先跳窗的两名歹徒当场擒获。

最后跳窗的歹徒是个小头目，跳窗后，迅速消失在山林中。李伟明和一名战友紧追不舍，与歹徒搏斗中，他心爱的警服被刺破，膝盖也受了伤，血流不止。

战友们随后赶来，合力将最后这名歹徒擒获。

随着时代的变迁，李伟明身上的警服换了一套又一套，由过去的89式“橄榄绿”，变成了与国际接轨的99式“藏青蓝”，穿在身上，更加合体，更显庄重。

2006年7月的一天，李伟明驾驶警车，带队在南梧二级公路辖区路段巡逻时，一名少女突然从路边冲出来拦住他们的去路。少女操着一口浓浓的广东话，大声喊道：“警察同志，帮帮我们吧。”

李伟明和战友们连忙下车问明情况。

原来，这位姑娘是香港人，随旅行社前往桂平西山旅游，归途，车辆抛锚，司机修理了几个小时也修不好，这里地处荒山野岭，前不着村，后不着店，二十多名香港游客又饥又渴，很是着急。

了解情况后，李伟明和同事们马上驱车赶往县城，给他们买来了矿泉水、面包、火腿肠，又从县城的一家汽车修理厂请来了经验丰富的修车师傅。

一个小时后，大巴车的故障排除了。临行前，香港同胞说出了心里话：“是你们的这身警服，给了我们信任和希望。”

是啊，警服，它不仅给人们带来信任和希望，也象征着正义和光芒。

如今，李伟明穿着这身警服，已经走过了二十六年从警之路，肩上的警衔，由最初的普通警员，变了一级警督，2019年，又晋升为四级高级警长，胸前也光荣地挂上了八枚金光闪闪的二、三等功勋章。

“一路行来，有苦也有甜，但是，有警服相伴的日子，我满怀幸福。不管警服是否在身，警察的责任一直在心。我会坚守从警时的那份初心，永远信守为人民服务的那份承诺。”说这话时，李伟明语气坚定。

漫水精神

2016年7月，“平安荆楚·使命2016”专项行动在湖北省恩施土家族苗族自治州来凤县拉开序幕。

7月13日凌晨，收网抓捕行动全面开展，来凤县公安局漫水派出所所长向雪飞带领一名民警在翔凤镇一家宾馆执行蹲守抓捕任务。

凌晨3时许，一行四人进入宾馆，向雪飞确定是准备抓捕的违法犯罪嫌疑人后，不顾敌众我寡，立即下达行动命令。

行动中，三名犯罪嫌疑人被向雪飞和战友抓获，向雪飞发现少了一人，便将三名犯罪嫌疑人交给战友，并把配枪留下来，只身一人火速下楼搜寻。

透过窗户看到楼下巷道里有个黑影，向雪飞猛追了上去，将其摁倒，控制，并表明身份。犯罪嫌疑人拼命反抗，大声呼叫："来人哪，快来救我……"

向雪飞哪里知道，此时，另有三名吸贩毒人员在宾馆对面的出租屋内躲藏。听到呼叫声，一名犯罪嫌疑人冲了出来，捡起一块水泥方砖，向向雪飞的后脑勺砸去。

向雪飞遭到重击后，站起身来，再次向他们扑去，搏斗中，两臂、背部、腰部多处被刺伤。

见两名犯罪嫌疑人想跑，向雪飞第三次扑上去，一名犯罪嫌疑人掏出一把尖刀，猛地刺进向雪飞的右下腋，肺部当即被刺穿……

因失血过多，向雪飞不幸殉职。四名犯罪嫌疑人趁机逃离现场。

案发后，恩施州公安局全力展开围捕。当日中午，四名犯罪嫌疑人全部落网。

向雪飞，1975年12月10日出生，2002年2月加入中国共产党，2003年11月参加公安工作，先后在来凤县公安局大河派出所、旧司派出所、刑事侦查大队、漫水派出所工作，历任派出所副所长、指导员、所长。

从警十三年，向雪飞参与侦破刑事、治安案件数百件，十五次受到各级表彰……四十一岁的生命，定格在这个血色的清晨。

2016年10月，向雪飞被公安部授予"全国公安机关二级英模"荣誉称号。

“富有正义感，冲锋在前，奋力拼搏，心系百姓，热爱学习。”向雪飞的事迹，被战友们总结为“漫水精神”，在漫水派出所传承至今。

“我会继续和全所民辅警一起，惩奸除恶、服务群众，守护一方平安，将‘漫水精神’传承下去。”漫水派出所现任所长张征说。

长大后我也成了你

1998 年 8 月的一天，恰逢周日，一对父子在重庆市沙坪坝区的百货商场边逛边玩。

小家伙名叫汪泽民，刚满三岁，长得虎头虎脑，惹人喜爱，引来无数游人驻足观看。

这一天，恰逢一家大型百货公司举办开业酬宾活动，商场人满为患。小泽民走着走着，回头一看，爸爸不见了，再找，却怎么也找不见爸爸的身影，身边走过的，全是不认识的叔叔和阿姨。

小泽民顿时慌了神，心里特别害怕，急得哇哇大哭起来。

这时，两个陌生男子走过来，抱起小泽民就要走，还口口声声地说：“我们是你爸爸的朋友，你爸爸就在对面，我们抱你去找他。”

小泽民虽小，却人小心大，爸爸妈妈常告诉他，不要跟陌生人说话，更不要跟陌生人走。他记住了爸爸妈妈的话，虽然心里害怕，却蹲在地上，说啥不跟这两个男人走。

围观的人越来越多，大家建议：“把这个小男孩交给警察吧。”

一个热心的婆婆走过来，抱起小泽民向街头走去。

道路中间，有个交警正在执勤。这位警察叔叔身穿笔挺的警服，头戴威严的大檐帽，面带笑容，这个样子让小泽民感到格外亲切，恐惧感一下子消失了。

警察叔叔从那个热心婆婆怀里接过小泽民，一边抚摸他的头，一边对他说：“小朋友，别怕，有警察叔叔在，一会儿就能找到爸爸。”

小泽民偎依在警察叔叔怀里，心里不再感到害怕了。那天，特别炎热，警察叔叔抱着他，在人来人往的街头、商场来回寻找，不一会儿，身上的警服就湿透了。

不知不觉中，小泽民趴在警察叔叔的肩膀上睡着了，也不知过了多久，当他醒过来的时候，一睁眼，就看到了如释重负的爸爸。

警察叔叔走了以后，爸爸对他说：“你一定要记住，这个警察叔叔名叫杨雪峰，他是你的恩人。”

这一切，恰被一个过路的记者用相机照了下来。第二天，《重庆晚报》刊登了一条图片新闻，通栏标题格外醒目：小孩走散，民警寻亲。

通过媒体报道，一家人才知道，杨雪峰是重庆市交警六大队民警，参加公安工作还不到一年。协助杨雪峰叔叔寻找爸爸的那位热心婆婆名叫杨孟菊，是重庆建筑大学的职工家属。

时隔多年，汪泽民一家一直珍藏着这张报纸，虽然报纸已经泛黄，但杨雪峰叔叔抱着小泽民的照片仍然清晰可见。

汪泽民慢慢长大。逢年过节，父母、长辈总会把杨雪峰叔叔帮助他的事当作话题，希望他“吃菌子不忘疙瘩恩”，永远记着杨雪峰叔叔的恩情。每当此时，汪泽民就会翻出那张报纸，看着照片上杨雪峰叔叔爽朗的笑容，回忆起杨雪峰叔叔帮助他的往事，心里暗暗发誓：“长大后，我也要像杨雪峰叔叔一样，帮助那些遇到困难的人。”

从那时起，当警察的志向，也在汪泽民的心里扎了根。

初中时，语文老师布置了一篇作文，主题是“我的偶像”，汪泽民毫不犹豫地写了杨雪峰叔叔。当时，许多同学写的都是日韩港台的歌星、影星，而他的作文题目是“杨雪峰叔叔是我敬佩的那颗‘星’”。

“每个人都有自己的偶像，偶像在粉丝的心里是信仰，是动力，他们或许很耀眼，或许很出名，而我的偶像杨雪峰叔叔是一名普通得不能再普通的人民警察，但是，他帮人于危难、救人于水火，是我最敬佩的那颗‘星’。”

当时，这篇作文显得有些“与众不同”，老师却非常认可，还当作范文在全班朗读，老师和同学们都报以热烈掌声，这让汪泽民激动不已，更坚定了他的从警志向。

2013年，汪泽民参加高考。填志愿时，许多亲朋好友都劝他报考建筑工程、经济管理、计算机等热门专业，他却义无反顾填报了重庆警察学院。

经过四年的紧张学习，2017年，汪泽民如愿以偿进入警队，成为重庆市公安局轨道交通总队勤务一支队民警。

二十年来，汪泽民一直记着杨雪峰叔叔的名字，也盼望着有一天能和杨雪峰叔叔见面。

2018年大年初三，一个民警遇袭牺牲的视频传遍微信朋友圈，汪泽民根本没把这些事和杨雪峰叔叔联系在一起，但在随后的《警情通报》上，“杨雪峰”的名字格外醒目，一种强烈的不安涌上心头，“这个英勇牺牲的民警，会不会就是当年帮助我的那个杨雪峰叔叔呢？”

汪泽民不断地在网上搜索，四处打听情况，通过多方求证，最终确认：“牺牲的英雄，就是我的恩人杨雪峰。”

汪泽民急忙把这个不幸的消息告诉给父母。父母闻听后，心急火燎地从江津赶回重庆。父母说：“当年，你年幼无知，杨警官救了你，感谢的话都没说一声，无论如何，我们也要见他最后一面。”

2018年2月19日，一家三口早早来到了重庆市渝北区殡仪馆。

二十年过去了，杨雪峰叔叔的音容笑貌早已镌刻进汪泽民的脑海。走进灵堂，他一眼就认出，躺在灵柩中的人，就是当年帮助他的杨雪峰叔叔。

在向杨雪峰叔叔的遗体三鞠躬后，汪泽民扶着灵柩失声痛哭，心里一遍遍地追问：“杨雪峰叔叔，我的恩人，我们为什么要以这样的方式见面？如果你在天之灵能够听到，我一定要真诚地说一声，谢谢你！”

在一篇题为《长大后我也成了你》的悼文中，汪泽民写道：

因你当年的帮助，我追寻你的身影已二十年。没想到，再次见面，已是阴阳永隔。

是你让我知道，在人民群众生命财产安全受到威胁时，是人民警察为我们保驾护航；

是你让我知道，从来没有什么岁月静好，只是有人替我们负重前行，用生命守护生命；

是你让我知道，既然选择了当警察，便只顾风雨兼程，勇往直前。

杨雪峰叔叔，我想你应该感到欣慰。因为长大后我也成了你，我们都穿着神圣的警服，我们都头顶庄严的国徽，我们都有一个共同的名字——人民警察！

杨雪峰叔叔，请你放心。虽然你已离我们远去，你的精神却更加坚定了我的理想信念，我一定会沿着你的足迹继续前行，像你一样，做一个对党忠诚、服务人民、执法公正、纪律严明的好警察！

第十二章　银幕背后的英雄

那天早晨
最突愕的消息
让时间凝固
默默无语的泪
浸满最焦灼的等待

——刘心莲《最遥远的悲伤》

长白山谍影

近年来，随着《破冰行动》《光荣时代》《三叉戟》《燃烧》等公安题材影视剧的热播，银幕上一个个鲜活的公安英雄形象令人热血贲张。

实际上，提起公安题材影视剧，我们能拉出一串长长的名单，从中华人民共和国成立初期的《寂静的山林》《国庆十点钟》《虎穴追踪》《铁道卫士》《羊城暗哨》《秘密图纸》，到20世纪80年代的《黑三角》《405谋杀案》《东港谍影》《猎字99号》《第十个弹孔》《神圣的使命》《戴手铐的旅客》《便衣警察》，再到新时期出品的《英雄无悔》《刑警队长》《西部警察》《湄公河大案》

《黑洞》《9·18大案》《任长霞》《重案六组》《中国刑侦一号案》《惊天大劫案》《烈日灼心》《雪暴》《白夜追凶》等一系列影视剧，每个银幕上的公安英雄形象，都能在现实生活中找到原型。

1

位于吉林省安图、和龙两县交界处的老岭山区，地处长白山腹地，最高海拔1450余米，与长白山主峰天池遥遥相对，两座山峰宛如一对璀璨的珍珠，镶嵌在广袤无垠的林海之中。

1952年7月13日午夜，一望无际的长白林海，晓月轻风，松涛阵阵。经过一天的劳累，驻宿在老岭山区的伐木工人早已进入梦乡。

突然，一阵低空盘旋的飞机声搅醒了他们的美梦。在万籁俱寂的原始森林，即使是白天，也很少见到飞机。而此时，正值午夜时分，怎么会有飞机声？

轰鸣的飞机声在林海上空由近及远，渐渐消逝在远方的天际……

翌日清晨，伐木工人到宿营地山脚下的小溪旁汲水，发现草地上零零落落地散扔着几个印有外文商标的罐头盒。他们沿着草地的边缘仔细搜寻，又在几处裸露的地面上发现了几枚大头皮鞋的足迹。联想到头天夜里的飞机声，敌情观念很强的伐木工人立即派人把听到和看到的情况报告给当地公安机关。

接到报告后，安图县公安局立即派人前往老岭山区实地踏查核实，并逐级上报。此后的一段时间里，和龙、安图两县公安机关也相继接到附近群众关于在长白林海发现可疑情况的报告。

9月5日上午，几位农民结伴进山挖参，快到老岭主峰时，突然遇见五个中国人民志愿军装束的青年男子。五名男子的神色很慌张，当断定站在眼前的只是几位进山挖参的农民时，又显得喜出望外。

一位长官模样的人自我介绍说："我们是中国人民志愿军，刚从朝鲜战场上下来，迷路了，走得又累又饿，咱们军民一家亲，能不能给点儿吃的？”

几位农民丝毫没加怀疑，从各自的包裹里拿出一些吃的分给了他们。五名男子显然是饿坏了，拿过食物，狼吞虎咽地吃起来。吃饱喝足之后，五名男子仍然贪婪地赖着不走，跟几位农民商量：“多给你们些钱，把你们背包里的干粮卖给我们。”

经过讨价还价，五名男子终于花高价买去了农民们随身携带的食品、烟叶、豆油等生活用品。

9 月 14 日，和龙县一位上山采蘑菇的老乡突然发现不远处的树丛中有个东西蠢蠢欲动。他以为遇到了黑熊，便悄悄躲在一棵大树后面窥视。

“黑熊”在树丛中动了一会儿，突然直立起来，变成了一个大活人。采蘑菇的老乡吓了一跳。再一看，“黑熊”的衣着与当地群众完全不同，手指上还缠着一块黑胶布，脚上穿着一双大号黑胶鞋。

就在各种可疑迹象频频出现的同时，9 月 21 日午夜，驻宿在老岭山区的伐木工人再次被一阵低空盘旋的飞机声惊醒。震耳的轰鸣声一直持续了十余分钟，才渐渐在东南方向隐去……

9 月 25 日，中央公安部侦听到长白山区出现暗伏电波的呼叫声，立即通知东北公安部速查。经东北公安部进一步侦听、测量，将目标锁定在吉林省长白山原始森林的老岭地区。

敌情越来越严峻。根据群众的报告和连日来获得的可靠情报，东北公安部和吉林省公安厅对敌情进行了深入细致的分析和研究。根据安图、和龙两县公安机关汇报的情况，在征得中央公安部同意后，东北公安部迅速研究制定了缜密的侦查措施，成立了专门的战斗领导小组，并从部机关、吉林省公安厅、延边各县公安局以及东北公安部队抽调了大批精兵强将。

短短数日内，吉林、辽宁两省公安机关抽调了数百名民警及两万多名民兵，从四面八方赶到长白林海，将所有的路口、村屯和中朝边境线等交通要道全部封锁，展开了大规模的搜捕行动。

9月29日上午十点多钟，在安图县二道白河的一片灌木丛中，一个中国人民志愿军装束的中年男子正伏在空地上向外窥视，他小心翼翼地摊开军用地图，一边在上面仔细搜寻，一边抬起头来，努力辨别着方向。

他刚直起腰来，还没来得及向四周张望一下，便听到一声炸雷般的呐喊：“不许动，举起手来！”

中年男子被这声炸雷般的呐喊吓得魂飞天外，乖乖举起双手，颓废地瘫坐在地上。

经过仔细搜查，民兵们在男子潜伏地搜出一支手枪、一部美式电台，还有指南针、地图等军用物品。

男子被押到二道白河派出所。经过简单盘问，该人供述名叫李军英，是美国中央情报局派遣到大陆的特工人员。

吉林省公安厅命令延边朝鲜族自治州公安处：“火速将李军英解至省城！”

2

省城吉林市距二道白河数百公里。当侦查员们押解李军英风尘仆仆赶到吉林市时已是午夜时分，但厅长办公室仍然灯火通明。

经过周密研究，吉林省公安厅制定了一套缜密的审讯方案，连夜突审李军英，迫使他交代了自己的身世和这次潜回大陆后从事的所有间谍活动。

李军英，化名卜经武，原籍辽宁省辽阳县，1908年出生，现年四十四岁，1949年以前曾任国民党某部营长、副团长等职，辽沈战役打响后被解放军俘虏，送至黑龙江省齐齐哈尔市的解放军军官学校学习，后被分配到辽宁省本溪钢铁公司做食堂管理员。1950年，东北全境解放。李军英自知罪责难逃，便取道香港携款外逃，参加了美国中央情报局操纵的“自由中国运动”特务组织，旨在搜集我政治、军事、经济情报，妄图颠覆刚刚诞生的中华人民共和国政权。

1951年春，李军英被“自由中国运动”总部秘密送往日本，接受美国中央情报局驻日本厚木间谍机构的强化训练。其间，还被送至志愿军战俘营训练三个月，体验、模仿中国人民志愿军官兵的生活习惯。

执行派遣任务之前，负责科目训练的马汀上尉对李军英进行了严格考核，其他科目都已过关，但李军英手上没有茧子，结果不合格，在经过两周的练杠子、劈柴等强化训练后，才得以通过第二次考试。

经过一年多的特殊强化培训，李军英具备了作为一个间谍所应有的一切素质，深得上司赞赏。由于他多年在东北活动，熟悉东北的风土人情、地形地貌，“自由中国运动”总部决定派遣他秘密潜回大陆，负责指挥空降伞特和暗藏特务进行间谍活动。

为进一步深挖细查美国间谍机构在幕后策划的反华阴谋，第二天一早，薛焰派人将李军英火速押解到东北公安部所在地沈阳。

对于这位“贵客”，东北公安部部长汪金祥给予了“格外照顾”，由政保处调查科特级侦查员张振邦、杨贵鸣专门“陪住”。

为增加李军英的心理压力，张振邦、杨贵鸣有意向李军英报料：“你在你母亲坟茔地的棺材里埋藏了许多枪支？”

一听这话，李军英当即吓得直冒虚汗，没想到就连自己在香港吊金岭难民营吹牛的大话，都在东北公安部掌握之中。他担心性命难保，后经调查科长张玉诚反复做工作，才渐渐打消顾虑，彻底坦白交代。

美国中央情报局对中国大陆的间谍活动密谋已久，早在7月13日夜间，就已经向长白山区空投了代号“文组”的第一批武装伞特，目的是站稳脚跟，建立据点，联络暗藏特务，发展秘密组织，在长白山地区建立“敌后游击区”，炸毁东北主要工业基地，谋杀我党、政、军领导，切断大陆和外界的联系，接应盟军反攻大陆……

此次，李军英被“自由中国运动”委任为“巡视员”，秘密空降到长白山区，主要任务是检查、督导“文组”着陆后的工作进展情况，以供总部确定下一步空投方案。

在空降长白山前，敌特间谍总部和李军英商定，待任务完成后便马上返回厚木，途径有两种：一是直接派飞机空取，地点仍是长白山区，联络方式待定；二是如果时间允许，可在大陆多逗留一段时日，深入内地的几个大城市，搜集我国更深层次的政治、军事、经济情报，再转道香港，秘密潜回总部。

先期空降到长白山区的“文组”伞特共五人，组长文世杰，电台技师牛松林，特务马志辉、于冠洲、许广智。李军英着陆后，很快与“文组”取得联系，详细听取了文世杰的工作汇报，并利用随身携带的电台向总部做了汇报。

为随时掌握“文组”工作进展情况，临分手前，李军英和文世杰商定：下次接头时间定在 11 月 1 日，地点是老岭山区的“杨房子”。如三天还没接上头，就在半个月后接头，地点还是杨房子。

分手后，李军英独自下山前往临江县，准备与秘密潜伏的特务头子李松涛联络，筹建游击武装，并向李松涛布置新的任务。但还没动身，李军英就发现漫山遍野都是搜山的公安民警和民兵。

他不敢走大路，专拣偏僻的小路走，没想到迷了路。就在他辨别不清方向的时候，搜山民兵从天而降，将他生擒活捉。

为争取宽大处理，李军英详细交代了“自由中国运动”敌特间谍组织的成立背景、组织机构和成立以来对华开展的基本间谍活动，同时，主动提供敌特间谍机构还将于近日在长白山地区空投第二批武装特务的重要情报。

这批伞特，代号“沈组”，组长沈衡年。

3

为彻底粉碎美蒋特务机关的阴谋，吉林省公安厅决定，抽调几位反间谍宿将，组成强有力的侦查小组，连夜启程，奔赴延边朝鲜族自治州，会同当地公安机关，立即开展侦查破案工作。

1952年9月28日，侦查小组风尘仆仆抵达延边，又驱车赶往安图县三道沟村。30日到达老岭顶峰，在上面搭建窝棚，安营扎寨，设立侦查搜捕总指挥部。

按方案部署，和龙、安图、延吉、珲春、汪清等五县每县抽调二十名公安民警，以县为单位，编成五支搜捕队，一律着便装，分别由一名局长带队进山搜索。为便于行动，各搜捕队除准备两支冲锋枪外，全部佩带手枪。

长白山夏短冬长，刚到十月，就已经大雪封山，滴水成冰。恶劣的自然环境，复杂的山地气候，给搜捕伞特带来了极大困难。由于行动仓促，气候变化异常，公安民警在上山之前未做防寒准备，许多人的手脚都冻伤了。

在东北公安部的指挥下，吉林、辽宁两省的广大公安民警、边防战士和民兵群众历时三个月的搜山围剿，美国中央情报局驻日本厚木间谍机构向长白山地区派遣、空投的“文组”“沈组”共十名成员，除两名拒捕被击毙外，其余全部落网，并收缴了电台、新旧密码等大量物资。

据可靠情报，美国中央情报局一共向长白山区空投了三批特务，这三批分别是“文队”“沈队”和“长白山天池气象队”。

1952年11月，和龙县公安局政保股股长郑洙龙奉命与一支由十四名侦查员组成的精干小分队到长白山追剿“长白山天池气象队”。

追剿到第七天，一件意想不到的事情发生了。一只约二百五十公斤重的黑熊因山上雪深路滑，成了小分队的同路人。这只黑熊一直走在小分队的前边，双方互不打扰。

晚上，小分队在中朝边境鸭绿江边附近的韩家沟遇到了边防部队，一名边防战士上前问道：“刚才走在你们前面的人和你们是一起的吗？”

一句话，把大家问蒙了。走在前面的明明是只黑熊嘛。

这时，小分队的一名成员突然发现雪地上有脚印，而且绝不是黑熊的足迹。小分队的人立即围了上去，结果发现，雪地上明明是鞋子留下的痕迹，而且还印有“US”字样。

“这一定是美国特务留下的。”这一意外发现让大家惊出一身冷汗，原来特务扮成了黑熊逃生。

11 月 14 日，侦查队在中朝边境的鸭绿江下游谷头河附近的森林中发现目标，侦查员们循线追踪，一直追踪到 16 日晚，终于追击到几名伞兵特务，小分队兵分三路包抄过去。

郑洙龙跑在最前面，把一个特务追得累趴在山坡上，不能动弹了。此时，搜索队伍离郑洙龙还有一段距离，郑洙龙只身与武装特务展开搏斗，并将一名武装特务摁倒在地。这时，另一名特务从腰里拔出手枪扣动了扳机，罪恶的子弹无情地射进了郑洙龙的前胸。随即赶到的侦查员飞起一脚，将这名特务踹倒在地，将其制服。剩余的两个特务听到枪响，连滚带爬地向对面的朝鲜境内逃去。

眼看特务就要跨过边界线，追击的侦查员迅速拔枪射击，跑在最后的一名特务应声倒地，大声向同伴求救。没想到，跑在前面的特务非但没有救他，反而回头一枪，结束了他的生命。

第二天，潜逃的特务被朝鲜人民军抓获，并遣送到我国。

至此，美军空投的“长白山天池气象队”除一人被击毙外，其他十五人全部被我搜山队一网打尽。

郑洙龙出生于朝鲜咸镜北道，后迁居吉林省和龙县，1945 年“九三”胜利后参加革命，次年一月加入中国共产党，调到和龙县公安局，先后担任行政股股长、派出所所长。他善于学习，精通治安业务，一度被和龙县检察院调去任检察员，不久，又被调回县公安局任政保股股长。

4

为狠狠打击美国中央情报局驻日本厚木间谍机构的嚣张气焰，在全世界面前彻底揭露美帝国主义侵犯我国领土主权和扩大侵略战争的罪恶阴谋，使其在政治上更加孤立和被动，东北公安部决定，“逆用美间谍电台，诱敌深入，在美间谍机构空取李军英之机，打机擒敌。”

为取得此次战斗的全面胜利，11 月 28 日，刚从朝鲜战场回国的东北公安部队副司令员谭友林亲率一个高射机枪连，秘密抵达三道沟指挥部增援，勘察地形，布置火力。

11 月 30 日零时整，长白山东南方向的上空隐隐传来一阵飞机的轰鸣声。不一会儿，一架黑鹞子式的飞机幽灵般出现在我军的潜伏圈内，在“品”字形篝火上空盘旋。

就在飞机准备空取的一瞬间，三颗红色信号弹蓦然间在长白林海的夜空升起。霎时间，四挺高射机枪同时向低空中的敌机开火。敌机急忙拉起机身，准备逃跑，四挺高射机枪十分准确地命中目标，敌机瞬间身中数弹，怪叫着拖起一股浓烟，在弹出两张降落伞后，“轰”的一声撞在附近山坡上，顿时燃起熊熊大火，映红了整个夜空。

潜伏在小山头附近的公安民警、解放军战士奋力追赶，在追出二百余米后，终于将跳伞的两名美国军官生擒活捉。经查验证件，这两名美国军官就是敌特间谍机构负责此次空取任务的教官，一个是约翰·托马斯·唐奈中尉，另一个是理查德·乔治·费克图上尉。

检查飞机残骸时，机头、机身已经折为两段。

这是一架没有标志的美制 C-47 型飞机，机舱内，两具尸体已被烧焦。

经两名俘虏指认，这两具尸体，一个是美籍驾驶员罗伯特·斯诺迪，另一个是美籍领航员诺曼·施瓦兹。出于人道，侦查员们将两具尸体就地掩埋。

耐人寻味的是，被击落的这架 C-47 型飞机，原是第二次世界大战期间美国著名飞行员陈纳德的战机，战后转交美国中央情报局驻日本厚木间谍机构使用。这架飞机在反法西斯战场上屡立战功，却因这种角色的转换而落得折戟沉沙的下场。

次日，两名美国间谍教官由吉林省公安厅转送到东北公安部，后又转送中央公安部。

长白山区搜捕敌武装伞特和反间谍斗争的全面胜利，彻底粉碎了美蒋特务机关妄图在我边境地带建立“敌后游击区”“军事基地”的梦想。捷报传到北京，周恩来总理高度赞扬：“东北打下一架美机，是逆用电台搞的，这事办得好！”

1954 年 11 月 24 日，《人民日报》头版头条显著位置以大字标题发表了中央公安部《关于在长白山地区歼灭美帝空投特务的公报》，将这一轰动中外的重大历史事件公之于众，并为朝鲜战争板门店谈判提供了有力铁证。与此同时，中央公安部也在故宫博物院展览了被击落的美机残骸以及缴获的枪支、电台、降落伞等大批战利品，成为美帝国主义侵华的又一历史罪证。

不久，中华人民共和国最高人民法院对这起间谍案进行公开宣判，美国间谍机构空投的武装特务，分别依照我国法律被判处徒刑。

1957 年，长春电影制片厂以此案为背景拍摄的电影《寂静的山林》在全国上映，著名演员王心刚、蒲克演绎的反特故事，使这一经典案例家喻户晓。

硬汉队长

20 世纪 90 年代初，由公安部金盾影视文化中心和中央电视台影视部、武汉电视艺术中心联合拍摄的十七集电视连续剧《西部警察》受到全国观众喜爱，尤其王奎荣主演的刑警队副队长刘汉的银幕形象，给观众留下深刻印象。

刘汉血气方刚，豪爽慷慨，在一系列危险案情中身手不凡，却在一次沙漠追捕中倒在血泊里，留下了襁褓中的婴儿和贫寒的家庭……

刘汉的原型名叫刘晓东，1956 年 2 月出生于陕西省延长县，1974 年在甘肃省榆中县插队，1979 年参加公安工作，先后担任甘肃省兰州市公安局七里河分局治安队民警、敦煌路派出所副所长、七里河分局刑警队队长、兰州市公安局刑侦大队副大队长。

1995 年 12 月 18 日，兰州的冬夜异常寒冷。21 时许，刘晓东驾驶吉普车送战友杨顺心、陈连奎途经滨河北路时，发现一辆出租车停在路上，车前倒卧着一个人。

凭着职业的敏感和责任感，刘晓东预感到有案件发生，他随即掉转车头，准备查问究竟。

停车后，杨顺心、陈连奎下车查看，却发现倒卧者已经被枪杀。

这时，那辆出租车突然发动，向黄河大桥方向疾驰而去。

“追，开车的一定是歹徒！”刘晓东立即驾车追赶，追出好几公里后，终于逼着出租车停在路边。刘晓东掏出手枪，立即下车盘查，就在这时，车里突然扫过来一排子弹，刘晓东胸前连中十一弹，当场壮烈牺牲，杨顺心十一岁的儿子杨巍也身中七弹，被夺去了生命。

疯狂的歹徒抢走刘晓东驾驶的吉普车继续逃窜，慌乱中，与迎面驶来的一辆大卡车相撞，歹徒又开枪打死了卡车驾驶员，劫持了一辆路过此地的小汽车继续逃窜。

各地公安机关紧急出动，设卡拦截。次日，两名歹徒在宁夏回族自治区隆德县落网。

刘晓东牺牲后，甘肃省人民政府批准他为革命烈士，公安部追授他为“全国公安系统一级英雄模范”。

二十多年过去了，当年的兰州市公安局刑侦大队已经更名为刑警支队，政委胡卫星已经退休，提起当年一起共事的生死弟兄，胡卫星感慨万千，“晓东高大魁梧，为人耿直，一身正气，做事干脆利落，工作中思维敏捷，永远充满热情，朝气十足，有一种虎虎生威的劲头。”

刘晓东酷爱刑侦工作。在七里河分局担任刑侦队队长期间，一次次带领战友们出生入死，直接参与侦破的刑事案件六百六十七起，其中重特大案件三百二十五起。

在侦破一起毒品犯罪案件时，刘晓东和一名侦查员装扮成买主，与两名毒贩交易毒品。毒贩知道他的真实身份后，其中一个拿起水泥块向他砸去，另一个手持瓦刀砍向他的头部。刘晓东毫无惧色，奋力与歹徒搏斗，在鸣枪警告无效后，击伤歹徒，并将两人捉拿归案。

“像这样只身与犯罪分子搏斗较量的场面，刘队不知经历过多少回，他每次都冲在最前面。面对尖刀、枪口和炸药，他面不改色心不跳。他认准了一个理儿——见了坏人，当警察的，就得往前冲。”二十几年过去了，提起刘晓东，战友冀威满是敬佩之情。

对于这一点，刘晓东的妻子李京梅深有感触：“1983年，女儿刚出生，母亲来兰州照顾我。看到母亲很辛苦，晓东就买了电影票，陪母亲去看电影。在去电影院的路上，遇到两个人手持菜刀正在打架，他就马上冲上去，及时制止了一场流血事件。当他和母亲赶到电影院时，电影已经演完了。我也曾劝他，别干刑警了，又忙又累又危险的。他却不止一次说，他爱刑警这一行，是绝不会轻易放弃的。谁能想到，他为热爱的职业献出了宝贵的生命……”

刘晓东牺牲后，他的英雄事迹被中央、省、市各级媒体广泛宣传，各界爱心人士纷纷向李京梅和女儿刘雯雯表达爱心。广州玛莎女子外语学校校长马莎主动与兰州市公安局政治部联系，要求接刘晓东的女儿去广州，在她创办的学校免费上学。

经过反复思量，李京梅决定让女儿去广州学习。雯雯在玛莎女子外语学校毕业后，参加了公安部组织的公安英烈子女入学考试，在公安院校毕业后，参加了广州市公务员考试，被正式录用为人民警察，分配到广州市公安局天河分局110指挥中心。

刘雯雯不负众望，继续着爸爸未竟的事业。她勤勉敬业、踏实肯干，在平凡的工作岗位上顽强拼搏，争创一流，多次被嘉奖记功。当年那个懵懂的小女孩，已经成长为一名优秀的公安民警。

长风彩霞

1

二十一集电视连续剧《任长霞》热播前，河南省登封市公安局局长任长霞早已在全国家喻户晓。

个人一等功，全国优秀人民警察，全国青年岗位能手，中国十大女杰，全国五一劳动奖章。一个个金光闪闪的奖章，见证了这位女公安局长的传奇人生。

任长霞，1964年2月8日出生在河南商丘，1983年毕业于河南省人民警察学校。1992年12月加入中国共产党，2001年，调任登封市公安局局长，是河南省公安系统有史以来首位女公安局长。

2004年4月14日20时40分许，任长霞去郑州侦办“1·30”案件返回登封途中，突遇车祸，经抢救无效因公牺牲，年仅四十岁。

任长霞的去世，震撼了登封市。遗体告别仪式那天，十四万多群众自发前来悼念，“白花如雪，白幛如云”，这在登封历史上还是第一次。

任长霞牺牲后，被公安部追授全国公安系统一级英雄模范；2018年12月18日，荣获改革开放四十周年政法系统新闻影响力人物，并获评感动中国“警界女神警”；2019年9月25日，入选“最美奋斗者”名单。

任长霞的光辉业绩，不仅感动了登封，也感动了广大文艺工作者。

2005 年 4 月 13 日，中央电视台、中国电视剧制作中心制作的二十一集人物纪实电视剧《任长霞》在央视一套甫一播出，立即引起轰动。该剧根据任长霞先进事迹改编，由沈好放执导，革非编剧，刘佳、白凡主演，真实再现了任长霞为民、亲民、以民为本，公正执法的光辉形象和崇高品质。

2005 年 7 月 1 日，长春电影制片厂、北京名将影视文化传播有限公司、北京兄弟时代影视文化传播有限公司出品，宋江波执导，张瑜领衔主演，吴京安、王庆祥、师小红、曾志伟联合主演的电影《任长霞》登上大屏幕。

此后，陕西省西安豫剧团、河南省平顶山豫剧团分别排演了豫剧《任长霞》，河北省深泽县坠子剧团根据任长霞的事迹改编了坠子戏《任长霞》。

2

“逢一必争，逢冠必夺”，是任长霞的一贯作风。

从事预审工作十三年，任长霞先后夺得郑州公安系统、市政法战线及省预审岗位练兵大比武三个第一名，破获大案要案一千零七十二起，追捕犯罪嫌疑人九百五十人。

1998 年担任郑州市局技侦支队支队长后，任长霞多次深入虎穴，化装侦查，亲自抓获中原第一盗窃高档轿车主犯，先后打掉七个涉黑团伙，抓获犯罪嫌疑人三百七十多名，被誉为“警界女神警”。

担任登封市公安局局长后，任长霞始终把人民群众的疾苦和安危放在心上，短短一星期，跑遍了登封十七个乡镇派出所，在全市发放了一万五千份征求意见表，摸清了治安形势，找出了队伍存在的问题，随之而来的就是一场大刀阔斧的改革。

登封有两起强奸杀人案家喻户晓。第一起，西岭强奸杀人案。1997 年至 2001 年的五年间，西岭区域内先后有多人被抢劫杀害，数名妇女被强奸，案件难以侦破，群众反映强烈。任长霞到任后，将此案定为攻坚战的重中之重，抽调精干力量强力侦破，终于在 2001 年 8 月 1 日将犯罪嫌疑人王少峰抓获归案。第二起，两少女被奸杀案。案发长达十一年，久侦未破。任长霞多次召开党委会，研究部署此案的侦破工作。在一次接待群众来访时，任长霞获知一条重要线索，迅速组织民警顺线追踪，终于将犯罪嫌疑人擒获。

在到任后短短的几个月内，登封市公安局共查结 1998 年以来控申积案七十一起，多年上访老户息诉停访，老百姓的脸上，终于有了笑容。

任长霞敢爱敢恨。面对黑恶势力，她拍案而起；面对平民百姓，她柔情似水。她曾在脸上抹煤黑，暗访警察乱罚款，让不接警不出警的派出所所长“背上背包回家”；她也曾抚摸着受害人的伤口伤心落泪，用有限的工资资助许多贫苦孩子。

“警察前面为什么要加上‘人民’二字呢，就是为了让我们时刻牢记，自己是来自人民群众、服务于人民群众。”由于登封各类积案堆积严重，任长霞组织“百日破案会战”。

2001 年 4 月，任长霞在翻阅群众举报信时了解到，登封东部避暑山庄老板王某，长期纠集家族成员和社会闲散人员，在白沙湖一带横行乡里。任长霞当即决定，要亲手捣毁这个无恶不作的黑恶团伙。但要抓头上顶着“优秀企业家”等光环的王某，谈何容易？

经过两个月的深挖细查、艰苦奋战，任长霞带领民警一举抓获以王某为首的团伙成员六十五名，彻底捣毁了这个横行乡里的黑恶团伙。

“4・15”东金店强奸焚尸案、“4・18”大冶镇火石岭村绑架案、“6・9”强奸轮奸女教师案……一起起大要案件，均在较短时间内告破，百姓服了，民警们也服了。群众口口相传：“咱登封来了个女神警，案件发一起破一起……”

二十一年从警生涯，任长霞从一个走夜路都会哭的女孩儿，成为办案能手、业务状元，再成为威震一方的公安局长。她在“女人干不出什么大事”

的怀疑中，带领全局民警查结控申案件二百三十多起，破获各种刑事案件两千八百七十多起，抓获犯罪嫌疑人三千二百余人。一时间，“女包公”“任青天”的美称传遍中岳大地。

在抓好打击犯罪、维护治安的同时，任长霞将信访工作作为一项民心工程来抓，并制定了局长接待日制度。

2001 年 7 月 29 日，局长接待日第一天，从早晨一直到午夜 11 时，任长霞接待了二百余名群众，民警们心疼不过，让她歇歇，她说：“乡亲们跑了几十里路来找我，我怎么也得把他们的问题解决了。”

三年间，任长霞接待群众来信来访三千四百余人次，四百七十六名老上访户停诉息访。

三年间，任长霞的手机号常年向群众公开，从不关机。只要是百姓打来的电话，再忙，她都耐心听完才挂断电话。

2001 年 5 月 3 日，在处理登封市大冶镇煤矿特大瓦斯爆炸的善后事务时，任长霞得知，年仅十六岁的刘春雨因此次矿难成了孤儿，被迫辍学，便将小春雨认作干女儿，承担了小春雨的生活、学习费用，给予母亲般的关怀。

3

任长霞的丈夫卫春晓是一名律师，妻子牺牲后，他久久不能从悲痛中平静下来。两人十八年前刚结婚时，曾经有一个非常幸福美满的小家庭，两人互敬互爱，夫唱妇随，一起做饭、一起唱歌、一起学习、一起进步……

可是，随着工作压力的增加，任长霞慢慢地忽略了家庭。她曾经评价自己：“我不是一个好妻子、好母亲。”

在登封工作的三年里，任长霞十天半月回不去家一次，每次回家，都来不及跟儿子亲热，跟丈夫温存，嘱咐儿子几句之后，就开始打电话，安排工作，忙完了，来不及说什么，又走了。

夫妻俩最后一次见面，还是任长霞带了一个上访户去找丈夫提供法律援助，见面时间只有二十分钟。

夫妻之间聚少离多，身处异地的丈夫本想打电话寄托思念，但每次通电话，任长霞也只有短短的几句话。两人最后一次通话是在任长霞出事前三天，丈夫本想问她要新房子的钥匙，话还没说出口，电话那头便急促地说道："别说了，我正开着会呢。"没想到，这句话竟成了夫妻俩最后的诀别。

"我真正有愧的就是儿子，生他，养他，却很少教他。"任长霞生前，经常跟同事说起这句话。

2004 年寒假，妈妈忙工作，爸爸出差，儿子卫辰尧回家没钥匙，行李在小区门卫室里放了七天。他给妈妈打电话："妈，我回来了，去哪儿呀？这年咋过呢？"

任长霞对待同事和群众，心很细，但对儿子的事，心却很粗，常常忘记把儿子安排在哪儿，过一两天才想起来。

2004 年除夕夜，儿子在督察队长常守豪家过年。晚上八点左右，任长霞来到常家，搂着儿子，嘱咐他要用功学习，没坐上二十分钟，就和常队长一起下乡去了。

那天，儿子自己包了饺子，准备让妈妈尝几个，可惜太匆忙，妈妈没顾上吃。

整个寒假，儿子和妈妈也就见过五六次面。

2004 年 3 月底，任长霞专门去北京看儿子，这是母子俩最后一次相见。回到登封，她给儿子写了一封信，整整三页。儿子读完后，最大的感受是："妈妈很了解我，第一次有这种感觉。"

以前，卫辰尧经常抱怨妈妈和他有代沟。

母亲牺牲时，卫辰尧还不满十七岁。对于一个未成年的孩子来说，面对母亲去世的噩耗，实在是难以接受，他每天拿着手机，一遍遍给母亲发消息，甚至抱着手机睡觉。

母亲去世后，爸爸也去世了，他俩最终合葬在一起，卫辰尧也从一个曾经家庭美满的孩子变成孤儿。

母亲长年在外，卫辰尧的童年没有母亲陪伴，但母亲用自己的实际行动为儿子写了一本意义深刻的教科书。

4

2005 年 4 月 22 日，卫辰尧参加由公安部统一组织的全国公安英烈子女保送生统一考试，考入河南公安高等专科学校，并选择了母亲生前最喜欢的侦查专业。在校期间，他学习刻苦，表现突出，时刻以母亲的精神激励自己奋发向上，入学不到一年便光荣加入中国共产党。

2008 年 5 月，卫辰尧毕业选岗时，谢绝了组织上的特殊关照，坚决要求到最艰苦的基层一线锻炼成长，最后，他被分配到郑州市公安局金水分局刑侦大队，当上了一名普通侦查员。

任长霞常说："公安公安，只有我们'公'，人民才能'安'。"母亲的这句话，卫辰尧时刻牢记于心，并以此激励自己。工作中，他谦逊低调，从不以英模子女自居，赢得了领导和同事们的一致认可。

2012 年 4 月，卫辰尧调到柳林分局金印阳光城警务室当社区民警，他真心为群众做实事，热心为群众办好事，诚心为群众解难事，《人民公安报》《河南法制报》《东方今报》先后报道他的事迹，他也多次被评为优秀公务员、信息化应用能手和优秀社区民警。

母亲牺牲十六年了，卫辰尧参加公安工作也快十二年了，已经不像当年那样有着撕心裂肺的疼痛。多年在公安一线摸爬滚打，更加懂得了一身警服承载的责任和担当，更加为母亲而感到骄傲和自豪，他说："很骄傲，很自豪，也很珍惜现在的生活，我会一直沿着母亲的足迹奋力前行，用心，用情，用爱，守护群众平安，守卫城市安宁。”

中国警魂

在湖北省宜都市革命烈士纪念馆，有一块专门为公安英烈胡钦春开辟的展区。展柜最显眼的地方，摆放着一个光盘、一本《中国警魂——追记“英雄民警”胡钦春》和一套布满窟窿的警服。

《中国警魂》的封面，是青年民警胡钦春的个人铜像。警服上的窟窿，则是胡钦春血战疆场的最好证据。

胡钦春，生前是湖北省宜都市公安局陆城派出所民警，2014 年 3 月 29 日，在与歹徒搏斗中英勇牺牲，年仅四十一岁。

2014 年 3 月 29 日 20 时许，宜都市第一人民医院旁的建设银行处，一名群众被人打伤。宜都市公安局 110 指挥中心接到群众报警后，立即给属地陆城派出所转警，要求马上前往现场进行处置。

当晚，陆城派出所民警胡钦春、朱太林值班，他们刚刚处置完一起抢夺案，便又接到 110 指挥中心派警。两人二话没说，立即赶往案发现场，并在一家烧烤店附近找到了涉嫌打人的鄢某等三人。

询问过程中，鄢某突然逃跑。胡钦春对朱太林说：“朱哥，你把这两人看好，我去追。”说完，拔腿便追。

追了一段路，胡钦春终于把鄢某逼进了工人文化宫旁的一条死胡同。见无路可逃，鄢某拔出腰间携带的一把尖刀，转身对准胡钦春的颈部、胸部、腹部就是一通乱刺，见胡钦春受伤后步履艰难，鄢某趁机逃窜。

胡钦春的警服很快就被鲜血浸透了，他捂着脖子和胸口，一路摇晃着回到了烧烤店门口，见到朱太林，忙说：“我没力气了，快请求增援，把他抓回来。”

说完人生最后一句话，胡钦春终于支撑不住，倒在了街头。朱太林赶紧抱起胡钦春，和闻讯赶来的市民一路狂奔，将他送到事发地对面的医院。

经医生检查，胡钦春身中七刀，颈脉被割断、胸腔被刺穿。经过医护人员两小时的全力抢救，当晚22时许，胡钦春终因颈静脉伤势过重，抢救无效，不幸殉职，年仅四十一岁。

宜都警方连夜组织警力实施围捕，3月30日凌晨5时，将鄢某抓获。经审讯，鄢某供述，胡钦春被捅好多刀后仍不放手，倒下了还紧紧抱着他的腿，最后，他使劲踹开胡钦春才逃脱。2016年1月，鄢某被依法执行死刑。

胡钦春牺牲后，湖北省人民政府批准他为革命烈士，公安部追授他为全国公安系统二级英雄模范，湖北省委、宜昌市委分别做出向胡钦春学习的决定，追授他为“优秀共产党员”，宜昌市总工会追授他“五一劳动奖章”。宜昌、宜都两级公安机关开展了“学习胡钦春，争当好干警”活动，宜都市委、市政府联合三峡日报报业集团，编辑出版了《中国警魂——追记“英雄民警”胡钦春》一书。

十八年从警生涯，无论是在环境艰苦的边远山区，还是在治安复杂的城区一线，胡钦春始终履职尽责。他参与办理治安案件六百余起、刑事案件一百八十余起，救助群众二百余人，荣立过个人三等功，被评为社会治安综合治理先进个人、十佳破案能手。

2014年6月16日，武汉楚剧院义务创排的六幕楚剧《警魂》在湖北宜都大剧院首演。随后，又在武汉、宜昌等地巡演。

楚剧《警魂》的巡演，让公安英烈胡钦春的名字从两江古城宜都走上舞台、传遍荆楚、誉满全国。

《警魂》分为六幕，分别是：千里姻缘、千里共婵娟、顽石点头、小家夜话、警铃声声、清明挽歌，全剧时长九十分钟，生动诠释了民警覃春以社会平安为己任，劳碌奔波舍生忘死的人民警察形象。

《警魂》主人公覃春的原型就是胡钦春，覃春是胡钦春名字的谐音，覃春由湖北大鼓名家张明智的学生、优秀青年演员张福明扮演。当时，张福明四十一岁，与胡钦春同庚。

回忆创作之路，张福明说，当年，他从报纸上看到胡钦春的英勇事迹后感动不已，萌发了将胡钦春的英雄事迹搬上舞台的想法。他拿着有关胡钦春的报道找到剧团领导、编剧，取得了各方面支持，经过一个多月的编剧、排练、打磨，楚剧《警魂》顺利完成。

创作期间，张福明曾与创作人员一起赴宜都，深入挖掘胡钦春的英雄事迹，获取了大量鲜活素材，胡钦春的形象也在他心中更加直观、伟岸，"为抓获犯罪嫌疑人，他毫不犹豫地从三米高的坎上跳下，却将其称为本能反应。如果没有平时不顾一切的职业果敢，他就不会明知前路有危险，还是紧追不舍地冲上去，他就不会面对歹徒长刀在手，还会昂首挺胸地迎上去，用血肉之躯捍卫人民警察的尊严。"

近年来，他多次赋诗缅怀胡钦春。

宜都是英雄的故乡，胡钦春是千千万万警察的典型代表。《警魂》这部戏到宜都首演特别有意义。

宜都烈士陵园内，胡钦春的半身铜像矗立在陵园高处，俯瞰长江东流，远望宜都城区，让人陡生敬意。胡钦春的墓碑前，摆放着群众送来的一束束鲜花，昭示着他的精神在群众心中长存。

陵园管理处主任李凡凡介绍，宜都烈士陵园是宜昌市爱国主义教育基地，胡钦春墓和遗物是前来祭奠的人们参观瞻仰的重要部分，他每次都要向来宾详细介绍胡钦春的事迹。每年，都会有胡钦春生前同事、当地政府机关和企事业单位工作人员、学校师生等四十余批次来到胡钦春墓前缅怀悼念。

胡钦春，原名胡青春。1996 年刚入警时，他把用了二十三年的名字改成胡钦春。他的高中同学、长航公安局宜都派出所所长邓明回忆说："钦春曾私下跟我说，改名意为要做一个刚毅、果敢、担当的人，做一名充满大爱、心地善良的人。”

翻开胡钦春的入党志愿书，上面写着：“人生的价值在于奉献，我愿更好地、永远地为人民服务！”

战友的追思证实，胡钦春的一言一行，践行的是一名共产党员的根本宗旨。

面对穷凶极恶的歹徒，胡钦春身中数刀仍坚持缉凶，直至生命最后一刻，用热血为“警魂”作了最好诠释。

这些年来，横幅标语“向胡钦春同志学习，争做党和人民的好警察”一直挂在陆城派出所进门处最显眼的地方。每年清明节前夕，全所民警和新入警的民（辅）警都要到宜都烈士陵园为胡钦春扫墓，重温入党入警誓词，回顾战友事迹，激励斗志，昂扬前行。对全所民警而言，胡钦春更像一盏航标灯，让他们清晰地知道前进的方向。

近年来，陆城派出所打防管控能力全面提升，发案逐年减少，获评各类荣誉十余项。

胡钦春牺牲后，陆城派出所加强了民警安全教育和培训，所里还经常组织业务讨论，探讨不同情况下的最佳现场处理方式。出警时，民警自觉佩戴单警装备、执法记录仪。

“说心里话，真的不希望身边再有牺牲。”所长张劲枝说。

抉　择

葛东华，蒙古族，共青团员，1976年11月出生于吉林省前郭尔罗斯蒙古族自治县，1995年8月参加工作，生前系吉林省松原市前郭尔罗斯蒙古族自治县公安局巡警大队民警。牺牲时，年仅二十五岁。

2001年7月31日23时许，葛东华等三名民警按照局里统一部署，在市区内执行巡逻任务。当他们巡逻至县中医院附近时，一名出租车司机拦车报警：有个妇女在火车站北侧铁路道口附近遭到歹徒轮奸，热心群众正自发地搜寻犯罪嫌疑人。

接到报警后，葛东华等人火速赶往出租车司机指明的案发现场。

行至途中，葛东华等人发现，几名群众正在前方追赶两个人，并高喊："快抓住他们！"听到喊声，葛东华等人立即加入到追捕行列。

警民联手，将两名歹徒一直追到宁江区建设街北建华路荣富委与荣华委交界处，前方出现一条漆黑的胡同，两名歹徒逃进胡同后，路太窄，葛东华和同事立即下车追赶。

这是一条死胡同，跑着跑着，没路了，身后是穷追不舍的警察，两名歹徒狗急跳墙，掉过头来，准备原路逃窜，葛东华堵住胡同口，大声喝道："站住，我是警察！"

两名歹徒拔出尖刀，气势汹汹地向葛东华扑来。葛东华奋不顾身，冲上前去，与两名歹徒搏斗在一起，并将一个矮个牢牢摁倒在地，矮个歹徒发出杀猪般的号叫："张军，我被他抓住了，快救我。"

名叫张军的歹徒已经逃出十几步远，听到同伙呼救，反身扑向葛东华。葛东华一边摁住矮个歹徒，一边抓住张军不放。

这时，矮个歹徒从地上爬了起来，见葛东华无法还手，便持刀向他的胸部刺去。葛东华的两只手正死死地抓住奋力反抗的张军，无法躲避矮个歹徒致命的一刀，不幸被刺中胸部。

名叫张军的歹徒趁机挣开葛东华的双手，与矮个歹徒夺路而逃。

战友们赶到后，发现了身受重伤的葛东华，急忙将他扶起。葛东华紧紧握住拳头，指着两名歹徒逃跑的方向，"快……歹徒……"随后，訇然倒下。

战友们将葛东华火速送往医院抢救，但葛东华因失血过多，抢救无效，壮烈牺牲。

“7·31”袭警案发生后，前郭县委县政府、松原市委市政府、吉林省公安厅、公安部层层下达指示，要求立即围捕袭警歹徒，尽快破案。松原市公安局会同前郭县公安局，连夜成立专案指挥部，调集五百余名公安民警，组成专案组，分六条线，在全市范围内设卡堵截，深入排查。

8月11日，暂住在宁江区铁西街的张志军、兰玉山浮出水面。指挥部决定，组成两个抓捕小组，分头抓捕。8月12日2时40分，前郭抓捕组在前郭深井子大草原深处一窝棚内将袭警歹徒兰玉山抓获。

回想起与葛东华共同度过的战斗岁月，战友们都记得：他面对持刀歹徒毫不畏惧，奋不顾身，冲锋在前何止一次。

“严打”整治斗争开始后，葛东华始终与战友们战斗在“严打”第一线。六月的一天，葛东华与战友们执行夜间巡逻任务，在县总工会附近发现六名形迹可疑青年。盘问时，三名小青年亮出匕首，威胁葛东华等人。面对威胁，葛东华没有丝毫退却，与持刀歹徒展开搏斗，并当场抓获三名歹徒。

6月1日上午，葛东华在前郭县中心市场门前值勤时，正碰上一男子持刀抢劫，葛东华奋不顾身，冲上前去，夺下歹徒手里明晃晃的匕首，将其制服抓获。

7月13日晚，葛东华连续工作两天两夜，仍不肯休息，主动请战，参加当晚夜巡。次日凌晨两点多钟，在前郭烟草公司附近胡同内发现一名可疑男子，盘问时，从这名男子身上搜出卡簧刀一把，进而深挖细查，破获持刀抢劫案两起。

葛东华爱岗敬业，勤奋工作，在大队乃至全局无人不知，无人不晓，而他乐于助人、甘于奉献更是被百姓津津乐道。

1998年7月的一天，葛东华在前郭镇瓦房街附近巡逻时，发现一个蓬头垢面的男子在路边垃圾堆里捡东西吃，便将他带回队内，给他洗完脸，又找来干净衣服给他换上。

经询问，这名男子名叫李刚，是黑龙江省双城市希勒村人，因智力障碍走失，两年多没跟家人联系了。

了解情况后，葛东华想方设法与李刚家人取得联系，李刚终于回到家里。

1998年8月初，嫩江发生特大洪水，葛东华主动请缨，到抗洪一线抢险救灾，堤上堤下，运土，抬沙袋，不叫一声苦，不喊一声累。8月10日，一名农村妇女不慎掉入洪水中，正在运沙袋的葛东华发现后，毫不犹豫跳入水中，将落水妇女救上大堤。

葛东华牺牲后，吉林省人民政府批准他为革命烈士，将他安葬于前郭县革命烈士陵园。

战友们根据葛东华烈士生前事迹改编创作的微电影《抉择》，再现了英雄内心的冲突和抉择，让英雄的名字响彻松嫩大地。

永远的梁子

1965年9月，梁学章出生在山东省淄博市张店区沣水镇良乡村的一个农民家庭，他从小聪慧好学，上学后，年年被评为三好学生，升入高中第一年，便光荣加入中国共产主义青年团，并担任班级团支部书记。

梁学章从小喜爱警察，爱看反特电影，梦想长大后像电影里的公安人员一样侦查破案抓特务。1983年9月，梁学章如愿以偿，考入淄博市人民警察学校。两年后警校毕业，分配到淄博市公安局张店分局刑警队任侦查员。

刑警队每天忙破案，尤其是刚刚经历1983年“严打”，社会治安环境十分混乱，流窜犯罪居高不下，为此，刑警队成立了打流队，专门打击全国各地流窜到淄博的犯罪分子，梁学章在警校时就勤学苦练，学业突出，在打流队正好派上用场，他虚心向老同志学习，凭着在警校练就的一身擒拿硬功，苦练反扒技术，上岗不到半年，就成为“打流”高手，还被聘为淄博市公安系统“打流”培训班教师。

刚到打流队不久，梁学章就在淄博火车站遇到一名抢夺旅客钱包的歹徒，梁学章将这名歹徒追到一条死胡同的尽头，歹徒无路可走，猛然掉头，掏出九节钢鞭朝梁学章恶狠狠地打来，梁学章猛地一闪，钢鞭带着尖利的啸叫擦着他的耳朵砸在地上。梁学章不顾一切冲上去，一脚踩住钢鞭，飞起另一脚踢向歹徒手腕，只听“哎哟”一声，歹徒舍鞭跳墙，梁学章手疾身快，也翻上墙头，歹徒落地，梁学章也随之落地，骑在他的身上，顺势将手铐扣在了他的手腕上，全部动作一气呵成、干净利落。

经审查，这是一个从黑龙江流窜到淄博的扒窃惯犯。

“他天生就是一块干刑警的材料。”打流队队长李行广评价说。

梁学章血气方刚，心高气盛，打击犯罪不含糊，参加工作三年多，亲手抓获三百五十七名犯罪分子，在与罪犯搏斗中，十三次负伤。

1987 年 2 月，在侦破一起重大贩毒团伙案中，梁学章和战友化装侦查，跟踪疑犯五天五夜。疑犯在旅店里大吃大喝，他们却在寒冷的冬夜忍饥挨冻。

为了防止断线，二人和一群乞丐混在一起，虱子爬了一身却全然不顾。终于等到了“蛇”出洞的那一刻：

一位时髦女郎从旅店里出来后，在人民公园闲逛了一上午，下午又到了红旗旅馆，直到认为安全无虞，才与下线取得联系。正当他们进行毒品交易时，两个便衣警察突然出现在眼前，将他们当场抓获，搜出海洛因七百五十克，现金一千七百余元。这些来自广东的贩毒“高手”，万万没想到会栽在蓬头垢面的“小乞丐”手里。

1986 年除夕下午，天空飘着雪花，梁学章和队长李行广夹杂在火车站拥挤的人群中，机警的梁学章发现了五个形迹可疑的男青年，便和队长巧妙隐蔽、紧紧跟踪。

从火车站到人民商场，又到繁闹的集市，足足两个多小时。正当犯罪嫌疑人用假烟换取个体户的真烟，顺手盗割一顾客的提包准备逃走时，梁学章一个箭步冲上去，抓住了为首的犯罪嫌疑人。其他团伙成员先是一愣，随即掏出匕首，号叫着扑上前来……

面对手持凶器的歹待，梁学章临危不惧，和队长一道，同歹徒展开了激烈搏斗，梁学章接连踢倒三个歹徒，又将拎包在逃的歹徒擒获。五个歹徒全部落网，梁学章却在搏斗中被歹徒用匕首刺伤。

梁学章打流成绩突出，被淄博市公安局评为全市“打流”标兵。

1988 年 12 月中旬，北京市公安局通缉在逃的特大盗窃犯张其文流窜到淄博，梁学章和打流队的战友们奉命缉捕，连续苦战七天七夜，张其文没抓到，不少成员都患了重感冒，尤其梁学章，病得更厉害，感冒发烧，全身酸痛，但他仍然咬牙坚持。

队里的碰头会开了一次又一次，但怎么也摸不清张其文的藏身之处。张其文十六岁时就因盗窃被劳动教养两年，又因流氓、抢劫被判刑八年。释放后，恶习不改，继续作案，又在北京盗窃现金、国库券十一万余元，不仅犯案累累，而且反侦查能力极强，抓捕难度很大，打流队研究制定了几套方案，但效果甚微。

1988 年 12 月 23 日，梁学章在队里开完碰头会已是傍晚六点，他骑上自行车，拖着发烧酸痛的身子往家赶，当他骑到新华街新村酒家时，一阵激烈的吵闹声引起了他的注意，他跳下自行车，走进饭店，发现一群人在饭厅里酗酒闹事，他立即上前制止。

突然，一个意外的身影出现在他面前。

张其文！

这些天来，梁学章早把张其文的体貌特征记得滚瓜烂熟，而眼前，正在另一张桌子上吃饭的男子，正是张其文。

正可谓“踏破铁鞋无觅处，得来全不费工夫”，想不到，七天七夜寻不到的通缉逃犯，竟在这里出现。

梁学章兴奋不已，早已忘记了一天的疲劳，忘记了感冒发烧全身酸痛，“今天让我碰上了，就决不会放过你！”在这个意念的驱使下，梁学章一步步靠近张其文。

此时，早已是惊弓之鸟的张其文也认出了眼前的便衣就是曾经抓过他的警察，便想悄悄溜走。

梁学章岂能放过这一千载难逢的抓捕机会。他一个箭步冲了过去，将张其文拦住，厉声问道：“站住，警察！你叫什么名？单位和住址？”

张其文见无法逃脱，便露出凶相威胁道：“放我走，什么都好说，不然，我就不客气！”说完，掏出一把尖刀，在梁学章面前晃了晃。

为了震慑罪犯、不误伤群众，梁学章对空鸣枪警告。张其文自感难以逃脱，便佯装服从。

就在梁学章上前给张其文戴手铐的一瞬间，张其文突然猛扑上来，梁学章迅速往后一闪，没想到被身后的自行车绊了一下，连人带车倒在地上。张其文抓住时机，手持匕首，朝梁学章的头部、颈部就是一顿猛刺。梁学章在主动脉破裂、鲜血喷涌的情况下，死死抓住张其文，并用另一只手猛击他的脸部。

张其文见无法挣脱，又用膝盖顶住梁学章的胸部，用凶器朝梁学章的头部猛击，梁学章倒在了血泊中。

张其文挥舞着带血的凶器仓皇逃窜，在场群众不顾一切上前追赶，终于将他制服抓获。

梁学章被紧急送往医院，但因伤势过重，流血过多，抢救无效，壮烈牺牲，年仅二十三岁。

年仅二十三岁的梁学章就这样匆匆走了，他在热爱的公安岗位上虽然仅仅战斗了三年，淄博大地却踏满了他的足迹，浸透了他的汗水，染上了他的青春热血。正如他在日记中写的那样："我热爱生活，愿意生存，但是为了我的祖国，我又愿意牺牲我的一切——包括生命。"

梁学章牺牲后，在社会各界引起强烈反响，山东省委追认他为"中共正式党员"，山东省人民政府批准他为"革命烈士"，共青团山东省委授予他"模范共青团员"，淄博市人民政府授予他"人民忠诚卫士"荣誉称号。

1989 年 1 月 19 日，公安部授予梁学章"全国公安战线一级英模"光荣称号，时任公安部部长王芳亲笔题写了"梁学章烈士千古"和"剑锋"几个大字。

同年四月，梁学章事迹报告团进京宣讲，中宣部、公安部、司法部、全国妇联等部门负责同志先后听取了事迹报告，并与报告团成员座谈。

1990 年，山东作家张宏森以梁学章事迹为原型，创作了四集电视连续剧《梁子》。为写好《梁子》，张宏森不止一次来到淄博市人民警察学校，与梁学章当年的老师、同学座谈；到梁学章工作过的张店分局打流队，与队员一起到公交车站、商场等人员密集区域体验打流队员抓小偷、抓潜逃人员的惊险生活。

1991 年 1 月 8 日，《梁子》研讨会在京召开。会议由中央电视台发起，中国电视艺术委员会主持，二十余名影视专家、评论家、电视艺术委员会委员、记者应邀参加。

1991 年，《梁子》在全国热播，一度引起轰动，同年，获国家新闻出版广电总局第十一届"飞天奖"和山东省优秀电视剧特别奖。

与此同时，梁学章事迹电视纪录片《血染的诗篇》获国家广电部"星光奖"。

梁学章的扮演者赵恒煊说："梁学章是我演艺生涯中少有的几个警察形象之一。在梁学章身上，我学习到了青年民警的铁血精神，感受到了人民警察为人民的精神硬核。"

电视纪录片《血染的诗篇》编导吕明晰说："英雄不死，精神永存。梁学章身上那种为了国家利益、民族利益舍生取义的精神将永远活在我们心中。"

时光荏苒，三十多年如白驹过隙，梁学章精神激励着一代代人民警察奋然前行，每每追忆他的英雄事迹，人们不约而同地投来敬仰的目光。

2019年年初，淄博市公安局宣传处与张店分局根据《梁子》《血染的诗篇》联合制作的短视频《一级英模梁学章》在网络热播，公安部"致敬公安英雄"专题播发了这个视频，浏览量过千万，网友纷纷留言，表达对全国公安系统一级英模梁学章的敬仰和缅怀。

梁学章的扮演者赵恒煊特意从北京发来视频，"时光飞逝，英雄梁学章已经离开我们三十多年了。但我们一刻也没有忘记他。尤其在当下，为了中华民族的复兴，我们的民族需要英雄，我们的国家需要英雄，我们的人民需要英雄，英雄梁学章永远是我们学习的榜样。"

张店分局商场派出所所长路宝勇曾参与《梁子》的拍摄，在剧中扮演梁学章的战友。他深情回忆了参加拍摄时的情景："1990年，我刚到刑警队，就有幸参加了《梁子》的拍摄，深入了解了梁学章工作生活的种种细节。在他身上，我学到了一名警察对党忠诚、服务人民的英雄品格，也深深理解了他对人民警察工作的执着和热爱。这段特殊经历一直影响着我，也激励我始终做一名党和人民的忠诚卫士。"

张店分局特警大队贾继团表达了自己的心声："我是一名特警队员，和战友一起守护在梁学章烈士曾经战斗过的地方。虽然时代赋予我们新的使命和责任，但梁学章的英雄主义情怀，永远是指引我们前行的'基因'。在每一个通宵达旦的夜晚，在每一个东方欲晓的清晨，我们用手中的执法仪记录每一次平安，我们用一个个疲惫的身影诠释着忠诚。一分付出，一分收获，我们重温英雄的事迹，感怀每一个过往，只想默默对烈士说：请您放心，我们在，平安在！"

第十三章　战友啊，战友！

从来不曾想过，在一个明媚的季节

我的好兄弟，你，踏上征途，远离故乡

竟然不再回头，警徽点亮

你的生命之烛，永远闪耀在远方

——刘云《一起走过的日子》

马背上的“泥朵巴”

1

藏语里，警察被称为“泥朵巴”。

在大德乡百姓的心里，“泥朵巴”的样子，就是罗桑达娃的样子。

2007 年，二十七岁的罗桑达娃通过招警考试成为四川省甘孜藏族自治州甘孜县公安局达通玛中心派出所民警。

达通玛中心派出所管辖查龙镇、茶扎乡、卡龙乡、大德乡四个乡镇，所在地设在查龙镇。这里距甘孜县城 150 公里，是全县最偏远的地区，平均海拔 4200 米以上。派出所成立之初只有四个民警，却要负责占甘孜县面积 47% 的区域。每天，都要面临繁重的巡逻、维稳、户籍等工作任务。晚上，还要通宵值班，艰苦程度难以想象。

2009年，大德乡成立派出所，罗桑达娃工作成绩突出，局里调他当所长。

大德乡地处甘孜州石渠县、德格县、色达县和青海省达日县交界处，是达通玛片区最偏远的地方。

“在没设派出所之前，邻县的很多盗贼跑到大德乡，偷牛盗马，还拿枪吓唬我们，不让我们挖虫草。”贡玛村村民帕罗回忆起往事，愤愤不平地说。

甘孜县公安局副政委孙乃沧的介绍，更加印证了大德乡治安状况的严峻性，“这里的老百姓，法律意识淡薄，人被杀死了，没人报警；有矛盾纠纷，还是沿用千百年来的习惯，互相仇杀，刀枪解决。”

大德乡派出所成立后，管辖1666平方公里的广阔区域，而所里所外，加上罗桑，就仨人。

这里地广人稀，环境恶劣，曾一度成为外地逃犯的栖身之地，当地百姓经常受到侵扰，矛盾纠纷高发，枪患突出。在恶劣的生存环境下，有枪就意味着有安全感，当地百姓把枪看得比命还重要。

解决枪患，成了罗桑上任后面临的最大难题。

“交了枪，谁来保护我们的安全？”

面对百姓的质问，罗桑拍着胸脯：“我在！”

乡里，村里，大小会议上，他一遍一遍不厌其烦普及法律知识。

从夏季牧场到冬季牧场，牧人们逐水草而居，他跟随转场的队伍而动，挨家挨户去做工作。

然而，一些牧民却放出话来：“绝对不可能交枪，谁收我的枪，我就跟谁拼命！”

2

一个风雪之夜，抓捕行动开始了。

初步摸排发现，一名犯罪嫌疑人把一把制式步枪藏在女儿的卧室内，旁边的铁皮箱里，装着八十发子弹。嫌疑人随身携带一把手枪，睡觉时都放在枕头下面。

犯罪嫌疑人的家在一个半山腰上，家里养着四条藏獒，直接上山抓捕，大老远的就会暴露行踪。为做到万无一失，罗桑决定，从大山的背后绕到犯罪嫌疑人家的背面，实施突击抓捕。

风雪之夜，气温一下子降到零下二十多摄氏度，能见度极差，稍不留意，就会连人带马滚下山崖。

夜里十点，罗桑带领抓捕队员准时出发，凌晨五点，才走到犯罪嫌疑人家的房屋背后。

犯罪嫌疑人早有警觉，罗桑刚冲进屋，犯罪嫌疑人的手枪子弹已经上膛，千钧一发之际，罗桑和队员猛扑上去，将他按倒在床上。

这一役，有力震慑了私藏枪支的群众，牧民主动上缴枪支六十九支，子弹百余发。

罗桑没有忘记“保证百姓安全”的承诺。每年四到六月，虫草采挖期，牧民最忙的时节，也是罗桑最忙之时，每次巡逻下来，都要二十多天。

“缺氧不缺精神、缺氧不缺信仰。”自从担任所长那天起，罗桑就过上了与马、糌粑、方便面、雪水相伴的日子。辖区地广人稀，每次执行任务，他都驮上一大包方便面，遇到有水的地方，烧点水，煮一下，一顿饭就这样对付过去了。实在饿得不行，又找不到水源，他就嚼着硬邦邦的面条充饥。

由于交通不便，罗桑达娃的工作大部分都是在马背上完成的。在海拔4200米的良木多定居点，牧民们常常见到他骑马上山巡逻的身影。哪家的老人病了，哪家的孩子上学缺路费了，甚至做小生意缺本钱了，他都几百几百往出掏。

派出所刚成立时，所里就一间房子，基本空着。每天天一亮，罗桑达娃就带着兄弟们进山巡逻，既不能放过任何隐患，又要做好法制宣传，做到见户见人。从此，“罗桑所长”这个称呼就一直伴随他的警察生涯。

村民所罗说：“罗桑所长办事公平公正，老乡有任何困难，他都去解决，从不嫌麻烦。这片地方太大了，他每次都是清早骑马出去，晚上很晚才下来。”

村民帕罗说：“自从大德乡来了罗桑所长，挖虫草再也没有出过大的纠纷。我们安心多了，不再害怕邻县的人来抢草山。”

在 2008 年到 2010 年的三年间，罗桑没有回过家。妻子带着孩子离他而去。进山巡逻的日子里，罗桑想孩子了，就到几公里外有信号的地方打个电话。

“儿子现在十多岁了，他说，长大后想当特警，我支持他。”罗桑轻描淡写的语气中透出一丝藏不住的忧伤。

无数个夜晚，在漆黑的达通玛大草原上，为了打发寂寞时光，小伙子们常常围在一起，用歌声驱赶空旷与孤独。“用手机放首歌，用手电筒照着脸，跟着原唱对口型，这是我们大草原上的卡拉 OK。”罗桑开心地笑起来。

“在繁华的城镇，在寂静的山谷，人民警察的身影，陪着月落，陪着日出，神圣的国徽，放射出正义光芒……”在众多的歌曲中，罗桑最爱这首《人民警察之歌》。

在那个雪夜缉枪行动前夕，罗桑就感觉头晕眼花，却误以为是高原反应。

2009 年初，罗桑饭量减少，呕吐不止，身形愈发瘦削，脸色愈发蜡黄。同事劝他，到医院做下检查吧，他却因工作繁忙，一拖再拖。

一直拖到 4 月，虫草采挖期开始了，他担心草山纠纷，就寻思等过了采挖期再说吧。

那段时间，所里新来了一位民警，一到岗，就发生严重的高原反应。罗桑把他送回县城抢救，新民警捡回一条命，他却晕倒在旅馆里。

2010 年 2 月间，罗桑常常夜里痛得冒汗，呕吐次数越来越多。想去大医院，路途遥远，而即将到来的又是一年中的虫草采挖期，枪支隐患还没完全解决，他将体检计划推迟到了 6 月，没想到，这一拖就到了 9 月。

9 月，他终于挺不过去了，去了州医院。这一次，他被切除了胆囊。与此同时，被检出早期肝硬化和Ⅱ型糖尿病。

3

听说罗桑所长住进了康定医院，章龙村一位村民骑上摩托车，跑了整整两天，行程五百多公里才到达康定，将乡亲们一点点积攒的五斤酥油送到罗桑手里。

“他就是我们的亲兄弟啊，他病了，我们着急。”这位村民，曾是罗桑教育转化的一个对象。看到他风尘仆仆的样子，罗桑的眼睛湿润了。

两个月后，罗桑转院到成都治疗。2011 年元月，病情稍有好转，罗桑就嚷着办理出院，重归警队。医生被逼无奈，只得同意他出院，但有个前提——必须在成都休养一段时间。

“那段时间，我度日如年，就想赶快回到草原上，回到牧民家里，喝上一碗奶茶，和他们唠唠家常。我也特别想念同事，想念我的警服和配枪。”罗桑说。

休养的日子，罗桑时常出去锻炼。一天，站在春熙路的天桥上，看着车来车往，罗桑哭了，“人们都在忙碌自己的事业，我的生命却耗费在治病、休养上，这样的日子，活着还有啥意义？”

“就算死，也要穿着警服死。”罗桑决定，“无论如何，都要归队！”

那段时间，局里刚好有个案件要去北京抓人，他主动请缨，要求前往，领导执拗不过，答应了他的请求。

罗桑终于如愿以偿，重归警队。

听说罗桑要回大德乡，一大早，一群牧民就等在了派出所门口。一见到他，就连忙上前，将一条条哈达披挂在他身上。

“卡卓，卡卓！”罗桑一边不停地答谢，一边与他们行碰头礼。

接下来的日子，罗桑又陆续查出胃球部溃疡、慢性非萎缩性胃炎、十二指肠溃疡、代偿期肝硬化、Ⅱ型糖尿病酮酸中毒……大大小小，竟有十四种之多。

在一份体检手册中，哪个脏器出了问题，他就在图示旁打个感叹号，在这张图片上，感叹号布满全图。

他的背包里，除了充电器、笔记本，就是大把大把的药片。盐酸二甲双胍、雷贝拉唑纳肠溶片、甲钴胺片……拗口的名称下，是几乎遍布全身的疾病。可是，当有人问起他的病情，他总说“没事儿”。

许多次，同事看见他痛得蜷成一团，额头浸出大颗大颗的汗珠，心里充满疑惑，“病魔把他折磨成这样，他为啥还这样扛着？”

“我从小的愿望就是当警察，只要不让我脱下这身警服，多大的折磨，我都挺得住。”罗桑不经意的一句话，道出了他对警察职业的热爱和珍惜。

病魔带给他的，不仅仅是身体上的折磨，还有沉重的经济负担。

母亲在德格县老家留给他一套藏房，为了治病，他忍痛卖掉了。随后，又卖掉了单位分给他的一套福利住房。然而，重病面前，这些钱杯水车薪。为筹钱给他看病，州局、县局两级公安机关连续两次组织民警为他捐款。

为照顾罗桑的身体，局领导把他调回到了县局。没有家，罗桑吃住在局里，落寞的身影，常常让同事揪心难受。

他的宿舍，洁净而简单，警服叠得整整齐齐，有棱有角。除了一排排药瓶，就是伴随多年的公安业务书籍。每天回到房间，他做的第一件事，就是用毛巾把警服上的灰尘掸得干干净净。

2014年，罗桑担任拖坝派出所教导员。拖坝乡是甘孜州的东大门，盗抢车辆案件多发，又是流动人口聚集地。

“让你担重任，是认可你的能力。”面对这块“硬骨头”，罗桑却有说不出的开心。他最怕别人问起他的病情，生怕因为得病而被调整工作。

2017年7月，在组织的关怀下，罗桑达娃被接到成都，安排在四川中医肝病医院接受治疗和休养。被罗桑达娃的事迹所打动，这家医院全免了他的医疗费用，并为他制定了专门的诊疗方案。

7月14日上午，中国公安英烈基金会秘书长、公安部人事训练局巡视员程人华受公安部领导委托，专程从北京赶到医院病房，看望慰问罗桑达娃。

2018年8月21日，罗桑达娃回到医院进行复查，并给主治医生敬献哈达，表达谢意。

复查结果出来后，医生告诉罗桑：“经过一年多的治疗，你的身体指标基本平稳，比一年前好了很多，只要继续按方案治疗，就能早日康复，回到工作岗位。”

“我出生在德格，是传说中格萨尔王的故乡。格萨尔王的一生都在为百姓铲除罪恶势力、维护正义，是藏族百姓心中最伟大的英雄。我的老家在牛场上，那里的老百姓不怕风雪、不怕挨饿，就怕偷牛盗马的强盗。小时候，我亲眼见过外婆家的邻居被持刀大汉抢劫，抢走了东西，还被砍伤。从那时起，我就想当个警察，像格萨尔王那样，保护自己的老百姓……”讲起往事，罗桑的眼神淡定而神往。

坚强的大个儿

2012年，柳州市公安局交警支队城中大队来了一位名叫桂松的辅警，小伙子身高1.8米，为人忠厚老实，重活累活抢着干，队里任务多，经常加班加点，桂松从不叫苦叫累，同事们都非常喜欢这个“坚强的大个儿”。

“坚强的大个儿”，不仅坚强，而且为人实诚，爱岗敬业，工作拼命。有句话常挂桂松嘴边儿，“同事都有老有小的，我是单身汉，多干点儿，没什么。”

桂松成长在一个单亲家庭，家里家外，就他和母亲俩人。

母子俩的日子虽然过得平淡，但很充实，对未来充满希望，可是，天有不测风云，就在桂松当上辅警一年后，母亲查出了子宫癌，不久，病情恶化，转移为淋巴癌。

“我要尽全力治好母亲的病。”为了治好母亲的病，又不耽误工作，在给母亲治疗的日子里，桂松每天一大早，先把母亲送到医院化疗，再急匆匆赶到执勤的路面上，晚上下班了，再急匆匆赶到医院，把母亲接回家。

这样经年累月的治疗，不仅折磨着母亲，也掏空了母子俩的积蓄，欠下了一大笔外债，桂松有些撑不住了。

“一个篱笆三个桩，一人有难众人帮。”桂松的困境，大队领导和同事看在眼里，急在心上，纷纷尽己所能，帮桂松一把，但毕竟杯水车薪。后来，这份爱心变成柳州交管支队全体民警辅警的救助行动，一共筹集了十三万余元爱心捐款。

桂松的经济负担减轻了，治好母亲的病有望了，干起工作的劲头更足了。

遗憾的是，这些努力并没能挽回母亲的生命。2017年，母亲不幸离世。

桂松照顾患癌母亲的故事，感动了整个柳州城。就在母亲去世不久，桂松被评为柳州市第十一届“道德模范”。

母亲去世后，桂松全身心投入到工作中，省吃俭用，一点一点偿还债务，但是，就在2020年这个炎热的夏天，所有的希望戛然而止。

7月15日，桂松正在路面执勤，身体的不适感又来了。见他面色铁青、直冒冷汗，一同执勤的同事把他扶到岗亭里，让他休息片刻。

其实，早在一个多月前，桂松就感到身体不对劲儿，腹部经常隐隐作痛。当时，大队任务重，工作一项接一项，尽管身体不舒服，桂松仍坚持在岗位上，也不愿跟领导和同志提起。

为了减少工作期间上厕所的次数，这个“坚强的大个儿”，干脆不吃或少吃东西，每天仅喝点绿豆粥。

疼痛持续不减，同事只好把他送到医院检查，结果一出来，犹如晴天霹雳：桂松患了直肠癌。

当天，医生就给桂松办理了住院手续。可是，就在当天，他又办理了出院手续。

为啥？原因很简单，母亲去世不久，欠下的外债还没还清，他已经无力承担巨额的治疗费用了。

巨额的治疗费用，病痛的折磨，对桂松的打击无疑是致命的。病床上，他对前来看望的战友说：“我要出院，我不想治疗了……”

“你是我们的战友，我们不会放弃你的。”战友的一句话，说得桂松热泪盈眶。

桂松患病的消息牵动了全局民警的心。8月20日，柳州市公安局领导到医院看望慰问桂松。交管支队再次发起了爱心救助活动，战友和市民踊跃捐款，纷纷献上爱心。

一位民警捐了一千元，却怎么都不愿留下名字；

一位在读研究生将自己获得的三千元奖学金全都捐了出来；

这天，七十岁的陆女士来到桂松工作的岗亭，将一批营养品、六百六十六元现金和一封信交给桂松的同事，请他们转交给桂松。

老人的信中写道：“孩子，你还年轻，是个勇敢坚强的男子汉，把心态端正，勇敢面对一切困难，为爱你的领导、同事、群众，好好活着，好好工作。”

8 月 4 日，柳州市公安局交警支队将单位同事捐献的第一笔爱心款十二万元交到了桂松手上。

8 月 5 日，桂松接受了肿瘤切除手术。

接下来，桂松面临的是定期放、化疗，依然需要巨额的花费。

为帮助桂松筹集治疗费用，柳州警方联合蜀黍家、Police、警界、小警之家、阿 SIR 等多家警界自媒体，在网络上号召爱心企业和爱心人士，共同发起了一场“警界爱心义卖”活动。

社会各界爱心人士和爱心企业纷纷伸出援助之手。很快，桂松收到转账汇款四百零一次，十六万余元，再加上“警界爱心义卖”活动的二十一万余元筹款，总计三十七万余元。

面对三十七万余元背后的爱心力量，桂松说：“我希望赶快好起来，回单位上班，报答单位和社会对我的帮助。”

血战到底

2019 年 10 月 14 日，在民警陪同下，犯罪嫌疑人安某在厦门大学附属第一医院的病房里看到了亲手把他抓捕归案的厦门刑警卢霖。

此前，身患急性髓系白血病的卢霖已经收到了安某在看守所写给他的亲笔信，“我要为你捐献造血干细胞。”

一个是身陷囹圄的犯罪嫌疑人，一个是亲手把他缉捕归案的刑警，两人之间，到底发生了怎样的故事？

2015 年 1 月，贵州籍犯罪嫌疑人安某为帮朋友“撑腰助阵”，在厦门伙同他人围殴一名男子，并致其死亡。案发后，安某畏罪潜逃。四年来，厦门刑警一刻也没放松对他的追捕。

2019 年 8 月 21 日，厦门市公安局集美分局获得线索：安某在贵州省兴义市现身。得知消息，刚从外地办案回来的卢霖顾不上鞍马劳顿，主动请缨，要求前往贵州追逃。

8 月 22 日，卢霖踏上了前往贵州的追逃征程。在当地公安机关的协助下，卢霖和战友们白天翻山越岭化装侦查，晚上挑灯夜战整理线索，连续奋战一周，转战千余公里，终于在黔西南布依族苗族自治州锁定了安某的藏身之地。

安某早已将身份洗白，经过四年打拼，已经成为当地一家很有实力的油漆公司老板，并娶妻成家，经营着五六个项目，手下有数十名员工。

8 月 29 日，卢霖一路追踪，在远离城区的一个路边小饭馆将安某抓获。

就在卢霖准备押解安某去机场之时，安某抱着试试看的想法，提出了一个要求：“我有一部分工程款，想给工人发工资，能不能给我留两个小时时间安排一下？”卢霖犹豫了一下，但还是改签了两小时后的航班。

安某马上叫来妻子，当着卢霖的面，争分夺秒，安排好公司的一切事务。

赶往机场的路上，安某情绪低落，卢霖一路开导，“你犯了罪，必须接受处罚，但别让家人受到牵连，要好好配合，争取早日出来，与家人团聚。”卢霖的话，让安某感到了关心和尊重，心里十分感激。

返回厦门的第二天，卢霖到医院检查，化验报告显示，血红蛋白只有正常参考值下限的一半多一点。医生建议他到厦门大学附属第一医院做进一步检查，后被确诊为急性髓系白血病。

身处看守所的安某，得知卢霖患病、急需骨髓移植的消息，心情急切地要来纸和笔，在给卢霖的亲笔信中，他说：“我要给卢警官捐献骨髓。”

在民警的陪同下，安某到医院抽取了血样，随后，安某提出另一个请求：

“我想去医院看一眼卢警官。”

站在病房外，安某看见亲手抓他归案的卢霖穿着病服，虚弱地坐在病床上，哽咽着说：“你是家里的顶梁柱，一定得挺住，我出来后，请你喝酒。”

时年三十八岁的卢霖，2004年毕业于中国人民公安大学，参加公安工作后，荣立一次个人二等功、两次个人三等功，五次个人嘉奖，“特区青年卫士”“爱民敬业标兵”“优秀人民警察”“厦门市我最喜爱的十佳民警”……一个个荣誉背后，是他从警十五年的挚爱与坚守。

9月30日，福建省公安厅、厦门市公安局、集美分局的领导看望卢霖，并为他颁发了个人二等功荣誉证书和奖章。

卢霖住院后，每周要输一次血小板。重案中队的战友们自发建立了“血战到底”献血微信群，随时准备为他献血。

从重案中队到刑侦大队，从集美分局到厦门市局，一个个战友加入进来，“血战到底”微信群人数已超四百人，十二名战友先后与卢霖的血型匹配上了，并为他献了血。

《人民日报》《人民公安报》等媒体先后报道了卢霖的感人故事和寻找骨髓配型进行干细胞移植的消息，“温情铁捕”的故事立即引爆网络，阅读量突破一亿两千万，视频播放量突破八百万，卢霖被全国网友赞誉为“有温度的执法者”，他的健康状况引发亿万读者的关注，热心的厦门市民、公大校友、全国各地网友，纷纷通过各种方式，表达为卢霖做骨髓配型的意愿，一百三十多名爱心人士加入中华骨髓库，为卢霖配型。

人民公安报社不仅持续跟踪了解治疗进展，还建立了“帮助卢霖战胜病魔”微信群。

“卢霖，血战到底！”

“加油，一定要乐观，充满信心！”

一条条满含爱心的微信，一次次饱含关切的问候，写满了战友们对卢霖的深情厚谊。

10月18日，《人民公安报》和中国警察网主办的“我巡逻的每一步都在帮助战友”公益活动在厦门大学附属第一医院举行，中国警察网、人民国肽集团的领导一同来到卢霖病房，为他送上十万元救助金。

在病房门口，卢霖的父亲对记者说：“儿子参加工作以来，平均两个月才回一次家，每次都是说不了几句话就匆匆离开。真没想到，十五年来，我们父子俩最长的陪伴竟然是在医院里。”

卢霖也同样没想到，两个多月前，他还在为破案南征北战，如今，却要在病房里与白血病“血战”。

治疗的过程虽然煎熬，康复的道路虽然漫长，但领导的重视、战友的关怀、网友的支持，让卢霖对战胜病魔充满信心。

“请大家放心，我会积极配合治疗，争取早日归队。”微信群里，卢霖一边对群友们表达感激之情，一边为自己鼓劲。

大家得知，卢霖在厦门治疗条件有限、干细胞移植配型仍未成功，于是，纷纷联系医疗条件更好的医院。

“哪家医院能帮助卢霖？”经咨询考证，位于天津的中国医学科学院血液病医院是目前国内最好的血液病治疗医院之一。

2019年11月3日，人民公安报社同天津方面取得联系，希望有关人员帮助联系该医院，请知名专家为卢霖治疗；

4日，卢霖的就诊病历传到天津，天津市公安局、和平分局有关领导获悉后，明确表示，竭尽全力为卢霖提供帮助；

6日，中国医学科学院血液病医院有关专家根据诊断材料，对病情进行初步诊断，同意卢霖入院接受治疗；

8日，厦门市公安局专门派民警赴天津，为卢霖办理住院手续及家属陪护住宿等事宜提前做准备；

10日，卢霖在家人和厦门市公安局战友的陪同下抵达天津；

11日，卢霖顺利进入中国医学科学院血液病医院，并办妥住院手续，等待专家会诊，并做进一步治疗。

爱心接力仍在继续。

12月5日，中国公安民警英烈基金会代表带着公安部党委对基层民警的深情关爱，在天津市公安局领导的陪同下，来到医院探望卢霖，并向其家属送上慰问金。

前行的路上，总有人在背后默默守护！

卢霖，这一次，让我们来守护你。让我们用善意温暖冬日的寒风，汇聚成浸润人心的暖流，汇聚成对你“每一次出警都能平安归来”的真诚祝福！

我不在了，用我的积蓄资助战友

“我不在了，用这些积蓄资助战友！”

在生命进入倒计时的日子里，河南省焦作市公安局中站分局民警申冬生的临终遗嘱令人泪奔。

2019年8月23日，焦作市公安局收到来自河南省公安民警英烈基金会的捐赠证书。

就在当月，河南省公安民警英烈基金会收到了申冬生的十万元捐款。

看到证书的那一刻，无数战友流下了热泪。

从警二十三年来，申冬生长期扎根基层一线，默默坚守和奉献。

2018年年初，申冬生因旧病引发严重的并发症。住院期间，同学兰美华和王雨生来看他，临别时，他向两位同学表达了一个心愿：“我想给河南省公安民警英烈基金会捐赠一笔钱。”

“你现在病成这样，筹钱看病都很困难，你还有钱捐赠？”两位同学十分不解，也没想那么多，都劝他安心养病。

2019年1月，申冬生病重，已经无法下床了，他躺在家里，再次把兰美华和王雨生叫到身边。

两位同学见到他的时候，他连说话的力气都没有了，强撑着拿出手机，给兰美华转了十万元钱，“我的时间不多了，这是多年的积蓄，最后心愿，务必帮我完成。”

得知这笔钱的用途后，兰美华悲痛难忍，双手颤抖，泣不成声，“放心吧，我答应你，我答应你……”

2019年2月20日，这位经常主动加班的“拼命三郎”终于“下班了”，因医治无效，与世长辞，英年四十三岁。

申冬生把捐款的事托付给同学，为的是不想张扬。他去世后，兰美华一步步联系，办理相关手续，八月份，终于将这笔钱捐赠给河南省公安民警英烈基金会，了却了老同学临终前的最后遗愿。

十万元，病重时舍不得花，去世前非要捐赠。申冬生的这一做法，很多人不理解，可熟悉他的人，却都不感到意外。

“申冬生平时花钱特别仔细，买个菜都要记账。”

“申哥，家里电视那么小，就不能买个大的？”

“都啥年代了，家里连个Wi-Fi都舍不得装。”

“申哥平时这么仔细，钱都花哪儿了？”

“想用自己的微薄之力，给更多战友带来生的希望。”朴实的答案，就埋在申冬生心里。

申冬生家里姐妹多，小时候，家境贫寒，他努力学习，最终加入公安队伍。他知道困难家庭的孩子成长都不易。当他有了稳定的收入，没想着如何改善自己的生活，而是默默养成一种习惯——尽最大努力资助困难家庭的子女。

2001年的一天，申冬生和同事张海洲前往一家公益单位，选了两个贫困学生，当场填了表，计划长期资助。对此，张海洲很不理解，“那时，工资很低，长期资助需要很大的花费。后来我发现，他真的坚持下来了。”

2005 年，中站辖区的一个村子有个小女孩，因家庭困难，面临辍学，申冬生走访发现后，开始资助她。申冬生病重后，向大哥申焦生提起此事，说自己工作非常忙，希望大哥有空代他多去看望。

“我知道他还帮助过家住工业路的一个贫困学生。”

“他当社区民警时，资助过一个单亲家庭的孩子。”

……

申冬生到底悄悄资助了多少贫困学生？谁也无法准确统计。通过同事、朋友们的点滴记忆，曾经的一幕幕令人敬仰。

除了乐善好施，申冬生还是个知恩图报的人。

2005 年，申冬生就出现了病情。到了 2010 年，病情已经很严重。患病期间，河南省公安厅和焦作市公安局领导多次看望他、慰问他、帮扶他，河南省公安民警英烈基金会每年都为他发放慰问金，这些都让申冬生感受到了来自公安大家庭的温暖。

申冬生离世前，曾对家人说：“这么多年，组织上为我付出了太多，为英烈基金会捐款，也算是一种报答和感恩。”

申冬生走了，战友们再也看不到他拼搏的身影和善良的微笑，但大家早把他的精神铭记在心中，激励自己前进。他的捐款也将救助更多民警，他的大爱永留人间。

我巡逻的每一步都在帮助战友

1

2018 年 5 月 15 日上午 10 时，北京，中国人民公安大学木樨地校区，“我巡逻的每一步都在帮助战友”大型公益活动启动仪式在这里如期举办，与此同时，微信小程序“中警网”也正式上线运行。

作为民警代表，“时代楷模”、安徽省蚌埠市公安局特警支队一大队教导员张劼，“彩虹刑警”、北京市公安局海淀分局刑侦支队七中队探长陈旭也来到了启动仪式现场，与中国人民公安大学师生代表及媒体记者约一百五十余人，共同助力此项活动的全面推广，呼吁身边的战友们加入徒步筹款活动。

“我巡逻的每一步都在帮助战友”大型公益活动，由中国警察网与人民国肽集团联合发起并主办，旨在倡导广大公安民警、辅警和平安志愿者们，通过积累巡逻、健身的每一步，关心关爱身边的困难战友，携手为困难战友奉献爱心，为从优待警、构建和谐警民关系尽一份力，让困难战友感受到来自公安大家庭以及社会各界的温暖。

启动仪式上，播放了微信小程序“中警网”的使用流程视频短片，并公布此次公益活动的参与方式、受助对象确认选择方式。

参与者只要扫描微信二维码，点击“小程序”，进入“公益”版块，即可参与活动，当天的步数达到三千步的捐赠标准，就可在次日将步数捐出。

当月（自然月），所有参与者的捐赠步数累加达到一亿步，活动的合作伙伴方即为受助对象献出十万元爱心。

主办方介绍，此项公益徒步筹款活动，第一季从当月开始，每月一期，共十期，至 2019 年 3 月结束时，主办方公布总排名，为每名参与者颁发电子证书，为排名前一百位的个人邮寄纸质证书，并从近年来权威媒体报道过的因公牺牲民警、辅警和工作出色、生活困难的民警、辅警中选择捐助对象，把爱心捐款交给这些民（辅）警家属或本人。

为助力此项大型公益活动的顺利开展，中国警察网官方微博发起“步步为爱，益起行善”微博话题，阅读量超过三十二万。全国公安新媒体矩阵纷纷转发并对公益活动进行报道。多家微博参与转发，多个公安自媒体微信公众号积极转发，中国长安网、中国网、中国日报网、中国新闻网、法制网等中央、地方主要新闻网站和重点商业网站也对活动进行了报道，来自全国三十一个省、自治区、直辖市的五千三百七十二名公安民警、警务辅助人员及其家人、平安志愿者、热心网友通过扫描“中警网”微信小程序加入徒步筹款行列，仅用五天，就完成一亿步的首期目标。

2

2018 年 6 月 1 日，“我巡逻的每一步都在帮助战友”大型公益活动第一期捐助仪式在青海省黄南藏族自治州河南蒙古族自治县公安局举行，中国警察网、人民国肽集团的代表为民警却旦加卜捐助十万元。

在确定首位受助对象期间，青海省公安厅发布了十名因公负伤民警的故事，中国警察网据此编辑发布的新媒体作品，仅单条微博就收获四百余万次阅读、近万条评论、九万余个点赞。

中国警察网和青海省公安厅政治部联合研究，决定将首位受助对象确定为却旦加卜。

却旦加卜，青海省黄南藏族自治州河南蒙古族自治县公安局宁木特派出所副所长，为保护人民群众生命财产安全，两次英勇负伤，并导致一只眼睛失明，家庭困难，符合捐赠条件。

捐助仪式现场，却旦加卜对企业献上的爱心表示感谢，他的家人为出席捐助仪式的相关代表献上哈达。

捐赠仪式结束后，举办方宣布，“我巡逻的每一步都在帮助战友”大型公益活动第二期走路捐步活动即日起在“中警网”小程序中正式开启，本期目标步数：二十亿步。

2018 年 7 月 13 日，“我巡逻的每一步都在帮助战友”大型公益活动第二期捐助仪式在安徽省旌德县公安局举行，该局身患血液病民警吕小平获赠十万元爱心捐款。

2018年8月10日，“我巡逻的每一步都在帮助战友”大型公益活动第三期捐助仪式在浙江省嘉兴市公安局举行，此次捐赠对象是嘉兴市公安局交警支队直属三大队辅警杨剑锋。

杨剑锋，时年三十八岁，曾是一名武警战士，参加过上海APEC峰会、上海世博会等安保工作，2001年从上海武警部队退伍，2006年，怀着对公安工作的热爱，成为一名交通辅警。

杨剑锋的执勤地点在浙江省嘉兴市京杭大运河边的常秀街与吉杨路交叉口，他把平凡工作当成艺术，在岗位上的每一分钟，都用富有旋律的哨声和铿锵有力的手势，演绎着人生不一样的精彩，被市民亲切地称为“哨子哥”。

就是这样一位豁达乐观、积极向上的辅警，他的家庭却陷入极度困境。他有一个十二岁的女儿和一个七岁的儿子，儿子患有癫痫病，智力低下，每个月都需要一万多元的医疗费。

在“我巡逻的每一步都在帮助战友”捐赠现场，杨剑锋和妻子难掩激动之情，“十万块，对我们家来说，简直就是雪中送炭。”

步步为爱，益起行善，公益永远在路上。

2018年10月9日，被誉为“世界长寿之乡·中国人瑞圣地”的广西壮族自治区巴马瑶族自治县，二百多名公安民警、辅警及其家属，助力“我巡逻的每一步都在帮助战友”大型公益活动。

2018年10月19日，“我巡逻的每一步都在帮助战友”大型公益活动走进中国人民警察大学，警大记者团和各部系学员代表近三百人共同参加“为爱奔跑，向阳而生”迷你荧光跑系列活动，广大学员将以“举步之劳”帮助更多公安战友。

2018年10月24日，“为爱奔跑，向阳而生”迷你荧光跑系列活动在中国人民公安大学团河校区举行，五百余名学生手戴荧光环，在五公里的指定线路上，向阳奔跑，为爱启程，用脚步帮助家庭困难的民（辅）警及其家属，诠释健康生活方式。

2018 年 11 月 13 日，“我巡逻的每一步都在帮助战友”大型公益活动第六期捐助仪式在河南省封丘县公安局举行，封丘县公安局黄陵派出所原指导员刘利顺家属获捐十万元。

刘利顺，从警二十二年，先后在封丘县公安局刑侦大队、派出所等多个岗位工作。2016 年 3 月 12 日，连续十天十夜坚守工作岗位的刘利顺，因劳累过度，在值班室突发心肌梗死，经抢救无效牺牲，年仅四十四岁。

刘利顺牺牲后，其家庭失去重要经济来源，加上老人治病、子女读书，欠下外债十余万元。

捐助仪式上，人民国肽集团董事长李建琪为刘利顺家属送上十万元现金，并表示欢迎刘利顺女儿加入人民国肽集团，发挥所学特长。

“我巡逻的每一步都在帮助战友”大型公益活动第一季，共举办十期十一场捐助仪式，为十三位困难民警、辅警家庭送去一百一十万元爱心款。全国各省、市、自治区七万五千余名网友参与了线上捐步，累计步数超过二百亿步，合起来可绕地球赤道三百四十圈。与此同时，数十家地方公安机关和八所公安院校举办了同名主题的公益跑、健步走活动。

3

2019 年 8 月 19 日，“我巡逻的每一步都在帮助战友”大型公益活动第二季启动仪式在北京举行。

启动仪式上，首批受捐助的民辅警代表——“马背上的泥朵巴”四川省甘孜县公安局拖坝派出所教导员罗桑达娃和“哨子哥”浙江省嘉兴市公安局交警支队直属三大队嘉北中队辅警杨剑峰来到现场，向所有帮助、关心他们的战友和社会各界人士表示感谢，罗桑达娃还专门为帮助过他的爱心人士准备了哈达，表达谢意。

2020 年 9 月 30 日，“我巡逻的每一步都在帮助战友”大型公益活动第二季第七期捐助活动在安徽池州公安局举行。中国警察网、人民国肽集团代表将全国九万一千名战友、网友通过“中警网”小程序捐步献爱心汇聚起来的十万元爱心款，送到了吴跃勤的妻女手中。

吴跃勤，生前是池州市公安局贵池分局禁毒大队大队长。2020 年 6 月 28 日，他在工作中突发脑溢血，经抢救无效不幸牺牲，年仅五十二岁。

吴跃勤三十年如一日，奋战在缉毒、破案、抓捕、守护第一线，先后三次荣立个人三等功、两次获个人嘉奖。

2016 年以来，在吴跃勤带领下，贵池禁毒大队共破获贩毒案件六十余起，抓获涉毒嫌疑人一百余名，查处吸毒人员七百余人次，强制隔离戒毒一百余人次，被安徽省禁毒委评为全省禁毒工作成绩突出集体。

吴跃勤牺牲后，池州市委、市政府给他追记个人二等功，追授他为全市优秀共产党员。

爱心需传递，公益不独行。

截至 2020 年 9 月，“我巡逻的每一步都在帮助战友”大型公益活动已成功举办两季，来自全国各地的战友、网友累计捐步超过四百二十亿步，共捐出二百二十万元爱心款，帮助了三十八个因公牺牲、生活困难民警辅警家庭。

第十四章　大地星辉

春天来了

春风翻看那些沉默的卷宗

那些故事

那些名字

依然如此鲜活

仿佛从未有过流逝

——蝈蝈《春天的献诗》

从优待警

中华人民共和国成立七十多年来，一代代公安民警在打击犯罪、服务人民的道路上，前赴后继，甘于奉献，付出了巨大牺牲，党和人民也赋予这支队伍无上荣光，积极采取各种“从优待警”措施，无时无刻不在体现党和政府的亲切关怀。

1996 年，公安部、民政部联合印发《公安机关人民警察抚恤办法》；2004 年，公安部、财政部联合印发《因公牺牲公安民警特别补助金和特别慰问金管理暂行规定》；2011年7月20日，国务院第164次常务会议通过了《烈士褒扬条例》，7月26日公布，自同年8月1日起，《烈士褒扬条例》及相关配套政策正式实施，公安民警的抚恤待遇比以前大幅度提高。

2013年3月29日，中国警察网发布消息，按国家层面的政策测算，当前，公安烈士抚恤待遇约一百七十万元，比其他公务员高约四十万元；牺牲抚恤待遇约七十万元，比其他公务员高约二十万元。如果加上地方性的抚恤补助，抚恤待遇则更高。

这则消息一出，引起全国公安机关广大民警的高度关注和社会各界广泛热议。民警们普遍认为，在目前国家还不十分富裕的情况下，公安烈士、牺牲民警的抚恤标准分别比其他公务员高出四十万元和二十万元，这充分体现了党和政府以及公安部领导对广大公安民警的关爱，是从优待警的有力举措。

多年以来，中共中央、国务院、公安部和各级党委、政府、有关部门，高度重视公安民警抚恤工作，随着相关优抚法规政策的进一步修订、制定，一个比较符合公安职业特点、体现党和国家从优待警方针的优抚政策体系逐渐形成，伤残、牺牲和病故公安民警的抚恤待遇大幅度提高，优待措施进一步完善，抚慰机制逐步健全。

2017年5月19日，习近平总书记在会见全国公安系统英雄模范立功集体表彰大会代表时指出，各级党委和政府要关心和支持公安工作，关心关爱公安民警，加大综合保障力度，落实从优待警各项措施。

一些有识之士也表示，牺牲民警上有老，下有小，都是家里的顶梁柱，他们牺牲后，不仅给家庭、亲人造成了身心上的极大痛苦，也直接影响家庭经济来源。因此，国家适当提高公安烈士、牺牲民警的抚恤待遇，就可以避免烈士的家属在生活上陷入困境。

民警因公牺牲，最大的打击莫过于他们的子女。把烈士的子女培养成才，也是党和政府应有的责任和义务。因此，在入托、入学、招工等方面给予烈士子女相应的照顾无可厚非。

在积极推动出台多项从优待警政策的同时，公安部积极向相关部门争取，制定了普通公安院校公安英烈子女保送生政策。

自 2000 年，普通公安院校开始招收公安英烈子女保送生。

每年 4 月，符合条件的公安英烈子女被推荐参加公安部统一组织的考试，按考试成绩和录取比例，分别进入各省、自治区、直辖市公安厅、局所属公安院校深造。分数名列前茅的考生，可选报入读中国人民公安大学、中国刑警学院等公安部直属院校。

从 2000 年至今，这一优惠政策已经连续执行二十一年，数千名公安英烈子女进入全国普通公安院校学习深造，毕业后，分赴全国各地，在各自的公安工作岗位上，继承父辈遗志，成为栋梁之材。

公安部和各地公安机关积极争取有关部门支持，出台抚恤政策，想方设法推动解决因公牺牲民警辅警家属的实际困难，让他们切实感受到党和政府的关怀。

2018 年 1 月 8 日，公安部、教育部联合下发《关于进一步加强和改进公安英烈和因公牺牲伤残公安民警子女优待工作的通知》。

同年 11 月 12 日，公安部、全国妇联联合印发《关于做好关爱公安民警及其子女工作的通知》，要求各级妇联组织在开展三八红旗手、巾帼文明岗、巾帼建功标兵、巾帼建功集体、五好家庭等评选工作中，加大对因公牺牲和伤残患病公安民警家属的倾斜力度和帮扶慰问力度，将关爱他们的父母、配偶及子女的工作，纳入中国儿童少年基金会、中国妇女发展基金会工作目标。

“通知”要求，公安部、全国妇联要组织实施一系列公益项目，采取行之有效措施，切实加大对公安民警家属及子女的关爱力度。

“鹰翔计划”，面向因公牺牲、一至四级因公伤残公安民警的未成年子女，以及直系亲属中未成年的弟弟、妹妹。

“鹰翔助学金”，根据公安部推荐的受助名单，针对小学一年级至高中三年级就读的未成年子女，每学年发放一定的助学金。

“红色传承”夏令营，从革命生活体验、革命精神传承等角度，进行“珍惜荣誉、立志成才、报效国家”实践研学。

“温暖扶助”，从2018年开始，对当年因公牺牲公安民警的十二岁及以下子女实施扶助，给予一定数额的扶助金。

“心灵陪伴”，建立互动交流平台，加强与公安英烈子女沟通，及时了解并协助解决他们成长过程中遇到的困惑和问题。

“中国英模贫困母亲资助计划”，对因公牺牲、因公致残或在一线工作表现突出且生活困难的公安民警妻子或母亲，每年给予一定数额的资助金，帮助他们减轻家庭经济负担，改善生活条件。

一系列实实在在的从优待警举措，不仅是对公安烈士的告慰，让他们在九泉之下得以安息，也激励着广大公安民警为党、为人民更加努力工作的热情。

各级公安机关大力加强公安英烈基金会（基金）建设。目前，全国共有二十九个省级公安机关设立了公安英烈基金会，成为公安优抚工作的重要补充。

2003年12月18日，中国公安民警英烈基金会正式成立。十七年来，先后为两万余个公安英烈、特困民警家庭发放抚慰金、补助金两亿余元，并陆续开展了十年万名公安英烈子女“助学工程”和夏（冬）令营等活动。

2019年1月25日至31日，中国公安民警英烈基金会在海南省海口、琼海、万宁、三亚四个城市组织开展了公安英烈配偶、子女冬季疗养活动。

这次活动，是以公安部政治部名义首次开展的公安英烈配偶携子女健康疗养，参加此次活动的三十五组、七十一位公安英烈配偶和子女（内蒙古有一对双胞胎），来自全国二十四个省、自治区、直辖市和公安部机关、铁路公安系统。英烈配偶年龄最大的五十三岁、最小的三十岁，英烈子女年龄最大的十七岁、最小的六岁，大多为近年来牺牲公安英烈的配偶、子女。其中，公安烈士配偶、子女十三组二十七人，因公牺牲民警配偶、子女二十二组四十四人，追授一、二级英雄模范称号的配偶、子女十七组三十五人。

截至 2020 年，公安部先后组织公安英烈子女开展了五次夏令营、四次冬令营活动，全国各地省、市公安机关也相继组织开展了公安英烈子女夏（冬）令营活动。这些活动，已经成为众多公安英烈子女成长记忆中的难忘经历，孩子们在开阔视野、增长学识的同时，获得了难得的相互交流机会，建立了深厚友谊。通过交流学习，孩子们更加理解父母的职业，理解父母的选择，从而树立远大抱负和理想。

2019 年 7 月 24 日，公安部组织的公安英烈子女代表团结束对俄罗斯的友好访问，返回北京。

1998 年以来，公安部与俄罗斯内务部达成协议，成功进行了十次公安英烈子女代表团互访活动，共有三百六十六名中国公安英烈子女参加访俄活动。本次代表团，共有来自全国各地的汉、满、土家、纳西、藏、毛南、维吾尔等七个民族的三十六名公安英烈子女，7 月 20 日赴俄罗斯，在莫斯科进行了为期四天的访问。

在公安部、中国公安民警英烈基金会组织开展公安英烈配偶携子女疗养、公安英烈子女夏（冬）令营的同时，全国各地公安机关也相继组织开展了一系列活动。

2019 年 8 月 2 日，山东省公安厅和省公安民警优抚基金会以“铭记历史、展望未来”为主题，在大连共同举办第九届全省公安英烈子女夏令营活动，来自山东各地的十二名公安英烈子女参加夏令营活动。

2010 年以来，山东省公安厅已成功举办了八届公安英烈子女夏令营活动，先后有三百余名公安英烈子女参加。

生活的烦恼，“铁军”亦要面对。保障有力，全方位解除民警后顾之忧，才能使民警心无旁骛，全身心投入公安工作。

公安部党委切实关心关爱一线民警辅警，想方设法为基层配备必要的装备物资，提供有力的后勤保障。各地公安机关将措施抓细、抓实，在不断完善关爱民警机制、帮助民警解决实际困难的同时，积极争取有关部门支持，统筹企事业单位、社会机构、公益组织和基金会等，推出更多从优待警措施。

2015 年 2 月，福建省泉州市公安局设立民警职业安全互助金，市财政核拨专项经费，作为互助金启动资金，并纳入财政预算，每年予以保障。首批共有五十七名因公牺牲民警家属和伤残、重大疾病民警受益。

浙江湖州成立“爱警办”，印制“暖警口袋书”，从强化职业保障、优化生活服务等七个方面，将从优待警措施细化为七大板块，六十二小项。以“绿色通道”为例，详细列明了与杭州、上海的二十四家合作医院的联系方式、地址，减少沟通环节，一站服务到位。在一系列爱警暖警惠警护警措施保障下，2016 年以来，湖州没发生一件民警倒在工作岗位情况，做到“全影全形”。

上海的“单身公寓”，解决单身无房青年民警和住房困难民警的住房需求。“跨区交流”措施，让二百二十八名远途通勤困难民警顺利交流到离家更近的新单位。

吉林省吉林市通过进一步畅通因公负伤快速救治“绿色通道”、加强健康知识普及、严格落实民警年度体检制度、及时启动战时抚恤慰问工作机制等措施，切实抓好战时优抚工作。

为解决民警夫妻两地分居问题，吉林市公安局积极协调人社、编办等部门，着手实施“团圆计划”，经过申报、审核、考察等环节，2020 年，首批三十三名符合条件的公安民警本人或家属，将工作调入吉林市。

吉林市公安局政治部奖励抚恤处处长辛泉介绍说：“2019 年，我们积极落实暖警惠警措施，走访慰问公安烈士、因公牺牲民警遗属及伤残困难民警四百三十四人次，发放慰问金二百九十一万元、特别抚恤金三十三万元，向两名因公牺牲民警遗属和三名因公负伤民警家属发放慰问金三万五千元，向烈士、因公牺牲、一至四级伤残民警子女、功模民警、优抚对象子女发放助学金六十一万八千元。慰问四名负伤和突发疾病民警，发放慰问金一万元。”

关怀慰问机制、帮扶救助机制、家属就业援助机制……

一系列极具针对性、操作性的暖警惠警举措，解决了民警所需所盼，增强了民警的职业认同感、归属感和荣誉感，提升了公安队伍的创造力、凝聚力、向心力、战斗力，让广大民警及其家属感受到浓厚的关爱，广大民警辅警更专注地投入本职工作，以最佳状态护航社会，服务经济发展。

心的呼唤

1

“从警之路，就像一场新时代的长征，注定漫长曲折，困难重重。当现实拷问着理想，当利益诱惑着忠诚，我们在黑与白的夹缝中艰难前行。这一路，可能平凡，但绝不简单，‘警界心理’将与你一起，并肩前行。把颜值交给警装，把脆弱交给我，用省下的时间，去做你该做的事。对，我就在这里！”“警界心理”，听美女警官闫杨娓娓道来。

“警界心理”，是吉林市公安局龙潭分局民警闫杨创办的吉林省首个服务于民警心理健康引导功能的微信互动平台。目前，这一平台已为两千三百多名粉丝提供心理咨询和疏导服务。而这些粉丝中，多是“警粉儿”。

“将心底的软肋，变成坚硬的铠甲。”这是闫杨在她的“警界心理”平台里标注的一句话。她说：“作为一种特殊职业，高风险、高负荷、高压力是每个警察的日常。良好执法环境的缺失，公安工作任务的繁重，家庭生活环境紧张，个人身体、心理素质欠佳等因素，致使民警心理健康问题亟须被关注。”

从警七年来，闫杨依托她的心理学专业背景，将工作之余的时间充分利用，一手为公安民警打造“坚硬的铠甲”。

警务心理、警营生活、警界资讯、心灵支持……从“警界心理”发布的内容可以看出，这是一款应用场景很“小众”的产品，而如此“小众”的平台，却蕴含着无限的能量。

从2016年10月12日发布第一条信息至今，“警界心理”已经发布了三百余篇文章。

“浏览量最多的一篇文章超八万，我自己都没想到。”这样的优异成绩，令闫杨很自豪。作为一名女心理师，她的细腻和温柔，为她赢得了更多的信任和关注，并被同行们誉为“警队心理师”。

“硬汉警察”也会有“内心脆弱”的一面。但他们，从来“不轻易道与外人听”。

有了“警界心理”，他们放下包袱，想到了去倾诉。试探性地问一句“在不在”，闫杨一看便知，“对方还有顾虑”。

按心理学分析，闫杨需要与对方建立信任。每次谈话前，闫杨都向对方保证：“除了涉及违法犯罪案件等因素，我不会向任何人透露彼此的谈话信息和个人隐私。”

“我不认识你，但我非常关心你。”一句极富磁力的问候过后，对方会渐渐“打开心扉”。

信任和沟通的桥梁，就这样搭建起来了。

一位刚入职的年轻交警曾透露：某天，他在执勤时拦住一辆轿车，车上五个人，满身酒气。他要做出处罚时，对方对他连谩骂带推搡。

从心理学上看，人类受到攻击，首先想到的是自我保护和反击。但由于执法要求，年轻的交警没与对方发生肢体冲突，一直努力克制自己，直至同事赶来解围。

“我是不是特别窝囊啊？”在与闫杨的聊天中，年轻的交警先是自我质疑，随后坦言：“这次执法，给我留下了心理阴影，我再也不愿意冲锋在前。”

交流中，闫杨看得出来，这位年轻的交警，对对方人数过多情形下的执法，也有了一些心理上的抗拒。

闫杨对这名交警进行了心理辅导，并提出了一些心理建设的意见，历时一个月的时间内，她与他长聊了四次，终于使他走出阴霾，重树自信，再次站在了执法岗位上。

“感谢有你，我会努力做得更好！”这位交警在微信留言里道出了感激之情。

闫杨的职务是分局团委书记，繁忙的工作之余，她利用“警界心理”公众号，细心观察和体会民警的心理状态，见证民警作为个体的委屈和焦虑。

“这有点儿像地下工作者，人心即风暴，我在风暴眼，静观寻常世事下暗藏着的涌动。”

“媒体对案件的报道只是冰山一角。”

“案件的恶劣、复杂程度，部分嫌疑人手段之残忍，受害人及家属遭受的打击……”

这些心理背后的真相，常常让办案民警的身心受到深深的震撼，甚至伤害。

通过走访调查，闫杨搜集到大量第一手数据，得出令人心酸的结论：睡眠障碍、焦虑、抑郁、躁狂，已经成为很多民警，特别是基层民警的职业病。这与执法环境和工作强度有关；民警在执勤、执法或破案时，精神高度紧张；在履行办案程序时，还要严格遵守每一个环节的时限要求；长期执勤、备勤，又加大了劳动强度。同时，还要完成各项例行工作。

“长年在这种高负荷之下工作，身体和心理状况出现问题，是再正常不过的事情。”对此，闫杨开出的药方是：“多理解、多倾听，学会与所爱的人沟通。”

有民警在公众号中与闫杨探讨“大环境”：群众工作难做，执法环境复杂，缺乏制度保障，等等。

闫杨的看法是：“个体无力改变社会环境时，一定要在遵守底线的情况下，学会改变自身。”

闫杨在这里，“警界心理”在这里，服务民警心理健康，用爱和引导医治“职业创伤”。

2

2019年9月13日，中秋节，一场题为“心理心脏双心服务”的专题讲座在北京市公安局天安门地区分局举行。

祝卓宏，公安部心理健康服务工作队成员、中国科学院心理研究所教授、博士后导师。在讲座中，他用深入浅出的话语、风趣幽默的方式，为民警辅警传授减压技巧，并接受心理咨询。

这是公安部党委为奋战在一线的民警辅警送上的身心健康服务“大礼包”。

2019年9月6日至17日，公安部政治部组建心理健康服务工作队，分赴北京、天津、河北、山西、内蒙古、辽宁、山东等七个环京“护城河”省、自治区、直辖市基层公安机关，开展系列身心健康服务工作。

活动期间，公安部新闻宣传局在邀请三十名心理学专家和心脑血管医学专家的同时，从全国各地公安机关抽选了一百一十名心理健康服务骨干，组建了一支由一百四十人组成的公安部心理健康服务工作队，每十人一组，分成十四个工作组，累计为环京“护城河”七个省、区、市一线民警辅警举办心理讲座和团体辅导一千二百九十五场次，服务基层科所队站六百九十二个，直接受益民警辅警七万七千人。

“压力如何管理？压力如何纾解？压力如何释放？”9月9日，在天津市公安局西青分局，公安部心理健康服务工作队成员、首都医科大学附属北京安定医院教授西英俊为民警辅警举办了一堂题为“压力管理策略与方法”的心理健康讲座，详细分析了压力来源、产生原因、特点及其影响，讲授了消除和减缓压力的多种方法，并从心理学的角度解读了公安民警“不忘初心”的职业信仰。

讲座结束时，公安部心理健康服务工作队队员还为参会民警发放了《民警辅警心理健康手册》。

一位参加活动的天津民警说：“非常感谢公安部党委的关心，这次心理健康服务，内容实用、形式接地气。这些暖心服务，就是对基层民警辅警最直接的关爱！”

除了心理健康服务，每支小分队还配备了心脑血管医学专家，随时为民警辅警提供周到的身体检查。

赵含森，首都医科大学附属北京中医医院心血管科主任医师、医学博士，擅长以中医及中西医结合的方法治疗心血管疾病。

在天津市公安局宝坻分局，赵含森为民警讲授了疾病预防与健康管理微课程。课后，为身体不适的民警单独问诊，并就预防疾病、药物治疗、养成健康的生活习惯等方面，给予详细意见和建议。

“老师，我最近背痛、睡眠不好，怎么调节？”

“老师，我回家总是难免带着单位的事儿，情绪不容易控制，怎么解决？”

“老师，我最近有些头晕、气短，什么原因？”

平阳路派出所是山西省太原市公安局接警量最大的派出所。公安部心理健康服务工作队成员利用“壹点灵”平台资源，结合山西省心血管病医院心内科副主任医师许慧玉携带的体检设备，为现场民警辅警开展了一次“心理心脏”体检活动。

经过“双心”体检，民警辅警纷纷手持检测报告，向工作队心理老师进行有针对性的咨询。

“手指加减法”破冰迅速；“串糖葫芦法”新颖独特；“我的从警路”探索深入；“电波传递取物”气氛热烈；“疾速行动”趣味益智……

十天的心理健康服务，一百四十位专家，通过团体辅导、个体咨询等多种形式，各显其能。在强化服务全覆盖的同时，因人而异、因地制宜的个性化身心健康服务贯穿全程。

工作中，新入警民警的心理健康问题受到专家的特别关注。在天津市公安局蓟州分局，公安部心理健康服务工作队成员、女专家何曦、张馨月、莫蕴健以“助力安保、关爱女警”为主题，为新入警的女警开展团体心理辅导，根据女警特点，专门启发、引导，鼓励女警合理宣泄负面情绪，寻找发掘自身优势。

“我希望，通过我们的服务，一线民警辅警能减轻压力、轻装上阵。我更希望，他们能掌握我们讲授的方法，实现自我心理调节。”在公安部心理健康服务工作队成员、山东省聊城大学心理健康教育与咨询中心主任赵富才教授眼中，“授人以渔”，远胜过“授人以鱼”。

在山东省公安机关开展心理服务期间，每到一处，赵富才和队员们除了送上丰富多样的心理健康服务，还有针对性地为民警辅警举办心理健康知识讲座，引导民警正视压力的负面影响和不良情绪，帮助民警掌握情绪调节、自我减压的方法和技巧，厚植心理资本，培育阳光心态，增强团队凝聚力和战斗力，“尽可能留下丰富且实用的心理健康知识和精神压力自我调解方法”。

谢骅是福建省晋江市公安局民警，也是全国公安机关心理健康服务骨干，他说：“在此次服务工作中，我学到了很多心理学方面的知识和技巧，为以后进一步做好心理健康服务工作打下了良好基础。”

3

面对日益繁重的安保维稳工作，越来越多的有识之士和公安机关重视民警心理健康服务工作。

2020 年 2 月，湖北公安战“疫”心理援助专家团上线，七名心理援助教官，接受全省数万名一线民警辅警的心理咨询。

2020 年 3 月，重庆市合川区公安局组建战时心理健康服务工作队，开通二十四小时健康咨询热线，制作心理健康服务微视频，点对点推送情绪调节小技巧。一系列心理健康“资源包”，帮助基层民警卸下紧张、焦虑、担忧、愧疚等心理“包袱”，重塑健康心态，让他们“轻装”上阵，战胜疫情。

刘宁一是陕西省咸阳市公安局民警心理健康服务中心的心理健康咨询师。2020 年 3 月 6 日，武功县公安局一名民警给他打来了心理咨询电话。

这名民警的妻子在医院工作，经常接触病毒感染病人，自己又是抗疫突击队成员，家里的孩子才六岁，他担心会把病毒带回家传染给孩子，思想包袱比较重。

了解情况后，刘宁一一边安抚他的焦虑烦躁情绪，一边添加他的微信，一对一对他进行视频心理疏导，治好了他的“心病”。

2020 年 4 月，北京市公安局监管总队抽调六十三名职能部门人员，组成战时服务保障小分队，为二百余名服务一线封闭工作的民警辅警代开日常服用药品，为六百余人代购生活用品，解决他们的个性化问题。

2020 年 5 月，山西省公安机关为监所补充警力，加大经费投入，配发口罩二十七万三千余只、手套十七万七千八百万副、防护服四千六百套、护目镜三千三百零二副、面罩三百八十四个、体温枪四百五十九个，一对一、点对点帮扶有家庭困难的监管民警辅警，解除他们的后顾之忧。

内蒙古，身患癌症的老民警赵长伍收到了上级发出的“强制休息令”；

贵州，身怀六甲的民警罗婷收到了上级发出的“强制休息令”；

宁夏回族自治区银川市公安局兴庆分局，一次性向带病坚持工作、长期坚守岗位的一百一十八名民警辅警下发了“强制调休令”……

疫情防控期间，全国各地公安机关纷纷给民警辅警下发“强制休息令”“强制调休令”。

一张张“强制休息令”“强制调休令”，看似语气严厉，实则饱含暖暖的关怀，网友纷纷点赞，称这样的“暂停键”揿得好。

“暖心工程”“关心计划”，各级公安机关从“心”出发，不断为公安事业垒炉添薪，在润物无声中，激励新时代公安铁军踏上新征程，勇担新使命。

向爱而生

在经济转轨、社会转型的特殊历史时期，公安机关维护国家安全和社会稳定的任务日益艰巨繁重，公安民警常年奋战在基层一线，长期处于超负荷工作状态，工作负担和压力不断加大，精神和身体受到极大损耗，特别是因心理压力导致的重大疾病逐年增多，因积劳成疾病逝的民警数量居高不下。

一方面，工作强度大、压力大、风险大。有的民警不仅在生理上出现问题，还在心理上出现偏差，急需干预和纾解；

另一方面，广大民警经常地、大量地接触社会阴暗面，负面情绪不断积累，如果长期得不到干预和疏导，会使一些民警情绪低落，甚至产生挫败感。

在公安工作任务日益繁重、警力难以大幅度增加的情况下，如何保护民警的身心健康，成为公安部乃至各级公安机关亟待解决的难题。

2012 年 10 月 19 日，公安部在北京市白庙公路治安检查站举行“关爱民警健康基层行”启动仪式。

这是公安部首次开展“关爱民警健康基层行”活动，慰问组以北京、天津、河北、山西、内蒙古、辽宁、山东等环京七省（自治区、直辖市）基层一线为重点，向一百个进京公路治安检查站和三十个基层所队赠送便携式急救器材、健身器材、保健用品，向生活困难民警发放慰问金。

2013 年 9 月下旬，祖国西南的云贵高原和八桂大地，丹桂飘香，秋意渐浓。

扫去盛夏的炎热与疲惫，基层民警迎来喜讯：公安部“关爱民警健康基层行”活动慰问组来了！

带着部党委的殷殷关切，带着问候和嘱托，慰问组一行轻车简从，风尘仆仆，分赴广西、云南、贵州三地公安机关，把公安部党委的关怀送到基层民警身边。

电子血压计、血糖计、急救箱、跑步机、杠铃……每到一处，慰问组都走进基层所队，送去健身器材、保健用品及便携式急救器械。

在公安英烈家属和困难民警家里，在医院病房，慰问组送来了慰问金；在与基层民警座谈中，慰问组详细了解他们的工作、生活和健康状况，向他们传递了“快乐工作、幸福生活”的理念。

看到慰问组送来的这些急需必需的物品器材，云南省景洪市公安局勐养派出所民警小玉红了眼圈：“民警们长期生活不规律、饮食不规律，公安部党委真的是把民警健康放在了心上，我们感激部党委的关怀。”

2015 年 10 月 13 日，公安部“关爱民警健康基层行”走进南充，向市局治安支队民警郭建国、高坪区公安分局凌云派出所民警肖光林、嘉陵区公安分局法制大队副大队长易辉送去慰问金，向顺庆区公安分局舞凤派出所、南部县公安局南城派出所赠送健身器材和书籍。

2012 年以来，公安部组织开展的“关爱民警健康基层行”活动，让越来越多的基层单位和民警真切感受到公安部党委的深切关怀与厚爱。

2005年10月，公安部率先成立全国公安民警心理健康工作领导小组，同时，全国公安民警心理健康服务中心正式挂牌成立，在公安机关建立起心理训练、咨询服务、危机干预“三位一体”的民警心理健康工作体系，为广大民警、辅助人员及其家属提供心理健康咨询服务。

资料显示，目前，全国各地已经建成了十个公安民警心理训练实验中心，研发了民警职业心理能力测评软件，各地公安机关也把心理素质测评作为统一招警的必要环节。

2009年初，公安部政治部向全国公安机关发出《公安民警心理健康服务中心建设指导意见》，提出，在全国省级公安机关和警力超过三千人的市级公安机关设立民警心理健康服务中心，因地制宜开展健康有益的文体活动，养成健康的工作和生活习惯，特别是在侦办重大刑事案件、处置重大治安案件和群体性事件、执行重大安保任务结束后，要采取轮休、集中休整、年休假等形式，安排民警休整，严格落实健康体检制度，做到民警患病早发现、早治疗。

公安部关心关注公安民警身心健康的决策部署，得到全国各地公安机关的积极响应，辽宁、贵州、广东、广西、山西等省、市公安民警心理健康服务中心先后挂牌成立。

2009年3月20日，辽宁省公安厅公安民警心理健康服务中心在辽宁警官专科学校挂牌成立。

2009年11月16日，贵州省公安民警心理健康服务中心挂牌成立。有专职人员提供咨询，聘请省内知名专家何克教授为总辅导师，邀请心理专家做客中心，接听电话，帮助全省各地公安民警及家属解决工作压力、人际关系、婚姻恋爱、社会适应、个人发展、生活事件等问题。中心建立了心理健康网络服务平台和心理测试中心、心理咨询室，开通了心理健康咨询电话和预约面谈咨询，依托社会专业力量，培训心理咨询健康人才，编发心理健康杂志和心理健康专业书籍，广泛宣传心理知识，民警“三个必训”体系也纳入心理健康课程，建立民警心理危机干预工作机制，定期举办心理健康讲座，提高民警心理保健意识和自我调适能力，开展个案跟踪服务。

2013 年 5 月 17 日，广东省东莞市公安民警心理健康服务中心在东莞市人民警察学校举行启用仪式。服务中心总面积一千四百多平方米，是广东省地级市公安局首个设施完善、项目功能齐全、考取国家心理咨询师民警最多的心理健康服务中心，有室内和室外两个功能区。室内功能区位于警校教学楼五六楼，总面积六百二十平方米，包括团体活动室、心理档案室、心理访谈室、放松训练室、接待室、压力宣泄室和心理测评室，配置了身心反馈训练系统、音乐放松训练系统、沙盘、团体活动训练包、心理测评系统、压力宣泄系统等设备；室外功能区位于警校足球场旁边，总面积八百三十三平方米，包括攀岩、空中单杠、吊索桥、丛林绳桥、相互依存、攀峰越险、空中断桥、悬崖绝壁等八个高空心理行为训练项目和背摔台、毕业墙两个地面心理行为训练项目。

2014 年 12 月 11 日，广西贵港市公安民警心理健康服务中心正式挂牌成立，随后，各县（市）局、分局和交警支队也陆续成立了民警心理健康服务中心，为民警解决心理问题。

2017 年 11 月 1 日，山西省晋中市公安局民警心理健康服务中心正式启动，特聘卫生部心理治疗师为总督导，省公安厅顾问六名，心理咨询师十余名。晋中市公安民警心理健康服务中心成立以来，经常深入基层、深入一线，深入到民警中间，通过认真调研，准确把握广大民警的思想情绪和心理健康问题，制定有针对性的工作计划，积极主动开展工作。他们借用社会上的优质心理健康资源和兄弟单位的专家团队力量，使民警心理健康服务工作生动活泼、高效运转。他们依托心理健康中心为基地，积极培养心理健康服务师和志愿者，随时随地把握广大民警的心理状态，为民警提供心理咨询服务和干预服务。

2019 年 9 月 10 日，浙江省台州市公安局心理健康教导团来到椒江分局前所派出所，对民警进行自我减压训练。

2019 年国庆前夕，乌鲁木齐铁路公安处心理健康服务小分队选派一名国家三级心理咨询师、两名乌鲁木齐铁路公安局三级心理健康辅导员，以心理健康保护工作“走基层、入一线”的方式，来到乌鲁木齐站货场派出所乌拉泊警务区，将民警心理健康保护工作送入高铁安保一线。

2019 年 10 月 10 日，山西省河津市公安局心理健康服务小分队为交警大队一百余名一线执勤民警开展心理健康培训辅导，在心理健康服务队的指导下，民警们开启“蒙眼出行”的幸运之旅。

2019 年 10 月 11 日，安徽省公安厅心理健康服务工作队到安徽省宁国市公安局开展送心理健康服务下基层活动，通过心理减压训练、自评互评、心理测试等多种方法，对民警辅警开展心理健康服务。

针对一线不同岗位民警的工作特点和心理特点，西昌铁路公安处抽调心理健康辅导员，组成心理健康服务小分队，上列车，下一线，将心理健康服务送到基层，“把背后交给战友”心理训练让战友的心贴得更近。

健康的精神世界，蕴藏着取之不尽的力量之源，各级公安机关关注塑造民警心灵，这是一项造福于民警、造福于公安事业的心灵工程，必将丰富从优待警制度，增进队伍向心力和凝聚力，提高民警工作积极性。

公安部、各级公安机关长期开展心理健康服务工作，有效缓解了一线民警辅警的心理压力，解除心理困扰，改善了紧张情绪，有效预防了因心理不健康酿成的重特大事件发生，持续激发了队伍的凝聚力、战斗力，为公安民警辅警履职尽责提供了有力保障。

练 为 战

1

相距七十米，一颗子弹穿过直径只有两厘米的瓶口，再把一枚鸡蛋击碎；

相隔三秒，冲锋枪近距离连续击落七个靶标……

这不是电影里的特效情节，而是发生在特警实战会演中的真实场景。

2019 年 1 月 19 日，全国公安特警维稳处突实战汇报演练场上，特警队员们警容严整、精神饱满，纷纷拿出克敌制胜的拿手绝活。

伴随旋翼强大的轰鸣声，一架蓝白相间的警用直升机悬停在三十多米高的空中，强大的气流将地面的杂草瞬间“压平”，一名名黑衣特警拉住一根直径约 10 毫米的绳索与八字环配合，在三至五秒内，飞速下滑至五六十摄氏度高温的地面，立刻进入战斗模式……

2019 年 8 月 7 日，浙江省公安警务航空队与巡特警总队联合开展的空中突击队组训在东阳市横店通用机场拉开序幕。

2019 年 4 月 23 日 15 时，湖南省长沙市公安局 110 指挥中心连续接到多起群众报警，称位于芙蓉区的五一广场发生持械斗殴事件、位于岳麓区的东方红广场发现在逃人员身影。

接警后，指挥中心迅速调度距离事发现场最近的多个“星城快警”平台马上出警。接受指令的四十余名警力均按规定携带武器装备陆续赶到现场，最快的，用时仅一分十六秒。

其实，这几起“重大突发案（事）件”并不是真实发生的，而是长沙市公安局组织开展的“星城快警”平台快速反应实战演练。

2

练为战！

全警岗位练兵、警种专业练兵、一线实战练兵……

这一年，公安部印发了《关于 2019 年至 2022 年开展全警实战大练兵的指导意见》，向全国公安机关发出“全警实战大练兵”动员令。

2019 年 6 月 12 日，公安部举办公安机关领导干部学习贯彻全国公安工作会议精神政治轮训班，国务委员、公安部党委书记、部长赵克志为首期学员宣讲全国公安工作会议精神。

随后，全国各地、各级公安机关迅速掀起了政治大轮训、政治大学习的热潮。山东、山西、安徽、广东、广西、贵州、云南、海南等省区市公安厅局纷纷组织开展政治大轮训。

集中授课、座谈研讨、视频教学、经验交流……一顿顿“理论大餐”，一次次“精神洗礼”，一回回“充电加油”，让全国各地的公安民警在真学真懂真信真用中，筑牢信仰之基，补足精神之钙，把稳思想之舵。

采访中，吉林市公安局政治部教育处处长朱阳吉介绍说：“2019 年以来，我们精心制作枪支领用、徒手控制、处置干扰执法战术等教学视频，方便民警利用碎片化时间自主学习。相继推出八类二十九名专、兼职教官的四十一项授课内容，并根据基层实战需要开展订单式培训，先后组织送教二十场次、实战训练九次，培训骨干民警六百五十余人。在匈牙利世界警察手枪应用射击锦标赛上，我局三名参赛队员助力省厅代表队取得男团科目第二名、男子综合总分第二名、女团科目第三名。”

又是一个火辣辣的高温天气。

面色黝黑、汗流浃背的陈东军挺立在威武雄壮的枪队后面。他那炯炯的目光，恰似两条激光弹道穿透了队列前方的靶心。

“目标三十米速射靶台，射击！

伴随着陈东军铿锵有力的口令，“啪！啪！啪……”十名队员手中的短枪接连开火，矗立在前方的一排跑步靶瞬间“噼里啪啦”应声倒下。

“报告，一号射手射击完毕！”

“报告，二号射手射击完毕！”

……

“十个目标全部命中！”观礼台 LED 屏幕上跳出一行大字，陈东军教官那副绷紧的脸庞露出一丝笑容。

陈东军是吉林市公安局警察训练支队副支队长、总教官，多次代表吉林省公安厅赴全国各地参加警训比赛，被学员们誉为“警营武教头”。

一年多来，全国各地公安机关紧扣新时代使命任务，锚定锻造“四个铁一般”公安铁军标准，突出实战实用实效，扎实抓好全警实战大练兵，确保人民公安招之即来、来之能战、战之必胜，不仅提高了民警的身体素质，更减少了警务工作中造成的不必要牺牲。

3

工欲善其事，必先利其器。

2019 年 9 月 9 日，公安机关新型单警装备配发启动仪式在北京举行，伸缩警棍、催泪喷射器、强光手电、金属手铐、多功能腰带，五种新型单警装备集中亮相。

启动仪式现场，公安部装备财务局为北京地区铁路公安机关、民航公安机关一线民警配发两千套新型单警装备。

此次配发的新型单警装备，功能更全、性能更好、质量更优、重量更轻。

“伸缩警棍跟以前相比重量减轻了很多，使用更灵活，而且加装了防脱手环，有效避免滑脱状况的出现。”

“催泪喷射器和以前相比容量增大了，可以增加使用的次数。”

“新型强光手电与以前相比亮度增强了，还增加了破拆功能，很实用。”

……

在启动仪式现场，拿到崭新装备的民警们喜笑颜开，纷纷感慨新型单警装备性能的提升。

单警装备，是公安民警使用频率最高、执法执勤必备的重要装备，是广大公安民警与违法犯罪分子斗争、保护自身安全的基本保障，更是公安机关整体战斗力的重要体现。

人们永远不会忘记发生在四十年之前的柴河沿战役，因为武器落后，装备相差悬殊，五名民警、一名法警在那场战斗中壮烈牺牲。人们也无法忘记，一个个公安民警，赤手空拳与武装到牙齿的歹徒英勇搏斗，直至流尽最后一滴血，献出宝贵的生命。

强化单警装备建设，是一代代公安民警用血的教训换来的。

2006 年 7 月 24 日，公安部颁布《公安单警装备配备标准》，全国公安机关基层一线民警，基本实现人手一套单警装备，有效提升了民警执勤执法工作能力水平。但是，随着公安工作形势任务的发展变化，单警装备的配备标准和技术性能标准不够适应的问题凸显，迫切需要更新换代。

在深入调研、广泛征求意见的基础上，公安部装备财务局经过反复打磨，完成了伸缩警棍等五种新型单警装备的定型列装工作，并陆续在全国公安机关更新换代。

维权！维权！维权！

2017 年 1 月 27 日，农历腊月三十，下午 4 时 59 分，黑龙江省哈尔滨市公安局道里分局太平庄派出所接到报警：辖区一量贩式 KTV 发生群殴。

接警后，值班民警曲玉权和同事李振东火速前往案发现场。在依法处置过程中，曲玉权和李振东遭到违法嫌疑人突然袭击。搏斗中，曲玉权身受重伤，经抢救无效，因公殉职。

“1·27”袭警案，因为一纸判决，在网络上掀起轩然大波，有网友称：“就在法院判决的那一刻，警察的尊严碎了一地。”

“1·27”袭警案，引起社会各界极大关注，也推动了公安机关研究出台相应法规的进程。

2018年12月7日，中华人民共和国公安部部长办公会议审议通过了《公安机关维护民警执法权威工作规定》，共三十三条，2018年12月19日正式发布，2019年2月1日起正式施行。

这是我国公安机关第一部维护民警执法权威的部门规章，标志着公安机关维护民警执法权威工作走上法治化道路。

2018年12月29日，公安部在京召开新闻发布会，通报《公安机关维护民警执法权威工作规定》相关情况。公安部警务督察局局长张向宁通报说，近年来，一线公安民警在执法执勤中遭遇阻挠执法、暴力抗法、造谣诽谤事件时有发生，不仅对公安民警人身安全和个人声誉造成严重侵害，也极大地损害了国家法律尊严和公安机关执法权威，还严重干扰了公安民警依法履行打击犯罪、保护人民的职责使命。

张向宁在通报中说，改革开放四十年来，全国共有一万三千万余名公安民警因公牺牲，为公安事业献出了宝贵生命。2013年至2017年的五年里，全国公安民警因公牺牲两千零三人，因公负伤或致残两万五千人，其中，2017年牺牲三百六十一人，平均年龄只有四十三点五岁。这些流血牺牲，有相当一部分是由于民警在执法执勤过程中受到暴力袭击、报复伤害、妨害阻碍所造成的。仅2017年，各级警务督察部门就受理核查侵害民警执法权益案（事）件一万三千起，处理侵害行为人一万八千名，为一万六千名公安民警提供救济、恢复名誉、挽回损失。

自 2017 年 3 月以来，公安部立足新时代我国国情，坚持问题导向，坚持改革创新，坚持法治思维，深入调研论证，认真总结、积极借鉴国内外相关成熟经验，广泛听取各方面的意见建议，开展《公安机关维护民警执法权威工作规定》制定工作。《公安机关维护民警执法权威工作规定》以《中华人民共和国人民警察法》《公安机关督察条例》等法律法规为主要依据，充分考虑了当前维护民警执法权威工作的实际需要，充分考虑了与相关政策、法律法规的衔接配套。《公安机关维护民警执法权威工作规定》共有三十三条，具有较强的科学性、针对性和可操作性。

《公安机关维护民警执法权威工作规定》颁布后，在社会各界产生强烈反响。

中国政法大学法治政府研究院院长王敬波表示："民警执法是保障社会安全、服务公众的第一道防线，同时，民警执法所面临的社会风险也比较大。为了保障好第一道防线，应该在各个层面上树立起民警执法的权威。"

中国人民公安大学教授王太元表示："出台规定和办法是很有必要的。近年来，公安机关的工作量、要求标准在不断提升，可以说，公安警务的执法环境还需要进一步有效优化。"

如何在重大公共安全事件中维护民警执法权威？这一话题，在 2020 年全国"两会"期间，引发代表委员热议。

全国人大代表、北京市怀柔区渤海镇北沟村党支部书记、村委会主任王全表示："身为基层干部，每天与基层民警一道，奋战在抗击疫情第一线，人民警察为做好疫情防控、保卫人民生命健康安全付出了辛勤汗水乃至生命代价，维护民警执法权威，就是在维护自己的'铠甲'；侵犯民警执法权威，就是对自己和身边人生命健康安全的侵害。"

全国人大代表、安徽省公安厅物证鉴定管理处（中心）副处长（副主任）陈林建议：“在抚恤优待、因公牺牲认定、护理费用及伤残人民警察待遇等方面，提高对人民警察的优抚保障水平。”

陈林表示，2014年，民政部、公安部等九部门联合制定《人民警察抚恤优待办法》，激励人民警察的奉献精神。随着经济社会发展，重新修订《人民警察抚恤优待办法》势在必行。建议通过修订《人民警察抚恤优待办法》，明确提高因公致残人民警察和因公牺牲、病故人民警察家属的抚恤优待标准。

全社会对人民警察的关爱，充分体现在对民警执法权威的维护上——

近年来，在每年的全国两会上，全国人大代表、政协委员纷纷呼吁增设袭警罪，坚决维护民警执法权威；

2020年全国两会，人大代表、政协委员在聚焦新冠肺炎疫情防控这一特殊背景下，再度关注重大公共安全事件中民警执法权威的保障问题。

《公安机关维护民警执法权威工作规定》颁布实施后，全国各地公安机关结合本地工作实际，及时启动维权机制，相继制定出台了更加具体的实施办法，第一时间严肃查处违法犯罪行为，第一时间救治慰问负伤民警辅警，第一时间为受到不实投诉、诬告陷害等民警澄清正名，有力保护了民警辅警的工作积极性。

2019年7月9日，安徽省蒙城县公安局召开维护民警执法权威大会，向执法过程中受到侵害的四十四名民警、辅警，发放维护民警执法权威抚慰金五万六千元。

2019年2月15日，湖北省公安厅制定出台《湖北省公安机关维护民警执法权威澄清正名工作实施办法》，依据此办法，省市县公安机关均成立维护民警执法权威工作委员会，实行三级维权联动，建立联动处置机制和维权案（事）件分析通报督办机制。2019年7月18日，湖北省公安厅召开新闻发布会，通报称，2019 年 1 月至 6 月，全省公安机关共查处侵犯民警执法权威案（事）件五百五十五起，依法打击处理侵权行为人九百一十九名，先后为五十四名受到恶意投诉、诬告的民警发放《维权正名通知书》。

2019 年 5 月 30 日，重庆市公安局出台《维护民警执法权威工作实施办法（试行）》《维护民警执法权威抚慰办法（试行）》《维护民警声誉澄清正名实施办法（修订）》等三项制度，成立了维护民警执法权威工作委员会和维护民警执法权威工作委员会办公室。

2020 年 2 月，《公安机关维护民警执法权威工作规定》正式施行一周年，重庆公安机关先后查处了长寿区公安局政委徐鲜华被不实投诉事件、梁平区公安局民警郭聪被过度追责事件、酉阳土家族苗族自治县公安局张富国等民警遭受不实投诉等侵害民警执法权威案件四百一十件，打击处理侵害民警执法权威违法犯罪人员六百九十二名，抚慰被侵权民警四百六十一名，发放抚慰金四十余万元，为十五名民警公开澄清正名，并消除不良影响。

2019 年 8 月 21 日，浙江省出台《浙江省公安机关维护民警执法权威工作实施办法》，为民警依法执法撑腰鼓劲，向袭警辱警、妨碍公务等违法犯罪行为坚决亮剑。

2020 年 6 月，青海省警察协会民警合法权益维护法律服务中心正式挂牌成立，并与律师事务所达成协议，共同开展民警维权法律服务工作。青海省警察协会“民警维权法律援助信箱”同时开通。

2019 年 6 月底，广州市公安局从化区分局接到群众举报称，微信群上流传一段时长十秒的视频，内容为从化交警依法执勤的工作画面，并含有拍摄者无缘无故辱骂交警的言辞，在社会上造成了恶劣影响，严重侵害民警的执法权威。

7 月 4 日，录制发布该视频的违法嫌疑人刘某被抓获。

经审查，刘某因交通违法被交警处罚而心生不满，一边拍摄交警执勤，一边辱骂交警，并把视频上传网络。

刘某网络辱警案，成为从化区公安分局首例打击网络辱警的民警维权案。

警歌嘹亮

伟大的祖国赋予我使命

复兴的民族给予我力量

忠诚的道路浴血荣光

英雄的足迹越走越长

2017年6月1日，歌曲《人民公安向前进》先后在QQ音乐、酷我音乐、酷狗音乐等平台上线，激越的歌词，优美的旋律，在全国公安机关引起强烈共鸣，广大公安民警争相传唱。

2017年6月24日，公安部党委研究决定，将《人民公安向前进》确定为《中国人民警察警歌》并正式发布。

对于本书作者而言，三十多年的从警生涯，传唱更多的则是1987年电视连续剧《便衣警察》主题曲《少年壮志不言愁》。

夏日的清晨，空气里弥漫着惬意的凉风，一缕橘红色的晨光从东方升起，整个城市顿时沸腾起来。

五点，位于吉林省长春市红旗街61号的吉林公安专科学校的校园里准时吹响起床号，随后，一个个阵容整齐的方队在教学楼下的操场上集合完毕。

这是1988年仲夏的一个清晨，这些二十刚出头的预备警官出完操，吃过早餐，校领导要在那个他们亲手平整的操场上为他们举行毕业典礼。也就是说，他们拿到派遣证，就要奔赴全省各地公安机关，投身火热的警营生活。

几度风雨几度春秋，
风霜雪雨搏激流，
历尽苦难痴心不改，
少年壮志不言愁。

嘹亮的歌声，一遍遍在校园里回荡，同学们的脑海里，一遍遍浮现出公安战士周志明痴心不改、临危不惧的生死画面。明天，他们就要和周志明一样投身到火热的公安工作中，虽然未来不可预知，但有一点他们是和周志明一样的，那就是对党的无限热爱，对公安事业的无限忠诚。

三年前的一个秋日，阳光火辣辣地烤在春城的大地上，伴随着满满的收获和对美好未来的无限憧憬，一百三十四名预备警官从省内各地的高中校园踏进这所被誉为“警官摇篮”的学校。

1985 年 9 月 24 日，吉林省公安厅隆重举行仪式，宣布吉林公安专科学校正式成立，同学们自豪地将自己比拟为“黄埔一期”。同月，海岩的公安题材长篇小说《便衣警察》由人民文学出版社出版，首印二十七万册，在那个文化生活相对贫瘠的年代里，无疑为这些准备投身公安事业的预备警官们提供了宝贵的精神食粮和从警样板，人满为患的红旗街新华书店，刚刚到货的《便衣警察》很快销售一空。

买书的大多是这所刚刚诞生的公安专科学校的预备警官，经过口口相传，他们把书中的主人公周志明视为心中的偶像，甚至在这部四十四万字的长卷里，每个人都能精准地叙述书中的每一个细节。

1987 年春夏之交，林汝为执导，胡亚捷、宋春丽主演的十二集电视连续剧《便衣警察》在电视台悄然热播，让这些“周志明迷”们再次过足了警察瘾，校园里再次掀起一股“便衣警察热”。

这是海岩小说第一次搬上荧屏，走言情路线的“海岩剧”模式尚未呈现。

不知不觉间，胡亚捷饰演的周志明已经深深镌刻在这些预备警官的心灵深处，尤其是刘欢演唱的主题歌《少年壮志不言愁》，让人透过深情款款的旋律体味岁月的苦涩，感悟青春的豪放与洒脱。那亢进有力的音乐，令这些预备警官热血贲张。

此后三十余年的从警生涯，当年的预备警官们大多成为吉林省公安战线的骨干，一首《少年壮志不言愁》也成了他们心中不可磨灭的时代记忆，伴随这首歌的优美旋律，这些警界的佼佼者们在风云变幻的吉林大地上演绎了一个个温馨感人、荡气回肠的警察故事。

于增春，1971 年出生，吉林省白山市人，1993 年 7 月毕业于吉林公安高等专科学校，分配到吉林省白山市公安局八道江区分局新建派出所当民警。1994 年 12 月 30 日凌晨，在执行抓捕案犯任务中，不幸中弹，以身殉职。1995 年 2 月，公安部追授他“全国公安系统二级英雄模范”称号，同年，被吉林省人民政府追认为革命烈士，被吉林省委追认为中国共产党党员。

芮志江，1970 年出生，吉林省白城市人，1994 年 7 月毕业于吉林公安高等专科学校，分配到吉林省白城市公安局。2005 年 11 月 27 日，身为白城市公安局刑警支队副支队长的芮志江在追捕犯罪嫌疑人时，只身与四名歹徒英勇搏斗，终因寡不敌众，身中二十余刀，壮烈牺牲。2005 年 12 月 2 日，吉林省人民政府批准他为革命烈士。2006 年 1 月，公安部授予他“全国公安系统一级英雄模范”称号，吉林省总工会授予他五一劳动奖章。

王荣山，1971 年出生，吉林省榆树市人，1991 年 7 月毕业于吉林公安高等专科学校，分配到榆树市公安局巡警大队。1995 年 7 月 15 日，王荣山在侦办一起毒品案件中，遭到两名歹徒突然袭击，一名歹徒被王荣山当场击毙，就在王荣山窒息昏倒之时，另一名歹徒夺过他手里的 54 式手枪，对准昏倒的王荣山扣动了扳机。1995 年 8 月 14 日，公安部追授王荣山为“全国公安系统二级英雄模范”称号。共青团长春市委命名王荣山为“模范共青团员”。1996 年

5 月，吉林省委追认王荣山为中共党员。1996 年 10 月 31 日，吉林省人民政府批准王荣山为革命烈士。

迈出这所“警官的摇篮”，我回到了家乡公安局当上了一名刑警。当时的永吉，是吉林省最大的农业县，辖二十六个乡镇，七十六万人口，环绕闻名全国的“化工城”吉林市整整一周。人口多，区域大，地理位置重要，治安状况复杂，各类刑案多发，刑警们破案后开庆功会，聚餐时唱的也是耳熟能详的《少年壮志不言愁》，无论是大型活动，还是工作之余的小憩，主席台音乐总是会播放《少年壮志不言愁》，平时，嘴里哼哼的也是《少年壮志不言愁》。不知道这世界上还有哪一首歌，能如此深入这些“老干探”的骨髓？

我在永吉工作的十年时间里，刑警队破获了很多有广泛影响的大要疑难案件，荒山白骨，江底沉尸，黄榆、双河镇系列强奸案，万昌、岔路河系列变压器被盗案，五里河的蒙面大盗，“花雨鞋”上的一滴血……

每一起案件的成功侦破，都让我想起周志明，想起那首令人心潮澎湃的《少年壮志不言愁》。而我的这些战友，也和我一样，如痴如醉地喜欢这首歌，爱唱这首歌。这首歌，就像一剂灵丹妙药，一旦唱起，就会让这些在一线岗位摸爬滚打、舍生忘死的警察们忘掉工作上的艰辛和生活上的烦恼，心里油然而生一种自豪感。

没有哪个文学形象能如此长久地驻守一个人的心间，没有哪一首歌能让一个人变得如此负重隐忍，意志坚强。透过每一次追凶路上的无望奔波，每一起案件的山穷水尽，每一次与辖区百姓的贴心交流，我终于明白，这不仅是一部普通的公安小说，一首普通的警察歌曲，而是一代警察的群体记忆，她凝聚的是一个魂，永不磨灭的公安魂！

三十多年过去了，当年那个翩翩少年已被风霜雨雪改变了容颜，但前进路上的步伐更加坚定，为党为民的爱国痴心更加坚定。展望未来，在那首经久不衰的歌声中，新一代警察正在茁壮成长，《人民公安向前进》的歌声更加嘹亮。

第十五章　共和国不会忘记

清晨，伫立你的墓前
隐约听见警笛悠扬
一排排墓碑如同一队队
威武的士兵整装待发

寥寥的文字
浓缩一段烽烟岁月
泣血的墓志铭
凝固你年轻的生命

——李金龙《清晨，伫立你的墓前》

公安英烈纪念墙

1

2000 年以来，全国各地共有十多个省（直辖市、自治区）修建了具有一定规模的公安英烈纪念墙，把公安英烈的名字刻在墙上，把公安英烈的壮举刻进历史。

公安英烈纪念墙上，每一个名字，对应的都是一个热爱祖国、热爱人民、热爱工作、热爱生活的鲜活生命；每一个名字，代表的都是一种忠诚、为民、公正、廉洁的崇高精神；每一个名字，都应该令一代又一代的公安民警永远铭记。

在各地，公安英烈纪念墙的名称不尽相同。除北京、贵州、江苏、吉林等省市区称为“纪念墙”外，安徽称“警魂墙”，内蒙古称“警魂现代浮雕艺术墙”，广东称“广东公安英雄广场”……

各地公安英烈纪念墙的修建规模、建筑形式和风格也迥然不同，各具特色。修建公安英烈纪念墙，不仅仅是公安机关一个具有标志性意义的教育基地，也不仅仅是为了让人们记住公安英烈的名字和功勋，更重要的是，让广大公安民警乃至全社会的民众，继承和发扬公安英烈精神。

各地的公安英烈纪念墙建成开放后，社会各界追思公安英烈的人群络绎不绝。除公安队伍外，机关干部、社会团体、院校师生，或自发，或有组织地前往瞻仰。站在公安英烈纪念墙下，每个人就能感受到一股凛然正气，每个人都会满怀感恩之心，想为社会、为别人多做有益的事情。

修建公安英烈纪念墙，是对公安英烈的无限崇敬，也是对公安英烈家属的极大慰藉。得知亲人的名字被永远镌刻在纪念墙上，英烈家属们由衷感到欣慰，感到骄傲，感到自豪。每年清明时节，英烈家属们纷纷赶往公安英烈纪念墙，祭奠亲人，寄托哀思。

公安英烈纪念墙，是公安发展史的记录者，也是公安民警为保卫国家和人民流血牺牲的见证者。

2

2006年4月4日，安徽省公安厅在合肥市大蜀山文化陵园举行“安徽省警魂墙”落成仪式。

安徽省警魂墙，也称“安徽省公安民警革命传统教育基地”，已成为安徽省公安机关和广大人民群众纪念公安英烈的重要场所。

中华人民共和国成立至 2019 年，安徽省共有三百八十八名公安民警光荣牺牲，其中，四十五名被批准为革命烈士。警魂墙上，镌刻的不仅是他们的名字，更见证着七十多年来的峥嵘岁月。

每年清明，安徽省公安厅领导都会与厅机关处室负责同志一起，前往警魂墙，祭扫烈士墓，表达哀思情。

2010 年 7 月 29 日，安徽省繁昌县公安局横山派出所民警张磊在抓捕杀人犯罪嫌疑人时英勇牺牲，年仅二十四岁。

张磊出生于公安世家，爷爷、外公、父亲都是警察。

张磊牺牲后，共青团安徽省委、安徽省青年联合会追授他“安徽青年五四奖章”，安徽省人民政府批准他为革命烈士，公安部追授他“全国公安系统二级英雄模范”荣誉称号。

张磊牺牲七周年之际，繁昌县公安局为英雄塑立雕像。

战友们没有忘记为公安事业献出宝贵生命的公安英烈，更没有忘记他们的家属。

每个月底，安徽省公安厅打黑除恶专业队的内勤都会准时给全国公安机关二级英雄模范黄发明的父母寄去四百元钱。

这四百元钱，是专业队全体民警捐赠的，包括曾经和黄发明共事、现已调离专业队的同志。

3

2008 年 4 月 1 日，“江苏公安英烈纪念墙”正式落成开放，来自全省各地的公安英烈家属、民警代表、社会各界人士六百余人，出席纪念墙落成暨祭奠仪式。省委、省人大、省政府、省政协、省委政法委、公安部政治部、省公安厅等单位向纪念墙敬献花圈。雨花台烈士陵园管理局负责人、烈士遗属代表、南京金陵中学学生代表在仪式上发言。

纪念墙主体，用红色花岗岩贴面，以“长城”为造型，寓意公安机关肩负着保卫国家和人民安全的神圣职责，一代又一代公安民警以忠诚、奉献、鲜血和生命，筑起保民平安的钢铁长城；纪念墙又形似一面猎猎飘扬的“旗帜”，将公安英烈的名字镌刻在“旗帜”上，表明他们是全省公安民警乃至全社会学习的榜样，党和人民永远不会忘记他们。

在组织施工过程中，有关专家尊重现有地貌，科学调整地形，最大限度保护了原来西炮台的山体，并将生态广场的建设理念融贯其中，对周围数十棵树龄八十年以上的松树，逐一采取科学保护措施，使纪念墙在苍劲挺拔的大树绿荫下，显得更加肃穆、庄重。

纪念墙广场上，三组浮雕，各长 2.5 米、高 1.6 米、厚 0.65 米，全部用整块花岗岩石材雕刻而成。

纪念墙的设计者中科院院士、国家一级建筑师、东南大学教授齐康说：“雕塑公安英烈纪念墙，就是雕塑崇高！”

英烈纪念墙背面，是雕刻英烈姓名的地方，齐康亲手勾画出一个 T 形墙，并留有空白区域。

“作为和平时期牺牲人数最多的职业群体，以后还会有新的公安英烈产生，英烈墙上，应该有他们的位置。”齐康说，“但我希望，这片区域，永远保持空白。”

1998 年 11 月 15 日晚，江苏省宿迁市公安局交巡警支队一大队二中队民警丁友国和同事在追捕犯罪嫌疑人过程中壮烈牺牲，年仅二十九岁。丁友国牺牲后，被江苏省人民政府追认为革命烈士，被公安部追授为“全国公安系统一级英模”。

得知丈夫的名字被镌刻在纪念墙上，丁友国的妻子李兰萍第一时间致电江苏省公安厅表达感激心情，“我由衷地感到欣慰。丈夫是烈士，受到全社会的尊敬和爱戴。以后，我每年都会带着子孙来瞻仰、学习。那面墙，将是子孙们的教育墙、励志墙。”

2003年9月3日晚，为营救落水妇女，江苏省江都市公安局真武派出所民警穆大勇不幸因公殉职，年仅二十六岁。穆大勇牺牲后，被江苏省公安厅追记一等功，被江苏省人民政府追认为革命烈士。

得知儿子的名字刻在纪念墙上，穆大勇的父亲穆玉堂感动得老泪纵横，“作为父亲，我既感动又满足。我每年都要去纪念墙，缅怀儿子和所有的公安英烈。”

2008年至今，江苏省公安厅把每年因公牺牲民警的姓名镌刻在纪念墙上，经常性开展祭奠、入警宣誓等纪念教育活动。同时，配合雨花台烈士陵园管理局组织开展多种形式的社会宣传活动，让广大群众和青少年更加崇敬英烈，珍惜平安，维护法治，更加关心和支持公安工作，凝聚社会各方面的力量共建和谐社会，共创平安家园。

4

2009年9月22日，吉林省公安厅举行“吉林省公安英烈纪念墙”烈士英名安放仪式。

吉林省公安英烈纪念墙，修建于长春市革命烈士陵园内，主体建筑以人民群众最为熟悉的“警察大檐帽”作为整体造型；在正面的弧形造型墙上，刻有反映公安民警战斗生活的一组雕塑；在“警察大檐帽”背面，镌刻着中华人民共和国成立以来全省公安机关革命烈士和因公牺牲民警的名字、生卒年月和生前所在单位。

每年清明节等传统节日，吉林省公安厅都会组织开展多种形式的缅怀祭扫活动。每年，他们都充分发挥公安英烈纪念墙的教育功能，组织新招录民警、新党员到英烈纪念墙前举行入警、入党宣誓，组织新提拔的领导干部进行廉政宣誓，让忠诚、清廉成为每个民警终生不变的追求，用公安英烈精神，激励广大公安民警的斗志。

1989 年 1 月 19 日，吉林省公安厅科技处副处长孙玉琢在执行抓捕任务中光荣牺牲，年仅四十一岁。孙玉琢牺牲后，被吉林省公安厅追记一等功，被吉林省人民政府追授“勇斗罪犯的忠诚卫士”，并批准为革命烈士。

看着英烈墙上雕刻着丈夫的名字，孙玉琢的妻子孙凤梅动情地说：“我爱人是为保护人民群众利益而牺牲的。每次看到他的名字，我都觉得，他和战友们还在守护着这座城市的安宁。各级领导和人民群众也没有忘记他。”

5

2011 年 4 月 5 日，北京市举行“北京公安英烈纪念墙”落成仪式。

北京公安英烈纪念墙修建在首都公安英烈祭奠园内，是铭刻首都公安英雄事迹、发扬公安英雄精神、慰藉公安英烈家属的标志性建筑。北京公安英烈纪念墙，通体长 49 米、高 4 米、厚 1 米，墙体正面，由九行六十列共五百四十块红色花岗岩铺砌而成。红色的花岗岩，寓意着公安英烈们的鲜血和赤诚之心；从广场到英烈墙，要走过两层平台，十八级台阶。这样的设计，是为了把 2 月 18 日——北京市公安局成立纪念日的重要意义融入其中。

英烈墙的正前方，矗立着一尊青铜铸成的人民警察塑像，高 5 米，身着执勤服，腰扎执法带，肩背防暴枪，左手握警棍，怀抱防暴盔，昂首阔步、威风凛凛、一身浩然正气，这是首都六万公安民警用青春、汗水和热血铸就的捍卫正义与和平的钢铁之躯。

塑像下方的天然石基座上，“忠诚”二字赫然醒目，仿佛英烈墙上三百二十九个熠熠生辉的名字共同辉映而成，进而凝为永恒。

英烈墙的西区，铭刻着当代著名诗人任卫新撰写的《首都公安英烈赋》。《英烈赋》后，镌刻着公安英烈和因公牺牲民警的英名、生卒日期。

他们当中，绝大多数牺牲时正值青春年华，年长的四十余岁，年轻的只有十九岁；他们当中，有的已经长眠了半个多世纪，有的则在几个月前还和战友们一起巡逻值勤……

6

2018 年 4 月 4 日，天津市公安机关在天津市烈士陵园举行“天津公安英烈纪念墙”落成仪式暨清明祭扫活动。

天津公安英烈墙上，镌刻着中华人民共和国成立以来全市公安机关革命烈士、已故英模和因公牺牲民警的名字。

仪式上，天津公安民警代表诵读了公安英烈纪念墙碑铭，公安英烈家属和民警代表瞻仰了英烈墙，并敬献鲜花、花篮，在庄严肃穆的气氛中，全体同志集体默哀，表达对革命先烈的无限缅怀。

市局领导在仪式上表示，天津公安是一支有着光荣传统和优良作风的队伍，一代又一代津门卫士，面对冰冷枪口，大义凛然、一往无前；面对熊熊烈火，舍生忘死、悲壮逆行；面对艰难困苦，永不言弃、忠勇无悔。他们的英雄壮举，必将载入光辉史册，永远激励我们奋勇前行。

2020 年 9 月 17 日，天津市公安交管局高速公路二支队京沪高速公路大队民警王军在京哈高速津围收费站纠违时，被一辆重型半挂车撞倒受伤，虽经全力抢救，但因伤势过重，不幸牺牲，时年五十三岁。

从警三十三年，王军从未离开过交警岗位，巡查纠违、疏通拥堵、勘查事故现场……他像一颗永不生锈的“螺丝钉”、一条不知疲倦的“老黄牛”，在平凡的岗位上，认真践行对党忠诚、服务人民、执法公正、纪律严明，把自己的一生献给了深爱的公安事业。

7

2020年9月22日，第七个烈士纪念日前夕，广东省公安厅举行“人民不会忘记——广东公安英雄广场落成仪式”，暨纪念公安英烈活动。

广东公安英雄广场坐落在佛山市南海区广东省公安民警培训中心，是广东最大的公安红色文化教育传承基地，是广东省公安民警开展思想政治教育、筑牢忠诚警魂、举行文化活动的重要场所。

活动当天，鲜艳的五星红旗在前广场高高飘扬，广场正中的纪念碑雕塑巍峨耸立，五百多名民警神情肃穆，整齐列队。

纪念活动简朴而隆重，老中青三代功模民警代表，高举从人民公安发祥地江西瑞金采集的火种，共同点燃象征绝对忠诚、绝对纯洁、绝对可靠的广东公安精神之火。

礼兵鸣枪七十响，以最高礼仪，表达对广东公安英烈的无比敬仰和深切缅怀。特邀嘉宾现场朗诵《粤警英雄赋》，演唱《英雄赞歌》。全体参加活动人员向广东公安英烈敬献花篮，肃立致敬，一起缓步到英雄墙前瞻仰献花。

中华人民共和国成立以年来，广东公安用汗水、鲜血乃至生命谱写了一曲曲“人民公安为人民”的英雄赞歌，先后有三十九人次被党中央、国务院授予荣誉称号，二十人被授予“全国公安系统一级英雄模范”称号，一百三十六人被授予“全国公安系统二级英雄模范”称号，一千二百八十二名民警因公牺牲，其中，五百零九人被追认为烈士。

2018年4月16日，广东省公安厅刑侦局刑事犯罪对策处副处长朱恒文赴珠海组织侦办专案期间，突发脑溢血，经抢救无效，不幸因公殉职。当日上午，朱恒文还参加了“飓风2018”暨“飓风1号”“飓风2号”追逃专案新闻发布会。

朱恒文牺牲后，被公安部追授“全国公安系统二级英雄模范”称号，被广东省委追认为优秀共产党员。

2019 年 4 月 24 日，朱恒文事迹报告会在中国人民公安大学举行。二十三年前，朱恒文毕业于中国人民公安大学，二十三年后，朱恒文的事迹激励南粤大地的每一位公安民警。

8

“天上一颗星，地下一个钉。”每到清明时节，各地公安厅（局）都会将上一年牺牲的公安英烈名单整理好，经过逐级审批后，补刻到公安英烈纪念墙上。

英烈墙上，每镌刻一个名字，世间就走了一位铁血英雄，天上就亮起了一颗星星。

每一面公安英烈纪念墙上，都有一块空白。

我们多么希望，这块空白，永远都是空白……

铸魂之旅

2019 年 2 月 1 日，习近平总书记到北京市公安局看望慰问基层民警。总书记说：“平时，你们就是风里来、雨里去，战严寒、斗酷暑，‘白加黑’‘五加二’。和平时期最辛苦最劳累、付出牺牲贡献最大的是公安干警。党和人民都感谢你们！”

“让党中央放心，让全国人民放心”，是总书记对首都公安的殷切期望，也是首都公安孜孜以求的奋斗目标。

2019 年 7 月 2 日，一声嘹亮的问候和致敬，拉开了公安部“公安文化基层行”文艺小分队慰问首都公安民警专场演出的序幕。

此次慰问演出，是 2006 年以来，公安部“公安文化基层行”文艺小分队举行的第五百场演出。

演出现场，全国特级优秀人民警察、北京市公安局公安交通管理局西城交通支队府右街大队大队长孟昆玉接受文艺小分队的鲜花和致敬。

这支被基层民警和广大群众誉为“公安部‘心连心’艺术团”的文艺小分队，带着温暖和真情，深入基层一线，为广大公安民警加油鼓劲，在警营唱响了忠诚为民、担当奋进的赞歌。一路走来，小分队自觉担起举旗帜、聚民心、育新人、兴文化、展形象的使命任务，用心感受民警真情实感，用情挖掘鲜活警察故事，创作出一曲又一曲反映公安火热实践、彰显中华传统美德、符合时代精神、群众喜闻乐见的“沾泥土”“带露珠”“冒热气”的优秀公安文化作品。

2006 年 8 月 4 日，小分队第一场演出在新疆赛里木湖畔举行。从那时起，小分队揭开了万里“长征”的序幕。

2015 年 2 月 4 日，小分队赴新疆乌鲁木齐慰问烈士吾斯曼·胡吉家属；

2016 年 6 月 14 日，小分队赴重庆慰问全国公安系统一级英模陈冰；

2017 年 8 月 26 日，小分队赴内蒙古巴彦淖尔慰问全国公安系统一级英模宝音德力格尔；

2018 年 7 月 9 日，小分队赴河南郑州慰问全国特级优秀人民警察刘成晓……

2019 年 6 月 2 日至 10 日，小分队奔赴新疆维吾尔自治区，行程三千公里，为多地公安民警、武警官兵、治安保卫积极分子、民警家属及各族人民群众送上十七场精彩的慰问演出，并慰问了公安烈士家属。

短短九天，他们的足迹留在了乌鲁木齐、塔城、和田、喀什，留在了新疆生产建设兵团第三师图木舒克市、第六师五家渠市、第八师石河子市，通过歌舞、相声小品、诗歌朗诵、器乐演奏等多种形式，为奋战一线的战友带去精神盛宴和文化大餐，为各族群众带去深情厚谊。

“我想去北京，想看天安门广场升国旗仪式。”一对公安烈士的儿女许下心愿说。

二十八天后的7月1日，在公安部的关心安排下，他们来到北京，在天安门广场的国旗下圆梦，并观看了文艺小分队慰问北京市公安局天安门地区分局民警的演出。

谈起英模代表和英烈家属，导演黄华激动地说：“无论在海拔多高、多么偏远的地方，英模们都坚守初心，不忘使命，英烈家属们都默默支持着当地公安工作，这是我们亲眼看见的基层公安正能量。我们为小分队能够帮助烈士子女圆梦感到欣慰，更为烈士子女传承烈士精神感到欣慰。”

“熔铸忠诚警魂，是我们的神圣使命。”文艺小分队总撰稿、黑龙江省公安厅政治部副主任艾明波表示，十三年来，文艺小分队一路倾情演出，将忠诚警魂熔铸在祖国大江南北基层民警的心中。

曾担任小分队领队的全国公安文联副主席张策表示，公安文化基层行要紧贴职能任务，特别是在重大保卫活动和急难险重任务中，通过任务牵引、使命感召和荣誉激励，将人民警察核心价值观内化为民警的坚定信念，才能有效激发凝聚力、向心力和战斗力。

演出现场，小分队用一曲《忠诚颂》刻画了英雄的足迹。“共和国奋进的历程有多远，我们忠诚的足迹就有多长。万般赤子情，一条忠诚路。”主持人温耀龙用铿锵有力的声音，向公安英模致敬。

十三年来，小分队十六次出征，足迹遍布祖国大江南北，将英雄的精神旗帜高高擎起，将英雄的事迹唱遍全国各地；从雪域高原到乡村城市，行程一百二十余万公里，现场采访、慰问公安英模、英烈亲属和特困民警三百余人，现场观众达一百五十余万人，通过电视、网络，观看演出的观众达数千万人次。

十三年来，小分队从最初十几人的小队伍，到现在陆续有二百余名基层公安文艺骨干参加，带着公安部党委的亲切问候，走遍了神州大地，播撒了公安文化的种子。

十三年来，小分队爬上海拔五千一百米的红其拉甫公安边防检查站，走上四十六度高温的新疆乌鲁克垦区广场，在观众最多时两万余人、最少时仅一名民警的不同演出场次中，送去真挚慰问。

十三年厚积薄发，五百场深情慰问，小分队始终高举旗帜，围绕中心、服务大局，弘扬主旋律，传播正能量。每到一处，都把当地公安英烈、英模事迹搬上舞台，进行现场采访或文艺创作，唱响“英雄赞”，宣传“英雄魂”，擎起精神火炬。

媒体聚焦

致敬，是为了更好地铭记；缅怀，是为了更好地前行。

每年清明节、烈士纪念日来临之际，党和政府、全国各族人民、全国各地公安机关广大公安民警，均以不同形式，缅怀、祭奠公安英烈。

全国各级主流媒体、各级文化出版部门，同频共振，聚焦公安系统先进典型，多视角、多维度宣传公安英烈事迹，弘扬公安英烈精神。

2018年清明节，公安部新闻宣传局、全国公安文联、群众出版社面向全国公安机关征集“致敬·缅怀·前行”诗歌作品，得到全国公安机关的热烈响应，广大公安民警纷纷拿起手中的笔，热情讴歌身边的英雄。2018年5月，公安部新闻宣传局、全国公安文联编辑的《致敬·缅怀·前行》诗集由群众出版社出版。

2019年4月3日，公安部新闻宣传局、全国公安文联主办，郑州市公安局承办的“致敬·缅怀·前行”——2019年全国公安系统清明主题诗会在河南郑州举行。公安部新闻宣传局、全国公安文联、河南省公安厅及郑州市公安局相关领导和基层民警一千二百余人现场观看了清明主题诗会，人民网、央视网、中国青年网、中国网、搜狐网、中国警察网等媒体同步进行了全程直播。截至当日23时，共有两百零六万人次通过直播观看，网友纷纷留言，缅怀致敬公安英烈。

2019年清明节，在中宣部新闻局、公安部宣传局的统一组织下，《人民日报》、新华社、中央广播电视总台、《法制日报》《中国青年报》《人民公安报》等中央媒体以“致敬・缅怀・前行”为主题，形成矩阵效应，聚焦公安系统先进典型，多渠道、全方位报道公安英烈先进事迹，弘扬公安英烈精神，营造出了崇尚英雄、致敬英雄的良好氛围。

新华社除对马金涛先进事迹进行重点报道外，还聚焦公安系统先进典型张欣、肖俊京、刘贵斌、别立福、吕建江等，在新媒体平台先后推出短视频系列报道《清明・致敬公安英雄》十篇。

4月3日起，《人民日报》连续刊发六篇人物通讯，聚焦公安英烈许传宝、张欣、别立福、骆开敏、马金涛、刘贵斌的先进事迹。一张没上交的假条、三十年没有放弃的画笔、一身佩戴着立功奖章的警服……系列人物通讯，从细微处着手，点点滴滴，处处讲述着公安英烈故事，处处体现着缅怀之情。

4月3日起，《人民公安报》推出“清明特别报道”，先后推出清明致敬篇、缅怀篇、前行篇和维护民警执法权威四篇综述。4月5日在头版以《沉下心俯下身，他让群众内心充满温暖》为题，对马金涛先进事迹进行重点报道。

4月5日，中央广播电视总台《法治在线》栏目用一整集二十余分钟，缅怀公安英烈，铭记英雄事迹，以“警察”为主题，对马金涛、刘贵斌、许传宝等同志先进事迹进行深度报道，弘扬公安英烈精神。

4月9日，中央广播电视总台《新闻联播》栏目“时代先锋”专栏，以“忠诚铸警魂热血护平安”为主题，播出马金涛先进事迹报道，并在清明特别节目《家国清明》中，重点播发反映公安英烈事迹的专题报道《铁血柔肠的好警察：杨雪峰》《王永良：逆水而行勇救群众》《沈银亮："编外警察"的热血情怀》《吕建江——"永不下班"的好民警》《刘贵斌——用生命保护人民安全》等。

《中国青年报》《法制日报》也相继在重要版面刊发马金涛先进事迹的报道。

2019年7月6日16点40分，CCTV-12播出特别节目《致敬公安楷模：2019》。

2020年4月4日，庚子年清明节，国旗半垂，举国同悲。全国各地各族人民深切悼念抗击新冠肺炎疫情斗争牺牲的烈士和逝世同胞。习近平、李克强、栗战书、汪洋、王沪宁、赵乐际、韩正、王岐山等党和国家领导人在首都北京参加悼念。10时整，防空警报鸣响，习近平等向新冠肺炎疫情牺牲烈士和逝世同胞默哀。

2020年4月3日，湖南省长沙市公安局发起"长沙公安英烈纪"网上"云祭扫"活动，通过搭建网络平台，以图片、文字、视频等形式，展现长沙公安英烈生前的感人事迹，号召民警辅警以网上献花、书写寄语等形式，深切缅怀公安英烈，继承英烈遗志，弘扬英烈精神。

打开长沙公安英烈"云祭扫"页面，长沙六十八名公安英烈位列其中，他们平均年龄不足三十八岁，最年轻的牺牲时年仅二十一岁。

在"云祭扫"平台上，民警辅警纷纷留言，表示要把对公安英烈的思念和缅怀化作前进号角，以真挚的为民情怀、扎实的工作作风和优异的工作成绩，告慰英烈忠魂。

"自古军营多才俊，古来征战几人回。"这句诗还在许传宝的工作笔记中。

一支画笔，几张画纸，十几份画像，还静静地躺在张欣的办公桌上。

"我什么都不图，就要对得起这身警服！"骆开敏的这句话还停留在战友们的耳畔。

英雄已逝，但一件件、一桩桩为人民服务的公安英烈先进事迹却被人民群众永远记在心间。

唯有铭记，才能更好地传承。《人民公安报》在评论《追问人生的意义》中阐述道：“坚毅顽强、忠诚无私的英烈群像里，一位又一位公安民警辅警赴汤蹈火，凭壮怀激烈穿越激流，用血肉之躯挡住黑暗，为党和人民牺牲一切，让警察人生意义不凡。对牺牲战友最好的纪念，是传承他们的精神继续前行。”

“小马警官”“老吕叨叨”……这些曾经为人们熟知的称呼，再次出现在字里行间。战友、辖区百姓，还有万千读者和网民，重温他们的事迹，不知不觉中已经泪流满面。他们在平凡的岗位上，做出了不平凡的业绩，他们在生与死、血与火的重大考验面前，展现出了英雄本色，以及新时代公安民警的责任与担当。

《人民日报》、新华社、中央广播电视总台等中央媒体的矩阵效应，掀起了广大网民致敬英雄的热潮。

4月4日，中央广播电视总台“社会与法”频道“热线12”栏目播发专题《致敬英雄——马金涛》引发社会强烈关注。4月5日，《人民日报》官方微博发布多条缅怀致敬公安英烈微博，多条微博点击率破万。央视新闻讲述辅警沈银亮的秒拍视频播放量近四百万。新华社微信公众号“我们没有忘记你”系列稿件，单篇阅读量全部突破十万。

清明期间，祭奠缅怀公安英烈的图文、视频被人民网、新华网、央视网、中国网、法制网、中国警察网等新闻网站同步推送，网络新媒体平台相关稿件传播阅读总量突破千万。

一次次转发，一次次点击，一次次阅读，一次次播放，持续不断地将公安英烈先进事迹讲述给每个人，将公安英烈精神传递至每个人。致敬英雄，是广大网友的评论中出现最多的一个词语。

@我叫磊哥儿儿：致敬英雄，我是一名警嫂，丈夫舍小家为大家，我是他坚强的后盾。

@宁小8：致敬忠魂，哪有什么岁月静好，只是有人替你负重前行！

@万国杂货店：祖国是人民最坚实的依靠，英雄是民族最闪亮的坐标！

@源于朝夕：缅怀先烈，致敬英雄。

……

广大网友纷纷表示，公安英烈的崇高精神和坚定信念，为我们勇敢前行带来了巨大的力量，将永远是我们的宝贵精神财富。

广大公安民警也深受激励，一致表示将铭记英烈事迹，继承英烈遗志，弘扬英烈精神，进一步强化责任与担当，不忘初心，继续前行，积极投身“践行新使命、忠诚保大庆”实践活动，全力为中华人民共和国成立七十周年创造安全稳定的政治社会环境，勇当新时代中国特色社会主义的建设者、捍卫者。

英雄离去，精神长存。对英雄烈士的最好缅怀，就是崇尚英雄、学习英雄，汲取力量、传承使命，让我们记住那些闪亮的名字，铭记他们的牺牲与奉献，这些无私无畏的人民警察是我们民族最闪亮的坐标。

我们的节日

2020年7月21日15时，伴随着“中国人民警察节”正式官宣，人民公安报社、中国警察网策划推出的海报、短视频、H5等新媒体作品，迅速在微博、朋友圈引发“刷屏式”传播，获得强烈反响。发布六小时，全网阅读量、播放量超过一千万。《人民日报》微博发出呼吁：“今天，请为他们转发这组数字：110。”

从7月22日起，《人民公安报》一版，连续刊发评论员文章，“中国人民警察节”的设立，是对人民警察队伍为党和人民利益英勇奋斗的充分肯定，是对人民警察砥砺奋进、负重前行的鼓舞激励。

公安部头条号、警苑新语、警民携手同行、平安北京、青海公安等全国公安新媒体矩阵，同频共振，纷纷转发，将“中国人民警察节”设立的消息迅速传递到警营内外，传递到大江南北，传递给每一位奋战在疫情防控、防汛救灾一线的公安民警辅警。

“中国人民警察节”的设立，让全国的公安民警感受到一份沉甸甸的职业认同，一条条评论、留言，表达了广大基层民警的欢欣鼓舞和满腔激情，也传递着人民群众对公安工作的理解和支持。消息一经发布，迅速在警营内外、街头巷尾引发强烈反响，成为全体人民警察热议的话题。

网友“李忠华”：我是一名从警四十一年的警察，我们终于等到了中国人民警察自己的节日啦！

网友“浓眉小眼的好青年”：终于有了自己的节日！感谢党中央！

除了全国各地的公安民警，人民群众也纷纷留言，表达祝福和致敬。

网友“我真是陈春晖”：向人民卫士敬礼，致敬！期待2021年的1月10日！

网友“木兮颜凯”：别人过节都放假，你们过节全上岗。感谢你们的付出，辛苦了！

七十一载风雨历程，一万六千公安英烈。哪里有危险，哪里有需要，哪里就有人民警察的身影。

多少披荆斩棘，多少无畏冲锋，迎来这个光荣而神圣的节日，广大人民警察欢欣鼓舞、倍感振奋。

曾经，我们没有自己的节日，却在每一个节日坚守岗位，尽职尽责；

如今，我们有了自己的节日，将会在每一天都坚守如初，使命如初。

“110”，这是老百姓脱口而出的数字。作为人民警察的象征，“110”具有极高的社会知晓度和群众认可度。

1986 年 1 月 10 日，广东省广州市公安局率先建立我国第一个“110”报警服务台；

1996 年，公安部在福建漳州召开全国城市“110”报警服务台建设工作现场会，全面推广“漳州 110”经验。

三十多年漫漫长路，一路摸索与实践，“110”，已经成为人民警察队伍的标志性品牌，被誉为“人民的保护神”。

每年 1 月 10 日，公安部、全国各地公安机关都要组织开展形式多样的“110”主题宣传日活动。

“110”的背后，是无条件的信任感，也是危急时刻的安全感，是广大公安民警数十载的忠诚执守和辛勤耕耘。

将“110”确立为中国人民警察节，体现了鲜明的政治性、广泛的人民性和警察职业的标志性。在人民警察砥砺奋斗的征程中，“110”，从此具有更加重要的意义。

中国人民警察节，是在国家层面专门为人民警察队伍设立的节日，是对人民警察队伍为党和人民利益英勇奋斗的充分肯定。

各大媒体的广泛报道，掀起了广大网友向人民警察致敬的热潮。

“必须点赞！向人民警察致敬！”

“最朴实又是最光荣的岗位，你们值得拥有。”

“这是对公安队伍为党和人民利益英勇奋斗的充分肯定。”

“金色盾牌热血铸就，危难之处显身手。你们辛苦啦！”

一次次点赞，一遍遍阅读，一次次播放，一条条转发。万千网民的呼声汇聚成一句话——“向中国人民警察致敬！”

忠诚的道路浴血荣光，英雄的足迹越走越长！

广大网友的留言致敬，对于百万民警辅警而言，是鼓舞，是期待，更是鞭策！

“快退休了，能赶上自己的节日，我骄傲！”

“从警二十年，如今，终于有了属于我们自己的节日！”

“梦想成真！继续坚持忠诚、守正、笃学、重行。报效祖国，不负众望！”

光荣的节日催人奋进，使命的号角凝聚力量！

在微博上转发设立“中国人民警察节”的消息后，@香港光头警长表示：多谢国家对警务人员的肯定及支持，作为警察，我感到无上光荣！

浴血荣光

1

在重庆市渝中区菜园坝火车站附近的两路口，建兴正街的人行梯道中间，矗立着一座醒目的纪念碑，碑上刻着“模范人民警察张国富纪念碑”。

张国富，1918 年 3 月生于浦江县治平乡张官村。中共党员。1938 年，张国富经同乡介绍，到广西融县“四一”兵工厂当工人，又随兵工厂迁至重庆。1949 年重庆解放后，张国富调到重庆市公安局第四分局黄沙溪派出所（现属渝中区管辖）任事务员、治安民警。

1952 年 6 月 2 日下午 5 时，时年三十三岁的张国富沿成渝铁路去鹅公岩执行公务，行至新黄村附近时，一列火车从菜园坝方向风驰电掣般驶来。

这时，一个十岁左右的拾柴小孩正在铁轨上迎面走来，而列车飞快逼近，处境十分危险。

“小孩，快下来，火车来了！危险！”张国富见状，急忙挥手，大声疾呼。

然而，小孩毫不知情，继续在枕木上行走，当他发现火车临近时，顿时手足无措，吓得大哭起来。

千钧一发之际，张国富不顾一切飞奔过去，猛地将小孩提上了人行道。

小孩获救了，刚跨出铁轨的张国富却被疾驰而至的火车卷倒，头部被撞伤，终因流血过多，抢救无效，壮烈牺牲。

闻此噩耗，黄沙溪一带的群众悲痛不已。

次日下午，各界群众两千余人在黄沙溪举行追悼大会，获救儿童王钰鑫和母亲马素贞一道，来到张国富墓碑前献花。

当年，王钰鑫年仅九岁。他写下这样一段话，缅怀救命恩人：“张国富叔叔为救我牺牲了，我要好好学习，为国争光，用实际行动来报答张国富叔叔。”

为表彰张国富同志的英勇献身精神，1952年11月30日，中央人民政府公安部部长罗瑞卿签署命令，追认张国富同志为革命烈士，并授予他“模范人民警察”光荣称号。

张国富是中华人民共和国成立后，第一个被公安部授予“模范人民警察”光荣称号的公安英烈。

1953年，重庆市人民政府在张国富烈士殉职所在地的菜园坝火车站天桥至两路口石梯道中央竖立张国富烈士纪念碑，以志不朽。

几十年过去了，重庆的市民群众一直没有忘记他，在城市建设过程中，对他的墓地、纪念碑加以妥善保护。

“张国富烈士墓”和“张国富烈士纪念碑”分处两地，烈士墓位于黄沙溪大平街，烈士纪念碑处于两路口建兴正街。因市区规划，2005年，烈士墓被划入拆迁范围，经重庆市人民政府、重庆市公安局与烈士亲属会谈，达成搬迁协定，实现了墓碑合一。

如今，纪念碑已经成了缅怀公安英烈、弘扬公安队伍正气的教育基地。

每年清明，当地警察都会前往张国富烈士纪念碑前敬献花圈，并举行“缅怀革命先烈”宣誓活动。市民群众也自发到这里祭扫，缅怀长眠于此的“模范人民警察”张国富。

冲锋的路上总会有人倒下，英雄的背后，总有那么一幕令人泪目。

杨雪峰，重庆市公安局渝北分局交巡警支队石船公路巡逻大队副大队长。在执行公务时，杨雪峰遭犯罪嫌疑人持刀行凶，因抢救无效牺牲。他生前要求儿子，“要么当兵，要么当警察，做一名顶天立地、响当当的男子汉”。他的妻子黄雅莉说：“对于每一个警察来说，从踏进警队那一天，就应该想到这种结果。既然丈夫的梦想是当兵保家卫国，那么现在在公安战线上因公牺牲，也算是无愧他的梦想。”

李尚恒，辽宁省沈阳市公安局和平分局民警。在一次执行抓捕任务时，李尚恒被犯罪嫌疑人持刀刺伤，因伤势过重、抢救无效牺牲。他的父亲、姥姥都是民警。出生在这样的家庭中，从小看着长辈们与犯罪分子较量，“当警察”是李尚恒的梦想。在回龙岗革命公墓举行的李尚恒遗体告别仪式上，看到儿子安详地躺在那里，父亲的悲伤终于爆发，“儿啊，跟爸爸回家啊！跟爸爸回家……”八十三岁的姥姥深明大义地说：“孩子们，你们不要难过，从当警察那天起，我们就知道，孩子是给国家培养的。”

许传宝，安徽省霍邱县公安局夏店派出所民警。在处警中，许传宝突遇袭击，经抢救无效牺牲。许传宝的儿子许可依然记得刚读高中时爸爸和他说的话，“你是男子汉，要明白自己肩上的担子。”许可回忆说：“爸爸当警察十三年，我们全家有十个除夕是在派出所过的。有一年除夕，菜都上了桌，报警电话来了，爸爸说了句‘你们先吃吧’就走了。等他回来已经接近十二点，我们都瞌睡了。”

颜曰春是浙江省玉环市公安局刑侦大队民警，为解救被挟持的小女孩，他从车窗外死死抓住疯狂驾车逃窜的犯罪嫌疑人不放，被车子擦着护栏拖行了二百余米，头部重重地撞在铁护栏的立柱上，被甩出数米远后英勇牺牲。“不放手，就是不放手！”颜曰春牺牲前的那一幕，令万千网友泪奔。他的妻子陈菊花默默地替丈夫叠起藏蓝色的警服，放进他生前用过的背包里：“这是他平时最喜欢的一套警服，裤脚都磨破了也舍不得扔，走的时候让他带走吧。”

马金涛，贵阳市公安局花溪分局贵筑派出所民警。在一次抓捕涉毒犯罪嫌疑人时，马金涛被嫌疑人用利器刺伤心脏，经全力抢救无效，因公牺牲。花溪分局松山派出所民警李天骏和马金涛一起招考入警，他说：“小马哥的工作责任心和职业认同感深深影响着我，他让我对自己的职业和未来有了新的思考。”

肖俊京是北京市公安局丰台分局经济犯罪侦查大队民警，他在工作岗位上突发疾病，经抢救无效，因公牺牲。在遗体告别仪式结束后，他的儿子肖亚頔把盖在父亲身上的那面党旗带回了家。肖亚頔说：“这是父亲留给我的最宝贵的财富，我一定要像父亲那样，做一个对社会有用的人。”

刘贵斌，湖北省京山市公安局交警大队一中队副中队长。当犯罪嫌疑人在城区街道高速驾驶车辆向群众横冲直撞时，刘贵斌奋力推开群众，自己却被撞牺牲。“快消开！（方言：快让开）”这是刘贵斌操着浓厚京山口音发出的最后一吼。跨越半个多世纪，刘贵斌做出了和革命军人欧阳海、刘英俊同样的选择——用血肉之躯护群众平安，用鲜血擦亮警徽。

王永良，宁夏回族自治区银川市公安局西夏分局巡防大队辅警。在一次出警过程中，贺兰山地区山洪暴发，王永良被洪水冲走。“王永良，群众已转移，命你速速归队！”这条寻人启事被无数网友转发。四天后，他的遗体被找到。“辅警也是‘警’，能像父亲一样实实在在地为社会做点贡献、为群众服务，就体现了我们最大的价值。”说这话时，儿子王平安眼圈发红。

2018年10月20日19时许，“警坛神笔”、公安部首批特聘刑侦专家、全国公安系统一级英雄模范、上海铁路公安局刑事侦查处一级警长张欣永远停下了画笔，因连续加班工作，劳累过度，突感身体不适，经抢救无效不幸逝世，享年五十八岁。

白银系列强奸杀人案、呼格吉勒图案、太原武装抢劫运钞车案……从警以来，张欣参与侦办过许多在全国有影响的重大疑难案件。他对全国各地公安机关和相关业务民警有求必应、毫无保留，把自己的技艺传授给全国各地的二十八名“弟子”。

2

电影《小王子》里，小狐狸对小王子说：“如果你说你下午四点钟来，从三点钟开始，我就感觉很快乐，时间越临近，我就越感到快乐。到了四点钟的时候，我就会坐立不安，我发现了幸福的价值，但是如果你随便什么时候来，我就不知道在什么时候准备好迎接你的心情了。要有一定的仪式感。”

我们为什么需要仪式感？

德国作家辛格霍夫在《我们为什么需要仪式》一书中写道：“通过仪式内在的行为模式，人们能够培养对自我能力的信任，仪式可以作为增强个人安全感、自信心和个人认同感的手段。”

仪式感，其实充斥在生活中的每个细节。生日时要吃蛋糕，聚会时要干杯，除夕要吃年夜饭，这些都是日常生活中遵循的最平凡、最简单的小仪式。

仪式感，让自己获得期待，让生活变得有趣。但当生活中不再只有自己，有了爱人的陪伴，组成美满的家庭，仪式感便更显重要。

人民警察也需要仪式感。

2017年1月，公安部印发《公安机关人民警察荣誉仪式规范（试行）》，首次以明确的形式，确定了在公安民警职业生涯重要节点和特殊时刻举行激励仪式的规范。《规范》共分九章，设置了入警宣誓仪式、授予（晋升）警衔仪式、表彰奖励仪式、从警特定年限纪念仪式、退休仪式、因公牺牲民警送别仪式、公安英烈缅怀仪式等七个仪式。

2017 年 10 月 4 日，北京市公安局隆重举行从警四十周年和三十周年荣誉纪念仪式，向全局一千余名从警四十周年及以上和从警三十周年的民警颁发纪念章。

现场的老同志们十分激动，仪式结束后，你拉着我，我拉着你，纷纷合影留念，想把这一刻永久记录下来。一对同时被授予从警三十周年纪念章的夫妻，面对面流下了激动的眼泪。

收获感动，收获泪水，全国各地公安机关通过举行荣誉仪式，将人民警察所获得的职业荣誉内化于心，外化于行，激励他们以梦为马，砥砺前行。

3

2017 年 9 月 27 日，辽宁省鞍山市公安局在辽宁科技大学礼堂隆重举行“警察情结印记”鞍山市人民警察荣誉仪式。

2020 年 1 月 15 日，河北省廊坊市公安局在中国人民警察大学礼堂隆重举行 2019 年度廊坊公安人民警察职业荣誉仪式。

2020 年 5 月 27 日，对吉林市公安局船营分局黄旗派出所民警谢明来说很有意义。这一天，是他六十岁生日，也是他从警生涯的最后一天。

“祝你生日快乐，祝你生日快乐，祝老大哥生日快乐……”一大清早，派出所里就传来一阵响亮而又温馨的歌声。

“谢谢同志们……”面对朝夕相处的战友们送上的衷心祝福，谢明百感交集，说话有些哽咽。

简单的退休仪式后，谢明整理好警服，戴上警帽和口罩，如往常一样，坐在派出所接警台前。

谢明是1983年从警的，已有三十七年警龄，这些年来从未离开过基层，仅在黄旗派出所就工作了二十二年。多年的基层派出所工作，有欢笑、有辛酸、有喜悦……他说：“什么事儿都遇上过，没有丰功伟绩，唯有日复一日的坚守。”

很多时候，我们需要用仪式来铭记。但公安英烈精神永世长存，“人民公安为人民”的信仰之光在头顶的警徽映照下闪闪发亮。

越来越多的公安机关意识到了仪式的作用，通过仪式，激励警魂，温暖警心，成为各地公安机关文化建警不可或缺的一部分。

嘉兴南湖、陕西渭南等地公安机关，充分发挥自身红色资源丰富的优势，举办具有地方特色的新警入警仪式；

北京、浙江等地，为从警特定年限的警察颁发荣誉纪念章，表彰和感激他们几十年的爱岗敬业、辛勤奉献；

四川乐山等地，建立健全人民警察职业荣誉仪式章程，激发队伍凝聚力和向心力……

各地的基层民警对于职业荣誉仪式十分欢迎，参加荣誉仪式时心情非常激动。站到领奖台上的那一刻，感慨万千，顿觉所有的辛苦和牺牲都是值得的。

1980年4月25日，公安部授予柴玉玲、高松岭等十六名公安民警“全国公安战线一级英雄模范”称号，这是公安部首次授予公安机关人民警察的最高荣誉称号，也是最高奖励。此后的四十年间，全国共有一百五十位公安民警被人力资源和社会保障部、公安部授予“全国公安系统一级英雄模范”荣誉称号，吉林省共有八位获此殊荣，按时间顺序，分别是：周连池、金正一、潘志山、陈鸽、刘瑛、金光镇、芮志江、崔光日。另有二十四位被授予“全国公安系统二级英雄模范”荣誉称号，分别是：孙桂兰、裴荣、马明、耿中立、刘东秀、贾玉生、朱宝玉、李庆发、邓瑞予、罗应禄、于增春、王忠、王荣山、张志宏、张忠伟、郝林庆、王立军、臧存国、李南洙、赵秋生、曹东明、徐利民、宋宇寰、张真春。

公安英雄，浴血荣光！共和国没有忘记你们，人民没有忘记你们！

4

2019年8月27日，中华人民共和国成立七十周年之际，党中央首次开展国家勋章和国家荣誉称号集中评选颁授，隆重表彰一批为新中国建设和发展做出杰出贡献的功勋模范人物，在二十八名“国家荣誉”称号建议人选中，新疆维吾尔自治区皮山县公安局原副局长艾热提·马木提入选。9月17日，国家主席习近平签署主席令，授予艾热提·马木提“人民英雄”国家荣誉称号。艾热提·马木提是首位被授予国家荣誉称号的人民警察。

艾热提·马不提，男，维吾尔族，中共党员，1969年10月出生，新疆皮山人，皮山县公安局原副局长。从警二十七年，始终战斗在基层一线。2016年9月，在搜捕公安部A级通缉在逃人员时，遭遇自杀式爆炸袭击，身负重伤，抢救无效，壮烈牺牲，被公安部追授“全国公安系统一级英雄模范”。

2019年9月15日，根据中央统一部署，中央宣传部、中央组织部、中央统战部、中央和国家机关工委、中央党史和文献研究院、教育部、人力资源和社会保障部、国务院国资委、中央军委政治部共同组织开展“最美奋斗者”学习宣传活动。艾热提·马木提被授予“最美奋斗者”荣誉称号。

与艾热提·马木提一同被授予“最美奋斗者”荣誉称号的公安英雄一共十三位，除艾热提·马木提外，还有乌国庆、任长霞、吕建江、那迪拜克·阿瓦孜拜克、张劼、张保国、杨雪峰、汪勇、邱娥国、陈清洲、崔光日、崔道植获此殊荣。

2015年6月26日，中央宣传部授予陕西省西安市公安局新城分局韩森寨派出所副所长兼咸东社区民警汪勇“时代楷模”荣誉称号，此后，高宝来、吕建江、杨雪峰、张劼、杨春等公安英雄先后获此殊荣。

2016 年 11 月 18 日，公安部在北京举行首期全国“公安楷模”发布活动，集中发布五名“公安楷模”先进事迹，分别是：辽宁省鞍山市公安局巡特警支队特警突击大队大队长刘崇、浙江省金华市公安局经文保支队支队长张辉、安徽省蚌埠市公安局特警支队一大队二中队中队长张劼、河南省临颍县公安局皇帝庙派出所指导员陈晓磐、甘肃省静宁县公安局刑事侦查大队刑事科学技术室指导员王一。同时，发布活动向牺牲在工作岗位上的湖北省赤壁市公安局刑事侦查大队五中队原指导员徐建军特别致敬。

2018 年 10 月 9 日，第二期全国“公安楷模”发布活动在京举行，集中发布了六名“公安楷模”先进事迹，分别是：公安部刑侦局副局长刘忠义、北京市公安局海淀分局西山派出所民警黄文祝、黑龙江省鸡西市公安局刑侦支队副支队长朱振龙、吉林省吉林市公安局特警支队技术大队大队长朱建民、云南省玉溪市公安局禁毒支队副支队长李浏华、四川省布拖县公安局原党委委员、政工室主任贾巴伍各（牺牲）。

2019 年 5 月 27 日，第三期全国“公安楷模”发布活动在京举行，集中发布五名个人和一个集体“公安楷模”先进事迹，分别是：山东省济南市公安局特警支队排爆中队中队长张保国、贵州省贵阳市公安局花溪分局贵筑派出所民警马金涛（牺牲）、江苏省扬州市宝应县公安局氾水派出所社区民警李树干、北京市公安局丰台分局经济犯罪侦查大队副调研员肖俊京（牺牲）、内蒙古出入境边防检查总站锡林郭勒边境管理支队政委赵永前、云南省迪庆藏族自治州德钦县公安局羊拉派出所。

“公安楷模”发布活动是公安典型宣传与表彰奖励工作一体化运作的首个创新品牌，凝聚警心、激励斗志，展现了公安队伍良好形象。

新冠肺炎疫情发生以来，公安部先后追授二十一名牺牲在疫情防控一线的公安民警“全国公安系统二级英雄模范”称号。

2020 年 4 月 20 日，共青团中央、全国青联对第二十四届“中国青年五四奖章”入围个人（集体）进行公示，公安系统一名民警、一个集体上榜。共青团中央、全国青联同时追授三十三名抗疫个人“中国青年五四奖章”，六名民警、七名辅警在列。

2020 年 10 月，“公安楷模”朱建民升任吉林市公安局特警支队副支队长，采访时，他说：“伟大的时代呼唤伟大的精神，崇高的事业需要榜样引领。在献身警队的华年里，责任、坚持、信念、理想，与更多交付生命的战友一起，在激昂的岁月里固守幸福。”

从守卫红色政权到保障社会主义建设，从保障人民生命财产安全到护航新时代中国发展，实现中华民族伟大复兴的征程上，公安英烈用血染的风采，扛起千斤重担。

公安英烈的脊梁顶天立地；

公安英烈的事迹气壮山河；

公安英烈的精神光照未来。

无数公安英烈，在人们心中树起一座座永恒屹立的丰碑！

后　记

在喜迎中国共产党百年华诞之际，长篇报告文学《闪亮的坐标》终于和广大读者见面了。能在这一重要节点出版这样一部深切缅怀公安英烈的文学作品，是我的多年夙愿。

1992 年 6 月 18 日清晨，永吉县公安局搜登站派出所所长赵林遭到歹徒突然袭击，在与歹徒英勇搏斗中身中数刀，倒在追凶路上。作为刑警队的一员，我第一时间赶赴案发现场，采访记录了赵林生前的一个个沁人肺腑的感人故事，赶写了一篇一万余字的报告文学。多年以后，我从刑警队、派出所一线民警转到公安宣传文化战线，始终没有放弃对这一家庭的关注，赵林的妻子、子女深怀大义，负重前行的人生经历，令我钦佩、动容。

新中国成立以来，吉林市有七十一位公安民警因公牺牲，其中，十七位民警被评为革命烈士。每一位公安英烈的身后，都有一个残缺不全的家庭。作为一名宣传民警，我在报道公安英烈光辉事迹的同时，一次次走进他们的家庭，走近他们遗属和子女的内心，一次次做深层次的沟通与交流，他们的人生境遇，也一次次触动我的创作灵感，准备在适当时机，将公安英烈生前身后的故事记录下来。我把这一想法跟宗源老师沟通后，立即得到他的极力支持，并表示和我一同完成这一夙愿。

宗源是我的良师益友，也是吉林市公安文联特约作家。20 世纪 90 年代初，湖南文艺出版社出版了他的长篇报告文学《流泪的红蜡烛》，此后，他的文学作品屡屡见诸报刊。我与宗源老师在三十多年的交往中结下了深厚友谊，尤其在文学创作的道路上，宗源老师给予我莫大的支持和鼓舞。2017 年，吉林市公安文联创办《北方公安文学》的时候，我请他帮忙，他二话没说，欣然应允，在没有一分报酬的情况下，默默承担了责任编辑的职责。2019 年，在中华人民共和国成立七十周年之际，吉林市公安文联组织开展"社会作家进警营，警官作家下基层"的采风活动，出版了《忠诚与使命同行——吉林市公安局献礼新中国七十华诞采风作品集》一书，宗源老师不仅履行责任编辑的职责，还深入吉林市看守所女子监区中队，采写了中队长陈丽莉的模范事迹。

2020 年初，吉林省作家协会面向全省征集庆祝中国共产党成立一百周年文学作品重点选题，我终于找到了讴歌和缅怀公安英烈的契合点。

在准备创作素材的过程中，我们遇到的第一个困难就是采访。由于疫情防控期间，尤其是选题通过后，正置疫情二次反复期，采访提纲列出的名单，分散在全国各地，为支持国家疫情防控工作，配合做好防护，减少人员流动，我们分别与采访对象电话联系，建立了专门的微信群，通过"云"采访的方式梳理采访提纲和创作脉络。疫情得到控制以后，在做好防护措施的前提下，我们就逐一约见采访对象，进行面对面的采访。

我们遇到的第二个困难还是采访。由于年代久远，时过境迁，许多往事渐渐模糊，再加上一些公安英烈的遗属、子女的难言之隐，忌讳颇多，有的拒绝接受采访，只能留下空白。

从 2020 年 7 月初开始，我们历时两个多月，累计行程两千余公里，采访了一百位当事人和相关同志，其中包括：八位公安英烈父母，十八位公安英烈遗属，二十五位公安英烈子女，二十三位省市县及公安英烈所在单位负责抚恤工作的同志，十六位公安英烈生前领导和战友，五位宣传、民政部门负责同志，五位采访报道过公安英烈的新闻记者。

采访创作过程中，吉林省作家协会副主席任白、副主席王怀宇等领导，一次次调度创作进程，矫正创作大纲，提出修改意见，给予作者极大鼓励；公安部政治部、公安部新闻宣传局、全国公安文联、全国公安英烈基金会等部门的相关领导和同志给予我们大力支持；著名作家、中国文联全委会委员、全国公安文联副主席张策为本书作了《为岁月点上一支红烛》的序言；公安部政治部老干部局刘士纲同志，百忙之中帮助征集资料，协调全国公安英烈基金会，给我们提供了公安部机关及全国各地公安英烈抚恤工作的许多案事例；时任《人民公安报》吉林省记者站站长、吉林省公安厅新闻宣传处副处长李吉胜同志，帮助联系、接洽省内其他市州公安新闻宣传工作负责同志，在采访过程中给予我们无私帮助；吉林省公安厅政治部奖励抚恤处赵雪松同志给我们提供了省内公安英烈优抚等相关情况；吉林省公安厅新闻宣传处处长程晓飞、副处长李旭东以及吉林市公安局的相关领导和同志，百忙之中审定创作内容，书稿完成后给予认真审核；书稿确定后，时代文艺出版社陈琛社长、责任编辑王峰老师反复审定，严格把关，他们精益求精的精神令我钦佩。除此之外，外省市的公安同行及朋友也给予我们必要的帮助，在此一并致以谢忱。

由于采访时间紧，创作任务重，本书采取边采访边创作的模式进行，几乎白天完成当天的采访任务，晚上就把采访内容梳理出来，再列出创作大纲。几位采访对象因病或在外地，未能见面，只能电话或书信采访；外省的一些事例，因地域原因及疫情影响，采访难度大，借助了《人民公安报》诸位记者同行的劳动成果，书后一一列出篇目，表示由衷感谢。对一些政策、法规的把握，虽大量查阅文件、资料，并多方征询相关单位和部门意见，但舛错和失误之处在所难免，敬请专家、学者和广大读者批评斧正。

李金龙

2021 年 3 月 25 日

参考资料

参考书目

1.《吉林公安英烈》，北方妇女儿童出版社，1991年7月1版1印，主编：徐颖。

2.《警事回眸·纪念建国50周年离退休干警回忆录》，1999年9月1版1印，主编：徐颖。

3.《吉林公安英模》，吉林人民出版社，2004年9月1版1印，主编：吉林省公安厅。

4.《忠诚》，吉林人民出版社，2010年3月1版1印，主编：张明远。

5.《致敬缅怀前行》，群众出版社，2018年4月1版1印，主编：公安部宣传局、全国公安文联。

参考篇目

1.《墓志与碑文，镌刻青史》，《人民公安》2017年第7期，作者：胡玥。

2.《英雄之殇——忆赵天昱》，《人民公安》2017年第7期，作者：李春良。

3.《永远的纪念》,《人民公安》2018 年第 6 期，作者：许政。

4.《你是苍穹中最闪耀的星》,《人民公安》2018 年第 7 期，作者：周洁。

5.《长大后我也成了你》,《人民公安》2018 年第 7 期，作者：汪泽民。

6.《马氏父子，火海中永生》,《人民公安》2018 年第 17 期，作者：张放。

7.《英雄就在我们身边》,《人民公安》2018 年第 18、19 期，作者：周静梅。

8.《杨光斌：用生命换来百姓与战友的安全》,《人民公安》2019 年第 22 期“岁月”，作者：肖新民、冷晓冰。

9.《刘瑛：中弹后仍死死掐住歹徒脖子》,《人民公安》2019 年第 24 期，作者：王险峰、刘欣悦。

10.《庞帮荣：危急时刻，他一把推开了年轻的战友》,《人民公安》2019 年第 20 期，作者：赵家新、张鑫。

11.《芮志江：身中 23 刀，他用生命扼住杀手的“咽喉”》,《人民公安》2020 年第 1 期，作者：李吉胜、程威龙。

12.《“扫黑英雄”钱海军：用生命诠释使命》,《人民公安》2020 年第 11 期，作者：吴艺。

13.《马背上的“泥朵巴”——记四川省甘孜县藏族民警罗桑达娃》,《新华每日电讯》2017 年 4 月 17 日，作者：柴子凡、吴光于。

14.《他用生命守护祥和——追记牺牲在执勤岗位上的重庆交巡警杨雪峰》,《新华每日电讯》2018 年 8 月 24 日，作者：陈国洲。

15.《一张没有兑现的假条》,《人民日报》2019 年 4 月 3 日 6 版，作者：肖家鑫。

16.《义无反顾 勇救儿童》,《人民日报》2020 年 1 月 23 日 8 版，作者：字强。

17.《长风彩霞 逝者如诗》, 人民网 2004 年 6 月 2 日，作者：王丹、华明、张敏、苗燕、钟志敏。

18.《名字刻在墙上 大爱永驻人间》,《中国青年报》2013 年 4 月 5 日，作者：何春中。

19.《踏着父辈的足迹前行》,《人民公安报》2012 年 4 月 5 日，作者：周栋梁等。

20.《全国普通公安院校已招收公安英烈子女 800 多名》,《人民公安报》2013 年 3 月 29 日，作者：王莉莉。

21.《三岁的等待与三十八岁的奉献——追记哈尔滨市公安局道里分局太平庄派出所民警曲玉权》,《人民公安报》2017 年 2 月 11 日，作者：冯锐。

22.《长歌当哭送战友 泪飞倾城悼英灵》,《人民公安报》2017 年 4 月 2 日，作者：辛闻。

23.《向负重前行献出生命的英雄们致敬——党的十八大以来牺牲公安民警群像》,《人民公安报》2017 年 4 月 4 日，作者：王旭东。

24.《一腔热血染警徽 身先士卒铸警魂——追记皮山县公安局副局长艾热提 · 马木提》,《人民公安报》2017 年 5 月 1 日，作者：杨园园、刘建国。

25.《人民不会忘记——全国公安系统英雄模范立功集体表彰大会特别节目演出侧记》,《人民公安报》2017 年 5 月 26 日，作者：石杨。

26.《罗桑达娃：这身警服是我的挚爱，多穿一天是一天》,《人民公安报》2017 年 7 月 26 日，作者：王自然、杨志军、胡雪。

27.《我巡逻的每一步都在帮助战友》,《人民公安报》2018 年 5 月 15 日，作者：翟宇星。

28.《那个脾气最好的交警，心中满满都是爱》,《人民公安报》2019 年 2 月 19 日，作者：杨槐柳、胡子昂、王艺臻。

29.《向前 为了脚下的热土和头顶的警徽》,《人民公安报》2019 年 4 月 5 日，作者：王传宗。

30.《沉下心俯下身，他让群众内心充满温暖——追记贵阳市公安局花溪分局贵筑派出所民警马金涛》,《人民公安报》2019 年 4 月 5 日，作者：李军。

31.《忠诚永恒，用生命践行使命与担当——朱恒文同志先进事迹报告会侧记》,《人民公安报》2019 年 4 月 26 日，作者：袁猛。

32.《用生命铸就忠诚的扫黑英雄——追记宁德市公安局蕉城分局原副局长杨春（上）》,《人民公安报》2019 年 6 月 6 日，作者：霍志坚、陈庆爱。

33.《杨柳依依垂千缕 春风习习润万家——追记宁德市公安局蕉城分局原副局长杨春（下）》,《人民公安报》2019 年 6 月 7 日，作者：霍志坚、陈庆爱。

34.《任长霞：万里长空那抹永不褪色的彩霞》,《人民公安报》2019 年 6 月 11 日，作者：孙雅琼、闫亚平。

35.《情系天山 爱撒边疆——公安部“公安文化基层行”文艺小分队赴新疆慰问演出侧记》,《人民公安报》2019 年 6 月 12 日，作者：张薇。

36.《宝力格：与持刀犯罪嫌疑人殊死搏斗》,《人民公安报》2019 年 6 月 24 日，作者：陆晗。

37.《“缉毒先锋”韩顺军：不悔身上衣 不负为民心》,《人民公安报》2019 年 6 月 25 日，作者：王自然、胡雪。

38.《我和警服的一世情缘》,《人民公安报》2019 年 6 月 25 日，作者：李伟明。

39.《许多大要案侦查现场，都有他忙碌的身影——公安部首席特邀刑侦专家乌国庆追思会举行》,《人民公安报》2019 年 6 月 27 日，作者：袁猛。

40.《一路赞歌一路情 凝心聚力保大庆——公安部“公安文化基层行”文艺小分队第 500 场演出献给奋战在安保一线的首都公安民警》,《人民公安报》2019 年 7 月 5 日，作者：陈栩然、付静、李昌林。

41.《张磊：勇于担当的青年英雄》,《人民公安报》2019 年 7 月 7 日，作者：钟仓健、秦秋水、曹爱云。

42.《中国公安部英烈子女代表团访俄回国》,《人民公安报》2019 年 7 月

27日，作者：陈栩然。

43.《用生命诠释初心使命——追记扎兰屯市公安局基层基础工作大队原副大队长张恕》，《人民公安报》2019年8月6日，作者：陆晗、张丛莹、郭晓东。

44.《他永远是我从警路上的引航灯——一级英模崔大庆之子崔申迪眼中的父亲》，《人民公安报·剑兰周刊》2019年8月23日，作者：唐娜。

45.《做山让你依靠 做水润你心田——追记全国公安系统一级英雄模范、福建省宁德市公安局蕉城分局副局长杨春（上）》，《人民公安报》2019年8月29日，作者：王莉莉。

46.《从警一颗初心 待人一片真诚——追记全国公安系统一级英雄模范、福建省宁德市公安局蕉城分局副局长杨春（下）》，《人民公安报》2019年8月30日，作者：王莉莉。

47.《他的精神在岁月的长河中永生》，《人民公安报》2019年9月6日，作者：王梅、王险峰。

48.《一个警号与一对父子：传承人民警察的初心和誓言》，《人民公安报》2019年9月11日，作者：朱玉敏、杨瑶。

49.《沈鹰：用生命诠释警察的初心与使命》，《人民公安报》2019年9月15日，作者：赵家新。

50.《以爱之名 从心出发筑牢"心理长城"——公安部心理健康服务工作圆满结束》，《人民公安报》2019年9月22日，作者：王传宗、谢俊思。

51.《钟爱警察蓝，生死掩护彰显为民本色》，《人民公安报》2019年10月27日，作者：邬春阳、孙军、谢佳、冯常华。

52.《柯占军：中弹后，仍死死抓住毒贩不放》，《人民公安报》2019年10月30日，作者：马燕、赵锦丽、谢丹阳。

53.《"温情铁捕"卢霖：一位让对手尊重的厦门刑警》，《人民公安报》

2019 年 11 月 8 日，作者：杨文锁、杨青。

54.《吕建江：24 小时不下班的“老吕叨叨”》,《人民公安报》2019 年 11 月 9 日，作者：张建林、臧新茂。

55.《向雪飞：三次扑向歹徒刀刃洒尽热血》,《人民公安报》2019 年 12 月 25 日，作者：彭栋、张东平、杨保华。

56.《儿子走好，你的警帽爸爸来戴——追记江苏省徐州市公安局铜山分局巡特警大队辅警时席席》,《人民公安报》2020 年 2 月 21 日，作者：赵家新、刘文祥、王彪。

57.《抗疫卫士艾冬：用生命传承英雄精神》,《人民公安报》2020 年 2 月 25 日，作者：万广朋、董蕾阳、张宏。

58.《心存阳光，把春天般的温暖送到群众心窝——追记齐齐哈尔市公安局铁锋分局新工地派出所四级警长王春天》,《人民公安报》2020 年 3 月 1 日，作者：冯锐。

59.《守为民初心 此生付家国——追记武汉市公安局硚口区分局利济派出所社区民警吴涌（上）》,《人民公安报》2020 年 4 月 6 日，作者：王传宗、李昌林、张铮、师二洋、杨槐柳。

60.《铁肩担使命 柔情暖民心——追记武汉市公安局硚口区分局利济派出所社区民警吴涌（下）》,《人民公安报》2020 年 4 月 7 日，作者：杨槐柳、王传宗、李昌林、张铮、师二洋。

61.《从警初心牢牢镌刻在雪域高原——追记红原县森林公安局刷经寺派出所所长阿真能周》,《人民公安报》2020 年 4 月 12 日，作者：王自然、黄元正、胡雪。

62.《青岛刑警别立福：用滚烫生命点燃忠诚之灯》,《人民公安报》2020 年 5 月 15 日，作者：王文硕。

63.《阿真能周，你是天上的那颗星》,《人民公安报》2020 年 5 月 18 日，作者：申瑞瑾。

64.《抗疫英雄郑勇：忠诚无畏 温暖如春》，《人民公安报》2020年5月19日，作者：吴雪梅。